Hans-Joachim Maaz, geboren 194
therapeutischen Klinik im Evang
die Tabus des SED-Staates kämp
perorientierte Therapieformen in
»Akademie für psychodynamisch
von 1989 bis 1991 war er Vorstand
therapie, Psychosomatik und Medizinische Psycholog
Durch zahlreiche Vorträge und Diskussionsbeiträge in Presse, Funk und Fernsehen ist Maaz in ganz Deutschland weit über die Fachöffentlichkeit hinaus bekannt.

Dieses Buch wurde auf chlor- und säurefreiem Papier gedruckt.

Vollständige Taschenbuchausgabe Mai 1992
Droemersche Verlagsanstalt Th. Knaur Nachf., München

Umschlaggestaltung Agentur ZERO
Druck und Bindung Elsnerdruck, Berlin
Printed in Germany
ISBN 3-426-77010-5

4 5 3

Hans-Joachim Maaz

Der Gefühlsstau

Ein Psychogramm der DDR

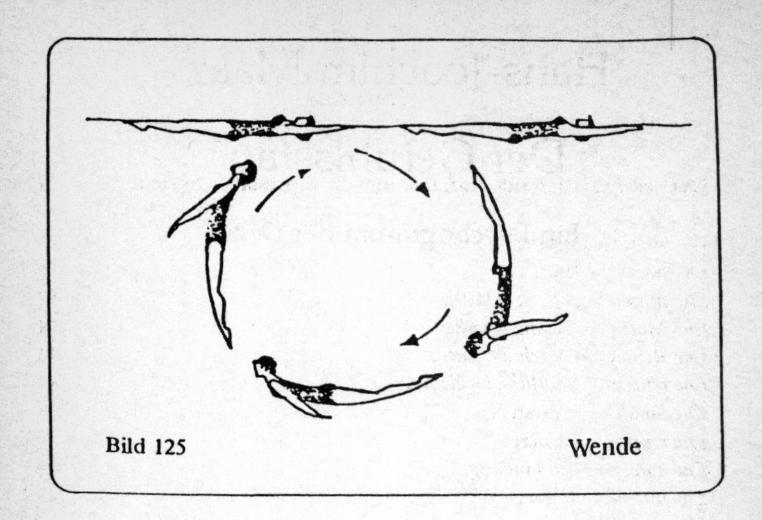

Bild 125 Wende

Inhalt

Gewidmet den Menschen,
die den Weg der psychischen Revolution gehen

Der »real existierende Sozialismus« als repressives System

Wir sind alle betroffen

Die DDR hat 40 Jahre bestehen können. Die in den letzten Jahren übliche Bezeichnung unseres Gesellschaftssystems als »real existierender Sozialismus« trägt schon uneingestanden den Stempel des Verfalls einer Idee. Es war immer weniger zu verbergen, daß sich die Lebenswirklichkeit von den verkündeten Idealen weit entfernt hatte. Das »Realitätsprinzip« aus der sonst so verpönten psychoanalytischen Terminologie mußte zu Hilfe genommen werden, um die erhebliche Einschränkung des »Lustprinzips« halbwegs noch erklären zu können. Jede kritische Anfrage wurde mit der Vertröstung auf die Zukunft beantwortet: Jetzt hätten wir es noch mit diesen oder jenen realen Schwächen und Mängeln zu tun, vorübergehend und prinzipiell überwindbar, meist durch Außenfeinde und Naturbedingungen verursacht, oder es handele sich überhaupt nur um Relikte der Vergangenheit – aber die Idee des Kommunismus und Sozialismus sei ungebrochen wahr und richtig, so daß wir unseren Weg nur unbeirrt weitergehen müßten, der »Sieg des Sozialismus« sei ganz gewiß.

Die ganze DDR glich einem Riesentempel pseudoreligiösen Kults: gottgleiche Führerverehrung, »Heiligenbilder« und Zitate ihrer Lehren, Prozessionen, Massenrituale, Gelöbnisse, strenge moralische Forderungen und Gebote, verwaltet von Propagandisten und Parteisekretären mit priesterlicher »Würde«.

Mit dem Zusammenbruch der Macht der Politbürokratie war mit »Stalinismus« sehr schnell ein Begriff gefunden, mit dem etwas erklärt und abgespalten werden sollte, um der Wahrheit zu entfliehen. Die ewige Vertröstung auf eine bessere Zukunft (Kommunismus) und die magische Verbannung in eine fremdländische Vergangenheit (Stalinismus) sind die zwei Seiten einer Illusion: Wir, die Gegenwärtigen, die jetzt und hier Lebenden, sind nicht wirklich betroffen. Unser Elend, unsere Not, unsere Schuld und unsere Ohnmacht finden nicht wirklich statt, weil es entweder immer besser wird oder wir endlich alles Übel hinter uns lassen können. Mit dieser Bezeichnung »Stalinismus« lag es doch nahe, stellvertretend für ein umfassendes Problem einige Schuldige, nämlich die sogenannten »Stalinisten« zu finden, zu denunzieren und abzuurteilen. So geschah es dann ja auch: Zunächst Honecker, dann das

Politbüro, das ZK, die SED sollten schuld sein an der ganzen Misere.

Bereits 1945 war es so schon einmal abgelaufen: Einige Nazis und Kriegsverbrecher wurden benannt, verurteilt oder vertrieben — das Böse schien damit gebannt, und nun sollte mit der »Stunde Null« alles Gute bei uns blühen und gedeihen. Die DDR hatte diese absurde Idee tatsächlich zur Grundlage ihrer »antifaschistischen« Gesinnung und Moral gemacht. Unter völliger Verkennung der sozialpsychologischen und charakterlichen Zusammenhänge wurde stets gelehrt, daß in Ostdeutschland der Nationalsozialismus per Gesetz mit Stumpf und Stiel vernichtet sei. Die sogenannte »Entnazifizierung« wie auch die Proklamation des Endes der Stalinismusära (wie es Gysi auf dem Sonderparteitag der SED nach der »Wende« demagogisch behauptete) sollten vor allem vertuschen, daß die große Mehrzahl der Deutschen damals und heute begeisterte Täter oder wenigstens bereitwillige Mitläufer waren. Der einzelne wollte unbedingt geschont bleiben — und in der Tat, wie schon gehabt: wieder wollte kaum jemand wirklich etwas gewußt haben oder gar verantwortlich und schuldig mitbeteiligt gewesen sein.

»Stalinismus« wurde so in der sich wendenden DDR eher ein Begriff für einen psychischen Abwehrmechanismus, um zu verschleiern, daß die Lebensweise eines ganzen Volkes schwer gestört war. Nicht nur die Politik und Gesellschaftswissenschaft waren davon betroffen, sondern jeder Zweig der Wissenschaft, der Wirtschaft, des Rechtswesens, der Kunst, der Bildung bis in die Alltagskultur des zwischenmenschlichen Zusammenlebens und vor allem bis in die psychischen Strukturen jedes einzelnen hinein. Ich will in diesem Buch deutlich machen, daß es nicht möglich war, sich der Deformierung zu entziehen, und daß es doch Unterschiede gab, wie man auf repressive Gewalt reagieren konnte, und daß dabei Freiräume blieben, die durchaus auch moralisch bewertet werden können und müssen. Und ich will damit einen Beitrag leisten, daß nicht erneut mit Hilfe eines Etikettenschwindels die Aufdeckung unser aller Betroffenheit als Täter und Opfer verhindert wird.

Das Wort »Stalinismus« war plötzlich oft und aus aller Munde zu hören — es war vor allem der sprachliche Versuch, sich von der eigenen Täterschaft reinzuwaschen. Mit einem Mal wollten sich alle nur noch als Opfer sehen, und es scheint so, daß wir schon wieder nur ein Volk von »Widerstandskämpfern« gewesen waren. Alle hatten Interesse daran: Der Parteiapparat opferte einige Führer und konnte damit zugleich längst fällige Autoritätsprobleme lösen — so wurden Karrierismus, Opportunismus, moralischer Verfall und Schuld der Mitglieder im Partei- und Staatsapparat verdeckt und abgespalten. Für die Antikommunisten war nun endgültig »bewiesen«, daß der Sozialismus nur als kriminelle Fehlentwicklung denkbar sei, und alle Mitläufer konnten sich schlechthin als die betrogenen armen Opfer fühlen. Durch die fleißigen Enthüllungen wurden Entrüstung und Empörung gefördert, um die eigene beschämende Verformung, die Schuld und unerträgliche Ohnmacht abreagieren zu können.

Das entscheidende Wirkungsprinzip des »real existierenden Sozialismus« war Gewalt: Es gab die direkte offene Gewalt durch Mord, Folter, Schießbefehl, Inhaftierung und Ausbürgerung, und es gab die indirekte Gewalt durch Rechtsunsicherheit, Repressalien, Drohungen, Beschämungen, durch Indoktrination und durch ein System von Nötigung, Einschüchterung und Angst. Mit »demokratischem Zentralismus« war ein gnadenlos autoritäres Herrschaftssystem verharmlosend umschrieben, das als ständige Einbahnstraße nur von oben nach unten Maßnahmen und Entscheidungen »durchstellte«. In der Gegenrichtung lief gar nichts. Die Parole »Plane mit, arbeite mit, regiere mit!« war der blanke Hohn, denn jede Initiative von unten blieb nicht nur ohne sinnvollen Effekt, sondern hat den eigenständig Mitdenkenden und Handelnden fast automatisch zum Provokateur, Unruhestifter, »Weltverbesserer« (konnte ein einzelner denn bessere Erkenntnisse haben als die allmächtige Partei?) gestempelt. So lief man sich mit innovativer Aktivität und Kreativität nicht nur wund, sondern wurde regelmäßig diffamiert, belehrt und eingeschüchtert.

Die unausbleibliche Folge der permanenten Disziplinierung und Demagogie mit kleinlicher Intoleranz gegen jede Abweichung war die Verwandlung des äußeren Zwanges in innere Unterdrückung. Das System hat jeden einzelnen so lange bearbeitet, bis der psychologische Mechanismus der Selbstversklavung und Selbstzerstörung gesichert war. Dieser Vorgang war deshalb so übel und bitter, weil der einzelne seine Entfremdung schließlich nicht mehr wahrnahm, sein wirkliches Leiden nicht mehr kannte und sein gestörtes Verhalten rationalisierte: im Dienste der »großen Idee«, als patriotische Pflicht, zum Schutz der Heimat, für den Sieg des Sozialismus und natürlich alles zum Wohle des Volkes. Man mußte unsere »Helden« nur reden hören, wenn sie für ihre seelische Verformung der Partei und Regierung noch ihren Dank abstatteten und ihr psychisches Elend zur bescheidenen heroischen Tat ummünzten. Auch im Privatbereich gab es hinreichend »Entschuldigungen«: um die Familie nicht zu gefährden, mit Rücksicht auf die Kinder oder auch nur, um das Beste daraus zu machen, und als einzelner könne man doch sowieso nichts ändern. So wurden selbst Sport, Kunst, Wissenschaft zur Ehre der sozialistischen Kultur verbogen, und Erfolg sollte die Entfremdung verbergen.

Am unverfrorensten ist der Abwehrmechanismus »Stalinismus« von vielen SED-Mitgliedern benutzt worden. Viele von ihnen waren ja schon längst nur noch aus Karrieregründen und als Folge ihrer seelischen Labilität Mitglieder dieser Partei. Die Ich-Schwachen wollten ihre Unsicherheit und ihre Minderwertigkeitsgefühle durch eine stramme Ideologie und billige Verheißung besänftigen. Aber dafür war die »Droge« Partei immer weniger wirksam, und mit »Dosissteigerung« (Parteikarriere) konnten nur wenige Aufsteiger noch gegensteuern und sich weiter berauschen. So benutzten viele die sogenannten Entlarvungen über ihre vorher so innig verehrten und heroischen Führer als willkommenen Anlaß und als scheinbar glaubwürdiges Argument für ihren Absprung vom sinkenden Schiff. Wenn es nicht so bittere Realität wäre, müßte man lachen über den Eifer der Entrüstung, den die Genossen über die nur allzu menschlichen Bereicherungsdelikte und den spießigen »Luxus« im armseligen Wandlitzghetto brauchten, um ihre eigene Täterschaft am Verrat einer großen Idee, an der Deformierung eines ganzen Volkes und der Schändung und dem Verfall der natürlichen und kulturellen Umwelt zu verleugnen. Die »Wende« der SED zur PDS sollte in die deutschen Geschichtsbücher als mahnendes Beispiel für menschliche Unreife und Würdelosigkeit eingehen, als ein unheilvolles menschliches Versagen, wenn vor der Erkenntnis der inneren Not und Verfehlung in Politik und Kampf um die Macht ausgewichen wird.

Der »real existierende Sozialismus« hat wirklich vierzig Jahre bestehen können: Die Wahlfarce wurde von 99 Prozent der Bevölkerung mitgemacht, Millionen von Menschen haben sich regelmäßig an den großen Jubelaufmärschen beteiligt, die überwiegende Mehrzahl von uns war Mitglied der Jungen Pioniere, der FDJ, ging zur Sozialistischen Jugendweihe und hat im Freien Deutschen Gewerkschaftsbund die eigenen Interessen verraten. Mehr als eine halbe Million Menschen soll sich an der entwürdigenden Schnüffelpraxis des Staatssicherheitsdienstes beteiligt haben. Und es kann bestimmt keiner behaupten, er hätte die gnadenlose Vergiftung und Zerstörung unserer Umwelt, den Verfall unserer Städte, die zynische Verlogenheit in den Medien und öffentlichen Verlautbarungen, die albernen Losungen, den Verfall der Moral und die Zerstörung der Beziehungen durch Korruption, Bespitzelung, Denunziation, Speichelleckerei und Anbiederung an die Macht nicht gesehen, erlebt oder irgendwie mitgemacht. Das auffälligste Symptom ist eher, daß wir duldsam geschwiegen und weggeschaut haben.

Wenn wir also von »Stalinismus« sprechen, dann ist damit die Lebensweise unseres Volkes genannt, dann sind wir alle hier und jetzt gemeint. Aus meiner Erkenntnis ist es also nicht richtig zu behaupten, wir seien nur von einem Unrechtssystem unterdrückt, verbogen und geschunden worden. Dies ist zwar leider auch wahr, doch dieser Staat war auch ein Abbild unserer psychischen Strukturen und setzte etwas äußerlich ins Bild, was wir in unserem Inneren nicht sehen und wahrhaben wollten. Keiner kann sich auf eine Tribüne stellen, wenn es nicht ein Volk gibt, das willig defiliert. Oder in Abwandlung eines psychotherapeutischen Zynismus – Jeder hat den Partner, den er verdient! –: Jedes Volk hat die Regierung, die es verdient!

Die staatliche Repression

Die DDR – das war das Sinnbild des eingemauerten und begrenzten Lebens. Mauer, Stacheldraht und Schießbefehl stellten den äußeren Rahmen dar, damit sich im Inneren des Landes ein repressives Erziehungssystem, autoritäre Strukturen in allen Bereichen der Gesellschaft, ein einschüchternder Sicherheitsapparat und ein banales, aber sehr wirksames Konditionierungssystem von Belohnung und Strafe zur Unterwerfung eines Volkes austoben konnten. Die Druckmittel waren existentiell, psychologisch und moralisch so umfassend, daß sie in den meisten Menschen ernste Folgen verursachen mußten. Die tödliche Gewalt am 17. Juni 1953 in der DDR, 1956 in Ungarn und 1968 in der Tschechoslowakei ließ keinen Zweifel an der sicheren und blutigen Unterwerfung jeglichen Widerstandes und Reformwunsches; dies überzog unser Land immer wieder mit lähmender Angst und Resignation. Solche Erfahrungen waren der zwingende Hintergrund für psychosoziale Einengungen und charakterliche Verformungen. Die Schwäche der »sozialistischen« Systeme war über Jahrzehnte nur durch äußere Verstärkung — die russische »Panzerung« — zu kompensieren gewesen. Dies hatte die Hoffnung auf die Kraft der eigenen Befreiung oder Liberalisierung des Systems zerschlagen. Wer nicht in Apathie verfallen oder sich in knirschendem Protest zerreiben wollte, der versuchte sich nach seinen Möglichkeiten in diesem Lande einzurichten.

Bereits der Aufbau der DDR erfolgte auf durch und durch morbiden Strukturen: der faschistischen Vergangenheit mit der unerträglichen Schuld an einem wahnsinnigen Krieg und der brutalen Ermordung und Vernichtung von Millionen von Menschen, den durch Tod, Gefangenschaft und Kriegsverletzungen belasteten Familien, den zerstörten Städten, dem durch Demontage und Reparationsleistungen behinderten Neuanfang und der durch eine fremde Macht aufgezwungenen neuen Lebensweise. Die DDR begann ihre staatliche Existenz mit einem Riesenberg an Schuld, Demütigung, Kränkung, Verletzung und Entfremdung, der niemals bearbeitet wurde, ja nicht einmal benannt werden durfte. Von Anfang an waren Verdrängung und Projektion die Basis der ideologisierten Staatsdoktrin. Die antifaschistische Tradition wurde behauptet und die marxistisch-leninistische Weltanschauung durch ihre angeblich unwiderlegbare Wissenschaftlichkeit in den Rang einer Glaubenslehre erhoben. Allein die sogenannte »antifaschistische« Gesinnung der neuen Führer, die öffentlich bekundeten Parolen und der neugeschaffene Gesetzesrahmen sollten der Garant für eine neue Gesellschaftsordnung sein und ein Phänomen beenden, das tief in den Seelen der Menschen verwurzelt war.

Natürlich war der »Antifaschismus« offiziell über jeden Zweifel erhaben, und Fragen nach seinen psychischen Motiven wurden nie gestellt: Es wurde darin ungeprüft eine reifere und gesündere menschliche Haltung angenommen, die schon allein zur neuen Führung berechtigte. Aber daß sich darin nur eine andere Variante »faschistischer« seelischer Deformierung ausdrücken könnte, wäre als absurd abgetan worden. Allerdings war bereits die Etablierung der neuen Macht — trotz des »antifaschistischen« Bonus — nur mit Betrug, Wahlfälschung, Gewalt und militärischer Fremdherrschaft möglich.

Die errichtete Diktatur war der politische Ausdruck der seelischen Störung der neuen Machthaber, und ihre Einengung ergoß sich als ein System von Nötigungen über den Alltag der DDR-

Bürger: Gehorchen, Lippenbekenntnisse liefern, sich an Kundgebungen, Veranstaltungen, Initiativen, Wettbewerben, Programmen beteiligen, Massenorganisationen beitreten, Losungen, Parolen und verzerrte Wahrheiten über sich ergehen lassen und wenn es ganz schlimm kam, nachplappern. Jeder Widerstand wurde systematisch gebrochen. War man noch Kind, dann durch Belehrung, Beschämung, Ausgrenzen und Distanzieren. War man erwachsen, dann durch Behinderung, Bedrohung und Bestrafung. Die ganz einfachen Rechte eines jeden Menschen, die Rechte auf unverstelltes Dasein, auf eine eigene Meinung, auf Verstanden- und Angenommensein in den persönlichen Eigenarten, auf Individualität, waren in dieser Gesellschaft nirgendwo gesichert. Die Rechte auf Gemeinschaft, auf Bildung, auf Förderung und Entwicklung, auf Anerkennung wurden nur gewährt bei Wohlverhalten und Unterwerfung unter die Normen der Macht. Wohnungen, Reisen, Auszeichnungen, berufliche Karriere waren Privilegien für die Meister der Verstellung und Anpassung.

In diesem System konnte nur halbwegs unbehelligt leben, wer sich anpaßte und das heißt, wer seine spontane Lebendigkeit, seine Offenheit und Ehrlichkeit, seine Kritikfähigkeit dem öden und einengenden, aber relativ ungefährlichen Leben eines Untertanen opferte. Wer ehrgeizig war und zur Geltung kommen wollte, mußte »mit den Wölfen heulen«, und der Preis für seinen Erfolg war unvermeidbar ein Verlust an moralischer Würde und persönlicher Integrität.

Die führende Rolle der Partei

«Real existierender Sozialismus« – das war die Formel für die Diktatur einer Politbürokratie! Das gesellschaftliche Leben war autoritär-hierarchisch durchstrukturiert, es wurde ausschließlich von oben nach unten administriert und kommandiert. Die Macht lag allein in den Händen der militärisch durchorganisierten SED. Unter dem Deckmantel von »Parteidisziplin« und mit moralischen und psychologischen Druckmitteln stand die SED praktisch unter Befehlsgehorsam. Sogenannte Diskussionen und Aussprachen waren letztlich nichts anderes als das Durchsetzen der jeweils von oben vorgegebenen Parteilinie. Wer eigenständige oder abweichende Meinungen vertrat, wurde so lange »bearbeitet«, bis er seine »Fehler« einsah und auf die verordnete Linie einlenkte. Bei hartnäckigem Dissens erfolgte unweigerlich ein Parteiverfahren und Ausschluß aus der Partei, wodurch der- oder diejenige vom weiteren Einfluß in der Gesellschaft ausgeschlossen blieb und nur noch subalterne Tätigkeiten ausüben durfte. Alle Leitungsposten waren fast ausschließlich von Genossen/-innen besetzt. So war gesichert, daß die SED absolut dominierte. Wenige Führungsposten waren als Alibi nach statistischen Gesichtspunkten von Vertretern der sogenannten »Blockparteien« besetzt, die verpflichtet waren, die führende Rolle der SED anzuerkennen. Wenn in ganz seltenen Fällen Parteilose leitende Funktionen übertragen bekamen, dann war durch deren Persönlichkeit gesichert, daß sie zu keinem Widerspruch gegen die Linie der Partei fähig waren.

Die Kaderauslese für den Machtapparat begann mit der sogenannten sozialen Herkunft: bevorzugt wurden anfangs Arbeiter- und Bauernkinder, später zunehmend der Nachwuchs aus den Familien des Apparates, also Kinder von Parteifunktionären, Militärs und Stasiangehörigen. Dadurch war zunächst die kommunistische Indoktrinierung in der Erziehung durch die Eltern die wichtigste Grundlage für die Kaderentwicklung. Da diese Familien praktisch in einem sozialen Ghetto lebten, war die einseitige Ausrichtung garantiert. Klassisches bürgerlich-humanistisches, christliches und geisteswissenschaftlich-philosophisches Gedanken- oder Erfahrungsgut blieben damit ausgesperrt oder wurden arg verkürzt und tendenziös interpretiert. Die Erziehungsideale solcher Familien waren Unterordnung, Disziplin, Anstrengung und Leistung. Letztendlich war der Grad der charakterlichen Deformierung der Maßstab für die Karriere im Staats- und Parteiapparat, aber auch für alle leitenden Posten innerhalb des gesellschaftlichen Lebens. Dies ist deshalb erwähnenswert, weil selbst die Prominenz in Kunst, Kultur, Wissenschaft, Wirtschaft und Sport – also alle Leistungsträger der Gesellschaft – den Unterwerfungsakt unter die Linie der Partei mit allen deformierenden Auswirkungen auf die Seele und Moral vollziehen mußten. Diese Tatsache sollte nicht vernachlässigt werden, wenn der Frage nachgegangen wird, ob fachliche Kompetenz und wissenschaftliche Leistung überhaupt unabhängig von den Persönlichkeitsstrukturen betrachtet werden dürfen. Oder ist der Wert solcher Leistungen nicht als äußerst zweifelhaft zu beurteilen?

Zu den Mechanismen der Macht gehörten Propaganda und Demagogie. Die beschwörenden Behauptungen (Antifaschismus,

Friedenspolitik, »Im Mittelpunkt steht der Mensch!«, »Alles zum Wohle des Volkes!«) sollten die gegensätzliche Wahrheit verbergen. Psychologisch gesehen, war dies der Abwehrmechanismus »Verkehrung ins Gegenteil«. Die Verheißungen sollten die verletzten Seelen trösten und einen pseudoreligiösen Halt bieten.

Der ganze Staat war also autoritär strukturiert. Das Prinzip des »demokratischen Zentralismus« umschrieb nur schamvoll die einem solchen System innewohnende Tendenz der unweigerlichen Machtkonzentration in den Händen des Politbüros und letztlich in denen des Generalsekretärs, was den unvermeidbaren Personenkult und die immer rigider werdende Bürokratie erklärt, weil schließlich auf untergeordnetem Posten keiner mehr wirklich Verantwortung und Entscheidung zu tragen bereit oder überhaupt in der Lage war. Die lähmenden und zerstörerischen Folgen solcher Art Diktatur waren unverkennbar und erklären den allseitigen Verfall der Gesellschaft. Allein das Beharrungsvermögen deformierter Charaktere, die genötigt sind, einengende und abnorme Verhältnisse immer wieder fortzusetzen, sonst droht – wie ich später beschreiben werde – schmerzliche Erkenntnis, hat das System solange erhalten können. Und die Deformierung wurde natürlich durch reale Repressionserfahrungen und ängstigende Praktiken der Volksbildung, des Sicherheits- und Justizapparates permanent verfestigt.

Die Macht der Staatssicherheit

Die Macht der Stasi beruhte auf Angst. Macht durch Angst gründet sich unmittelbar auf den seelischen Strukturen der Menschen. Die Staatssicherheit konnte ihre wirksame Herrschaft nur dadurch errichten, weil für ihre Zwecke hinreichend dienstbares »Material« zur Verfügung stand: latente Angst. Darunter versteht die Psychotherapie einen unbewußten seelischen Spannungszustand, der aus unbefriedigten Grundbedürfnissen und verbotenen Gefühlen entsteht. Wie ich später noch beschreiben werde, ist dies stets die Folge autoritär-repressiver Erziehung. Auch reale, aber nicht zugegebene Schuld verstärkt latente Angst. Eine solche seelische Befindlichkeit aus Mangelerlebnissen, Gefühlsstau und Schuld scheint mir für das Deutschland nach 1945 ein Massenphänomen gewesen zu sein.

Latente Angst braucht Unterdrückung, Kontrolle und Beherrschung, sonst wird sie manifest und verursacht bedrohliche Zustände (z. B. Panik, psychotische Verwirrung, akute Neurosen und psychosomatische Krisen). Die Stasi gab diesem Unterdrückungsbedürfnis die Form und formte zugleich das eigene latente Angstpotential zum Ängstigen um. Angst ausüben und ängstigende Macht sich gefallen lassen, sind nur zwei verschiedene Seiten desselben innerseelischen Grundproblems. Daß die Stasi-Mitarbeiter von einer geradezu paranoiden Angst betroffen sein mußten, läßt sich aus dem Wuchern des suchtartigen Sicherheitsbedürfnisses schließen. Denn das war ja die Hauptaufgabe: das Land nach innen und außen zu sichern. Die Stasi war das Symptom seelisch kranker Herrscher, die zur Abwehr der eigenen inneren Unsicherheit einen wirksamen Schutzapparat brauchten. Mit Hilfe der Stasi sollte die eigene latente Angst gebannt werden. Das chronische Minderwertigkeitsgefühl einer von sowjetischer Gnade verliehenen Macht, die weder durch Sachkompetenz noch durch gesunde Führungsfähigkeiten getragen war – die Politik der DDR ließe sich auch als ein ewiges Ringen um Souveränität und Anerkennung beschreiben –, sollte kompensiert und schließlich das ganze seelische Dilemma stets nach außen projiziert werden. Dazu brauchte es Feindbilder und schließlich auch leibhaftige Feinde, und so hat die Propaganda unser Land stets als außerordentlich bedroht dargestellt. Wir waren ein Land mit einem Bedrohungs- und infolge dessen auch mit einem Sicherheitswahn. Auch darin lassen sich projektive Vorgänge erkennen. Kein Wunder, wenn man die illegitime Macht und den seelischen Hintergrund der Potentaten bedenkt. Es ist ein Unterschied zwischen notwendiger Sicherung bei realer Gefahr und einer Sicherheitsideologie als Ausfluß seelischer Unsicherheit. Ich betone dies, weil es inzwischen glaubhafte Berichte gibt, wie tatsächlich »Gegner« erfunden, aufgebaut und provoziert werden mußten, nur um im zwanghaften Sichern nicht innehalten zu müssen. Die zahlenmäßig wirklich wenigen und in ihrer politischen Bedeutung harmlosen oppositionellen Gruppen waren mitunter so stark mit Stasi-Mitarbeitern und Spitzeln unterwandert, daß die Arbeit solcher Gruppen zusammengebrochen wäre, wenn sich alle Sicherheitskräfte zurückgezogen hätten. Da natürlich, wie in jedem ordentlichen deutschen Apparat, das Leistungsprinzip dominierte – und das hieß in der ost-deutschen Variante: Wettbewerb, Planerfüllung und Erfolgsmeldung –, kamen die wackeren »Tschekisten« mitunter so unter Druck, daß auch sie erfundene Falschmeldungen von erfolgreicher Abwehr und Feindbekämpfung oder von angeblich angeworbenen Spitzeln weitergaben. Entweder mußten dazu geeignete Personen zu Feinden erklärt werden, wobei ehrgeizige Denunzianten dann auch die gewünschten Dossiers lieferten, oder es sind auch Menschen als angeworbene IM (Inoffizielle Mitarbeiter) geführt worden, die nie etwas von ihrem »Glück« wußten. So etwas konnte einem z. B. passieren, wenn ein Bekannter für den Stasi arbeitete und die geführten freundschaftlichen Gespräche als Informationen weitergab.

Es gab weitere Symptome für die wahnhafte Entwicklung des Angst-Apparates. So z. B. die ständige personelle und materielle Erweiterung: Zuletzt gab es etwa 85 000 hauptamtliche Mitarbeiter und schätzungsweise mindestens eine halbe Million inoffizieller Mitarbeiter in der DDR, die jährlich ausgetauscht und zu »notwendigen« Zeiten verstärkt rekrutiert wurden. Die Stasi selbst dehnte ihre Tätigkeit immer weiter aus: Sie war eben nicht nur ein Instrument der Repression, sondern auch Geheimdienst, Kriminalpolizei, technischer Überwachungsdienst, Meinungsforschungsinstitut und zunehmend auch im »beratenden und unterstützenden Dienst« für die gesamte Volkswirtschaft tätig. Sie »kümmerte« sich schließlich um jeden und alles. Sie war in doppelter Hinsicht Opfer der eigenen Mechanismen: Selbst Auswuchs abnormer Verhältnisse, mußte sie in unermüdlicher Arbeit die Folgen der Fehlentwicklung ständig ausspionieren, analysieren und symptomatisch zu kurieren versuchen. Letztlich mußte sie sich selbst ausspionieren, was ja auch tatsächlich geschah: Bespitzelung der eigenen Mitarbeiter gehörte zur Aufrechterhaltung der »inneren Sicherheit« und schuf damit die »Angst in der Angst«. Und da diese Organisation geschaffen war, die ursächlichen kranken Verhältnisse zu verbergen, konnte es gar nicht ausbleiben, daß sich die gesellschaftliche Fehlentwicklung durch ihren »Dienst« verschärfte. Solche selbstzerstörerische Tendenz ist jedem totalitären System zu eigen. Die zur Kompensation erfundenen Mechanismen wuchern schließlich so aus, daß sie sich selbst lähmen und verschlingen. Am Ende war diese »Firma« ein waffenklirrender Gigant in einer Rüstung, die jegliches Leben erstickte: stark in der Fassade martialischer Drohgebärde, aber hohl im Kern und handlungsunfähig im bürokratisch erstarrten Apparat.

Die Beziehung zwischen Partei und Staatssicherheit konnte nicht ohne Probleme bleiben. Die Partei und ihre Vertreter brauchten zur Legitimierung ihrer Macht Verleugnung und Schönfärberei. Sie waren auf Erfolg programmiert, das verlangte ihr Selbstverständnis (zur Kompensation psychischer Probleme). Die Stasi dagegen mußte immer getreuer die Mängel, die Fehler, die miese Stimmung und den Verfall feststellen und melden. Die Partei bekam aus ihren Reihen vor allem gefälschte Statistiken, die Stasi sammelte den Unrat. Die Partei hatte die Stasi zum Knecht für die Dreckarbeit gemacht und reagierte zimperlich, wenn der Knecht mit schmutzigen Händen und verdreckten Stiefeln sich an den sauber gedeckten Tisch setzen wollte. Wie »Die Zeit« (Nr. 22/90) zu berichten weiß, hatten die bitter-wahren Stimmungsberichte und nörgelnden Analysen der Stasi im Bezirk Suhl dazu geführt, daß die Parteiführung ihren eigenen Sicherheitsdienst narren mußte, indem sie einer Untersuchungskommission der Regierung Potemkinsche Dörfer vorführte: eine Notfüllung für alle Läden, so daß die berichteten Analysen des Mangels als »Falschinformation« dem Stasi-Chef um die Ohren gehauen werden konnten. Die Partei der Kommunisten und die Firma »Horch & Guck« in einem makabren Schauspiel verdorbener Charaktere!

Die Staatssicherheit war als Repressionsinstrument eminent wirksam. Sie agierte überwiegend aus dem Hintergrund mit Angstmache. Sie war aber auch überall im gesellschaftlichen Leben präsent: Jede Personaleinstellung im Staatsapparat, in den höheren Leitungsfunktionen der Wirtschaft, der Wissenschaft und Kultur brauchte die Zustimmung dieser Behörde, die vor allem die Gesinnung (Treue und Ergebenheit an das sozialistische System), mögliche Westkontakte und persönliche Schwächen ausschnüffelte. Die Geheimpolizisten hatten auch die »politisch-operative Sicherung« jeder öffentlichen Veranstaltung zu gewährleisten, also z. B. durch Steuerung des Kartenverkaufs Einfluß auf die Zusammensetzung des Publikums zu nehmen. Wenn notwendig, sollten sie provozieren oder den Ablauf in eine bestimmte Richtung lenken. Sie hatten Gäste zu beobachten und alle Kontakte unter Kontrolle zu bringen. Sie waren aufgefordert, an allen einflußreichen Stellen ihre Leute zu haben. Die Stasi-Leute gehörten auch zu den bestellten Jublern bei allen entsprechenden Anlässen, und sie sicherten rund um die Uhr jede Staatsfeier. Sie öffneten Briefe, lauschten bei Telefonaten, setzten Wanzen, horchten Nachbarn aus, durchsuchten heimlich Wohnungen — alles illegal und ohne jegliche rechtsstaatliche Kontrolle. Ihr Auftrag war, oppositionelle Gruppen durch Schüren von Konflikten zu zersplittern, zu lähmen, zu isolieren und zu desorganisieren. Sie waren gefordert, bestimmte Personen systematisch in Mißkredit zu bringen durch Schädigung des öffentlichen Rufes und Ansehens, durch Verleumdung, Gerüchte, gezielte Indiskretionen, Verdächtigungen und organisierte berufliche und gesellschaftliche Mißerfolge. Eine durch und durch unmoralische Tätigkeit, die auf eine schwere Beschädigung der Seele und Würde dieser Menschen hindeutet. Für unmoralisches Tun ist Gefühlsarmut Voraussetzung. Doch waren viele, allzu viele bereit, mitzutun.

Für das Volk der DDR war mehr noch als das Wissen um die reale Macht der Stasi die paranoide Phantasie ihres Einflusses von Bedeutung. Die Stasi galt als eine unangreifbare Übermacht, jeder durchschnittliche Bürger zeigte Scheu vor dieser Organisation. Darin drückten sich auch unbewußt die Hintergründe der latenten Angst aus: Frühe Erfahrungen von Trennung, Isolierung, Verlassensein, Hilflosigkeit und Ohnmacht, wie sie durch eine »Geburt der Gewalt« und repressive Erziehung in der DDR massenhaft erzeugt wurden. Die schon längst erfahrene Bedrohung des Lebens fand in der Stasi die ideale Projektion.

Die Repression durch die Justiz

Die Justiz der DDR war in politischen Verfahren der wirksame Vollstrecker der repressiven Gewalt. Dem sowjetischen Vorbild folgend, war mit Hilde Benjamin die politische Anleitung durch die Partei auf dem Gebiet der »Rechtsprechung« eingeführt worden, was nichts anderes hieß als Aufhebung der Rechtsstaatlichkeit im politischen Strafrecht. Mit der ideologischen Phrase vom »Klassenkampf«, der höher gestellt wurde als das Recht, konnte fortan jedes real verübte juristische Unrecht »legitimiert« werden. Das böse »Spiel« war stets abgekartet, unabhängige richterliche Entscheidungen wurden unmöglich. Der politische Machtapparat entschied jeweils, wie ein Urteil auszufallen hatte, die Verhandlung selbst war nur noch eine formale Farce, allerdings nicht ohne psychologische Wirkung. Die beteiligten Statisten (Staatsanwalt, Richter, Schöffen, Verteidiger) wurden entwürdigt, die vorverurteilten Angeklagten gedemütigt und zum Haß bzw. durch Vernehmung, Drohung und Gehirnwäsche wohl auch häufiger zur Ohnmacht und Resignation genötigt. Wer mit einem verlogenen und primitiven Unrecht konfrontiert wurde und dann auch noch »Schuldbekenntnisse« ablegen und »Reue« zeigen mußte, dessen Seele wurde schwer beschädigt;

für die Bevölkerung waren die politischen Verfahren abschreckend und wegen der ausgeschlossenen Öffentlichkeit zum furchtsamen und einschüchternden Ausphantasieren hervorragend geeignet.

In den Anfangsjahren war es das berüchtigte Gesetz zum Schutz des Volkseigentums, das mit großer Härte bei Bagatelldelikten angewendet wurde. Diebstahl, Betrug und Veruntreuung sozialistischen Eigentums wurden aber in der weiteren Entwicklung der DDR zu einem der häufigsten Strafdelikte. In der DDR machten die Eigentumsdelikte in der Regel über 50 Prozent aller Straftaten aus, davon etwa die Hälfte gegen sozialistisches Eigentum (1988 ca. 26000 Delikte). Die Zunahme dieser Straftaten belegt den moralischen Verfall gegenüber dem Gemeinwohl und zugleich die indirekte Aggressivität (Schädigung des Staates!) als Folge der Unterdrückung und als Ausdruck des Protestes gegen den allseitigen Mangel. »Volkseigentum« war dem Volk kein erlebter Wert mehr. So zeigte sich z.B. auch zunehmend ein deutlicher Unterschied im relativen Aufblühen der Dörfer (vorwiegend Privateigentum) und dem Verfall der Städte (»Volkseigentum«). Vergehen gegen das sozialistische Eigentum wurden fast ein Massenphänomen, und die juristische Verfolgung ließ in dem Maße nach (vermutlich hohe Dunkelziffer nicht mehr verfolgter Delikte), wie Einschüchterung und Ängstigung noch besser über die Kapitel 2 und 8 des Strafgesetzbuches (Verbrechen gegen die DDR und Straftaten gegen die staatliche Ordnung) erreicht werden konnten. Mit Paragraphen gegen Sammlung von Nachrichten, staatsfeindliche Verbindungen, landesverräterischen Treubruch, Diversion, staatsfeindliche Hetze, staatsfeindliche Gruppenbildung, Widerstand gegen staatliche Maßnahmen, ungesetzlicher Grenzübertritt, Rowdytum, Zusammenrottung, Vereinsbildung zur Verfolgung gesetzwidriger Ziele, ungesetzliche Verbindungsaufnahme, Staatsverleumdung und anderes mehr konnte praktisch jeder DDR-Bürger juristisch diszipliniert und bestraft werden. In der Tat nahmen die sogenannten politischen Straftaten 1988 mit 25524 Fällen (rund 20 Prozent aller Straftaten) den zweiten Rang der Delikte in der DDR ein. Wenn es notwendig wurde, konnten so jeder Briefwechsel und persönliche Kontakt nach dem Westen, beliebige Mitteilungen über die Zustände in der DDR, politische Witze, das Sammeln von Zeitungsausschnitten aus der eigenen propagandistisch dominierten Presse(!), jedes Treffen mit Freunden in einer Wohnung u.a.m. kriminalisiert werden. Besonders Jugendliche wurden hart rangenommen, sie galten schon ohne besonderen Anlaß als prinzipiell strafwürdig. Es gab für sie Behelfsausweise und Auflagen, den Wohnort oder -bezirk nicht zu verlassen, und allein mit einer Landkarte oder einem Kompaß in einem Zug angetroffen, der in Richtung Westen fuhr, waren sie schon 100 km vor der Grenze der »versuchten Republikflucht« verdächtig.

Wollen wir uns die Mechanismen der Macht im »real existierenden Sozialismus« zusammenfassend verdeutlichen, so sehen wir ein Zusammenspiel von autoritärer Gewalt (Diktatur der Partei, die mit sowjetischer Hilfe ohne demokratische Legitimierung an die Macht gehievt worden war) mit dem verwalteten Unrecht der politischen Justiz und der permanenten Einschüchterung durch die Stasi. Die Partei übte ihre Macht vor allem kaderpolitisch aus: Nur entsprechend willfährige und schließlich psychisch schwer eingeengte Menschen wurden für leitende Funktionen zugelassen. Die Partei war hierarchisch organisiert, und ihre Mitglieder mußten »vor Ort« die Macht der Partei repräsentieren, d. h. jedem DDR-Bürger trat in Gestalt der Genossen in allen Leitungsgremien, Ämtern und Behörden die personifizierte Macht entgegen. Obwohl dabei Borniertheit, Dummheit, Verlogenheit durchaus erkennbar blieben, setzten sich die »Kader« in der Regel aber immer durch, weil sie sich der einschüchternden und ängstigenden Wirkungen der politischen Justiz und der Stasi sicher sein konnten.

Die repressive staatliche Erziehung

Jeder DDR-Bürger kann bei genauem Hinsehen ein Lied davon singen, wie an ihm »Disziplin und Ordnung« vollzogen wurden: Der Drill zur Pünktlichkeit, Sauberkeit und Höflichkeit herrschte überall. Sich in ein Kollektiv ein- und kollektiven Normen unterzuordnen waren stets oberste Gebote bei rücksichtsloser Nivellierung individueller Eigenarten, Möglichkeiten und Potenzen. Stillsitzen, sich beherrschen, anstrengen und etwas leisten, die Führungsrolle der Erwachsenen widerspruchslos und dankbar anerkennen und Gehorsam üben gehörten zu den vornehmsten Tugenden und Pflichten eines jeden Kindes. Man kann das Ziel staatlicher Erziehung auf einen Punkt bringen: Die Individualität hemmen und den eigenen Willen brechen! Dieses Prinzip wurde rücksichtslos auf allen Stufen der staatlichen Erziehung durchgesetzt.

In der DDR existierten bis Januar 1990 ca. 7600 Kinderkrippen, in denen Kinder vom sechsten Lebensmonat bis zum vollendeten dritten Lebensjahr in Gruppen betreut wurden. Von 1000 Kindern dieser Altersgruppe besuchten 799 eine Tageskrippe. Der offizielle Betreuungsschlüssel lag bei ca. sechs Kindern für eine Krippenerzieherin, in Wirklichkeit waren es aber meistens 15-18 Kinder. Ab dem dritten Geburtstag kamen die Kinder in Kindergärten. Von 1000 Kindern im Alter von drei Jahren bis zur Einschulung besuchten 940 einen Kindergarten. Für zehn Kinder sollte eine Kindergärtnerin da sein, auch hier waren es aber in der Regel 15-20 Kinder pro Kindergärtnerin. Allein diese Zahlen belegen schon das Ausmaß der Trennung zwischen Mutter und Kind. Wenn man dann noch zur Kenntnis nimmt, daß die »Betreuung« nach Plan und festem Tagesrhythmus geschah und nicht nach den Bedürfnissen und der individuellen Unterschiedlichkeit der Kinder, dann braucht man sich über die schwerwiegenden Folgen solcher Praxis kaum noch zu wundern.

Die Eltern hatten in der Regel kein Mitspracherecht, wie ihre Kinder betreut wurden, und es war bekannt, daß auch hierbei Expertenmeinungen vorschrieben, wie die Entwicklung eines Kindes zu verlaufen hatte. Eltern wurden gerügt, wenn ihre Kinder mit einem Jahr noch nicht »sauber« waren oder Zeichen für »Eigensinn« zeigten. Manche Kinder weinten und schrien stundenlang nach ihren Müttern, wenn sie in der Krippe abgegeben worden waren. Aber besondere Zuwendung und Zärtlichkeit waren untersagt, um nicht den Neid der anderen Kinder hervorzurufen.

In allen Beurteilungen der Kinder wurde ihre »Fähigkeit zur Einordnung in das Kollektiv« als besonders wertvoll herausgestrichen, dagegen Eigenständigkeit und Individualität abgewertet. Die Kinder wurden systematisch mit Feindbildern konfrontiert und zu paramilitärischen Spielen und Liedern genötigt. Von klein auf wurde nach dem Prinzip Entweder-Oder erzogen und nach Gut und Böse eingeteilt. Als gut galten Fleiß, Ordnung und Bravsein und als böse z. B. Wut, Eigensinn und mangelnde »Staatstreue«.

Daß die meisten Eltern dies alles tolerierten, hat nach meinen Erkenntnissen mehrere Ursachen: Sie waren selbst im autoritären Denken und Handeln befangen und mitunter sogar erleichtert, wenn die Erziehungseinrichtungen ihnen bei der schwierigen Aufgabe der »Disziplinierung« halfen. Die Frauen waren zum größten Teil berufstätig (83,2 Prozent der arbeitsfähigen weiblichen Bevölkerung), was sowohl den Erfolg staatlicher Propaganda wie auch den Verlust an Wissen und Intuition für die Bedeutung der Mutter-Kind-Beziehung verrät. Und ganz offensichtlich hatte die berufliche Entwicklung der Frau und der äußere Wohlstand der Familie in der Bevölkerung einen höheren Stellenwert als das seelische und soziale Wohlergehen der Kinder.

Die Schulen waren die Zuchtanstalten der Nation. Unter der zynisch-perfiden Parole der »allseitig gebildeten Persönlichkeit« wurde hier jedem das »Rückgrat« gebrochen, und es kam keiner heraus, der sich nicht einengenden Normen und repressiver Manipulation unterworfen hätte; selbst Betragen, Fleiß und Ordnung wurden zensiert. Die Lehrer kamen unweigerlich in den Konflikt zwischen unablässigem Zwang zur Indoktrinierung, autoritärer Lehre im Frontalunterricht und ihrem eigenen Gewissen und der erkennbaren Pein und Not ihrer Schüler. Dieser Konflikt hat unter Psychotherapeuten eine bitter-tragische Einschätzung entstehen lassen: Lehrer in der DDR sei kein Beruf, sondern eine Diagnose! Verstärkt wurde dies vor allem auch dadurch, daß sich das Staatsmonopol »Volksbildung« besonders der noch »gesund« reagierenden »labilen« Lehrer entledigen wollte, daß Ärzte und Psychologen ihnen »Berufsunfähigkeit« bescheinigen sollten, damit sie, die wahren Verhältnisse verschleiernd und Privilegien wahrend (besser Altersversorgung), über »Krankheit« aus dem Dilemma aussteigen konnten. Natürlich gab es auch eine Fülle von wirklichen Krankheitszuständen, doch deren wahre Ursachen wurden mit dieser Praxis zugedeckt. Wir Ärzte und Psychologen sind dabei oft schuldig geworden, nicht genügend eingeklagt zu haben, daß das System »Volksbildung« durch und durch krank und deformierend war, und zwar für Schüler und Lehrer, und daß bereits häufig die Zulassung zum Lehrerstudium besonders labile Menschen bevorzugte, die unsicher und eingeschüchtert waren, so daß sie dem System als staatstreue und ergebene Diener zum Vorbild für den Nachwuchs geeignet erschienen. Die Ich-Schwäche der Lehrer und ihr Untertanengeist sollten garantieren, daß sich die Charakterdeformierung durch den autoritären Unterricht und die Gehirnwäsche mit permanenter Nötigung zu Lippenbekenntnissen »fortpflanzte«.

Einem gnadenlosen Bewertungssystem nach Leistungen wurde jeder unterworfen, wobei die vorgegebene staatstreue Gesinnung, auch wenn sie noch so plump geäußert wurde, wesentlich mehr Gewicht hatte als jede fachliche und kreative Fähigkeit. Ja, oft genug war bereits eine differenziertere Meinung, als sie im Lehrstoff vorgegeben war, als eigenständiges Denken eine subversive Gefahr und mußte entsprechend geächtet werden. Als besonders infame Methode erwies sich die häufige Aufforderung, sich doch vertrauensvoll und ganz ehrlich mit allen Problemen an die Erziehenden zu wenden, und wer dem doch noch vertraute, hat dies in der Regel kein zweites Mal mehr getan, weil der Einladung stets eine Belehrung folgte und die Chance, mit einer kritischen, andersartigen, innovativen Idee Verständnis oder gar Anerkennung zu finden, gleich null war – der Lehrende, die Autorität behielt ausnahmslos recht, nur er allein verfügte über das richtige Wissen und die Wahrheit.

So war mein Sohn vom Zeichenunterricht sehr begeistert, bis eines Tages ein Bild von ihm mit der Note 5 zensiert wurde, weil er Kosmonauten mit lila Farbe gemalt hatte, was von der Lehrerin als absurd eingeschätzt wurde. In einem anderen Fall wurde ein Mädchen nach ihrer ehrlichen Meinung zu einem Gemälde des »Sozialistischen Realismus« gefragt, das eine fettleibige, gedrungene Bäuerin auf einem Mähdrescher zeigte. Das Kind antwortete, es empfinde die dicke Frau als häßlich und abstoßend, worauf es getadelt und mit einer 5 bestraft wurde. Als Kinder im Biologieunterricht über die toten Fische sprachen, die sie eines Tages plötzlich im Dorfbach entdeckt hatten, und Industriegifte als Ursache vermuteten, wurden sie zum Direktor gerufen, bei dem ein unbekannter, sportlich und korrekt gekleideter junger Mann saß, und sie wurden darüber vernommen, wer das Gerücht vom Gift im Wasser aufgebracht hätte und mit wem sie darüber gesprochen hätten und überhaupt seien solche Verdächtigungen sehr gefährlich und müßten unterbunden werden, weil Regierung und Partei doch alles für den Umweltschutz tun würden. So hervorragende Gesetze wie in der DDR gäbe es sonst auf der ganzen Welt nicht. Oder Kinder wurden scheinheilig von ihren Lehrern gefragt, ob die Fernsehuhr Punkte oder Striche zeige, um auf diese Weise auszuhorchen, wer mit dem Westfernsehen den »Klassenfeind« in die Wohnstube läßt und dann einer besonderen »Bewußtseinserziehung« unterzogen werden muß.

Solche alltäglichen Beispiele lassen sich beliebig fortsetzen. Diese ängstigende und demütigende Repression vollzog sich als ganz persönlicher Kleinkrieg und keine noch so winzige Gelegenheit wurde ausgelassen, um die Macht konkret durchzusetzen.

Dies war einer der Gründe, weshalb es schließlich in allen öffentlichen Gesprächsrunden entweder zu quälendem Schweigen oder zu langweilig-widerwärtigen Zustimmungserklärungen kam und die Fähigkeit und Bereitschaft zu offenem Meinungsstreit völlig verloren gegangen ist. Jedes wirkliche Nachdenken und Diskutieren wäre unweigerlich in den Dunstkreis des Abtrünnigen und Staatsgefährdenden geraten. Man wurde mit sinnentleerten Phrasen und abstrakten Allgemeinplätzen »marxistisch-leninistischer Wissenschaftlichkeit« belehrt, was nur bei Gefahr sozialer Ächtung und Bedrohung angezweifelt werden durfte. Eine eigene Meinung geriet so zur erheblichen psychischen Belastung. Losungen wie »Die Partei hat immer Recht!« waren durchaus geeignet, sich klein und ohnmächtig oder mit einer persönlichen Ansicht doch recht anmaßend und überheblich zu fühlen. Auch hier wurde wie in einer autoritären Religion mit einer magisch-mystischen Übermacht gearbeitet, um die Infantilisierung und Unterwerfung zu sichern. Gelang dies ausnahmsweise nicht, waren Empörung und Protest die gesunde Reaktion ob solcher Behandlung, traten sofort die weiteren Mechanismen der Gehirnwäsche in Aktion: Man wurde ausgelacht, getadelt, beschämt und sozial geächtet, indem man zum Außenseiter, zum »Klassenfeind« erklärt wurde, zu einem, der nicht im »rechten Bewußtsein« sei. Und das Allerschlimmste daran, man blieb in der Regel wirklich allein. Fast nie hat jemand Partei ergriffen und sich solidarisiert, wenn einem mal der Kragen platzte und der Empörung freier Lauf gelassen oder die Wahrheit hinausgeschrien wurde. In einer solchen Situation genau zu wissen, daß viele ganz ähnlich dachten, aber sich lieber raushalten wollten und dem Blick verschämt auswichen, dieses Alleingelassensein hat immer tief getroffen und Wirkung gezeigt. Da half auch nachträglich geflüsterte Zustimmung gar nichts, sie verschlimmerte eher die bittere Enttäuschung. Und das Resümee solcher Erfahrung war: »Es hat keinen Zweck, ich kann nichts machen, es ändert sich doch nichts, ich bin nur der Dumme!«

Die Mechanismen »sozialistischer Erziehung« erzeugten vor allem eins: einen unvorstellbaren Anpassungsdruck. Um dies noch einmal an einigen Alltagsbeispielen zu veranschaulichen: In den fünfziger Jahren war es üblich, jemanden aus der Schule nach Hause zu schicken oder vor der Klasse als »Klassenfeind« zu brandmarken, wenn er Jeans oder ein rotes Hemd trug (obwohl Rot die Farbe der kommunistischen Bewegung ist). Aber zur damaligen Zeit war dies einfach zuviel Farbe, zu lebendig, zu amerikanisch und wurde nicht toleriert. Ebenso wurden Jugendliche ermahnt oder aus dem Tanzsaal geschickt, wenn sie »auseinander« tanzten, wie es zum Boogie Woogie oder Rock 'n Roll gehörte – das paßte nicht zur sozialistischen Moral! In der Schule waren Taschenkontrollen durchaus üblich, und wurde dabei z. B. ein harmloses Walt-Disney-Heft gefunden, bekam man Strafarbeiten und wurde moralisch fertiggemacht. Noch in den achtziger Jahren wurde man gerügt, wenn man eine Plastetüte mit der Reklame einer westlichen Firma zur Schule mitbrachte oder ein T-Shirt mit einem westlichen Star oder einer Staatsflagge eines kapitalistischen Landes trug. In den Kinderkrippen, -gärten und -heimen war es gar nicht so selten, daß Kinder zum Schlafen genötigt wurden, nur zu bestimmten Zeiten austreten gehen durften, zum Aufessen gezwungen wurden, beim Einpinkeln beschämt wurden, und eine Nötigung, die Partei und den Staat glorifizierende Gedichte und Lieder zu lernen und die Armee zu verherrlichen, war selbstverständlich. Diese banalen Alltagsbeispiele mögen genügen, um zu zeigen, wie tief und umfassend die Lebensweise eines jeden von Kindheit an aufs Schwerste behindert und gestört wurde.

Dabei waren individuelle, familiäre, religiöse und politische Normabweichungen einer Hölle ausgesetzt: Linkshänder, Brillenträger, Unsportliche, Stotterer, Bettnässer waren der kollektiven Ablehnung ebenso gewiß wie Christenlehrekinder, Nicht-Pioniere, Pazifisten und Wehrdienstverweigerer. Der Gruppendruck war enorm und die verdeckte Aggressivität auf dem Schulhof und dem Schulweg nahezu typisch, wie auch Schadenfreude, Hohngelächter und Hänseleien häufig zu den traurigen »Spielen« unserer Kinder gehörten. Diese früh gelernten Ausgrenzungen als Mittel, Aggressionen ventilartig abzureagieren, bildeten natürlich die beste Voraussetzung für die spätere zwanglose Eingliederung in die systemimmanenten Feindbild- und Haßprojektionen, wie sie gegen Schwule und Ausländer latent immer vorhanden waren und gegen Andersdenkende und »Klassenfeinde« demagogisch gezüchtet wurden.

Das Prinzip der propagandistischen Übertreibung, der pausenlos abverlangten Loyalitätsbeweise, der plumpen Parolen, der albernen bis absurden Kampagnen und der ganz offensichtlichen Lügen hatte psychologische Bedeutung: Die ganz armen und einfachen Gemüter wurden damit unter Kontrolle gebracht, auf Trab gehalten und ihre Zeit wurde strukturiert – ganz primitive Konditionierung wie bei Tierdressuren –, die differenzierteren wurden damit in ihrer

Autonomie und Vitalität gebrochen. Durch die Primitivität der Forderungen wurde intellektueller Protest und emotionaler Widerwille geradezu geschürt, und wenn er sich äußern wollte, folgten Bestrafung, Beschämung und Ausgrenzung, was Haß und Wut bis zur Ohnmacht steigerte, so daß schließlich Erlösung nur durch die Gnade der Verdrängung und Unterdrückung noch erfolgen konnte bzw. zur Identifizierung mit dem Aggressor führte. Im ersteren Falle hatte man die geborenen Untertanen wieder reproduziert, weil sie von nun an mit ihrer Verdrängung vollauf beschäftigt blieben und nur noch in der Anpassung überleben konnten, im zweiten Falle war der Nachwuchs für eine Karriere der Macht im Staats- und Parteiapparat, bei den Sicherheitsorganen, im Militär und den höchsten Rängen der Wirtschaft und Kultur gesichert.

Sollte diese deformierende Anpassung irgendwo mißlingen, haben vor allem die Justiz, aber auch die Medizin und in einem gewissen Sinne auch die Kirche den Rest der Unterwerfung und Verbiegung vollzogen.

Die familiäre Repression

Der familiäre Erziehungsstil in der DDR war in aller Regel autoritär. Die meisten Eltern waren selbst Opfer repressiver Erziehung, und sie waren in einer Gesellschaft zu leben genötigt, die nur Anpassung und Unterwerfung belohnte. Gab es, selten genug, den guten Willen mancher Eltern, ihren Kindern freiheitlichere Erfahrungen zu ermöglichen, scheiterte dies spätestens dann, wenn die unbedarften bis aufmüpfigen Haltungen und Äußerungen dieser Kinder reale Konflikte mit Kindergärtnerinnen, Lehrern und Erziehern provozierten. Dann waren diese Kinder in großer Gefahr, denn die Spannungen wurden nicht unter den Erwachsenen ausgetragen: Das hätte das hierarchische System bereits untergraben. Wo es um »prinzipielle« Fragen ging, und Erziehung berührte natürlich den Kern des Systems, die »Machtfrage«, gab es nur Unterordnung und niemals gleichberechtigte unterschiedliche Meinungen. Also fiel jeder elterliche Protest oder abweichende Erziehungsstil wieder auf die Kinder zurück. Sie wurden von den Lehrern malträtiert oder von den Klassenkameraden gehänselt und geächtet. Wer nicht so war wie alle, hatte einen schweren Stand. So bettelten manche Kinder ihre Eltern geradezu an, sie doch zu den »Jungen Pionieren« gehen zu lassen, damit sie nicht in der Klasse alleine blieben. Viele Eltern haben ihren Nachwuchs auch gegen ihre eigenen Überzeugungen zu Verhaltensweisen genötigt, die Einordnung und Anpassung sicherten, um die Kinder — so die illusionäre Hoffnung — vor unnötigen Spannungen und Konflikten zu bewahren und ihre reibungslose Entwicklung zu fördern. Mitunter nahm dies auch groteske Ausmaße an, so z.B. wenn die Eltern sich erst dann Westfunk und -fernsehen gestatteten, wenn ihre Kinder schliefen oder wenn sie bei politischen Gesprächen unter Erwachsenen die Kinder aus dem Zimmer schickten. Eine solche fragwürdige Praxis sprach natürlich nicht nur für die Naivität der Eltern, sondern mehr noch für ihre Einschüchterung und illusionäre Verkennung, wenn sie ernsthaft davon überzeugt waren, ihre Kinder so vor Schaden bewahren zu können. Wenn ein solches Erziehungsverhalten in politischen Dingen auch eher als bittere Anekdote erwähnenswert ist, so waren aber unbewußt kinderfeindliche und das Recht und die Bedürfnisse der Kinder verachtende Erziehungspraktiken die Regel in der »demokratischen« deutschen Republik.

Der entscheidende Mechanismus des Gewaltsystems in der DDR lag darin, daß in der charakterlichen Einengung und Verformung der meisten Eltern uns ein Massenphänomen begegnete, das bereits in der familiären Situation die Pathologie reproduzierte, die später zur Einordnung und Aufrechterhaltung eines abnormen Gesellschaftssystems erforderlich bis ausgesprochen nützlich war. Die entscheidenden Fragen: Wie sind die Beziehungen zwischen Mutter und Kind? Wie sind die Beziehungen zwischen Mann und Frau? Wie ist die Geschlechterfrage in der Gesellschaft wirklich geklärt? wurden peinlich gemieden. Die Diskussion um die Bedeutung der frühen Kindheit, der Mutter-Vater-Kind-Beziehung war in der Öffentlichkeit ja tabuisiert oder regelrecht falsch dargestellt und psychoanalytische Erkenntnisse waren systematisch ferngehalten oder als »bürgerlich-dekadente Irrlehre« verteufelt worden.

Nicht selten waren die Kinder für die frustrierten Eltern die Objekte zur Abreaktion der eigenen Spannung und Not, wobei mehr unbewußt ablaufende Mechanismen häufiger waren als das bewußt harte Strafen, wie z. B. durch Prügel. Ganz offensichtliche physische Mißhandlungen von Kindern gab es bei uns natürlich auch, aber im Verhältnis zum Massenphänomen des psychischen Terrors in den Kinderstuben war es eher ein seltenes Ereignis. In der Regel war die Tragik der psychischen Vergewaltigung in den »geordneten

Familien« als noch schlimmer einzuschätzen, weil die Kinder schlechtere Chancen hatten, das ganze Elend ihrer Kindheit und die Wahrheit über ihre Eltern zu erfahren als brutal geschlagene Kinder.

Ich will mit dieser Bemerkung direkte Gewalt nicht bagatellisieren, doch zeigte sich in der Therapie die Erkenntnis dann besonders erschwert, wenn die Eltern ständig ihre »Liebe« herausstellten oder wenn die Kinder mit materieller Zuwendung so zugedeckt und korrumpiert wurden, daß ihre wirklichen Wünsche nach emotionaler Nähe unerkannt blieben. Viele Eltern verstanden es auch, durch Hinweis auf ihre Mühen die Kinder zur Dankbarkeit zu verpflichten und damit eine moralische Unterwerfung zu erzwingen.

Den Eltern mangelte es häufig an Wissen, aber mehr noch an Intuition für den Umgang mit ihren Kindern. Die psychische Deformierung vieler Eltern, ob als Folge der Erziehung im faschistischen oder im »sozialistischen« Deutschland hatte ihre Einfühlungsgabe in die Bedürfnis- und Erlebniswelt ihrer Kinder erheblich beeinträchtigt. Da sie auf diese Weise die innere Führung für ihre Beziehung zu den Kindern weitestgehend verloren hatten, brauchten sie jetzt äußere Orientierungshilfen, die sie sich als autoritative Ratschläge bei Ärzten, Psychologen, Lehrern und aus Büchern holten oder eben als allgemeingültige Regeln und Normen unkritisch übernahmen. In der Therapie – und das ist durchaus von allgemeinerer Bedeutung – »gestanden« Eltern häufiger, wie sie sich durch die Spontaneität und Emotionalität ihrer Kinder geängstigt fühlten, weil sie selbst nur noch ein Leben in zwanghafter Enge führen konnten. So war ihr Erziehungsstil unbewußt meist darauf gerichtet, die Kinder so schnell wie möglich zu disziplinieren, d. h. letztlich »unlebendig« zu machen. Das beste Kind war dann der »kleine Erwachsene«, der die Eltern nicht mehr durch unverfälschten Lebensausdruck an ihre eigene Entfremdung erinnern konnte.

Das Bemühen der Eltern bestand dann darin, daß ihre Kinder schon sehr früh »sauber« waren, zeitig laufen und sprechen konnten, lieb, brav und »pflegeleicht« waren (den Eltern keine Sorgen und Probleme mehr machten!), zu Hause tüchtig halfen und in der Schule gute Zensuren erreichten und mit tadellosem Betragen glänzen konnten. So wurde die innere Enge der Eltern auf tragische Weise »fortgepflanzt«.

Viele Frauen haben aus Unkenntnis der wahren Zusammenhänge und aus psychischer Unreife das Stillen vernachlässigt (wer selbst bedürftig ist, mag schlecht hergeben), viele stillten mit innerer Abwehr und Angst oder haben zu früh aus »kosmetischen« Gründen oder sozialen Pflichten (Berufstätigkeit) abgestillt. Junge Frauen berichteten davon, daß sie von Freundinnen und selbst in der Mütterberatung des staatlichen Gesundheitswesens verwundert bis argwöhnisch behandelt wurden, manchmal sogar regelrechtes Unverständnis ernteten, wenn sie ein Jahr oder länger stillten. Es war überwiegend üblich, sich an einen vorgeschriebenen Stillplan zu halten oder ärztliche Autorität anzufragen, wann und wie oft gestillt werden sollte, statt sich nach den Bedürfnissen des Kindes oder der eigenen Intuition zu richten.

Zu dem unheilvollen Ineinander von gesellschaftlicher und familiärer Repression gehörte auch, daß den Kindern in der Regel der Rhythmus der Eltern und der sozialen Zwänge rigoros aufgenötigt wurde: von vorgeschriebenen Stillzeiten, Schlafenszeiten, »Topf«-zeiten bis zu den Rhythmen, die eine berufstätige Frau einzuhalten genötigt war. So konnte man gar nicht so selten schon in aller Frühe blasse und müde Kinder sehen, wie sie von ihren gestreßten Müttern in die Kinderaufbewahrungsanstalten geschleppt und gezerrt wurden. Wenn Kinder in diesem Zusammenhang weinten, wurden sie beschimpft und bedroht. In den Lebensgeschichten unserer Patienten waren tragische Berichte von herzzerreißenden Szenen beim Abliefern in die Krippen und Kindergärten, die ohnmächtige Wut und schmerzliche Ängste bei den Kindern verursachten, sehr häufig. In der Erziehung wurde immer größter Wert darauf gelegt, alles möglichst regelmäßig zu tun, stets pünktlich zu sein und die Pflichterfüllung vor Spiel und Spaß zu stellen. Vorhandene Bedürfnisse zurückzustellen und ihre Beherrschung zu lernen, war ein Grundprinzip der Erziehung.

Dabei war die Gefühlsunterdrückung die absolute Norm: Selbstbeherrschung, Kontrolle, Tapferkeit, Härte und Fügsamkeit gegenüber der Autorität und Niemals-Aufbegehren waren die geforderten Tugenden.

Der aus diesen Erziehungsidealen resultierende angstvoll-kontrahierte Zustand vieler Kinder war schon an ihrer Blässe erkennbar. Lärmen, Schreien und Toben wurden zumeist als störend und unanständig empfunden und entsprechend gerügt. Weinen wurde lächerlich gemacht, zur Unterdrückung gemahnt oder durch zudeckenden Trost verhindert. Generelle Ablenkung von den Gefühlen war der übliche Weg. Ein probates Mittel: ein Bonbon bei Tränen und Schmerz! Eltern fühlten sich häufig genervt und verunsichert, wenn ihre Kinder Gefühle zeigten. Ganz besonders wurden Freude und Lust gezügelt und dies mehr indirekt: Kinder sollten Rücksicht auf ihre gestreßten Eltern nehmen, sie sollten nicht so ausgelassen sein, Eltern hatten häufig keine Zeit für ihre Kinder, vor allem nicht spontan, »Vergnügen« mußte geplant werden und mißriet dann nicht selten zur Qual.

Das kindliche Bedürfnis nach Lieben und Geliebtwerden wurde im allgemeinen schwer frustriert: vor allem schon dadurch, daß die Eltern weder genügend zur Verfügung standen noch Verständnis dafür hatten, daß Kinder ein eigenes aktives Liebebedürfnis haben könnten. Unsere therapeutische Praxis hat uns immer wieder gezeigt, daß viele Eltern vor den Liebesgefühlen ihrer Kinder Angst hatten und zärtliche oder erotische Berührungen abwehrten. Darin drückte sich ihr unbewußt gewordenes eigenes Liebesdefizit aus. Andererseits war es weit verbreitet, daß Kinder zur »Liebe« ihrer Eltern verpflichtet wurden. War eine Mutter den ganzen Tag auf Arbeit und kam nach Hause, konnte sie durchaus ihrem Kind zurufen: »Hast du mich auch noch lieb?« Darin drückte sich ihre eigene Angst, Unsicherheit, Schuld und Bedürftigkeit aus, aber für das Kind war es in der Regel eine Katastrophe. Nicht nur, daß es den ganzen Tag von der Mutter getrennt sein mußte, nach so langer Entbehrung wurde es dann nicht nur nicht durch die Liebe der Mutter entschädigt, nein, das Kind sollte nun auch noch die Mutter erfrischen und aufheitern. Dies war der sicherste Weg, das spontane Liebesbedürfnis der Kinder über eine abverlangte Pflicht zum Verdorren zu bringen. Liebe im Sinne bedingungsloser Annahme (Du bist da und ich hab' dich gern!) mußte als absolute Seltenheit angesehen werden. Dafür waren die Mütter in der Regel selbst nicht genug liebesgesättigt, und sie waren durch ihre Doppelbelastung mit dem Beruf meist zu gestreßt oder auch genötigt, ihre Kinder auf unnatürliche Normen hin zu drillen. Die Erziehungsnormen in unseren Kinderstuben waren also ungebrochen autoritär-repressiv: »Sei still! Schrei nicht so! Was sollen die Leute denken! Heul nicht so rum! Beherrsch dich! Beiß die Zähne zusammen! Sei tapfer! Sei nicht so neugierig! Frag nicht so dumm, das verstehst du noch nicht! Nimm Rücksicht! Stör nicht so! Streng dich an! Sei tüchtig, fleißig, höflich, pünktlich! Sei lieb und brav! Sei möglichst perfekt! Achte die Eltern und Erwachsenen! Sei aufmerksam! Halt dich zurück, gib nach, ordne dich unter! Tob nicht so rum, sei nicht so ausgelassen! Freu dich nicht zu früh! Spiel da (Genitalien) nicht rum! ...«

Kinder wurden auf Unterordnung, Anpassung und Anstrengung gedrillt. Das Geschehen-, Gewähren- und Freilassen wurde systematisch unterbunden. So wurden spontaner Gefühlsausdruck, eigenständige Aktivität und Kreativität meistens erstickt und verhindert, um dann durch kontrolliertes und angeordnetes Spielen und zielgerichtetes, erfolgsorientiertes Tätigsein ersetzt zu werden. Das lebendige Kind wurde »gebrochen« und dann zur Marionette aufgebaut.

Mit dieser repressiven Praxis erfüllte auch die Familienerziehung die Ideale der »sozialistischen Moral«, die auf Strebsamkeit, Sparsamkeit und Disziplin orientierte. »Charakterfestigkeit« und »körperliche Gestähltheit« entsprachen familiären und gesellschaftlichen Vorstellungen. Was einerseits als »internationale Solidarität der Arbeiterklasse«, »unverbrüchliche Verbundenheit aller sozialistischen Länder«, »Vaterlandsliebe« und »Treue zum Sozialismus« gefordert wurde, war andererseits als »Achtung und Respektierung der Eltern«, »Zusammenhalt der Familie«, als »Verpflichtung, der Familientradition zu entsprechen«, eingeklagte Norm. Es fehlte an der Bereitschaft, sich mit abweichenden und individuellen Meinungen ehrlich auseinanderzusetzen, Veränderungen und Entwicklungen zuzulassen. Wer Achtung einklagt, hat sie schon längst verspielt, wer Zusammenhalt fordert, hat ihn bereits verloren, wer Treue braucht, verbirgt darin Unsicherheit und Selbstwertstörung.

Gegen den Drill und Anpassungsdruck der Schule haben Eltern daher so gut wie nie protestiert. Sie haben sich eher mit den Lehrern gegen die Kinder verschworen, vor allem wenn es um die Disziplinierung ging. Eine schlechte Beurteilung des Betragens der Kinder war den meisten Eltern so unangenehm und peinlich, daß sie eher die Kinder dafür beschimpften und straften, als sich gegen ein kinderfeindliches Erziehungssystem aufzulehnen. Wenn man Eltern beim Elternabend, zu dem die Schule regelmäßig einlud, beobachtete, hatte man sehr bald den Eindruck, daß in ihnen die eigene frustrierende Schulzeit wieder lebendig wurde, denn sie saßen meist geduckt, ängstlich und angepaßt in den Bänken, in denen jetzt ihre Kinder terrorisiert wurden. Man hatte es eben nicht nur mit Lehrern zu tun oder einer Diskussion über Erziehungsstil, sondern die Schule war schlechthin die Zuchtanstalt der Nation mit ständiger Präsenz und Dominanz der Sozialistischen Einheitspartei, es ging stets um Ideologie und die sogenannte Machtfrage. So waren Eltern weniger Anwälte ihrer Kinder, sondern häufiger Erziehungsgehilfen der Staatsgewalt »Schule«. Das war für viele Kinder eine herbe Enttäuschung und hat das Vertrauen zu ihren Eltern untergraben. Gerade dieses Versagen der Eltern hat bei den Kindern Ohnmachtsgefühle verfestigt.

Besondere Beachtung verdient die »Sexual-Erziehung« in der DDR. Es hatte im Laufe der Jahrzehnte bei uns lediglich eine Liberalisierung gegenüber dem Nacktheitstabu gegeben. Die FKK-Kultur überzog das ganze Land. Bei genauerem Hinsehen durfte dabei aber eher eine Abwehr des Erotischen und Sexuellen vermutet werden. Die biedere und häufig genug auch abstoßende Nacktheit schien sexuelle Phantasien und Gelüste eher zu behindern als zu fördern. Die vielfachen psychosomatischen Störungen der DDR-Bürger gaben sich in den Körperdeformierungen unverhüllt preis. Ansonsten dominierte ungehindert eine prüde, verlogene und tabuisierende Sexualeinstellung. Eine Förderung der sexuellen Lust, der erotischen Raffinesse und des spielerisch-sinnlichen Umgangs mit dem Körper kam kaum vor, dagegen waren Schuld, Scham und Angst im Umgang mit der sexuellen Entwicklung der Kinder die vorherrschende Regel. Unsere Patienten berichteten durchweg von großen Unsicherheiten, von Verlogenheit und Prüderie mit einer unvorstellbaren Fülle von Falschdarstellungen der menschlichen Sexualität, die sie in ihren Ursprungsfamilien erleben mußten. Onanieren wurde meistens verleugnet und unter Strafe gestellt. Die Menstruation wurde als beschwerlich, belastend und bedrohlich dargestellt und erlebt. Vor der Aufnahme sexueller Beziehungen wurde regelmäßig gewarnt, alle möglichen Gefahren wurden heraufbeschworen. Das allgemeine Familienklima war in der Regel so, daß Kinder kaum ermutigt wurden, Fragen zu stellen oder sich mit ihren Empfindungen vertrauensvoll an die Eltern zu wenden. »Aufklärung« war, wenn es sie überhaupt gab, vorrangig sachlich-kühl, biologisch, technisch-funktional und entsprach damit völlig dem vorherrschenden naturwissenschaftlich-materialistischen Weltbild. Sie erfolgte meist nur zu einer bestimmten Zeit und war kein ständiger Prozeß der Begleitung. Dementsprechend wurde sie von den Kindern (wenn sie als Erwachsene später darüber sprechen konnten) häufig als peinlich und grotesk erlebt, weil sie meist von »der Straße« schon ganz andere und realistischere Erfahrungen hatten. Für die meisten Kinder war es unvorstellbar, daß ihre Eltern sexuelle Beziehungen haben könnten, der Gedanke daran löste oft Ekel aus – was kann das prüde und verlogene Klima einer Familie besser illustrieren als solche traurigen Erfahrungen. Auf der anderen Seite fanden wir aber immer wieder auch Mißbrauch der Kinder durch ihre Eltern: Gehemmte Väter, die Angst vor ihren Frauen hatten und sexuell frustriert waren, kuschelten mit ihren Töchtern, berührten sie streichelnd an erogenen Zonen oder haben sie direkt sexuell mißbraucht. Alleinstehende oder sexuell gehemmte Frauen klammerten sich an ihren Jungen, er »durfte« bei ihnen schlafen, er sollte sich ständig schmusen und küssen lassen.

Wegen der sexualfeindlichen Erziehung wurde die Pubertät für viele Jugendliche zur Qual. Vor allem forderte der sexuelle Triebschub jetzt partnerschaftliche Nähe, die aber war wegen der enttäuschenden Erfahrungen mit den Eltern durch schmerzliche Gefühle und Mißtrauen verwehrt. So blieb als Ausweg nur sexuelle Aktivität ohne wirklich intime Beziehung, also Abbumsen, häufig wechselnde Partner, Sexualität unter Alkoholeinfluß, unter ungünstigen äußeren Bedingungen (z. B. im Park, in Hinterhöfen usw.) Vor der »Pillenzeit« kam es daher auch häufig zu ungewollten Schwangerschaften, die tragische Szenen zur Folge hatten: wütend-empörte Eltern mit der Tendenz, die Kinder »zu verstoßen«, moralisierende Belehrungen von Eltern, Ärzten und der Jugendfürsorge und psychisch und sozial hilflos überforderte Jugendliche. Welche ungünstigen Vorbedingungen für das neue keimende Leben darin lagen, läßt sich leicht ausmalen. Auch unter »Pillenschutz« kam es bei uns relativ häufig zu frühen Schwangerschaften (zwischen dem 18. bis 22. Lebensjahr), noch bevor die Ausbildung abgeschlossen und die soziale Reife erreicht war, so daß Großeltern und die Kinderkrippen einen großen Teil der Pflege übernehmen mußten, was für die Mutter-Kind-Beziehung eine erhebliche Störung und Belastung bedeutete.

Unsere Analysen zeigten aber, daß gerade die psychische Unreife und Not junge Frauen zur Mutterschaft trieb, in der Hoffnung, dann endlich im Kind ein »Liebesobjekt« zu haben, das für eigene Entbehrungen entschädigen sollte. So äußerten viele junge Mütter im Laufe ihrer therapeutischen Analyse, daß sie schwanger wurden, um gerade nicht ihre Unreife als Frau erleben zu müssen. Vom Kind erhofften sie endlich die Zufuhr an Zärtlichkeit und Bestätigung, die ihnen schon immer fehlte. In der Mutterschaft erhofften sie eine Ablenkung von der eigenen Not und Unzufriedenheit, die sie dumpf in sich spürten, aber nicht austragen konnten. Das Kind sollte sie trösten, und es rutschte damit in den Dienst einer Puppe oder eines Kuscheltieres. Der Konflikt entstand vor allem dadurch, daß das neugeborene Kind seine Bedürftigkeit zunächst ungehindert äußerte und die selbst noch zuwendungsbedürftige Mutter damit zur Verzweiflung treiben konnte.

Auch sexuelle Probleme wurden von manchen Frauen über eine Schwangerschaft abgewehrt, indem mit Rücksicht auf ihren »Zustand« und später auf die Kinderpflege sexuelle Aktivität abgelehnt oder zumindest verringert werden konnte. Daß es seit der 1972 eingeführten gesetzlich geregelten Fristenlösung für Schwangerschaftsabbruch etwa 2 Millionen legale Abtreibungen in der DDR gab, betrachte ich als ein Alarmzeichen für eine vielschichtige psychosoziale Krise. Im Falle einer ungewollten Schwangerschaft dürften dabei sexuelle und emotionale Probleme eine herausragende Rolle spielen. In diesem Zusammenhang erfuhren wir von fragwürdigen sexuellen Kontakten ohne geeignete Vorbereitung, ohne befriedigende partnerschaftliche Beziehungen, ohne gereifte Verantwortlichkeit, letztlich also von einem Mißbrauch der Sexualität zur Kompensation von psychischen Spannungen und unerfüllten Sehnsüchten.

Gleichzeitig lieferte der Staat mit der verlogenen Emanzipationsideologie, die niemals eine wirkliche Gleichstellung der Frau ermöglichte, sondern stets ihre Unterwerfung unter ökonomische Zwänge und ihre »Vermännlichung« erwartete, den geeigneten Rahmen, die wirkliche seelische Not vieler Frauen auf die äußere Karriere abzulenken, wo innere Erkenntnis und Reife am Platze gewesen wäre. Das Sozialsystem und das patriarchale Herrschaftssystem haben der Frau mit der beruflichen Karriere lediglich dreifache Belastungen durch Arbeit, Haushalt und Kinder beschert, was indirekt, aber um so wirkungsvoller die Schädigung der Kinder gefördert hat.

Und die »Wende« hat die Verwirrung darüber eher noch verstärkt. Frauen kämpfen jetzt darum, die Kinderkrippen und -gärten als »soziale Errungenschaften« zu erhalten und konservative Politiker wollen den Frauen wieder ihren Platz in Küche und Kinderstube zuweisen. Bei beiden Positionen wird die entscheidende Frage der Mutter-Vater-Kind-Beziehung ausgeblendet. Statt dessen wird mit politischen Argumenten agiert: Einerseits versteckt sich im berechtigten Ringen um Emanzipation häufig die Beziehungsproblematik vieler Eltern, andererseits drückt sich in der neu geforderten Hausfrauenrolle auch eine unbewältigte Sehnsucht nach der Mutter aus, was in der Therapie vieler Menschen bei uns ein zentrales Thema war. Die Probleme der Kinderbetreuung lassen sich nicht allein durch politische Entscheidungen für oder gegen Kinderkrippen bewältigen, sondern sind vor allem aus der Perspektive der emotionalen Beziehungen und der angemessenen Befriedigung der Grundbedürfnisse unserer Kinder zu beantworten.

Die repressive Medizin

In der DDR hat die Medizin lange Zeit ein hohes soziales Ansehen genießen können, und die »Erfolge« des Gesundheitswesens galten als Zeichen für den humanitären Charakter des Systems. Dies wurde von vielen Menschen unkritisch hingenommen, nur allzugern geglaubt und selbst von den meisten Ärzten aus »Überzeugung« mitgetragen. Es hat kaum eine offene oder gar öffentliche kritische Auseinandersetzung über die politische Funktion der Medizin und ihrer Vertreter gegeben.

So ist niemals richtig ins Bewußtsein der Öffentlichkeit gedrungen, daß die Medizin eine immens repressive Rolle in der DDR spielte. Sie tat dies vor allem immer dann, wenn Beschwerden und Kranksein zu »Krankheiten« organisiert wurden und die illusionäre Hoffnung einer medizinischen Behandlung angeboten wurde, wo in Wirklichkeit seelische und soziale Faktoren eines entfremdeten und verfehlten Lebens die Störung hauptsächlich verursachten. So trug die Medizin dazu bei, gesellschaftliche und psychosoziale Konflikte als Krankheitsursache zu verschleiern und die Chance der Erkenntnis und Lebensveränderung zu behindern statt zu fördern. Mögliche Erkenntnisse krankheitsverursachender Umweltgifte wären als »staatsfeindliche Hetze« geahndet worden, wissenschaftliche Untersuchungen zu solchen Fragen und Themen wurden nicht zugelassen oder an der Veröffentlichung gehindert. Die Medizin der DDR hat im wesentlichen ihren humanitären Auftrag verraten, indem sie zu solchen Erfahrungen und möglichem Wissen das verordnete Schweigen tolerierte. Auf diese Weise blieb die gesellschaftliche Pathologie unangetastet, und das von ihr verursachte Leiden wurde von Ärzten verwaltet und chronifiziert. Noch schwerer dabei wog, daß Menschen mit der Kraft »wissenschaftlicher« Argumente und höchsten Sozialprestiges abgehalten wurden zu erkennen, was sie wirklich »unter Druck« brachte, wenn sie an hohem

Blutdruck litten, was ihnen »auf den Magen schlug« und was sie ständig »runterschluckten«, wenn sie über chronische Magenschleimhautentzündung und Magengeschwüre klagten, wovon sie »die Nase voll« hatten, wenn sie an einem Schnupfen erkrankten und was sie »lähmte, einengte und schmerzte« bei den vielfachen Beschwerden im Bewegungsapparat.

Die Reihe ließe sich beliebig erweitern. Es soll nur demonstriert werden, daß diese — psychosomatische — Art zu denken, zu fragen und zu analysieren der Schulmedizin bei uns weitestgehend fremd war. Das war deshalb so verhängnisvoll, weil nach epidemiologischen Untersuchungen mindestens jeder dritte Patient in allen Fachbereichen der Medizin vorrangig aus psychosozialen Gründen erkrankt war, jedoch sein Leiden körperlich austrug. Und das hieß nichts anderes, als daß für alle diese Patienten das bestehende Medizinsystem ein Risiko für die Gesundheit darstellte. Da letztlich bei jeder Erkrankung psychosoziale Faktoren beteiligt sind, waren die schädigenden und verschleiernden Folgen dieser Medizin vermutlich noch viel umfangreicher. Und selbst dort, wo die psychosozialen Zusammenhänge bei den körperlichen Erkrankungen nicht mehr zu übersehen waren, mangelte es den meisten Ärzten an psychotherapeutischer Kompetenz und vor allem auch an Zivilcourage, die sie hätten beweisen müssen, wenn sie die gesellschaftspolitischen Hintergründe des Leidens ihrer Patienten erkannt hätten und zu einem anderen Berufsverständnis gekommen wären. Dann hätten sie sich zwangsläufig auch politisch engagieren müssen. Aber natürlich war auch in der Medizin kein wirklich kritisches Potential geduldet. Die Kaderauslese wurde auch hier immer stärker nach politischer Ergebenheit vollzogen, wogegen persönliche Eignung, die Reife der Persönlichkeit und ethische Werte immer mehr vernachlässigt wurden, so daß auch für die medizinische Karriere die Charakterdeformierung die entscheidende Grundlage bildete.

Ich habe in der Ausbildung die Motivation einiger hundert Ärzte und Psychologen für die Ausübung ihres Berufes analysieren können. In fast allen Fällen waren Ehrgeiz und Leistungshaltung der Weg, um eigene innere Bedürftigkeit kompensieren zu wollen. So wurde entweder der Karriereweg gewählt oder in der Helferhaltung agiert. Beide Varianten waren für ein kritisches psychosoziales Verständnis der Medizin ungeeignet, dies hätte entweder die Karriere gefährdet oder die Beliebtheit beim Patienten geschmälert, wozu aber gerade der Beruf dienen sollte. In jedem Fall bestand damit aber eine Tendenz, Patienten zu Objekten autoritativer Beratung oder hilfreicher »Fürsorge« zu degradieren. So setzten sich Ärzte gar nicht selten auch im sozialen Bereich für ihre Patienten ein, machten sich zu ihrem »Anwalt«, indem sie z. B. Bescheinigungen für den bevorzugten Erwerb von Wohnungen oder Personenkraftwagen erstellten, auch berufliche Überlastung und Empfehlungen für Arbeitsplatzwechsel und Schonarbeit bescheinigten oder angeblich notwendige Rücksichtnahmen bei sozialen Konflikten im Betrieb, in der Familie, bei Scheidungs- und Gerichtsverfahren forderten, all dies weit über begründete Gutachterpraxis hinaus. Was als kritische Analyse unterblieb, sollte in einem falsch verstandenen »Dienst« ausgeglichen werden. So wurde aus der vermeintlichen Unterstützung eine das gesellschaftliche Konfliktpotential dämpfende Maßnahme. Selbst die Bescheinigung der Arbeitsunfähigkeit wurde mitunter zu einer Gefälligkeit, um sich bei Patienten beliebt zu machen und sich mit ihnen insgeheim zu verschwören, der staatlichen Repression ein kleines Schnippchen zu schlagen. Die Bescheinigung, daß Mütter zur Pflege erkrankter Kinder von der Arbeit freigestellt wurden und zu Hause bleiben konnten, wurde oft sehr großzügig angewendet und führte unweigerlich dazu, daß über »Krankheit« die Kinder ihr vernachlässigtes Recht auf mütterliche Anwesenheit und Zuwendung einklagen konnten. So mancher »chronische Infekt« des Kindes entpuppte sich bei genauerer Analyse als die unbewußte Sehnsucht nach seiner Mutter und war der psychosomatische Ausdruck des ungeweinten Schmerzes.

Es war auch hier wieder typisch für die DDR-Gesellschaft, daß progressive und emanzipatorische Tendenzen in der Medizin, wie sie von der Psychotherapie ausgingen, deutlich behindert wurden. Dies geschah aber nicht allein durch staatliche Maßnahmen, sondern fand wesentliche Unterstützung bei einem größeren Teil der einseitig somatisch orientierten Ärzte. Ähnlich wie bei der verhängnisvollen Allianz familiärer und staatlicher Repression waren auch die autoritären Strukturen in Medizin und Gesellschaft spiegelbildlich.

In diesem Sinne unterschied sich die »Neurose der Medizin« nicht von anderen Disziplinen und Umständen im autoritären Staatssystem. Daß Mediziner aber auch noch viel stärker verstrickt waren in die kriminellen Machenschaften des Systems ist zu meinem Entsetzen durch den Stern-Bericht (Nr. 18, 1990) über die psychiatrische Klinik Waldheim offenbar geworden. Daß sich auch die Psychiatrie auf diese Weise zum Knecht der Stasi mit Freiheitsberaubung und Folter hat mißbrauchen lassen, macht mich als Nervenarzt sehr betroffen und mag — so hoffe ich inständig — die absolute Ausnahme sein. Doch daß es auch Ärzte und Psychologen bei der Stasi und in den Haftanstalten selbst gab, ist kein Geheimnis, und die Fragen, was sie dort zu tun hatten und wie sie ihre Aufgaben versahen, bleiben für mich im Moment noch unbeantwortet. Eine tiefe Beklommenheit kann ich bei diesen Überlegungen nicht verleugnen.

In der DDR-Medizin dominierte insgesamt ein naturwissenschaftlich-reduktionistisches Denk- und Handlungsmodell. Es ist mir wichtig zu betonen, daß auch bei uns die somatisch und technisch-apparativ orientierte Medizin großartige Erfolge in Einzelleistungen mit vollem Recht für sich in Anspruch nehmen konnte und vielen Menschen Leben erhalten, verlängert und viel Leid im ehrlichsten Sinne vermieden und gemildert hat.

Das naturwissenschaftliche Weltbild in der Medizin zeigte sich in
– *der zunehmenden Spezialisierung und Arbeitsteilung:* Das medizinische Wissen wurde immer weiter in einzelne Facharztbereiche mit immer mehr Wissen über immer kleinere Bereiche des menschlichen Körpers mit Verlust des Verstehens ganzheitlicher Zusammenhänge, mit Verzettelung der Verantwortung und Abwertung der Bedeutung des Allgemeinmediziners aufgeteilt. Als in den letzten Jahren der Facharzt für Allgemeinmedizin als »Basisarzt« mehr Bedeutung gewinnen sollte, war die Spezialisierung längst so weit fortgeschritten, daß eine »Umkehr« lediglich propagandistische Bedeutung haben konnte. Es blieb die Regel, daß ein Facharzt nur das seiner Disziplin zugeordnete Organ sah, verstand und so behandelte, als wäre es vom ganzen Menschen, seiner Seele, seinem Geist und seinem sozialen Leben abgetrennt.
– *dem Reduktionismus in der Diagnostik und Therapie:* Es dominierte monokausale Denkweise in der Art: Bakterien verursachen Infektionen und müssen z. B. mit Antibiotika behandelt werden — oder: Insulinmangel ist der Grund für die Zuckerkrankheit und muß mit Substitution von Insulin oder anderen Antidiabetika behandelt werden — oder: Die Ursache für Allergie sind Allergene und es muß desensibilisiert oder mit dämpfenden Medikamenten behandelt werden. In den allermeisten Fällen wurden überhaupt nur »Diagnosen« gestellt, wie z. B. Magengeschwür, Herzrhythmusstörung, und allein mit Medikamenten symptomatisch behandelt, mögliche psychische und soziale Faktoren wurden dabei regelmäßig über-

sehen. In anderen Fällen wurden zwar multifaktorielle Zusammenhänge zugestanden, aber durch einfache Begriffe reduziert, wie z. B. »Streß« und »Risikofaktoren«, die jetzt zur Erklärung des Krankheitsgeschehens herangezogen wurden, und dann fragte keiner mehr nach den Gründen und Ursachen solcher komplexer Faktoren. Dabei wäre es doch von entscheidender Wichtigkeit gewesen, zu wissen, welche individuellen, familiären und gesellschaftlichen Bedingungen Streß verursachten und ob dies überhaupt akzeptabel sei oder nicht gesellschaftliche Faktoren grundlegend verändert werden müßten, damit Menschen gesund bleiben oder wieder werden konnten.

Weshalb wurde soviel getrunken und geraucht, was war der Grund für Fehl- und Überernährung, weshalb bewegten sich viele Menschen nicht mehr genügend, saßen und hielten sich falsch, arbeiteten zuviel und entwickelten einen abnormen Ehrgeiz? Solche Fragen wurden nicht mehr hinreichend gestellt, vor allem aber nicht beantwortet. Statt dessen wurden die Patienten von Ärzten belehrt, sie sollten weniger essen, trinken, rauchen, öfter mal ausspannen und sich nicht mehr überfordern. Geschah dies auch durchaus mit engagiertem Wohlwollen für die Gesundheit, so waren solche autoritativen Ermahnungen und Ratschläge eher ängstigend und verstärkten noch das Problem. Denn die Patienten wußten schon längst, daß ihr Verhalten gesundheitsschädigend war, aber wie davon loskommen? Es blieben sowohl die Ursachen solchen Fehlverhaltens ungeklärt wie auch der Weg, aus den Zwängen herauszufinden. Jeder, der mal mit dem Rauchen aufhören wollte, weiß genau, was gemeint ist! Um nicht im naiven und sinnlosen Rat steckenzubleiben, hätten die Ärzte über eine gründliche Ausbildung in psychosozialer Medizin und über hinreichende psychotherapeutische Basiskenntnisse und Fähigkeiten verfügen müssen — und sie hätten sich auch politisch verstehen und einmischen müssen.

So blieben bei vielen Krankheiten die wesentlichen Ursachen unaufgedeckt und eine kausale Therapie oder gar Prophylaxe wurde damit durch die Medizin selbst verhindert.

– *der wissenschaftlich-technischen Revolution:* Sie favorisierte auch bei uns, wenn auch wesentlich bescheidener als in der Bundesrepublik, die Apparatemedizin und die Überschätzung der technischen Parameter und Möglichkeiten mit Vernachlässigung der Arzt-Patient-Beziehung, der Intuition und der ärztlichen »Kunst«. Diese sogenannte »wissenschaftliche« Haltung führte auch zur Überbewertung der Heilungschancen über Medikamente mit allen unweigerlichen Komplikationen durch Nebenwirkungen und steigende Kosten, vor allem aber zu einer verhängnisvollen Fehlorientierung der Patienten, die auf diese Weise in autoritären Verhältnissen (Experte – Laie) »festgenagelt« wurden. Sie sollten nur noch befolgen, was der Arzt anordnete. Eine Analyse der Lebensgeschichte, aktueller Lebensumstände, schuldhafter Fehlverhaltensweisen und gesellschaftlicher Einflüsse wurde möglichst vermieden. Sehr viele medizinische Behandlungen beschränkten sich dann nur noch auf die Verordnung von Medikamenten.

– *der Versachlichung der Medizin:* Die Medizin in der DDR hatte durchgängig ein autoritäres System der Experten-Herrschaft mit Dominanz einer Subjekt-Objekt-Beziehung etabliert. Der Patient blieb in der Regel in der subalternen Rolle, ihm wurde vorgegaukelt, daß die Medizin »allmächtig« sei, und es wurde ihm unberechtigt Verantwortung und Schuld genommen, er wurde also im großen Stil entmündigt. So verstanden auch viele Patienten die Medizin nur noch wie eine Dienstleistung für Reparaturen und erwarteten Maßnahmen, die an ihnen vollzogen würden oder denen sie folgen müßten, um wieder gesund zu werden. Daß sie häufig erheblichen Anteil am Kranksein hatten, daß sie sich selbst und ihr Leben verändern müßten und sich auch politisch für die Veränderung der gesellschaftlichen Verhältnisse engagieren müßten, nahm ihnen die Medizin mit der großen verlogenen Geste »humanitärer Hilfe« ab.

– *der Fortschritts- und Wachstumsideologie:* Diese Einstellung hat auch die Medizin verführt, Leidensverdrängung und -bekämpfung in den Mittelpunkt zu stellen, ohne den Menschen genügend Chancen einzuräumen und sie zu ermutigen und hilfreich zu begleiten, um schmerzende Erlebnisse und Erfahrungen, auch mit ihrem Körper, als Alarmzeichen für verfehltes Leben zu begreifen und die Signale der Natur zu nutzen, statt sie zu mißachten und zu Feinden zu erklären. Natürlich haben viele Ärzte aber auch die segensreiche Pflicht zur Schmerzbekämpfung, wo eine dringende Indikation dafür vorlag, hervorragend erfüllt, dies möchte ich noch einmal ausdrücklich betonen, doch will ich nicht von der Kritik abweichen, daß es eine prinzipielle Einstellung gegen Leid und Schmerz und damit gegen die Natur des menschlichen Lebens gab. Die Medizin war damit das Abbild der gesellschaftlichen Verleugnung und Schönfärberei.

Ich muß mir also zu der bitteren Aussage Mut nehmen, daß die pathogenen gesellschaftlichen Strukturen des »real existierenden

Sozialismus« auch von der Medizin übernommen, abgebildet und unterstützt wurden. Wir Ärzte sollten uns wirklich bewußt werden, daß wir erheblichen Anteil hatten an der Ausgestaltung vormundschaftlicher, konflikt- und leidensverdrängender, fortschritts- und wachstumsverhafteter abnormer Strukturen. Wir haben mit dem dominierenden biologischen Medizinmodell zwangsläufig eine Anpassung des Menschen an bestehende Verhältnisse vollzogen und damit den emanzipatorischen Auftrag, den Menschen bei seiner Heilung zu begleiten, häufig verfehlt und statt dessen Leiden chronifiziert.

Die autoritäre Entbindung

Daß wir im thematischen Zusammenhang dieses Buches auch die Geburt berücksichtigen müssen, darauf haben uns die Erkenntnisse und Erfahrungen unserer klinischen Arbeit mit Nachdruck hingewiesen. Belastende Geburtsvorgänge können die Grundlage für gravierende Folgeschäden in der psychosozialen Entwicklung sein. So haben wir in unserer therapeutischen Praxis Kaiserschnitt, Zangenentbindung, Narkosen und dämpfende Medikamente unter der Geburt, Nabelschnurumschlingungen, Verschlucken von Fruchtwasser in die Atemwege und Frühgeburt mit notwendigem »Brutkasten« als wesentliche Ursachen für spätere schwere seelische Belastungen und Fehlentwicklungen analysieren müssen.

In der DDR war die klinische Entbindung mit der Priorität medizinisch-technischer Belange die absolute Regel. Es gehörte ganz zum Muster des autoritär-totalitären Systems, daß frau sich eben entbinden ließ, statt zu gebären, daß die Verantwortung für den Geburtsvorgang von dem entbindenden Paar an Experten und das Medizinsystem delegiert wurde. Etwas anderes hätte der Staat auch nicht zugelassen, und die Medizin spielte wie so oft getreu mit. Sie lieferte dem Machtapparat mit den möglichen Komplikationen die Argumente für die Pflicht zur Klinikentbindung. Das Verhältnis von Nutzen und Schaden solcher Administration war nie Gegenstand öffentlicher Diskussionen, ja wurde praktisch überhaupt nicht problematisiert.

Ich will deshalb all die Faktoren zusammenstellen, die in der Regel zwangsläufig mit einer Klinikentbindung verbunden waren und in den Krankengeschichten unserer Patienten eine wesentliche Rolle spielten: Die Schwangere kam in ein unbekanntes und fremdes Milieu, in dem sie meist vom Partner oder nahen Beziehungspersonen getrennt blieb. Zu den Ärzten und Hebammen konnte sich kein enges und vertrauensvolles persönliches Verhältnis entwickeln. Da eine Geburt im Durchschnitt 10 bis 12 Stunden dauert, wechselte häufig auch das Personal während der Entbindung. Die Überwachung von Mutter und Kind wurde zunehmend von Apparaten übernommen und geschah immer weniger im persönlichen Kontakt mit den Hebammen. Es dominierte medizinische Atmosphäre und Betriebsamkeit, mitunter Hektik, grelles Licht, die Frauen wurden notgedrungen Zeuge anderer Geburten oder auch von Komplikationen bei der Nachbarin. Die Entbindenden mußten oft in unbequemer Lage lange warten, alleingelassen und verunsichert waren sie mehr zu Objekten degradiert, als daß sie Raum und Möglichkeit gehabt hätten, über ihr Gebären selbst zu bestimmen.

Die Frauen waren einer Fülle medizinischer Maßnahmen ausgeliefert: Fast routinemäßig wurden beruhigende Medikamente, ein Wehentropf, Dammschnitt und apparative Überwachung angeordnet. Die abrupte und gefühllose sofortige Trennung des Kindes von der Mutter, wobei das Neugeborene kopfüber an den Füßen gehalten und am Rücken beklatscht wurde, war immer noch weitverbreitete Praxis. Die überwiegende Trennung von Mutter und Kind in den ersten Tagen nach der Entbindung war immer noch die Regel, und der Kontakt zwischen Mutter und Kind wurde meistens von der Klinik bestimmt. »Rooming in« und »Vaterentbindung« entwickelten sich erst in den letzten Jahren ganz zögerlich, ambulante oder Hausentbindungen waren praktisch nicht gestattet.

Die Geburt ist der sensibelste Bereich für die prägenden ersten Erfahrungen von Trennung und Alleinsein und damit für das Vertrauen auf ein autonomes selbstbestimmtes Leben. Diese Urerfahrungen verliefen in der DDR im großen Stil traumatisierend. Die »Vertreibung aus dem Paradies«, der Übergang von der vollständigen Symbiose und Abhängigkeit zum Auf-sich-selbst-geworfenwerden bewirkte durch Angst, Gewalt und vor allem durch das Trennungsgeschehen einen ganz frühen Geborgenheitsverlust und wurde eine entscheidende Grundlage für spätere Abhängigkeitswünsche und Schwierigkeiten im Selbstvertrauen. Die Geburt ist für Mutter und Kind ein aktiver Vorgang nach ganz individuellen natürlichen Rhythmen und Bewegungen. Alle aktivierenden oder dämpfenden Medikamente, die diese Prozesse künstlich beeinträchtigen, zwingen von Anfang an störende Erfahrungen auf. Als die Geburtshilfe ehemals in die Klinik verlagert worden war, standen hygienische und medizinische Überlegungen berechtigterweise Pate, daß aber in unseren Kliniken autoritäre Verhältnisse zunehmend dominierten und das Behandlungsregime vorwiegend medizinisch-technischen Belangen untergeordnet wurde, das hat bereits für den Lebensbeginn unserer Menschen die Entfremdung von der Natürlichkeit als erste große traumatische Erfahrung zur tragischen Routine werden lassen. Entbindende Frauen wurden in den Patientenstatus »versetzt« und wie Kranke behandelt, und das hieß in der DDR: Unterordnung unter die Anweisungen der Experten-Autorität. Ein wirkliches Mitspracherecht hatten Entbindende genauso wenig wie der durchschnittliche Patient im Gesundheitswesen der DDR.

Wir haben viele Berichte darüber entgegennehmen müssen, wie Entbindende durch aufgenötigte medizinische Maßnahmen geängstigt wurden, wie sie ihre Intuition und ihren Entscheidungsfreiraum an die Autorität des Kreißsaales abtreten mußten und bei eigenen Wünschen und kritischen Anfragen sich Drohungen der Experten ausgeliefert sahen, ob sie etwa das Leben ihres Kindes gefährden wollten. Ganz sicher sind medizinische Überwachung, medikamentöse und technische Hilfen bei Komplikationen und Risikogeburten dringend gebotene und dankenswerte Möglichkeiten und sollten dann auch uneingeschränkt angewendet werden. Doch es ist etwas ganz anderes, wenn daraus eine kritiklose Routine wird. Gerade der erste Kontakt des Menschen mit der Welt sollte nicht naturwissenschaftlich-technischen Prioritäten untergeordnet werden, wo eine unmittelbare menschliche Annahme gefordert ist, um das »ausgestoßene« Kind in einer sicheren emotionalen Verbindung für das künftige eigenständige Leben grundlegend vorzubereiten. Aber viele Mütter wurden immer wieder mit der Kraft der »Wissenschaftlichkeit« entmündigt, und der neugeborene DDR-Bürger begann sein Leben in der Regel mit der Grunderfahrung der kühlen Sachlichkeit, wenn nicht mitunter sogar als eine Geburt der Gewalt.

Auch die Unterdrückung der Gefühle war eher die Regel als die Ausnahme im Gebärsaal, der seinen Namen »Kreißsaal« von »kreischen« ableitet. Der stimmliche Ausdruck gehört zu allen natürlichen Vorgängen dazu, dies galt aber nicht mehr in einer Welt, die »Beherrschung« verlangte. So mußten die Frauen sich häufig »tapfer« zeigen, und die Kinder schrien vor Schmerz infolge des forcierten Trennungstraumas.

In diesem Zusammenhang sei auf ein propagandistisches Wesensmerkmal des politischen Systems aufmerksam gemacht: Äußere Erfolgsmeldungen wurden stets gebraucht, um von inneren Problemen abzulenken. Auch die Statistik für die Säuglingssterblichkeit stand in diesem Dienst. »Säuglingssterblichkeit« galt im internationalen Vergleich als ein Wert für die Entwicklung eines Staatssytems schlechthin. Also gewannen die medizinisch-technischen Überlegungen rigoros die Oberhand über das Geburtsregime, wobei die psychosozialen Bedürfnisse des Kindes, der Mutter und des Vaters eindeutig vernachlässigt wurden. Der Schutz des Lebens ist ein höchster Wert, aber dieses System hat vor allem den äußeren Erfolg gesucht, hat um internationale Anerkennung gebuhlt und dabei die möglichen Schattenseiten der autoritär »durchgestellten« Maßnahmen aus der Diskussion ausgeschlossen.

Die kirchliche Repression

Die Rolle der Kirchen als repressive Macht im »real existierenden Sozialismus« hatte natürlich einen ganz anderen Stellenwert als die staatliche Repression. Der entscheidende Unterschied war das Fehlen der direkten Gewalt und der relativ geringe Einfluß auf die Bevölkerung der DDR. Eine repressive Wirkung der Kirchen war auch deshalb schwieriger zu erkennen, weil sie zunehmend zur alleinigen, ernstzunehmenden moralischen Autorität in der Gesellschaft wurden.

Sie waren über Jahrzehnte die einzig organisierte oppositionelle Kraft in der DDR, vor allem dadurch, daß sie Raum geöffnet haben für eine andere Art zu denken und zu sprechen. Hier konnten nicht nur die großen Ideale (Liebe, Frieden, Gerechtigkeit, Bewahrung der Schöpfung) als Idee weitergepflegt und die Tabus der Gesellschaft (Behinderung, Homosexualität, Wehrdienst, Flucht, Ökologie, das Individuelle und Subjektive, seelische Probleme, Tod) aufgeweicht werden, sondern es gab immer wieder auch mutige Bekenntnisse und Zeugnisse gegen die deformierenden Kräfte des Systems und den persönlichen Einsatz und Beistand von beherzten Kirchenleuten gegen die Willkür des Staates. Keinen Zweifel darf es aber auch an der neurotisierenden und deformierenden Macht pseudochristlicher Erziehung und einengender, lebensverneinender Moral geben, wie sie uns aus einigen Pfarrhäusern und »christlichen« Praktiken in Heimen, Kindergärten, in der Christenlehre, der Seelsorge und durch Glaubensrituale bekannt geworden sind. Die Wirkungen autoritärer Repression sind hierbei besonders hartnäckig und tiefsitzend, weil nicht nur mit menschlicher Macht gearbeitet, sondern die übermenschliche, alles wissende und sehende Autorität »Gott« eingesetzt wurde, um noch den geringsten Protest unter Kontrolle zu nehmen. Menschen aus solcher Erfahrung konnten nicht mal ohne Straf- und Schuldangst phantasieren und sich den heimlichen, inneren Widerstand in Gedanken und Flüchen gestatten. Die häufig als Ideologie aufgesetzte Forderung nach Liebe, Gewaltfreiheit, Keuschheit, Vergebung und die dazugehörigen, oft sinnentstellten Rituale belasteten vor allem alle aggressiven und sexuellen Impulse mit einer moralischen Diffamierung, die krank machen konnte.

Es ist unbestritten, daß die evangelische Kirche der DDR für den Schutz und die Formierung der oppositionellen Kräfte sehr viel getan hat, und doch war auch häufig eine andere Art von Ordnung und Disziplinierung dabei im Spiel. So war der kirchliche Freiraum eine neue Art Ghetto, in dem zwar eine andere Denkart und Gesinnung toleriert wurde, aber strikt an den Außenmauern zu beenden war. Die depotenzierende Ventilfunktion dieser Praxis hat lange Zeit das anwachsende Unruhe- und Protestpotential gedämpft und der Auseinandersetzung in der Gesellschaft entzogen. Während der Oktoberereignisse 1989 gab es deshalb auch widersprüchliche Positionen, inwieweit die Kirche Tendenzen hatte, die »Revolution« von der Straße fernzuhalten. Ich äußere aus einigen Beobachtungen den Verdacht, daß der tatsächliche und vermeintliche Schutz vor der staatlichen Gewalt zum Vorwand genommen wurde, um die »Kirche im Sozialismus« durch ein ehrenwertes Protestpotential zu stärken und an Inhalten aufzufüllen, was an religiöser Kraft verloren gegangen war, und auch um eine mögliche Kollaboration mit dem sozialistischen System zu verschleiern.

Die kirchliche Repression ist also zu untergliedern in die Auswirkungen und Folgen autoritärer Religion auf einzelne Gemeindemitglieder und in ihre politische Bedeutung als »Kirche im Sozialismus«. Mit dieser Formel hatte 1971 die Bundessynode der Evangelischen Christen ihre Standortbestimmung nicht gegen und nicht neben, sondern ausdrücklich als Kirche *im* Sozialismus definiert. Damit war ein Kurs angedeutet, der nunmehr unter sozialistischem Vorzeichen die protestantische Untugend der Staatsfrömmigkeit aufscheinen ließ. Es war ganz offensichtlich, daß die Kirche ein gutes Einvernehmen mit dem sozialistischen Staat suchte und um eine Politik des Ausgleichs nach beiden Seiten bemüht war. Das war auch der Grund, weshalb immer wieder, besonders von kirchlichen Basisgruppen, den Kirchenvertretern opportunistisches Taktieren und Liebedienerei vorgeworfen wurde. Den Höhepunkt dieser Entwicklung stellte das Gespräch vom 6. März 1978 zwischen dem leitenden Bischof des Kirchenbundes, Albrecht Schönherr, und dem Staatsratsvorsitzenden, Erich Honecker, dar, das fortan als eine Annäherung und Verständigung der beiden Institutionen in einem Prozeß der Vertrauensbildung gefeiert wurde. Die Kirchen fühlten sich gesellschaftlich anerkannt: Sie erhielten Sendezeiten im Fernsehen, ihr Einsatz im Sozialbereich wurde gelobt, und kirchliche Bauprogramme wurden nicht mehr behindert. Man sprach sogar mit äußerstem Wohlwollen von Honeckers »Sachkompetenz und menschlicher Wärme«.

Die Euphorie für diesen Prozeß war verdächtig. Immerhin freute man sich über die Aufwertung durch ein Unrechtssystem und bestätigte damit von kirchlicher Seite den »real existierenden Sozialismus«. Welche psychologischen Faktoren konnten dabei eine Rolle gespielt haben? Immerhin war die Mitgliederzahl der evangelischen Kirchen von 1950 bis 1989 von 80 auf 30 Prozent der Bevölkerung geschrumpft, die Gottesdienste immer weniger besucht, und die Zahl der Taufen, Konfirmationen und kirchlichen Trauungen sank ständig. Dies war für die Kirchenfunktionäre mit Sicherheit eine seelisch belastende und kränkende Erfahrung. Zudem lebte die Kirche materiell am Rande ihrer Existenz. Ohne die Zuschüsse und Spenden aus der Bundesrepublik hätte sie nicht überlebt. Immerhin sollen 250 bis 400 Millionen D-Mark in die Kirchen der DDR geflossen sein, die, 1:1 umgetauscht, vor allem dem Staat die Devisen brachten. So war das Agreement zwischen Staat und Kirche kirchenerhaltend und stärkte dabei auch das politische System. Vor allem die finanzielle Abhängigkeit vom Westen, die noch verschärft wurde durch die sogenannte »Bruderhilfe«, eine direkte materielle Zuwendung an kirchliche Mitarbeiter in der DDR, hat die wirkliche ökonomische Lage der evangelischen Kirche verschleiert, und ein kritisches Nachdenken oder Bemühen um geistliche Erneuerung konnte damit vermieden werden. Die spirituelle Kraft der evangelischen Kirchen war sichtbar erlahmt. Zwar waren die Empfehlungen der Kirchenoberen an die Gemeinden, sich als standhafte Christen zu artikulieren, stets ermutigend, doch zugleich forderten sie auch Ruhe als erste Bürgerpflicht und vorbildliche Arbeitsleistungen. Vom theologischen Verständnis wurde zwar zum »mündigen Christen« aufgerufen, doch in Wirklichkeit mit dem zugesprochenen Wort und der autoritativen Beratung und Hilfe die weitverbreiteten abhängigen und depressiven Haltungen und Strukturen vieler Gemeindeglieder verstärkt. In diesem Zusammenhang kam auch das inzwischen ausgestaltete Reiseprivileg der kirchlichen Mitarbeiter ins Gerede. Immerhin hatten leitende Kirchenleute Dauervisa für Westreisen und etwa ab 1986 konnte die Kirche praktisch in eigener Verantwortung entscheiden, wer ins westliche Ausland reisen durfte. Daß sich Christen diese privilegierte Sonderbehandlung gefallen ließen, mag auch ein Licht auf ihre angeschlagene Moral werfen.

Die autoritären Strukturen der Institution Kirche verhinderten sowohl strukturell wie finanziell eine Eigenständigkeit der Gemeinden. Damit wurde der mögliche religiöse Reichtum an der Basis nicht gefördert, und durch ein weitverbreitetes autoritäres Religionsverständnis, das häufig belehrend, mahnend und moralisierend auftrat, wurde Spiritualität eher verhindert als bestärkt. Das »real existierende Christentum« in der DDR ließe sich in seiner typischen Struktur etwa so beschreiben: Die globalen, gesellschaftlichen, politischen und sozialen Probleme wurden zumeist sehr offen und ehrlich benannt und auch kritisch analysiert, dann – auf dem Höhepunkt der Offenlegung – folgte zumeist der tröstende Hinweis auf die Kraft des Glaubens. Diese Art Verkündigung hatte mit Hilfe der moralischen Autorität suggestive Beruhigung zur Folge, letztlich also eine Ordnungsfunktion. Da allein in der Kirche auch politische Themen offen angesprochen und sich politischmotivierte Gruppen versammeln durften, ist das Interesse der Kirche an einer gedeihlichen Zusammenarbeit mit dem Staat und für einen innenpolitischen Frieden als eine abwiegelnde Ventilfunktion nicht zu unterschätzen. Dies war wohl auch der Grund, weshalb die ehemalige Positionsbestimmung der »Kirche im Sozialismus« zuletzt zur »Kirche in der DDR« abgemildert wurde. Mit dem wachsenden Protest in der Gesellschaft, verursacht durch die Politik der Perestrojka, hat sich auch die Kirche zunehmend der neuen Linie »kritischer Mündigkeit« geöffnet. Der Greifswalder Bischof

Gienke hatte diesen Kurswechsel nicht mehr so schnell realisieren wollen, und ihm wurde schließlich – ein einmaliges Ereignis in der Kirchengeschichte der DDR – der Abschied vom Dienst anempfohlen.

Im Spannungsfeld staatsloyaler und staatskritischer Haltungen der Kirche gab es nach meinen Erkenntnissen erhebliche Unterschiede und Auseinandersetzungen in den einzelnen Standpunkten. Die psychologischen Voraussetzungen der einzelnen Kirchenvertreter haben mehr zu dieser oder jener Seite befähigt. Doch müssen die hierarchischen Strukturen der Institution Kirche, die auch durch das synodale System nicht wirklich aufgelöst wurden, und die moralisierende und vertröstende Ordnungsfunktion einer autoritären Religionspraxis repressiven Einfluß zugesprochen bekommen, der noch durch die materielle Abhängigkeit und die kleine Korruption der Privilegien verstärkt wurde.

Zusammenfassung

Wollen wir das soeben beschriebene repressive System des »real existierenden Sozialismus« zusammenfassen, so ergibt sich das Bild eines umfassenden und kontinuierlichen Systems von Nötigung, Manipulation, Einengung, Kontrolle, Ängstigung, Strafe und Beschämung. Was in der Kindheit erzwungen wurde, haben die gesellschaftlichen Kräfte ausgenutzt und fortgeführt. Was von den Institutionen des Systems gefordert wurde, haben die Eltern den Kindern abverlangt. Kinder, die von ihren Müttern zum »Sonnenschein« oder zum »braven Liebling« gezähmt worden waren, konnten später als beflissene Helfer im Dienst des »Sozialismus« gut verwendet werden. Wenn Eltern vorgaben: »Das tun wir nur für dich!«, konnte der Staat seine allgegenwärtige »Fürsorge« unbehindert ausbauen. Die frühe Einengung der Daseinsfreude, des spontanen Gefühlsausdrucks und der natürlichen Neugierde fand ihre Fortführung in der Anpassung an militärische Disziplin in vielen Lebensbereichen. Die elterliche Einschüchterung »Überleg dir gut, was du sagst!« und »Sei vorsichtig!« gab dem Überwachungs- und Spitzelsystem die Grundlage für seine fast grenzenlose Ausdehnung. Ängstigende Drohungen von Eltern haben die Politbürokratie und die Kirche praktisch ohne Bruch übernommen und darauf Macht begründen können. Hierarchische Beziehungen und Machtverhältnisse haben das Leben in der DDR in allen Bereichen strukturiert und bestimmt. Ein Leben ohne die Unterordnung unter eine Macht war praktisch kaum denkbar. Auf diese Weise war das Leben bei uns meist öde, gelähmt und eintönig und provinziell-spießig. Das Freche, Schillernde, Ausgefallene, Bunte und Überraschende hatte kaum eine Chance. Die Alternativszene beschränkte sich auf kleine intellektuelle und künstlerische Kreise in den Großstädten, ohne erkennbaren Einfluß auf die Lebensart im Lande. Nonkonformismus galt dem System als staatsgefährdend und war für den Durchschnittsbürger beunruhigend oder ängstigend. Der gleichförmige Alltag sollte möglichst nicht gestört werden, schließlich hatte jeder auch hinreichend negative Erfahrungen mit Abweichungen von der Norm machen müssen. Das kritische Meinungs- und Stimmungspotential wurde von der Kirche »betreut«.

Der »real existierende Sozialismus« ist zu Ende. Wir haben eine »Wende« vollzogen – aber wohin? Das wird die entscheidende Frage bleiben. Aus meiner Sicht wird der wahre gesellschaftliche Fortschritt an der inneren Emanzipation der Menschen zu bemessen sein, wobei die Bewältigung des Mangelsyndroms, das ich im nächsten Kapitel beschreibe, ein wichtiger Maßstab sein wird. Und dafür ist die Überwindung oder zumindest Verminderung der hierarchisch-autoritären Strukturen, die sowohl Staat, Familie und Kirche in der DDR wesentlich charakterisieren, die wichtigste Voraussetzung.

Die Folgen der Repression

Das Mangelsyndrom und der Gefühlsstau als Folge der Repression

Repression im sozialpsychologischen Sinne heißt Unterwerfung von Menschen unter den Willen Mächtiger und Anpassung an festgelegte Normen. Folgen solche Normen nicht mehr natürlichen Prozessen, sondern werden von wirtschaftlichen, militärischen oder ideologischen Interessen dominiert, sind massenweise Unterdrückung natürlicher Bedürfnisse und normaler menschlicher Empfindungen die unweigerliche Folge. Es ist weitverbreitet, solche äußeren Zwänge anzuführen, um unangenehme Forderungen und Verbote zu begründen, hingegen werden selten die Triebkräfte benannt, die zu gesellschaftlichen Strukturen geführt haben, die dann das Befolgen repressiver Normen abverlangen. Meine Sicht ist die psychologische Perspektive, die seelische Gründe benennen will, die ursächlichen Anteil an gesellschaftlichen Fehlentwicklungen haben.

Ein Psychotherapeut gewinnt seine Erkenntnisse aus der Analyse der Lebensgeschichten von Menschen, die körperlich, seelisch oder sozial in eine Krise geraten sind. Menschen in Not sind eher bereit, ihren Blick in die belastende Vergangenheit ihrer Geschichte zu wagen, so daß uns in der Therapie Informationen zugänglich werden, die die meisten Menschen sonst lieber vor sich selbst und vor anderen verborgen gehalten hätten.

Hier seien die wesentlichen Grundpositionen der psychotherapeutischen Erkenntnisse, die für unser Thema von Bedeutung sind, vereinfachend zusammengefaßt:

– Der Mensch ist das Produkt von Anlage und Umwelt. Ein Streit darüber, ob der Mensch von Geburt an gut oder böse ist, scheint wenig sinnvoll, sondern der Mensch *ist* ganz einfach und bildet Fähigkeiten und Eigenschaften im ständigen Umgang mit seiner Umwelt aus. Daher wird er im wesentlichen von den Beziehungserfahrungen, die er mit Mutter und Vater macht, geprägt, und die frühen Erfahrungen unter der Geburt, als Säugling und als Kleinkind sind von größter Bedeutung für seine Entwicklung und Charakterbildung. Mit zunehmender Reife gewinnt der Mensch aber auch an Freiheit und Wahlmöglichkeit, sich so oder so zu verhalten, auch wenn diese Freiheit durch ungünstige Früherfahrungen sehr eingeschränkt sein kann. Aber spätestens als Erwachsener kann er Möglichkeiten finden und wahrnehmen, sich von den Auswirkungen ungünstiger Erlebnisse freizumachen. Auch wenn der Mensch infolge seiner frühen Erfahrungen später krank geworden ist, trägt er immer auch Verantwortung für sein Verhalten und ist prinzipiell schuldfähig. Nur in seltenen Fällen ist diese Schuldfähigkeit eingeschränkt. Wir müssen den Menschen also stets als Subjekt und Objekt, als Täter und Opfer in allen sozialen Beziehungen verstehen.

– Der Mensch bringt angeborene Grundbedürfnisse mit, die befriedigt werden müssen, wenn er überleben oder gesund bleiben will. Dem Wesen nach sind diese Grundbedürfnisse rhythmisch und zyklisch, d. h. sie folgen einem ständigen Wechsel von Spannung und Entspannung und einem Figur-Hintergrund-Prinzip, d. h. immer das dringlichste Bedürfnis schiebt sich in den Vordergrund und will befriedigt sein, um dann bereits dem nächsten Bedürfnis wieder Platz zu lassen.

– Die menschliche Entwicklung wird wesentlich durch zwischenmenschliche Beziehung konstitutiert. Der Mensch ist von Anfang an ein soziales Wesen, d. h. auch, daß er von »Objekten« der Bedürfnisbefriedigung abhängig ist. Er braucht also die Anwesenheit von Beziehungspersonen, er braucht deren Einfühlungsvermögen und deren Befriedigungsfähigkeit.

Die Quantität und die Qualität der Befriedigung aller Grundbedürfnisse entscheidet wesentlich über gesunde oder kranke Entwicklung. Nur die stetige und hinreichende Befriedigung seiner Bedürfnisse verschafft dem Menschen regelmäßige Entspannung und damit die Grunderfahrung von Sicherheit, Gewißheit, Vertrauen, Selbstwert, Glaube und Hoffnung. Ein regelmäßig befriedigter Mensch ist in seiner eigenen Natur gegründet, damit werden alle Sinnfragen für ihn überflüssig. Er weiß einfach, wer er ist, was er will und was für ihn richtig ist, weil er im fühlenden Kontakt mit sich ist und damit Kontakt zur Welt hat. Dies schließt stets solidarisches Mitgefühl, Respekt und Toleranz zu anderen Menschen, zum Leben und zur Natur mit ein. Werden dagegen die natürlichen Grundbedürfnisse nur mangelhaft befriedigt, entstehen dadurch Spannung, Gereiztheit, Unzufriedenheit und Angst. Ein Zustand also, den ich im weiteren als *Mangelsyndrom* bezeichne, und der schon für sich allein eine belastende Hypothek für Gesundheit und

Lebensfreude darstellt. Normalerweise reagiert der Mensch mit seinen Gefühlen auf einen Mangelzustand und erfährt dadurch zumindest eine Entlastung, wenn er schon nicht ausreichend befriedigt wurde. Wird ihm aber auch das Fühlen untersagt, so entsteht ein Gefühlsstau mit weitreichenden Folgen. Der chronische Mangelzustand wächst sich zur Grunderfahrung von Unsicherheit, Minderwertigkeit, Mißtrauen und Hoffnungs- und Sinnlosigkeit aus. Ein daran leidender Mensch ist seiner Natur entfremdet und entwurzelt, er bleibt fortan abhängig und autoritätssüchtig. Er braucht fremde Führung, äußere haltgebende Werte und aufgenötigte Zwänge, um sich orientieren und ersatzweise befriedigen zu können. Der Gefühlsstau verursacht einen chronischen Spannungszustand, dessen Ursache meist nicht mehr bewußt ist, der aber ständig Ventile zur Abreaktion sucht und braucht oder als ein zwanghafter Antreiber für laufendes Agieren und Kompensieren wirksam ist und den Menschen keine wirkliche Ruhe und Entspannung mehr gönnt.

Es besteht immer eine Kluft zwischen der Bedürfnislage der Kinder und der Befriedigungsmöglichkeit und -bereitschaft der Eltern mit ihrem sozialen und kulturellen Umfeld. Dies ist letztlich die Kluft zwischen Natur und Kultur, zwischen Lustprinzip und Realitätsprinzip, und die Spannung dieser Diskrepanz ist ein natürlicher Anreiz zur Entwicklung, Entfaltung und sinnvollen Gestaltung des Lebens, wenn sie nicht zu groß wird.

Der Mensch verfügt über eine erstaunliche Anpassungsfähigkeit. Er kann eine Menge an Frustration seiner Bedürfnisbefriedigung aushalten, sonst würden auch viele Kinder die Folgen der repressiven Erziehung nicht überleben. Allerdings sind dann die Auswirkungen dieses Prozesses erheblich. Sobald die Anpassung zur chronischen Einengung wird, sind Charakterdeformierungen und Erkrankungen die wesentlichsten Folgen.

Die Charakterdeformierungen sind als solche nicht immer leicht zu erkennen. Es kann durchaus der Fall sein, daß die Deformierung allgemein wird und dann für »normal« gehalten wird. Genau dies will ich für die Verhältnisse im »real existierenden Sozialismus« herausarbeiten. In diesem System konnte man nur mit einer charakterlichen Deformierung halbwegs überleben, gesundes Verhalten wäre unweigerlich bestraft worden; Gesundheit meint in diesem Zusammenhang: Offenheit, Ehrlichkeit, Eigenständigkeit, Fähigkeit zur kritischen Auseinandersetzung, Mut zu eigenen Positionen und zu kreativen Leistungen, auch gegen den Strom der Mehrheit — also alles Eigenschaften, die in der DDR als subversiv galten und mit Nachdruck jedem einzelnen ausgetrieben wurden. Damit unser Gesellschaftssystem funktionieren konnte, mußten die autoritären Strukturen in den einzelnen Menschen verankert werden: entweder in der aktiven Form, indem nun selbst wieder Macht gegen andere ausgeübt wurde, oder in der passiven Form, indem man sich durch Unterwerfung Machtausübung gefallen ließ. Darin gab es durchaus Schattierungen, aber keine entscheidende Alternative. Wir werden in der Aufarbeitung unserer Geschichte zu unterscheiden haben zwischen kriminellem Verhalten, moralischer Verfehlung und einfacher menschlicher Schwäche. Inwieweit jeder von uns mehr Täter oder Opfer war, ist also strafrechtlich relevant, aus therapeutischer Sicht aber nicht entscheidend, weil jede soziale Position im autoritären System Einschränkung, Verlust und Störung bedeutete und damit Anlaß für notwendige Heilung bietet.

Dem Psychotherapeuten werden vor allem die psychosozialen Erkrankungsfolgen des Mangelsyndroms zur Behandlung angeboten, so daß von diesen Erfahrungen noch nicht ohne weiteres auf den größeren Teil der Bevölkerung geschlossen werden kann. Nehmen wir aber statistische Untersuchungen und psychosomatische Erkenntnisse zu Hilfe, dann müssen wir den großen Anteil psychosozialer Faktoren an allen Erkrankungen sehen lernen, auch wenn im klinischen Erscheinungsbild körperliche Symptome im Vordergrund stehen, und zur Kenntnis nehmen, daß bis zu 95 Prozent der heutigen Menschen in Industrienationen im Laufe ihres Lebens an belastenden funktionellen Beschwerden zu leiden haben. Auch gehört zu jedem Patienten ein pathogenes Umfeld (Partner/-in, Familie, Kollegenkreis, Institutionen), was durch systemisches Denken und Analysieren erschlossen werden kann. Die Zahl der Betroffenen vergrößert sich so schon erheblich. Wir dürfen aber auch vom massenhaften Anpassungsverhalten, wie z. B. in den sozialen Rollen in der DDR, vom weitverbreiteten gesundheitsschädigenden Verhalten (Genußmittelmißbrauch, Fehl- und Überernährung, Leistungsstreß), von der Zahl der Ehescheidungen und der Suizide, vom dominierenden Freizeitverhalten (Bewegungsarmut, Fernsehen als Massenphänomen, eingeschränkte Kommunikation) und vom zerstörerischen Umgang mit der Umwelt auf kollektive Fehlentwicklungen schließen.

Repressive Verhältnisse schränken die natürliche Bedürfnisbefriedigung ein, und sie unterbinden die emotionalen Reaktionen darauf. Betrachten wir in diesem Zusammenhang die natürliche Bedürfnisstruktur des Menschen etwas genauer, wie sie uns psychotherapeutische Theorie und Praxis lehrt. Wir wollen dabei die Bedürfnisse zum besseren Verständnis in körperliche, seelische, soziale und spirituelle Grundbedürfnisse unterteilen, ohne dabei den ganzheitlichen Charakter aller Bedürfnisse in Frage zu stellen. Ich will einige wesentliche natürliche Grundbedürfnisse benennen:

– *Körperliche:* Atmen, Nahrung aufnehmen und ausscheiden, Wärme, Rhythmus, Sexualität.
– *Seelische:* Freies und ungehindertes Denken und Fühlen.
– *Soziale:* Lieben und Geliebtwerden, Kontakt haben, Angenommen- und Verstandensein, Geschützt- und Geborgensein, Dazugehören.
– *Spirituelle:* Erfahren von Sinn, sich über sich selbst und die Menschen hinaus bezogen erfahren.

Vergleicht man diese Liste der Grundbedürfnisse mit den Wegen und Möglichkeiten ihrer Befriedigung in unserem Land, so ist das Ergebnis verheerend. Es genügt an dieser Stelle das Ergebnis der familiären und staatlichen Repression stichpunktartig zu resümieren:
– *Atmen:* Die Atmung ist für ein gesundes Leben von größter Bedeutung. Dabei geht es nicht nur um saubere und schadstoffarme Luft, sondern vor allem um die Fähigkeit zur vollen und tiefen Ein- und Ausatmung. Einatmen hat damit zu tun, sich etwas zu nehmen vom Leben und Ausatmen mit dem Mut, sich loszulassen und herzugeben.

Die Luft, die wir zum größten Teil in der DDR atmen mußten, war häufig gesundheitsschädigend mit giftigen Stoffen belastet. Umweltdaten unterlagen der Geheimhaltung, was nicht anders gedeutet werden kann, als daß der Staat mit vollem Wissen seinem Volk Schaden zugefügt hat. Die Folgen davon waren nicht nur Reizzustände, Infekthäufungen und toxische Auswirkungen, sondern mit dem Mangel an Sauerstoff wurden ganz einfach auch die Energieprozesse, letztlich die körperliche und emotionale Vitalität der Menschen schwer beeinträchtigt. In der körperorientierten

Psychotherapie ist die tiefe Atmung ein wesentlicher Zugang zu den gestauten und blockierten Gefühlen. Atem anhalten und Atemverflachung sind dagegen probate Mittel, um unerwünschte Gefühle zu unterdrücken bzw. »unter Kontrolle« zu bringen. Und genau dies war für uns eine häufig zu stellende Diagnose: flache Atmung als Zeichen der emotionalen Zurückhaltung.

Es gibt eine schöne Legende: Jedem Menschen ist für sein Leben eine ganz bestimmte Anzahl von Atemzügen gegeben. Wer ruhig und tief atmen kann, lebt also länger als einer, der flach und hastig atmet. Diese Mär ist medizinisch gesehen leider wahr. Eine repressiv-gefühlsunterdrückende Erziehung erzwingt eine Atemverflachung, und wenn die Luft auch noch vergiftet ist, wird unser Lebendigkeit eingeengt und unser Leben verkürzt.

– *Ernährung und Ausscheidung:* Das Stillen war in seiner Bedeutung für die gesunde psychische Entwicklung ebenso wenig erkannt wie die verheerenden Auswirkungen einer rigiden Sauberkeitserziehung auf Säuglinge. Im übrigen war die Ernährung vor allem überkalorisch und ungesund. »Belohnung« durch Süßigkeiten war weit verbreitet. Exkremente wurden mit einem starken Ekeltabu belegt; Spucken, Rülpsen und Furzen waren immer verpönt.

– *Rhythmus:* Der natürliche Rhythmus der Kinder wurde von den kulturellen Zwängen und Gewohnheiten der Eltern nicht nur restlos überlagert, sondern geradezu unterdrückt.

– *Sexualität:* Eine allgemein sexualfeindliche Erziehung war die Regel. Dabei mußten wir zur Kenntnis nehmen, daß statistische Befragungen scheinbar günstigere Ergebnisse brachten, die jedoch einer genaueren Analyse nicht standhielten. Da spielte das Tabu, die Scham und die Scheu, auf diesem sensiblen Gebiet die ganze Wahrheit zu übermitteln, eine wichtige Rolle. Viele Menschen wollten sich gern als sexuell zufrieden sehen, wie sie auch gern von einer »glücklichen« Kindheit sprachen und von Eltern, die doch ihr »Bestes« gegeben hätten. Unter den von uns untersuchten 5000 Patienten war nicht einer, der sich nicht in seiner sexuellen Lust- und Befriedigungsfähigkeit als behindert und gestört eingeschätzt hätte. Bereits ein sehr großer Teil litt an Scham- und Schuldgefühlen und an Ängsten und Hemmungen im sexuellen Kontaktbereich. Offensichtliche sexuelle Funktionsstörungen (z.B. Imptenz, Frigidität) waren häufig, und volle »orgastische Potenz« war als eine grundlegende leibseelische Entspannungs- und Befriedigungsmöglichkeit weitgehend unbekannt. Die als »zufrieden« eingeschätzten Sexualerfahrungen gründeten sich auf genital begrenzte Orgasmusfähigkeit.

Der allgemeinen Tabuisierung war auch geschuldet, daß es über Perversionen von gesellschaftlicher Relevanz, wie z.B. sexuelle Gewalt in der Familie u.a., keine wirkliche öffentliche Auseinandersetzung gab.

– *Freies und ungehindertes Denken und Fühlen:* Hier erübrigt sich jeder Kommentar. »Wir sagen dir, was du denken, fühlen sagen und tun darfst«: Das war das Credo einer verschworenen Übereinstimmung von Eltern, Lehrern, Erziehern, Ärzten, Pastoren und der Partei- und Staatsfunktionäre. »Kein Widerspruch« war die allgemeine Haltung, das »richtige Bewußtsein« wurde permanent abverlangt, Losungen und Parolen begleiteten den Alltag und wurden über die Medien eingehämmert, Experten-Meinung galt als unantastbar, und Belehrungen, was »rechter Glaube« sei, waren nicht selten.

– *Lieben und Geliebtwerden:* Beide Bedürfnisse wurden weit verbreitet schwer frustriert. Wenn es nicht die elterliche Angst vor Gefühlen überhaupt oder die kompensatorische Liebesforderung für die eigenen Defizite und Frustrationen war, verhinderten die sozialen Zwänge das Eingehen auf die Liebesbedürnisse der Kinder.

Es überwog grundsätzlich die an Bedingungen geknüpfte »Liebe«: »Wir haben dich nur gern, wenn du unsere Erwartungen erfüllst und unseren Vorstellungen entsprichst!« Dies war wohl der wirksamste und nachhaltigste Verformungsmechanismus, denn auf mütterliche und elterliche Zuwendung ist das Kind auf Gedeih und Verderb angewiesen, und es wird stets alles tun wollen, um seine Eltern wohlwollend zu stimmen. Die häufige Abwesenheit der Eltern, ihr gestreßter und unbefriedigter Zustand ließen die Kinder fürchten, daß sie die Ursache des elterlichen Übels sein könnten. So versuchten sie sich umso mehr anzustrengen und anzupassen, nur um ihre Eltern wieder froh zu stimmen; viele Eltern lebten geradezu von dieser Zufuhr durch ihre Kinder. Diese Erfahrungen führten zu einer Illusion, und zwar massenweise: »Ich kann und muß mir ›Liebe‹ verdienen. Wenn ich mich nur richtig anstrenge und noch besser all das tue, was den Eltern gefällt, dann bekomme ich endlich ihre Zuwendung und Anerkennung!« Ein Vorgang, auf den wohl keine Industriegesellschaft verzichten kann, will sie »Arbeitstiere«, Soldaten und Funktionäre bzw. Manager produzieren.

– *Kontakt-Haben, Verstanden-Sein, Dazugehören:* Kinder wurden sehr häufig nicht verstanden, sie hatten zu verstehen! Sie bekamen Kontakt angeboten bei Wohlverhalten und Ablehnung bei spontanem und autonomem Verhalten. Sie »gehörten dazu« nur, wenn sie die vorgeschriebenen Regeln der Familie, des Kollektivs und des Staates anerkannten und erfüllten, sonst wurden sie als Sündenböcke, schwarze Schafe, Andersdenkende oder als politische Gegner ausgegrenzt und diszipliniert. So blieb vielen Kindern nur der Ausweg, sich über Beschwerden und Krankheiten den Kontakt zu erzwingen, auf den sie so begehrlich warteten.

– *Spirituelle Bedürfnisse:* Sie waren in der Regel tief verschüttet und konnten weder erfahren noch gelebt werden. Das bis zum Erbrechen geübte Einschwören auf eine Parteilinie, auf die zumeist abstrakte marxistisch-leninistische Lehre, auf Phrasen und Parolen, auf Lippenbekenntnisse war so übermächtig und lückenlos, daß eine tiefe Abneigung und Unfähigkeit zur Sinnerfahrung daraus resultierte. Auch die autoritative und moralisierende Vermittlung religiöser Dogmen hat im Bereich »christlicher« Erziehung die Spiritualität eher behindert als gefördert. Die häufig geübte Praxis der Verkündigung und Vergebung wurde von vielen Menschen als Einengung ihrer religiösen Erfahrung erlebt und geschildert.

Diese Liste zeigt in aller Kürze ein katastrophales Resultat. Eine schwerwiegende sowie vielfache Behinderung und defizitäre Befriedigung der wesentlichen Grundbedürfnisse der Kinder war praktisch von Geburt an und in den frühen, für die Entwicklung so entscheidenden Jahren die Regel. Dies hinterließ bei vielen Bürgern der DDR einen chronischen Mangelzustand, der in seiner Gesamtheit von Symptomen, Ursachen und Wirkungen als *Mangelsyndrom* erkennbar wird. Dieses Mangelsyndrom sehe ich als das allgemeinste pathogene Potential, von dem aus vielfältige Fehlentwicklungen ausgehen, die sich bereits in der Kindheit oder auch erst im Erwachsenenalter ausformen. Man wird dieses Mangelsyndrom bzw. Teile von ihm in allen Industriegesellschaften mehr oder weniger ausgeprägt finden können. Sein Profil, die besondere Ausprägung und das Gewicht der einzelnen Teile bzw. die Ausbreitung als Massenphänomen sind aber Spezifika. Dabei war das Besondere an der Situation in der DDR das Zusammengehen der staatlichen und familiären Repression als Ursache des Mangelsyndroms und die sowohl innere wie auch äußere Ausformung des Mangels in unserem Lande.

Man darf die narzißtische Kränkung nicht unterschätzen, die vieltausendfach zum Lebensalltag in der DDR gehörte, wenn materielle und ideelle Wünsche nach äußeren Werten und Waren nicht erfüllt werden konnten. Es gab praktisch keinen Bereich des Lebens, der nicht vom Mangel gezeichnet gewesen wäre. Niemals konnte man sicher sein, eine bestimmte Ware oder Dienstleistung auch sofort zu bekommen. So ist z.B. eine ganz vorsichtige Standardfrage für den DDR-Bürger »Haben Sie ...?« oder »Könnte ich vielleicht ...?« immer mit der typischen Unsicherheit gestellt, doch wieder enttäuscht und abgewiesen zu werden. Die ewige Suche nach bestimmten Waren, das Organisierenmüssen, die kleine Korruption der »Beziehungen« hat uns alle chronisch zermürbt.

»Beziehungen« (im Volksmund: »Vitamin B«) waren eine Form der gegenseitigen Hilfe durch Abhängigkeit. Wer von einem Bekannten durch dessen Beruf oder Stellung erwarten konnte, irgendwann mal einen Vorteil zu ergattern, dem wurden auch Engpaß-Waren oder -Dienstleistungen angeboten, aufgehoben und heimlich verkauft. So konnte sich ein eigenartiges Netz von Bestechung, Schieberei, Korruption und Abhängigkeit entwickeln, auch die häufigen kleinen Diebstähle aus Betrieben und Baustellen gingen auf diese Verhältnisse zurück. Der heimliche Waren- und Naturalienhandel, durch kleine Schmiergelder in Fluß gehalten, hatte zu einer Situation geführt, die vom Volksmund so zusammengefaßt war: Obwohl es nichts gab, hatte jeder alles!

Diese allseits verbreitete Praxis hat kaum jemandem ein schlechtes Gewissen gemacht, es war mehr ein »Sport«, ein »Zeitvertreib«, ein kleines Protest-Ventil, die staatliche Ordnung zu unterlaufen und den Mangel »auszutricksen«. Es gab bei diesen Geschäften Könner, die ihren ganzen Ehrgeiz in diesen Handel legten. Dennoch blieb das größere Spekulantentum eher eine Seltenheit, es war mehr eine kollektive stille Verschwörung zur Kompensation des Mangels, die sehr viel zur Ausgestaltung der psychosozialen Infrastruktur beigetragen hat. Wer etwas anzubieten hatte, konnte sich damit aufwerten, und wer etwas erschacherte, war stolz und zufrieden. So war jeder bemüht, sich kleine Privilegien zu verschaffen, um sich das belastende Alltagsleben etwas zu erleichtern.

Demütigender war dann schon die Art und Weise des offiziellen Warenerwerbs: anstehen, Bittsteller sein, warten und oft genug als

Kunde auch heruntergeputzt werden. Verkäuferinnen und die Angestellten im Dienstleistungsgewerbe waren häufig gereizt, schroff, unfreundlich und abweisend – sicher auch als Reaktion auf ihren Frust, nichts verkaufen zu können bzw. den Mangel verwalten zu müssen –, und gar nicht selten konnte man als Kunde auch verhöhnt werden: »Was denken Sie sich denn! Das hätte ich auch ganz gern! Haben Sie es nicht passend? Da kann ich Ihnen auch nicht helfen! Sie warten bis Sie dran sind!«

Warten und Anstehen erfüllten psychologisch einen wichtigen Zweck: Sich unterordnen und klein beigeben gehörte eben zu den Zielen der autoritären Unterwerfung. Hatte das spontane Leben dennoch mal aufgezuckt und wollte man einfach mal losgehen, um Kaffee zu trinken oder ein Essen einzunehmen, war spätestens dann die erneute Enttäuschung perfekt, wenn man die auf Einlaß wartende Schlange vor einem Restaurant sah oder am nächsten Lokal ein Schild »Ruhetag« vorfand. Dieser Mangelzustand hat systematisch gedemütigt, zermürbt und spontanes Leben erstickt.

Zu den spezifischen Verhältnissen in unserem Land gehörte die zirkuläre Verstärkung der innerseelischen Mangelerfahrung durch den äußeren Mangelzustand der planmäßigen Mißwirtschaft, was wiederum einen chronischen Frust erzeugte, der Unzufriedenheit, Kränkung und Demütigung verschärfte. Die Therapie machte uns aber darauf aufmerksam, daß gerade dieses Wechselspiel von gleichartigen inneren und äußeren Erfahrungen stabilisierende Wirkung für einen neurotisch eingeengten Zustand hatte. Mit dem Lamentieren über die äußere Situation im Land konnte sehr gut und zuverlässig vom inneren Elend abgelenkt werden. Und mit der äußeren Misere blieb man in der seelischen Atmosphäre des inneren Unglücks. Wie schwer äußere Freiheit und glücklichere Verhältnisse von Menschen ertragen werden, die am inneren Mangel leiden, wird in der weiteren Darstellung noch eine zentrale Bedeutung bekommen. Hier sei schon vorausgeschickt: Befriedigende äußere Umstände machen unweigerlich die innere Unzufriedenheit bewußt, und das ist stets mit unangenehmen Erfahrungen verbunden, die möglichst vermieden werden wollen!

Der in der DDR erlebte äußere Mangel konnte aber immer nur im Verhältnis zur BRD verstanden werden. Nur im ständigen Vergleich erlebte sich der DDR-Bürger als minderwertig, zu kurz gekommen und als Mensch zweiter Klasse. Gegenüber vielen anderen Ländern in der Welt waren wir stets ein reiches und sattes Land. In der DDR wurde aber die D-Mark und ihre Kaufkraft zum Maßstab gemacht, also vor allem äußere Werte: der Verdienst, das Warenangebot, die Reisekilometer, die Höhe der Renten, aber auch die Qualität von Waren und Dienstleistungen. Daß man auch als Kunde oder Gast höflich und freundlich behandelt werden konnte und Bemühungen zu spüren bekam — so erlebten es viele Westreisende —, hat unsere Unzufriedenheit hier im Lande besonders verstärkt. Und im sozialistischen Ausland war es noch schlimmer: War man als Deutscher erkannt, wurde man regelmäßig »getaxt« und dann, wenn man den DDR-Status nicht zu verbergen wußte, war man häufig nicht mehr sonderlich interessant. Diese permanente narzißtische Kränkung, verbunden mit dem Eingesperrtsein, dem Entbehren von Freizügigkeit und wesentlichen Persönlichkeitsrechten, hat das Selbstwertgefühl vieler DDR-Bürger angeschlagen. Doch ist das Besondere auch hier wieder, daß der äußere gesellschaftliche Mangel nur ins Bild setzte, verschärfte und überhöhte, was schon längst innerlich angerichtet war. Nur so läßt sich unsere Toleranz und das Stillhalten gegenüber dem Unerträglichen erklären. Man kann auch sagen, daß die äußeren Verhältnisse kein therapeutisches Klima abgaben, um frühere innere Verletzungen heilen zu lassen, sondern sie haben die inneren Wunden verstärkt, und dies wiederum hat den äußeren Verfall beschleunigt.

Das Mangelsyndrom ist im Westen sicher auch zu diagnostizieren, doch dürfte der äußere Wohlstand eine wesentliche kompensatorische Funktion einnehmen. Allerdings bleibt die »heilende« Wirkung für mich sehr fraglich, eher ist zu befürchten, daß die inneren Probleme länger und geschickter unter dem äußeren Glanz verborgen bleiben. Die Zukunft wird uns lehren, ob die leichtere und bessere äußere Bedürfnisbefriedigung einen Segen oder einen Fluch darstellt.

Die Folgen des Mangelsyndroms

Als Folge der Repression habe ich im wesentlichen das Mangelsyndrom und den Gefühlsstau benannt. Menschen in einem derartigen Zustand, der bereits mit der Geburt beginnt, durch die Erziehung und die gesellschaftlichen Verhältnisse verstärkt und chronifiziert wird und durch vielfache psychische Abwehrleistungen zur Entlastung schließlich ins Unbewußte verdrängt wird, tragen Folgen davon, die ich im weiteren als Entfremdung von der Natürlichkeit, als Blockierung der Emotionalität und als Spaltung der Persönlichkeit beschreibe. Diese Auswirkungen können schließlich als Krankheitszustände erscheinen, aber häufiger noch sind sie in allgemein anerkannten Normen und Regeln verborgen, die als politische, ökonomische, religiöse und moralische Pflichten gehandelt werden. Dies ist auch der Grund, weshalb die Grenzen, die zwischen »gesund« und »krank« zu ziehen wären, nicht mehr sicher benannt werden können. Entfremdete Menschen können sich meist nur noch in entfremdeten Verhältnissen »wohlfühlen«. Bessere, freiere und natürlichere Umstände würden sie unweigerlich mit ihrer Entfremdung, Blockierung und Spaltung konfrontieren, was sehr ängstigend und beunruhigend sein würde, also verständlicherweise auf jeden Fall vermieden werden möchte. Wer will schon Schmerzliches freiwillig auf sich nehmen? So wird lieber an abnormen Strukturen festgehalten oder solche werden immer wieder aktiv erzeugt, als daß man sich auf einen bitteren Erkenntnisprozeß einläßt, der zwar zur größeren Freiheit und Gesundung führen könnte, aber zunächst unangenehme Gefühle, belastende Erkenntnisse und eine allgemeine Verunsicherung auslösen würde. So werden deformierte und pathogene Verhältnisse bemäntelt und umschrieben oder nur symptomatisch behandelt, ohne die wirklichen Ursachen und umfassenden Zusammenhänge aufzudecken und zu verändern. Die fehlgeleitete Lebensweise soll damit nicht mehr kritisch befragt werden. In der Psychotherapie wird daher schon längere Zeit darüber diskutiert, ob der »Kranke« nicht möglicherweise als der Gesündere verstanden werden muß, weil er begonnen hat, an seiner Entfremdung und an abnormen Verhältnissen zu leiden, im Gegensatz zu den »Gesunden«, die ihre Not und Deformierung in anerkannten gesellschaftlichen Normen ausagieren. Sie verdrängen damit zwar ihr individuelles Leiden, verschärfen aber psychosoziale Konflikte und Fehlentwicklungen.

Die Entfremdung von der Natürlichkeit

Werden die Grundbedürfnisse nicht hinreichend oder angemessen befriedigt nach dem Muster »Wir nehmen dich nicht so an, wie du bist! Deine Bedürfnisse und Gefühle sind nicht in Ordnung, sondern wir können dich nur bestätigen, annehmen und fördern, wenn du unsere (Eltern, Lehrer, Staat, Partei) Erwartungen erfüllst!«, so wird auf diese Weise systematisch eine Entfremdung von der eigenen Natur und von der je einmaligen Individualität erzwungen. Kinder können sich nicht mehr nach ihren eigenen inneren Gesetzen in einer sozial wohlwollenden und förderlichen Atmosphäre entwickeln, sondern sie werden auf vorbestehende Normen und Gebote hin verbogen und angepaßt.

Diese Entfremdung bedeutet vor allem den weitgehenden Verlust der Innenorientierung. Die Erfahrung und Wahrnehmung der frustrierten Bedürfnislage und der inneren angespannten Befindlichkeit werden einfach zu unangenehm. Die ausbleibende oder eingeschränkte Befriedigung der vorhandenen Bedürfnisse führt zu Unsicherheit, Angst, Mißtrauen und Zweifel. Es ist schließlich besser, der eigenen Wahrnehmung und den inneren Signalen nicht mehr zu vertrauen, denn will man ihnen folgen, ist das Ergebnis Enttäuschung. So ist es besser, sich von seiner Innenwelt abzuschirmen und entsprechende Impulse zu unterdrücken und die äußeren Forderungen und Angebote der Erwachsenen anzunehmen und zu erfüllen. So geschieht zunehmend die Entfremdung, die von der Innen- auf die Außenorientierung lenkt und die Werte und Maßstäbe der Umwelt übernimmt. Und was angeboten wird, ist Anpassung, Kontrolle, Ordnung, Disziplin, Anstrengung und Leistung. Nun wird Abhängigkeit die Folge dieses Entfremdungsprozesses. Wer sich nicht mehr auf sich selbst verlassen kann, nicht mehr den eigenen Bedürfnissen vertrauen darf, und wer den inneren Rhythmus von leibseelischer Anspannung und Entspannung verloren hat, der braucht jetzt zwingend einen äußeren Halt: Vorschriften, nach denen er leben kann, Lob und Tadel für das »richtige« oder »falsche« Verhalten. Der entscheidende Wert der Natur: Befriedigung = Entspannung = Lust geht als Erfahrung verloren und muß mühsam durch verheißene äußere Werte ersetzt werden: Konsum, Besitz, Macht, Ruhm, Leben nach vorgeschriebener Moral oder Ideologie. Je weniger und je schlechter Grundbedürfnisse befriedigt werden, desto größer wird der Druck und Drang, sich wenigstens mit Ersatzbedürfnissen und Ersatzwerten vollzustopfen.

Der ewige Rhythmus der Natur: Anspannung und Entspannung (Angst und Lust) geht im entfremdeten Zustand über in einen chronischen Spannungszustand, der mit ständig steigenden Mitteln gedämpft werden muß. Hier liegt der Suchtcharakter jeder ersatzweisen Befriedigungsform begründet. Weil es über Ersatzmittel nie zu einer wirklichen Entspannung kommen kann, muß deren Einsatz ständig wiederholt und gesteigert werden.

Die Entfremdung ist niemals ein stabiler und abgeschlossener Zustand, sondern ein ewiger Unterdrückungsprozeß. Die ehemals äußeren Unterdrücker (Eltern, Staat, Kirche) haben erst dann ihre Arbeit richtig geleistet, wenn die Unterdrückung zu einem inneren Prozeß geworden ist, der jetzt vom Gewissen und von der eigenen Moral und Ideologie beherrscht wird. Anpassung und Unterwerfung, Abhängigkeit und Resignation sind ständig aktive Prozesse der Selbstunterdrückung, wertvolle Lebensenergie wird selbstschädigend und selbstdisziplinierend vergeudet, was Vitalitätsverlust, psychomotorische Einengung, Hemmung und Blockierung zur Folge hat. Dennoch drängen die inzwischen verpönten Wünsche zur Befriedigung und verursachen Angst und Schuldgefühle, daß man den geforderten Erwartungen nie richtig entsprechen könne. Man fühlt sich minderwertig und als ein Versager. Dies ist der psychische Zustand, der gefügig macht, der jedes äußere Angebot der Ablenkung und Ersatzbefriedigung gierig aufgreift. Schließlich bringen Anpassung und Wohlverhalten durch die damit verbundene Anerkennung und Zustimmung, durch Lob und später auch durch Geld, Prämien, Belobigungen, Orden und Geschenke und beruflichen Aufstieg kurzfristige Erleichterung, die aber nicht mehr die Qualität einer leibseelischen Entspannung hat.

Dieser Unterdrückungsprozeß wird im Laufe der Zeit so umfassend, daß die meisten Menschen sich der wahren Zusammenhänge nicht mehr bewußt sind, d. h. sie wissen nicht mehr, wonach sie sich eigentlich sehnen, sondern empfinden nur noch ein dumpfes Gefühl von Unwohlsein und Unzufriedenheit, was sich schließlich auch zu Symptomen und Erkrankungen weiterentwickeln kann. Der Zustand mangelnder Befriedigung wird am häufigsten ersatzweise bekämpft durch Essen, Trinken, Rauchen, Konsumieren, Arbeiten, Fernsehen und auch durch Medikamente und Drogen. Alles, was zur Betäubung und Ablenkung dient, kann dabei herangezogen werden und muß zwanghaft wiederholt werden. Jede Lücke in der Dämpfung und Ablenkung läßt den Spannungszustand wieder auftauchen. Deshalb kann auch kein Mensch diesen entfremdeten Zustand ohne weiteres beenden. Gibt er sein gewohntes Ablenkungs- und »Sucht«-Mittel auf, dann gerät sein ganzes mühsames Gleichgewicht aus den Fugen, und er empfindet Angst und Schmerz, eben das Elend seiner Entfremdung.

Wichtig für das weitere Verständnis ist, daß ehemals unbefriedigt gebliebene Grundbedürfnisse in der Gegenwart oder Zukunft durch nichts und niemanden nachträglich erfüllt oder entschädigt werden können. So machen erfolgs-, konsum- und besitzsüchtige Menschen immer wieder die Erfahrung, daß weder Ruhm noch Macht noch Wohlstand einen wirklich zufriedenen Zustand bedeuten. Nur selten wird aber mit einer solchen Erkenntnis im eigenen Fehlverhalten innegehalten, meistens wird die Erfolgsspirale süchtig – trotz immer wiederkehrender Ernüchterung – weiter verfolgt.

Die besondere Schwierigkeit im Erkennen von Ersatzstrebungen liegt darin, daß alle natürlichen Bedürfnisse entartet benutzt werden können. So wird aus Essen – Fressen, aus Trinken – Saufen, aus lustvoller Sexualität – aggressives Abbumsen oder Promiskuität, aus Liebe – Liebesforderung und Liebeserklärung, aus Arbeit – Arbeitswut, aus Helfen – »Helfersyndrom«, aus Kontakt – Anklammern. Viele Menschen wähnen sich auf diese Weise als gesund und edel und können ihre Entfremdung gar nicht mehr wahrnehmen, weil sie ja angeblich Dinge tun, die im Wertesystem ein hohes Ansehen genießen.

Besonders häufig ist dies auf sexuellem Gebiet, wenn Männer z. B. damit prahlen, daß sie mehrmals hintereinander Geschlechtsverkehr haben, oder glauben, sie würden ihrer Partnerin den Orgasmus machen können. Die Analyse solcher Einstellung ergibt häufig eine schwere Hingabestörung – da keine ausreichende Entspannung gefunden wird, muß der sexuelle Kontakt bald wiederholt werden, was dann fälschlicherweise als Zeichen besonderer Potenz gewertet wird (Potenz als Leistungsmerkmal ist der typische Entfremdungshinweis, wo es naturgemäß gerade um das Gegenteil, nämlich um Geschehenlassen geht). Sich freilassen, die eigene Lust zulassen, ist das Wichtigste, was man »für« den Partner tun kann, auf diese Weise eine »ansteckende Zündung« zu ermöglichen.

Von eminent gesellschaftlicher Bedeutung in der DDR waren die Ersatzbestrebungen, die als ehrgeizige Leistungshaltung höchste soziale Anerkennung genossen. Aber ein Leistungsträger unterscheidet sich von einem Alkoholiker nur in der sozialen Bewertung. Das eine Extrem gilt als Karriere-Empfehlung, das andere Verhalten wird sozial geächtet. Die lebenseinschränkende und selbstzerstörerische Wirkung ist in beiden Varianten gleich. Selbst die Lebensverkürzung kann verglichen werden: Stirbt der Alkoholiker in der Regel 15 Jahre früher, als er hätte leben können, z. B. an Leberversagen, so trifft den Aktivisten und Karrieristen etwa 15 Jahre früher der Tod, z. B. durch Herzinfarkt. Vom letzteren waren bei uns meist Menschen der sozial höheren Berufe in Wirtschaft, Wissenschaft, Kunst und Politik betroffen. Es handelte sich bei ihnen um die Unfähigkeit, das Leben ohne ein Übermaß an Arbeit und Anstrengung genießen zu können. Freie Zeit wurde als verlorene Zeit angesehen und war schwer zu ertragen und durchzuhalten. In den Ferien und in der Freizeit wurde ständig an Arbeit gedacht, Arbeit wurde mit nach Haus genommen und dort verrichtet. Der Anschein von Gesundheit, Schaffenskraft und Erfolg verdeckte die wirklichen Schwierigkeiten, die sich oft erst später als Erschöpfungsdepression, hoher Blutdruck oder als andere psychosomatische Erkrankungen äußerten. Die Verkümmerung der wirklichen sozialen Beziehungen war im gesellschaftlichen Image verborgen. Die innere Unruhe und Unzufriedenheit wurden durch ständigen Termindruck, durch eine Unmenge an Arbeit und Verpflichtungen, durch Sorgen und Ärger über äußere Probleme betäubt und abgewehrt. Die »Droge« Arbeit oder der Erfolg sollten den Schmerz der Entfremdung in Schach halten.

Die Blockierung der Emotionalität

Mangel an Bedürfnisbefriedigung löst unweigerlich Gefühlsprozesse aus. Gefühle sind die Hilfsmöglichkeiten der Natur, den Mangelzustand zu beenden oder wenigstens energetische Abfuhr zu erreichen. Mit Gefühlen wird in erster Linie kommuniziert. Durch Weinen, Schreien, Strampeln, Treten, Schlagen sollen die Beziehungspersonen erreicht und zu einer befriedigenden Handlung gefordert werden. Echte Gefühle stecken an. Wer emotional offen ist, wird an seiner mitschwingenden Reaktion erfühlen können, was im anderen vorgeht, und wird merken, wenn »falsche« Gefühle eingesetzt werden (z. B. Weinen statt Wut, Wut statt Schmerz oder Trauer, Aggressivität statt Angst, Hysterie statt Lust). So wird über den Gefühlsausdruck ein innerer Zustand gemeldet, die Umwelt zur Reaktion aufgerufen und bei ausbleibender Bedürfnisbefriedigung nicht verbrauchte Energie abgeführt. Mit der Freiheit zu fühlen hat der Mensch eine hervorragende Möglichkeit, Bedürfnisstau abzumildern und trotz Mangel und Defizit halbwegs im Gleichgewicht zu bleiben. Er kann sich damit den vielfältig einschränkenden Bedingungen des realen Lebens anpassen. Um so schlimmer für ihn, wenn zum Mangel das Gefühlsverbot kommt. Und genau dies zählte zu den obersten Idealen der »sozialistischen« Erziehung in der DDR.

Die wesentlichen Gefühlsqualitäten (Angst bei Bedrohung der Befriedigung und bei Befriedigungsstau, Wut bei Behinderung der Befriedigung, Schmerz bei Mangel an Befriedigung, Trauer bei Verlust der Befriedigungsquelle und Lust bei erfolgter Befriedigung) waren allesamt tabuisiert. »Negative« Gefühle waren zu meiden, Freude war zu kontrollieren — nur ja keine ungezügelte und ausgelassene Lebenslust zulassen! Gegenüber dem spontanen Ausdruck wurde Beherrschung und Zurückhaltung verlangt, und wenn das gelungen war, wurde Fröhlichkeit angeordnet. »Laßt uns fröhlich sein, singen, tanzen und springen!« Das war die autoritäre Weisung bei Kinderfesten, in der Familie, in der Schule und in der Kirche. Die Ausgelassenheit und der Bewegungsdrang wurden in Bahnen gelenkt, wie z. B. im Sport und den großen, militärisch aufgemachten Kinder- und Jugendspartakiaden. Ganz nach Geschmack waren die Festivals der FDJ — organisierte Jubelfeiern, Aufmärsche, Fackelzüge und Kulturkonsum. Die aktive Betätigung beschränkte sich dabei meist auf demonstrieren und Bekenntnisse abgeben, auf Alkohol trinken, viel essen und tanzen, was aber im Discostil auch meist beziehungslos verlief. Die wirklichen Themen des Lebens (Liebe, Sexualität, Ängste, Nöte, Sinnfragen, Bewältigung von Konflikten) wurden nie berührt. Foren und Gruppen mit ehrlichen und offenen, internalen und emotionalen Mitteilungen waren völlig unbekannt.

Die Erziehungsmittel gegen Angst waren Beschämung und Forderung, gegen Wut wurden moralische Einschüchterung oder autoritäre Gewalt und Strafen eingesetzt, bei Schmerz waren vor allem Ablenkung und billiger Trost probate Mittel, und Trauer wurde meist durch schnellen Ersatz, durch Orientierung auf neue Möglichkeiten vermieden. Auch hierbei waren sich Eltern, Schule und Staat einig: Das Kind hatte sich anzupassen, zu gehorchen, ruhig und gefügig zu sein. Die gefühlsunterdrückende Erziehung konnte man auf jedem Kinderspielplatz, in jedem Eisenbahnabteil, in jeder Schulklasse beobachten. Die Erwachsenen reagierten entnervt auf Gefühlsäußerungen, sie ermahnten, beruhigten, sprachen Verbote aus oder verteilten drohende Klapse. Eine Bejahung und Förderung des Gefühls war so gut wie unbekannt. Die Bestätigung, daß Angst möglich, Wut berechtigt, Schmerz notwendig und sexuelle Lust gar ausgesprochen förderlich sind, wäre für die meisten Eltern und Erzieher eine unerhörte Zumutung gewesen und hätte das vorherrschende Weltbild in Frage gestellt. Auf solche Weise wurden Gefühle nicht nur unterdrückt, sondern die Kinder wurden regelrecht verwirrt, weil sie ja durchaus die Wahrheit erlebten und spürten, und um überhaupt durchstehen zu können, blieb die Abspaltung der Gefühle von den Geschehnissen ein möglicher Rettungsanker. So beherrschten unterdrückte und abgespaltene Gefühle das Leben unserer Kinder, machten sie blaß und gehemmt und mitunter, scheinbar zusammenhangslos, aggressiv-unruhig, gereizt oder still-depressiv und kontaktscheu.

In der Volksmeinung bestand eine grundlegende Fehlhaltung gegenüber den Gefühlen: Als wesentliche Ideale galten Beherrschung und Unterdrückung. Die Menschen, die ihre Gefühlsprozesse am besten »im Griff« und zu verdrängen gelernt hatten, galten als Empfehlung für einen Aufstieg in der Partei, im Staatsapparat, im Militär, beim Staatssicherheitsdienst und in die hohen Leitungsfunktionen. Die emotional-sinnliche Bildung, die aus liberalen und intellektuellen Kreisen angemahnt wurde, geschah in der Distanz und Abspaltung vom Erleben: sublimiert als intellektuelles Ergötzen oder Erschrecken. Kunst und Kultur, obwohl auch stets unter der Knute staatlicher Zensur, hatten in der DDR-Bevölkerung stets hohes Ansehen, weil via Kulturkonsum diese realitätsentfernte, sublimierte Emotionalität ausgelebt werden konnte. Der frenetische Beifall, der in unseren Konzertsälen aufkam, wenn die musikalisch gelockerte Emotionalität von dem diszipliniert und passiv Empfangenden sich am Schluß wenigstens in einem geordneten Bewegungsritual (Klatschen) entladen durfte, sei als ein typisches Beispiel angeführt. Aber auch Bücher, Filme, Theaterstücke und Lieder bekamen diese völlig überhöhte Bedeutung, um die Menschen Emotionalität wenigstens in einer »vergeistigten«, abgehobenen Sphäre noch erleben zu lassen.

Der Typ des »sensiblen, gefühlvollen« Menschen, wie beispielsweise in Helferberufen oder bei Frauen mit Hausfrauen-Ambitionen anzutreffen, zugespitzt bei hysterisch strukturierten Menschen mit aufgesetzten Emotionen und Gefühlsmasken, denen eine besonders intensive Gefühlstiefe zugeschrieben wurde, rundete das Bild der allseitigen Gefühlsabwehr ab: »Gefühle«, um fühlen zu vermeiden! Man gab sich gefühlvoll, man fühlte sich in andere ein, man machte sich »schöne Gefühle«, um ja nicht das eigene innerste Erleben erfahren und spüren zu müssen.

In der Therapie ließ sich die Unterdrückung der Gefühle umfassend beobachten: Das Verhalten der Patienten war vor allem beherrscht, kontrolliert, gebremst und gehemmt – Zurückhaltung war das »vornehmste« Gebot. Wurden traumatische Lebensereignisse und belastende Erfahrung mitgeteilt, geschah dies meistens mit auffallender Unbewegtheit: mit blassem Gesichtsausdruck, leiser Stimme, niedergeschlagenen Augen, verschlossener Körperhaltung, zusammengesunkenem Körper, hängendem Kopf, hochgezogenen Schultern und flacher Atmung. Drangen doch emotionale Regungen hoch, wurde der Bericht unterbrochen und der Atem angehalten – »tapfer« wurde gegen das Gefühl angekämpft: Die Hände bedeckten das Gesicht, der Mund wurde zugehalten, aggressive Arm- und Beinbewegungen zeigten sich als Zittern, Wippen, Tippen, Fäuste ballen und wurden mit Anstrengung gebremst. Gar nicht selten traten heftige Symptome als Affektäquivalente auf: Kopfschmerzen, Bauchschmerzen, Rückenbeschwerden, Herzdruck, zugeschnürte Kehle, Ohnmacht – die lieber in Kauf genommen wurden, als daß man den Gefühlsausdruck losließ.

Gefühle wurden nur distanziert vom Erleben behandelt. So konnte man hören: »Ich habe jetzt Wut!« – bei lächelndem Gesicht; »Das macht mich ganz traurig!« – im Plauderton. Man sprach über Gefühle, statt zu fühlen. Das Erleben und der Ausdruck blieben voneinander getrennt. Dagegen meint wirkliches Fühlen bei Angst z. B. Zittern, Herzklopfen, Blässe, Schweißausbruch etc.; bei Wut z. B. Schreien, Brüllen, Toben, Schlagen etc.; und bei Freude z. B. Lachen, Singen, Tanzen, Hüpfen, Umarmen. Die meisten dieser Eigenschaften waren in der DDR verpönt oder nur gezügelt und im Privaten erlaubt. Da die meisten Menschen von einem Gefühlsstau geplagt waren, konnten die ersten Gefühlsentladungen, wenn der Kontakt dazu wieder hergestellt wurde, in der Tat überschießend und heftig sein und eine schützende Begleitung erforderlich machen, damit niemand zu Schaden kam. Nur in diesem Fall konnte »Gefühle ausleben« – wie dies von vielen naserümpfend und abwertend diffamiert wurde – eine Gefahr bedeuten, wohlgemerkt als Folge des jahrzehntelangen Staus. Der normale und spontane Gefühlsausdruck dagegen wird immer klärend, reinigend, entlastend und beziehungsstiftend sein – in jeder Hinsicht die Gesundheit fördernd. Da wir als Menschen keine Wahl haben, ob wir fühlen wollen oder nicht, sondern nur entscheiden können, Gefühle auszudrücken oder zurückzuhalten, bleibt uns auch nur die Wahl zwischen vollem Gefühlsausdruck, der Gesundheit schafft, oder Gefühlsstau, der jede Art von individueller Krankheit, sozialem Konflikt oder gesellschaftlicher Fehlentwicklung fördert und wesentlich mitbedingt. Wenn die psychosomatische und die verbale Abwehr nicht mehr ausreichten, wurde als Notbremse die hysterische Abwehr benutzt: Wegrennen, Losheulen, Aufschreien, Streit entfachen und sich über jemanden oder über etwas heftig erregen – damit sollte das Fühlen noch mit letzter Anstrengung verhindert werden. Selbst bei den meisten Psychotherapien in der DDR wurde der freie Gefühlsausdruck unbedingt vermieden und durften sich Gefühle höchstens als internale Mitteilungen oder in der Phantasie äußern. Entspannungsmaßnahmen, Beratung, Verbalisieren, Ablenkung oder schneller Trost sind die gängigen Mittel der Psychotherapeuten, um vor ihren eigenen Gefühlen ständig auf der Flucht zu bleiben.

Die Gesamteinschätzung ist vernichtend: Wir waren ein gefühlsunterdrücktes Volk. Wir blieben auf unseren Gefühlen sitzen, der Gefühlsstau beherrschte und bestimmte unser ganzes Leben. Wir waren emotional so eingemauert, wie die Berliner Mauer unser Land abgeschlossen hatte.

Spaltung der Persönlichkeit

Der durchschnittliche DDR-Bürger zeigte eine Fassade von Wohlanständigkeit, Disziplin und Ordnung. Er war freundlich, höflich und beflissen, seltener auch mürrisch und gereizt, überwiegend aber zurückgehalten, kontrolliert, vorsichtig und gehemmt. Unter dieser zur Schau getragenen Maske schmorte ein gestautes Gefühlspotential von existentiellen Ängsten, mörderischer Wut, Haß, tiefem Schmerz und oft bitterer Traurigkeit, das aus dem Bewußtsein und von der Wahrnehmung ausgeschlossen blieb. Diese Abspaltung von den Gefühlen war für viele Eigenarten, Störungen und Fehlentwicklungen im »real existierenden Sozialismus« von größter Bedeutung. So war das Leben in der DDR im wesentlichen durch soziale Fassaden gekennzeichnet. Es war dies ein zwangsläufiges Ergebnis der repressiven Erziehung. Allen war klar: Das wahre Gesicht zeigen und die ehrliche Meinung sagen, ist viel zu gefährlich! So wurde das aufgenötigte zweite Gesicht allmählich zur Gewohnheit und schließlich zur selbstverständlichen Normalität. Kein Mensch kann auf Dauer mit Verstellung gut leben. Wir Psychotherapeuten kennen die Mechanismen, mit deren Hilfe es Menschen möglich wird, die neue »Identität« als ihre »wahre« Natur zu empfinden, sie schon beim geringsten Zweifel mit allen zur Verfügung stehenden Mitteln zu verteidigen und mit sehr vernünftig und glaubhaft erscheinenden Argumenten die eigene fassadäre Haltung zu begründen — die Abspaltung von den Gefühlen macht dies möglich. Die Menschen leben dann praktisch nur noch kopfgesteuert. Und der Kopf macht noch aus jeder Lüge Wissenschaft.

Ein entscheidendes Instrument für die Erfahrung und die Weltorientierung, für das, was echt, richtig und authentisch ist, ist aber das Gefühl. Wenn es abgespalten wird, fehlt dem Menschen eine wichtige Orientierungshilfe. Dies ist einer der Gründe, weshalb wir die Tragödie in unserem Land mitgespielt oder zumindest geduldet und ertragen haben. Wir haben einfach nicht mehr gefühlt, was wir gesehen und gehört haben. Selbst was wir erlebt haben, konnten wir nicht mehr fühlen. Dies erklärt das Unerklärliche: Wir haben das ewige demagogische Geschwätz gehört, die Absurdität der sogenannten »objektiven« Wahrheiten marxistischer »Wissenschaftlichkeit« durchschaut, den Widerspruch von Theorie und Praxis laufend erfahren, dem Verfall der Städte zugeschaut, wir sind an den toten und stinkenden Flüssen spazieren- und im vernichteten erzgebirgischen Wald wandern gegangen — und was haben wir gefühlt dabei? Haben wir geweint, geschrien, geflucht und erbrochen? Haben wir unsere Gefühle zum Maßstab unseres Handelns gemacht? Nein, statt dessen haben wir uns beruhigt und sachliche Argumente akzeptiert. Wir haben vor allem weggeschaut und sind ganz selbstverständlich unseren alltäglichen Verrichtungen nachgegangen. Haben wir vor der »Wende« ein Wort darüber verloren, daß unsere Autos tatsächlich stinken und ihre giftigen Abgase unübersehund -riechbar unserem Land eine typische Duftnote verliehen? Nein, wir blieben überwiegend gleichgültig und haben damit unserer Spaltung Ausdruck verliehen.

Jede Form von Unterdrückung, Unrecht, Gewalt, Bespitzelung und Denunziation ist nur bei Abspaltung der Gefühle denkbar. Wie konnte man Menschen »Republikflucht« als kriminelles Delikt glaubhaft machen und sie auf Flüchtende zu schießen veranlassen?

Ich habe die Geschichte gehört, wie ein Grenzsoldat für einen tödlichen Schuß mit einem Orden ausgezeichnet werden sollte, aber im Moment der Verleihung kotzte er seine Verzweiflung dem Offizier auf die Uniform. Da hatte das Gefühl noch einmal die »Mauer« durchbrochen und dem schaurigen Vorgang eine Lektion erteilt.

Wieso ist es aber so schwer, diese Spaltung zu überwinden? Die tiefsten Ursachen dafür liegen in unserer frühen Lebensgeschichte, und wenn wir auf jetzige Mißstände angemessen reagieren würden, wären damit unweigerlich die alten, mühsam verdrängten Gefühle reaktiviert – und die sind in unserem subjektiven Empfinden von existentieller Bedeutung. Denn mangelnde Liebe, die Erfahrung des Verlassenseins, des Alleingelassenwerdens, des Nichtangenommen- und -verstandenseins oder gar Mißhandlungen lösen beim Kleinkind Todesängste aus. Genau diese Gefühlsqualität würde aber wiederbelebt werden, wenn die Verdrängung aufgehoben würde. So wird meistens das einengende Ersatzleben vorgezogen und daran auch ersatzweise gelitten. Und wenn wirklich einmal günstigere Bedingungen im Leben angeboten werden, wird alles darangesetzt, um die alten Zustände bald wieder herzustellen. Dies läßt sich in der Psychotherapie exemplarisch beobachten: Jede gute Therapie ist auch ein Angebot für Annahme, Zuwendung und Bestätigung – was der Patient auch wünscht, aber von ihm immer auch gefürchtet wird. So ist regelmäßig zu beobachten: Je besser die Annahme gelingt, desto heftiger muß der Patient dagegen agieren. Er verhält sich störend und bockig, er entwickelt Symptome, bricht die Vereinbarungen, nur um wieder sein gewohntes Maß an Ablehnung zu bekommen – auf keinen Fall darf an die mühsam unterdrückte Sehnsucht nach Zuwendung gerührt werden. Wir wurden schon sehr früh zum Abstumpfen genötigt, um zu überleben. Die alte Überlebensfrage wäre wieder gestellt, wenn wir anfingen, das jetzige Elend adäquat zu fühlen. Nähmen wir die heutigen Lügen und die Verdorbenheit unverfälscht wahr, wären wir mit den angehäuften Unwahrheiten und dem seelischen Schmerz in uns selbst konfrontiert.

War es aber in der Therapie möglich, die Spaltung allmählich zu überwinden, den Zugang zu den Gefühlen wiederzufinden und vor allem Ausdrucksmöglichkeiten für sie zu schaffen, wurde in der Regel ein ganz tief verborgener Kern der Persönlichkeit erkennbar, der vor allem Liebe, Nähe, Offenheit, Ehrlichkeit und unverstellte Daseinsberechtigung wünscht. Dieses Begehren war als ungestillte

Sehnsucht lebendig, wenn auch als ganz innerstes Geheimnis gehütet.

Gerade die gestauten Gefühle schützten normalerweise den verborgenen »Kern«, wobei Ängste eine sehr große Rolle spielten. So ließen sich in jedem Fall bei der Analyse unserer Patienten Angst vor Nähe, Angst vor Liebe, Angst vor Freiheit und Angst vor Frieden diagnostizieren!

Würde in der Gegenwart tatsächlich die Erfahrung von Liebe, Nähe, Freiheit und Frieden geschehen, würde damit zugleich unweigerlich die Erinnerung an die lieblosen und repressiven Erlebnisse in der eigenen Lebensgeschichte aktiviert werden, und das Ergebnis wäre Schmerz und Trauer statt Freude und Entspannung über die endlich sich erfüllenden Sehnsüchte. Manchmal wird davon etwas erkennbar, etwa wenn ein Sieger auf dem Podest »Freudentränen« weint, so nennt jedenfalls der Volksmund verschleiernd dieses Geschehen. Es ist dagegen der Schmerz, der plötzlich aufsteigt, wenn im Augenblick des höchsten Triumphes die ungestillte Sehnsucht nach Annahme und Anerkennung durchbricht, die ja gerade die unbewußte Motivation lieferte, alle unmenschlichen Strapazen und Entbehrungen in Kauf zu nehmen, um endlich mal das oberste Treppchen zu erreichen. So war der Leistungssport, der in der DDR zur abnormsten Blüte getrieben war, vor allem ein Mittel der Abwehr und Kompensation und zugleich eine Hoffnung, sich durch Anstrengung endlich »Liebe« verdienen zu können, die dann bestenfalls als kühles und edles Metall erschien. Doch der Augenblick des Erfolges mit dem Jubel und Beifall läßt nur für einen kurzen Moment die erhoffte Zuwendung als erfüllt erleben, was dann den gestauten Schmerz nach außen schleudert.

Die Kompensationsbemühungen gegen das Mangelsyndrom

Die allgemeine Lebensweise als Kompensation

Ich habe als wesentliche Folge staatlicher und familiärer Repression das Mangelsyndrom mit dem Gefühlsstau beschrieben. Der unbefriedigte und defizitäre Zustand des Mangels verursacht und hinterläßt einen chronischen Spannungszustand, einen Zustand von Frust und Streß, der in der ganzheitlichen Betrachtung natürlich körperlichen, seelischen, sozialen und spirituellen Ausdruck findet und irgendwie ersatzweise abgeführt und gedämpft werden muß, ansonsten wird der Mensch psychotisch, körperlich schwerkrank oder kriminell, oder er trägt zu schweren gesellschaftlichen Fehlentwicklungen bei.

Ich beschreibe im folgenden die Kompensationsbemühungen gegen das Mangelsyndrom, wie sie in unserer Analyse erkennbar wurden. Dabei gehen Mechanismen allgemeinerer Natur mit den spezifischeren Verhaltensweisen der DDR-Situation zusammen und bringen uns sowohl Erkenntnisse der psychotherapeutischen Krankheitslehre wie auch der speziellen und typischen Entwicklungen unter den psychosozialen Bedingungen des »real existierenden Sozialismus« in der DDR. Zu den wesentlichsten Kompensationsversuchen zähle ich körperliche, seelische und soziale Symptome und Erkrankungen, Körperdeformierungen und Charakterstörungen, den Einsatz von Dämpfungsmitteln, typische soziale Rollen und Merkmale einer Lebensweise, die ich verallgemeinernd darstellen werde, wohl wissend und achtend, daß jeder einzelne Lebensweg als ganz individuelles Schicksal und in seiner Verantwortung und Würde durch eine solche Darstellung nicht gerecht wiedergegeben werden kann.

Ich will in diesem Buch auch mehr die wesentlichen psychosozialen Mechanismen beschreiben und als Vorgänge und Kräfte entlarven, die eine ganze Gesellschaft erheblich beeinflussen können. Wenn individuelle Fehlentwicklung massenweise auftritt, muß es auch zu einer gesellschaftlichen Fehlentwicklung kommen, die wiederum die einzelnen Menschen massenweise verformt.

Ich versuche also im folgenden, die Alltagskultur und Merkmale einer für die DDR typischen Lebensweise zu beschreiben. Dazu will ich Hypothesen äußern, wie sie sich aus der psychotherapeutischen Erkenntnis ergeben, und ich will dabei den Kompensationscharakter für das bestehende Mangelsyndrom aufweisen.

Die auffälligsten Merkmale waren die Wirkungen und Folgen des autoritär-totalitären Staatssystems: Ein allgegenwärtiger Anpassungsdruck hat den Menschen praktisch nur den einen Weg offengelassen, die vom System geforderten Verhaltensweisen zu erfüllen und schließlich auch zu verinnerlichen. Der Weg hieß: Disziplin, Ordnung, Kontrolle, Unterordnung und Anstrengung. Diese Prinzipien beherrschten die Sexualität, die Geburt, die familiäre Erziehung, die Krippen, Kindergärten und Schulen, die Ausbildung, die Armee, den Beruf und die Freizeit. Es war ein einziger Weg der Disziplinierung, wobei der moralische Druck und die Erzeugung von Angst und Schuldgefühlen stärker eingesetzt wurden als direkte Gewalt. Die Erziehung ruhte nicht eher, bis ein »ordentlicher« Weg eingeschlagen war, und die Außenseiter wurden, wie gesagt, von der Justiz, der Medizin oder der Kirche »versorgt«.

Das Bild eines riesigen Käfigs bietet sich als traurige Metapher an: eine stabile und absolut gesicherte Umzäunung, darin die perfekte Dressur mit Zuckerbrot (das mehr versprochen als eingelöst wurde) und Peitsche (die mehr geschwungen als geschlagen wurde), die auf Leistung und Gehorsam orientierte. Die durchschnittliche Idealentwicklung war: gute bis sehr gute Zensuren in der Schule, tadelloses Betragen, reibungslose Ausbildung, frühe Heirat und — damit die repressive Erziehung gesichert blieb — Elternschaft noch bevor sexuelle Lustfähigkeit erreicht war.

Um den kleinen erreichbaren Wohlstand mußte man in der Regel ringen und kämpfen, sich demütigen und korrumpieren lassen, bis man schließlich eine eigene kleine Wohnung, eine Schrankwand, eine Waschmaschine, einen Fernseher und einen Trabi besaß. Die noch stärker Leistungsorientierten strebten dann nach einem Eigenheim oder einer Datsche. Nicht selten kam es nach Fertigstellung des Eigenheimes zu psychosomatischen und psychischen Störungen oder zu einer Ehekrise. Der Bau hatte viele Jahre alle Kräfte gebunden und Spannungen weggeschoben, nun saß man in der guten Stube und wußte mit sich nichts mehr anzufangen. Der innere Mangel trat wieder hervor, von dem man sich durch die Anstrengungen des Hausbaues so geschickt hatte ablenken können: Das Heim mußte ja zumeist eigenhändig errichtet werden, Baumaterial und sonstige Arbeitskräfte waren im äußeren Mangel zu »organisieren«, weshalb »Beziehungen«, Bestechung, Schwarzarbeit und Diebstahl fast selbstverständlich dazugehörten. Die Krise war aber zumeist weniger die Folge der chronischen Überlastung – die hatte man ja gerade gesucht –, sondern wurde ausgelöst wegen der nun fehlenden Kompensationsmöglichkeit nach Fertigstellung des Hauses.

Der »real existierende Sozialismus« hat an keiner Stelle glaubhafte und überzeugende Werte schaffen können, die über das profane Leistungs- und Wohlstandsdenken hinaus reichten. Im ewig kränkenden Vergleich zu den überlegeneren und reicheren Westdeutschen waren die DDR-Bürger eher noch verrückter nach äußeren Werten. Die chronische Frustration und der Neid haben da sicher eine entscheidende Rolle gespielt. So hat sich eine Steigerungskultur entwickelt, die die sogenannte klassenlose Gesellschaft in neue »Klassen« einteilte: Wer es sich leisten konnte, in den Luxusläden »Delikat« und »Exquisit« einzukaufen, wer D-Mark besaß und sich aus dem Intershop versorgen konnte oder wer als höchsten Rang den Reisekaderstatus oder die Reiseerlaubnis mit Westverwandtschaft für sich in Anspruch nehmen konnte. Der Fetischcharakter westlicher Waren war nicht mehr zu überbieten: Leere Bier- oder Coladosen wurden als Schmuckstücke auf die Schrankwand gestellt, Plastetüten mit Reklameaufschrift besaßen Handelswert, Westkleider machten Leute. Realer Mangel und qualitätsmindere Ware bei uns, der Warenüberfluß und der Qualitätsluxus im Westen waren der affektive Hintergrund für eine nie endende und nie befriedigende Konsumspirale. So war auch bei uns »Familie Neureich« ein beliebtes Spiel mit der Variation des Kinderspiels »Meins ist besser als deins!«, wobei der Westartikel den absoluten Maßstab setzte.

Eine wichtige Besonderheit des Lebens in der DDR war die ausgesprochene Infantilität: Ein ganzes Volk wurde in ewiger »Kindheit« gehalten, so wie man Kinder mit der »schwarzen Pädagogik« quält, verdummt und kleinhält. Der Staat war der große, allwissende, immer recht behaltende, autoritäre, alles bestimmende »Vater«. Gegen den Staat und seine Entscheidungen gab es praktisch keine Rechtsmittel. Verwaltungs- und Verfassungsgerichte waren abgeschafft. Es war klar, daß der Staatsapparat immer nur die Anweisungen der Partei umzusetzen hatte Die Volkskammer war zu einer jämmerlichen Rolle degradiert (stets einstimmige Zustimmung und Claqueur-Übungen – was für Menschen mußten das sein, die dazu in der Lage waren?). Dieses Verhältnis zwischen Staat und Partei nahm Formen an, wie sie häufig Ehebeziehungen in der DDR kennzeichneten: Die Mutter (Partei) dominiert und beherrscht den Vater (Staat), der seine Depotenzierung dann mit besonderer Strenge an den Kindern (Volk) ausläßt. In der Tat war uns ja das Eingaberecht »gewährt«, und wenn wirklich mal zugunsten eines Bürgers entschieden wurde, war es in der Regel die Partei, die staatliche Entscheidungen korrigierte. Im Vergleich mit ehelichen Verhältnissen nahm dann auch die Kirche eine mütterliche Rolle an, die ihr ungeklärtes Verhältnis zum »Vater« darin agierte, daß sie die »Kinder« in Schutz nahm, häufig auch hinter dem Rücken des »Vaters«, statt sich direkt und offen mit der zu strengen Autorität auseinanderzusetzen. In beiden Varianten müssen wir wohl unglückliche »Partnerschaften« erkennen.

Besonders auffällig war, daß die unbezweifelbare repressive Macht des Staates als vormundschaftlich-fürsorglich ausgeübt wurde, was die Entmündigung des Volkes nur verschleierte und die berühmte »Versorgungsmentalität« des DDR-Bürgers kultivierte.

Die Unselbständigkeit und Abhängigkeit der Bevölkerung wurde als »soziale Sicherheit« glorifiziert. Für den DDR-Bürger wurde praktisch alles festgelegt, ohne daß er mitentscheiden konnte. Die Gesundheitsfürsorge, die Ausbildung, die Wohnungsfrage wurden administrativ geregelt. Der Entscheidungsfreiraum war minimal, die Freizeitgestaltung, die Beweglichkeit, die Gesinnung waren eingeengt und kontrolliert.

Nicht selten wurde versucht, die langweilige Lebensart durch Alkohol aufzuheitern. Weder im familiären noch im gesellschaftlichen Bereich, bei keiner Kollektiv- und Brigadefeier konnte auf Alkohol verzichtet werden. Die steife Zurückhaltung, die vorsichtige Wortkargheit, die mißtrauische Distanz wurden mit ihm aufgeweicht, und die gestaute Emotionalität machte sich dann in Witzen, Anspielungen, Zweideutigkeiten, Gegröl, Gekreisch und manchmal auch im Gezänk Luft.

In der Sprache der analytischen Psychotherapie war die Entwicklung in der DDR auf einer oralen und analen Stufe stehengeblieben. Nach analytischer Theorie vollzieht sich die Entwicklung eines Menschen in Phasen mit jeweils bevorzugter Bedeutung bestimmter Tätigkeiten und Fähigkeiten, die im Zusammenhang mit der jeweiligen Körperregion stehen. Am Anfang steht z. B. die Nahrungsaufnahme ganz im Vordergrund und der Mund wird das zentrale Organ, das Kontakt, Aufnahme, Befriedigung und Sättigung ermöglicht und vermittelt. Später richtet sich das besondere Interesse auf die Ausscheidungsfunktionen und die stolze Erfahrung, daß man zurückhalten und hergeben selbst bestimmen kann. Dann rücken die Genitalien in den Mittelpunkt des Interesses, also die Organe, die in der Lage sind, bei entsprechendem Gebrauch Lust, Entspannung und die innigste zwischenmenschliche Beziehung zu ermöglichen. Zur gesunden Entwicklung gehört das konfliktarme Durchleben dieser das ganze Leben prägenden Erfahrungen. So werden in der oralen Phase die Erfahrung für Bekommen, Gesättigtwerden, aber auch für Sich-Nehmen, für Zupacken und Kleinkriegen gewonnen. In der analen Phase werden die Urerfahrungen von Hergeben und Schenken, von Verweigern und Behalten, von Ja- und Nein-Sagen, von Sich-Gehenlassen und Sich-Beherrschen, von Ordnung und Disziplin, von Zwanghaftigkeit und Spontaneität gemacht und der Stolz des Machenkönnens und Aus-sich-heraus-Produzierens begründet. Und in der genitalen Phase schließlich wird die Geschlechtsidentität mit Eigenständigkeit, Selbstbewußtsein, kreativer und produktiver Potenz und sexueller Lustfähigkeit erworben.

Werden in einer Entwicklungsphase die bestimmenden Wünsche und Bedürfnisse nicht hinreichend befriedigt und werden belastende und verletzende Erfahrungen gemacht, so bleibt der Mensch auf diese Entwicklungsstufe fixiert.

Die »orale Fixation« der DDR-Bürger zeigte sich in der weitverbreiteten Tendenz, Saufen, Rauchen und Fressen zu den großen Seelentröstern zu machen. Die Ernährungsweise war ausgesprochen ungesund: zu viel Fettes und Süßes auf der einen Seite und eklatanter Mangel an Frischobst und Gemüse auf der anderen Seite. Vollwertkost war fast unbekannt und vegetarische Ernährung nicht nur weitgehend verpönt, sondern auch kaum möglich. Nach dem statistischen Jahrbuch der DDR wurden 1987 18,6 kg Butter, 54 kg Zucker, 99,4 kg Fleisch und Fleischerzeugnisse pro Kopf der Bevölkerung und Jahr verbraucht. Vor allem durch die Überernährung waren die Männer bis 35 Prozent und die Frauen bis 45 Prozent deutlich übergewichtig. Die Krankheiten, die mit einer falschen Ernährung zusammenhingen, hatten nach vorsichtigen Schätzungen auf mehr als die Hälfte der Todesfälle wesentlichen Einfluß.

Unter Fachleuten wird mit ca. 650000 Alkoholikern gerechnet und daß etwa 15 Prozent der Bevölkerung Alkoholmißbrauch betreiben, so daß immerhin 2,5 Millionen Bürger der DDR als »starke

Trinker« einzuschätzen sind. Besonders Anfang der 70er Jahre kam es zu einem deutlichen Anstieg des Alkoholverbrauchs von 6 auf 10 Liter reinem Alkohol pro Kopf und Jahr. Den Gesundheitszustand schätzen nur 33 Prozent der Bevölkerung als »gesund und leistungsfähig« ein, wobei sich die Frauen deutlich schlechter fühlen. Der Krankenstand lag im Durchschnitt bei sechs Prozent. (Sozialreport '90)

Schlafmittel, Schmerzmittel, Beruhigungsmittel wurden in großen Mengen »geschluckt« und sehr bereitwillig verordnet. Harte Drogen gab es nur deshalb nicht, weil kein hartes Geld dafür vorhanden war, dies wird sich jetzt mit der D-Mark schnell ändern. Weihnachten war das Superfest der Oralität: die Jagd nach Geschenken und Delikatessen, die nur noch materialisierte »Liebe« und die ewig-gleiche verlogene Familienharmonie dominierten das Bild. Die Heilig-Abend-Gottesdienst-Rührseligkeit wurde selbst von vielen Pastoren, die sonst in ihren leeren Kirchen chronisch frustriert waren, als verdächtig und unangenehm empfunden.

Nach der Wahl am 18. März wurde zur Erklärung des überraschenden und wohl auch peinlichen Wahlergebnisses die Brechtsche Aussage zur Entschuldigung gebraucht, erst komme halt das Fressen und dann die Moral. Dies stimmt nur, wenn man zum »Fressen« einen VW-Golf GTI, ein Video und Marlboro dazuzählt, denn in der DDR hat niemand gehungert – jedenfalls nicht im wörtlichen Sinne; daß wir aber auf eine andere Art und Weise ausgehungert waren, ist eine andere Sache. Nein, das Wahlergebnis bestätigte vor allem auch das Vorherrschen der oralen Fixation als einen Kompensationsmechanismus für die massenhaft verfehlte Lebensart. Es war vor allem die Hoffnung auf die D-Mark und den besseren Konsum, mit der das Mangelsyndrom gelindert werden wollte und wodurch vor allem die inneren Defizite verdeckt bleiben sollten. Der dadurch hervorgerufene häufige chronisch-hungrige Zustand hatte Neid und Raffgier erzeugt, was sich zuletzt kollektiv im Sturm auf die westdeutschen Kaufhäuser und Supermärkte entlarvte – wobei das Begrüßungsgeld als demütigender Köder ausgelegt war.

Die »anale Fixation« zeigte sich vor allem im vorwiegend gebremsten, gehemmten und kontrollierten Verhalten. Die repressiven Verhältnisse im System haben die allgemeine Retention verfestigt, die in der meist zu frühen und zu strengen Sauberkeitsdressur als Störung des Hergebens und Loslassens angelegt worden war. Ja nichts Unbedachtes tun oder sagen, ja nicht auffallen, sich immer schön unterordnen und zurückhalten einerseits und andererseits ehrgeizige Anstrengungen im Sport, für die Datsche und den Warenerwerb — dies alles deutete auf »anale Symptome«.

Bis zu einer »genitalen Entwicklungsphase« war es in der DDR nie gekommen: Autonomie, Selbstbewußtsein, Verantwortlichkeit, Offenheit und Direktheit waren sehr seltene Eigenschaften, sie wurden nicht gefördert, statt dessen war die ganze DDR stets von einem Minderwertigkeitsgefühl mit Anerkennungssucht geprägt. Die psychosoziale Potenz war ebenso eingeschränkt wie die orgastische. In der Erziehung dominierten Onanieverbot, »Aufklärung« (wenn überhaupt) statt zwanglosem Vorbild und Lustabwehr mit Körperfeindlichkeit (der Körper mußte beherrscht und abgehärtet werden); Jugendliche fanden weder Raum noch Verständnis für ihre partnerschaftlichen sexuellen Bedürfnisse. Homosexuelle waren sozial diskriminiert, sogenannte »Perversionen« tabuisiert. Prostitution und Pornographie waren per Gesetz verboten, für D-Mark aber immer zu haben gewesen und dann auch kaum strafrechtlich verfolgt, aber eifrig zur Erpressung vom Staatssicherheitsdienst ausgenutzt worden. Promiskuität und Ehebruch waren nicht selten, die Scheidungsrate war eine der höchsten in der Welt, etwa jede dritte Ehe wurde geschieden. Sexuelle Anzüglichkeiten und einschlägige Witze waren überall anzutreffen, die Frauen blieben überwiegend Lustobjekte und waren oft mit deutlicher Angst besetzt. Die DDR war ein Land mit einer weit verbreiteten sexuellen Frustration, vor allem wenn man liebende Beziehungen und »orgastische Potenz« zur Beurteilung mit heranzog.

Wir waren ein fehlgeleitetes und kleingemachtes Volk. Es gab praktisch nur einen einzigen Bereich, in dem »Größe« erreicht wurde: den Sport. Mancher ließ sich von den Erfolgen blenden, besonders wenn sie in so schöner »Verpackung« wie bei der »Eisprinzessin« Katarina Witt über die Fernsehschirme in die Wohnzimmer serviert wurden. Und gerade der Eisstar zeigte nach der »Wende« mit der sichtbaren Irritation und dem trotzigen Festhalten an dem »Dank gegenüber Staat und Partei« die psychische Einengung und Indoktrination, der besonders die Leistungssportler ausgesetzt waren. Allein die Beflissenheit, mit der allerorts dem »Fürst« Danke gesagt werden mußte, machte die Entmündigung selbst der Prominenz peinlich deutlich. Die chronische Demütigung des Volkes mag auch eine Rolle gespielt haben, wenn man sich am Glanz des Spitzensports erfreute, doch manchen war auch der durchsichtige Mißbrauch des Sports für politische Propaganda zutiefst zuwider und die heroisierenden Kommentare unserer Reporter wurden nicht selten angewidert abgeschaltet. Aber es blieb eine Ambivalenz zwischen Stolz (»unsere« Sportler!) und Ekel. Vor allem, daß das innerlich doch häufig abgelehnte und verhaßte System äußerlich so auftrumpfen konnte, war für viele schwer zu ertragen. Die gnadenlose Ausbeutung der inneren Not der Leistungsträger, die schamlose Förderung ihrer Fehlentwicklung, die vielen, vielen fallengelassenen Mittelmäßigen, das kriminelle Doping — alles galt nur dem Erfolg, den Medaillen; drastischer konnte sich das menschenverachtende System nicht entlarven, und doch galt der Sport vielen DDR-Bürgern als lobenswert. Daß sich aber gerade darin die Abnormität des Systems deutlich ausdrückte, daß dieses kleine Land eine so große Sportnation sein wollte, war nur wenigen verdächtig. Der Sport war eine hervorragende Kompensationsmöglichkeit für den inneren Mangel: militärische Disziplin, Leistungsdruck, Trainingszwang haben die für das natürliche Leben nicht zugelassene Energie ersatzweise verzehrt und die zur Sucht treibende Ersatzschiene von Erfolg, Ruhm und Privilegien dafür eröffnet. Und Millionen konnten sich daran ergötzen und ihre eigene narzißtische Kränkung etwas mildern.

Manchmal wirkte das Land wie im »Ödipuskomplex« befangen: Einerseits der Haß und der kleinliche Kampf gegen den »Vater« Staat, und andererseits wurde der »Mutter« Kirche gern unter den »Rock« gekrochen — die ihn auch oft bereitwillig anhob und dann aufschrie, wenn ordentlich hingelangt wurde. Zwischen Kirchenobrigkeit und Basisgruppen (z. B. »Kirche von unten«, Homosexuelle, Punks) kam es zunehmend zu Spannungen und Konflikten. Der reglementierende und mahnende Schutz der Kirche war zu eng geworden. Für die ödipale Problematik sprach auch die überall anzutreffende unterschwellige Angst vor Frauen, die als Abwehr der unerfüllten Sehnsucht nach der Mutter interpretiert werden kann. Die sogenannte Gleichberechtigung der Frau war höchstes Politikum und wurde stets als Errungenschaft gefeiert, erwies sich aber in der Realität als ein durchaus feindseliger Akt gegen die Frauen, denen unter dem Emanzipationsgeschwätz doppelte bis dreifache Belastungen aufgebürdet waren. Am »Internationalen Frauentag«, der den »Muttertag« abgelöst hatte, wurden die Frauen regelrecht von den Männern mit Blumen und Pralinen verhöhnt, ein billiges Feigenblatt bei der sonst unverändert diskriminierenden

Einstellung gemäß den patriarchalischen Herrschaftsstrukturen. Allerdings haben auch manche Frauen mit einer sexuellen Verweigerungshaltung als Druckmittel und kämpferische Frauenbewegungen diese Verhältnisse noch ihrerseits verschärft. So sind eben auch viele Frauen in der kulturellen Opferrolle steckengeblieben und haben ihre selbstschädigende Rache in depressiver Verweigerung und Erschöpfung oder hysterischer Herrschsucht ausgeübt.

Die therapeutische Sprechstunde machte deutlich, daß das verdrängte und ungelöste Mutterproblem (mangelhafte Annahme und Befriedigung) dominierenden Einfluß auf die Lebensart beider Geschlechter in der DDR hatte: Die Partnerschaften waren im allgemeinsten Sinne beziehungsverneinend und beziehungsfeindlich. Wirkliche Gleichberechtigung in Autonomie, Selbstwert und Verantwortlichkeit waren extrem selten. Statt echter Beziehungen, getragen von wirklicher Nähe und Aufrichtigkeit, beherrschten Pseudobeziehungen die Alltagskultur. Es waren die »Beziehungen« der oralen und analen Stufe: Wofür kann der andere mir nützlich sein, was kann er mir bringen, wofür soll er mich entschädigen? So hat das Mangelsyndrom die Beziehungen deformiert.

Die »Kultur« der kleinen Korruptionen, der Schiebereien und gegenseitigen Abhängigkeiten hat das Leben geprägt. Es war die Verschwörung einer Notgemeinschaft, die zur kollektiven Abwehr des inneren und äußeren Elends sich gegenseitig half und stützte, was zwar auch Beziehungen stiftete, die aber emotional nicht gereift waren und sich nur gegen den äußeren Mangel richteten. Sie standen nicht für wirkliche Annäherung. Auch die oft gepriesenen privaten Gruppierungen und Freundeskreise verharrten in der Regel in Pseudobeziehungen. Meist war der verbindende Nenner ein gemeinsamer Außenfeind (das System), es dominierte die orale Versorgung (Alkohol, Nikotin, Essen) und das Reden über jemanden oder über etwas, statt von sich zu sprechen. Ein solcher Freundeskreis war in der Regel auch kein Hinderungsgrund, sich durch West-Flucht zu entziehen, was auf die erschreckende Beziehungslosigkeit hinweist.

Manche Westdeutsche schwärmten von der Herzlichkeit, mit der sie bei uns empfangen wurden. Dies spricht offensichtlich für noch schwierigere oder oberflächlichere Beziehungen im Westen und kann auch der Tatsache »geschuldet« werden, daß die Gastfreundschaft meist durch materielle Begehrlichkeit getragen wurde. Die Westler selbst konnten sich großartig fühlen, weil sie mit allem, was sie brachten, willkommen waren, sie konnten praktisch kaum Fehler bei Geschenken machen. Der chronische Mangel hatte uns ausgehöhlt. Standen sich Ost- und Westdeutsche ohne die D-Mark praktisch menschlich nackt gegenüber, erwiesen sich die »Wessis« häufig noch externaler orientiert mit erheblicher Angst vor innerer und emotionaler Öffnung. Ich habe mehrfach davon erfahren, daß die Ost-West-Beziehungen in schwere Krisen gerieten, wenn der DDR-Bürger sich nicht mehr geil auf Westware zeigte, sondern echte Beziehungen wünschte, die aber nicht mehr mit DM-Stärke zu gestalten waren.

Der permanente Betrug hatte sich auch im gesellschaftlichen Leben überall breitgemacht: Schönfärberei, gefälschte Statistiken, Konfliktverdrängung, Harmonisierung, Verleugnung alles Negativen, Tabuisierung wesentlicher menschlicher Themen gehörten unvermeidbar zur Lebensweise. Die öffentlichen Verlautbarungen und Darstellungen im Fernsehen, im Rundfunk und in den Zeitungen waren so lächerlich phrasenhaft und nichtssagend, so offensichtlich verzerrt und verlogen, so plump und primitiv mit den klassischen Abwehrvorgängen von Verdrängung, Verleugnung, Projektion, Ungeschehenmachen und Verkehrung ins Gegenteil behaftet, daß das Land täglich von einem einzigen Lachkrampf oder Ekelanfall hätte erschüttert sein müssen. Aber nichts dergleichen geschah, man gewöhnte sich einfach an das Böse und Schlechte. Auch dies sei als ein Indiz für den weitverbreiteten Kompensationsvorgang erwähnt: Man nahm die dumme Dreistigkeit und die kümmerlichen Einseitigkeiten gereizt oder mehr noch gelangweilt hin. Dies funktionierte ebenso gut wie die innere Abwehr, und für die Unterdrückung der zwangsläufigen Empörung mußte ständig wertvolle Lebensenergie verschwendet werden.

Vergessen sollte auch nicht werden, worüber in der Öffentlichkeit gar nicht oder nicht ehrlich berichtet und diskutiert wurde: über Kriminalität, Kindesmißhandlung, sexuelle Nöte, Homosexualität, psychische Leiden, Gewalt im eigenen Land, in der Familie, in der Schule, über Scheidung und Tod, über Mißerfolge, Schäden, ökologische Probleme, politische Gegner, Machtmißbrauch, Korruption, Verfall, Mangel, Konflikte, Trauer, Schmerz, Wut. Nicht mal Selbsthilfgruppen durfte es geben, weil bereits die Notwendigkeit für eigene Hilfe das perfekte Bild des Systems hätte beschmutzen können und die totale »Fürsorge« des Staates unterlaufen hätte. Selbst »Behinderte« sollten »Geschädigte« heißen, weil sie trotz des

Schadens im »besten aller Systeme« nicht behindert sein konnten. Diese Verleugnung, gemeinsam mit der permanenten Projektion auf den »Klassenfeind« wird sich vermutlich verheerend auswirken, wenn das Verfemte mit voller Wucht und Klarheit in das Bewußtsein der Massen zurückschlagen wird. Nicht nur, daß in der DDR alles Schlechte nie wirklich und voll wahrgenommen wurde, auch das persönliche Böse wurde mit dieser Haltung erfolgreich versteckt. Das Unterdrückte und Verdrängte, praktisch die Sünden von Jahrzehnten, die jetzt wieder an die Oberfläche kommen müssen, werden den gesellschaftlichen Veränderungprozeß noch lange Zeit erheblich belasten und den Wunsch nach neuer Verdrängung stark anwachsen lassen. Wie in der Therapie kann eben das unterdrückte Böse nur brockenweise verdaut werden, sonst drohen psychotische Verwirrung oder »Krieg«, d. h. Haßprojektionen auf Feindbilder und Jagd auf Sündenböcke.

Will man die Lebensweise als Kompensation verstehen, dann muß sie Gelegenheit lassen, gestaute Lebensenergie ersatzweise zu verbrauchen. Dies geschah in der DDR vor allem als Verweigerung oder als Anstrengung. Die Verweigerung muß als aktiver Vorgang verstanden werden: Gehemmtheit, Zurückhaltung, Passivität, Bequemlichkeit und Versorgungsmentalität verbrauchten Energie, um das Leben ständig zu zügeln, zu behindern und zu bremsen, und zugleich wurden wir damit etwas von der zurückgehaltenen Aggressivität los. Anpassung als energieverbrauchende Kompensation und sozialer »passiver« Widerstand als indirekte Aggression! Wir rächten uns wegen der ewigen Bevormundung: Wenn wir schon in unseren Freiheiten eingeschränkt wurden, dann konnten wir wenigstens durch trotzige Interessenlosigkeit, Hilflosigkeit und Abhängigkeit dafür sorgen, daß die Entwicklung stoppte und nichts mehr richtig funktionierte. Es ist so, als wenn ein Kind mit erfrorenen Fingern zu seiner Mutter sagen würde: Das hast du nun davon, warum ziehst du mir keine Handschuhe an! Durch diese weitverbreitete Verweigerungshaltung wurde das ganze System allmählich ausgemergelt. Man sagt auch, daß mindestens ein Drittel der Arbeitszeit auf diese Weise verschlampt oder auch zur Pflege privater Angelegenheiten benutzt wurde. Während der Arbeitszeit einkaufen zu gehen, war nicht nur wegen des äußeren Mangels häufig notwendig — sonst hätte man bestimmte Waren einfach nicht mehr bekommen —, sondern darin drückte sich auch genau die eben beschriebene aggressive Gleichgültigkeit gegenüber den Interessen des eigenen Staates aus. Daß Anstrengung Energie verbraucht, leuchtet ein. Das Besondere an den DDR-Verhältnissen war die sinnlose, wenig effektive und auch zwanghafte Verschwendung von Lebensenergie, die eben nicht für natürliche, produktive, kreative und emotionale Prozesse vorrangig verbraucht werden konnte, sondern die meiste Anstrengung ging in Putzen, Fummeln, in Bürokratie und Planung, in Statistik und unüberschaubare Berichte, ins Anstehen, Suchen, Beschaffen, in »Beziehungen« und »Nischen« pflegen und ins Ärgern: Was es alles wieder nicht gab, welchen idiotischen Einfall das System schon wieder hatte, welche Verlogenheit gerade wieder aufgetischt wurde, welche neue Kampagne und Einengung wieder ins Haus stand usw ... Die Hypothese, daß das System besonders plump und primitiv regierte und formulierte, um das Volk richtig zu ärgern und damit ablenkende Ventile zu schaffen, konnte durch die Analyse der Psychodynamik bei vielen Menschen immer wieder bestätigt werden. Die Heirat von Lüge und Macht war um so beständiger, je dümmer sie sich zeigte, und das löste so viel Empörung aus, die wieder in Schach gehalten werden mußte, daß zum gezielten Widerstand weder Kraft noch Mut blieben.

Die Lebensweise war sowohl Folge des Mangelsyndroms als auch wiederum Verursacher weiterer Deformierung. Daß Einengung, Bevormundung, kompromißloser Anpassungsdruck, Kontrolle, Zensur und Strafen die Lebensweise lähmten, Entwicklung und Entfaltung verhinderten, wird niemand bezweifeln. Daß viele Menschen dadurch infantilisiert, abhängig, spießig und borniert wurden, ist wohl auch kaum zu leugnen, wird aber nicht gern gehört werden. Daß solcherart seelisch deformierte Menschen wenig Interesse haben, das System zu ändern, sondern im Gegenteil alles daran setzen, die Strukturen zu erhalten, ist in der Psychotherapie kein Geheimnis, löst in der Öffentlichkeit aber vermutlich empörte Ablehnung und haßvolle Feindseligkeit aus. Denn mit dieser Erkenntnis wird jeder auf seine eigene Schuld geworfen und kann sich nicht mehr mit den »Verhältnissen« herausreden. Es gab einen weit verbreiteten Mythos in der DDR: Man könne doch nichts ändern, es habe alles keinen Zweck, man müsse eben mitmachen und das Beste daraus zu machen versuchen! Dies ist schlichtweg falsch und eine neurotische Rationalisierung. Ohne Märtyrer zu werden oder Held sein zu müssen, hatte jeder die Möglichkeit, für sich selbst Offenheit und Ehrlichkeit, Emotionalität und Beziehungsfähigkeit zu fördern und herzustellen und damit wesentliche Grundlagen zu schaffen, sich der allgemeinen Pathologie und Kompensation zu entziehen und zu verweigern. Daß dies aber so selten geschah, geht auf die frühen Erfahrungen in den Lebensgeschichten zurück, vor allem auf die ursprünglichen Beziehungserfahrungen mit den Eltern, die die spätere Lebensweise nicht nur möglich, sondern sogar nötig werden ließen. Die Menschen schaffen sich die einengende Lebensart immer wieder, die sie früh vorfanden und akzeptieren mußten. Dieser »Wiederholungszwang« birgt bei aller Tragik den großen Vorteil, daß man von besseren und freieren Verhältnissen verschont bleibt und damit nicht an die defizitären und frustrierenden Erfahrungen in der Kindheit erinnert werden kann. Damals mußte man sich in einem langen schmerzlichen Ringen schließlich damit abfinden, ungeliebt und unfrei leben zu müssen, in der Verdrängung und Anpassung fand man schließlich die Gnade der Erleichterung, um den Preis, daß man unbedingt weiterhin ungeliebt und unfrei leben mußte, andernfalls wären alle alten Wunden wieder aufgebrochen und das mühevoll Verdrängte hätte nicht mehr unter Kontrolle gehalten werden können. So erzogene Menschen brauchen einen Staat, in dem sie abhängig, unmündig, unfrei, verlogen mit Ersatzwerten (Konsum, Leistung, Erfolg) und Pseudobeziehungen leben können: Jedes Volk hat die Regierung, die es verdient!

Ich traue keiner »Wende«, solange nicht glaubhafte Zeugnisse des Versagens, der personalen Verantwortung und persönlichen Schuld zur Alltagskultur zählen. Ohne diese »Trauerarbeit« werden unweigerlich alte psychische Strukturen ins neue Gewand gekleidet, die die Restauration der Verhältnisse erzwingen. Man bedenke nur, mit welcher Leichtigkeit, trotz der abgrundtiefen Schuld des deutschen Volkes, die faschistische Lebensweise in die sozialistische übergegangen war: der Führerkult, die Massenaufmärsche, die religionsartigen Rituale und Fetische, der Fremdenhaß und die Feindbildmechanismen (die DDR hatte sich u. a. gerade Israel zum verhaßten Feind gemacht, ist dieser Zynismus noch zu übertreffen?), der psychische Terror durch Bespitzelung, Ängstigung und Überwachung, das dummdreiste Spießertum und die Arroganz der Macht, die Verherrlichung von Stärke, Beherrschung, Disziplin und Ordnung, das verlogene Frauenbild, die falsche Mutterverehrung, die sexuelle Prüderie, die repressive Erziehung, die Gehirnwäsche — alles Charakteristika, die sowohl für die »faschistische« wie auch für die »stalinistische« Gesellschaftsstruktur typisch waren. Die faschistische Lebenweise ist praktisch ohne Bruch übernommen und fortgeführt worden. Wenn Gregor Gysi sich ereiferte, man dürfe die Verhältnisse des »real existierenden Sozialismus« keinesfalls mit den faschistischen vergleichen, weil man damit den Faschismus verharmlosen würde, dann verkennt er das Böse, das nicht nur Millionen stalinistischer Opfer zählte, sondern ganze Völker psychisch deformierte und Folgen verursachte, deren Ausmaß noch gar nicht abzusehen ist. Die »Entnazifizierung« war eine der großen, gefährlichen Illusionen dieses Jahrhunderts, die Wende darf das nicht wiederholen: »Denn fruchtbar ist er noch — der Schoß, aus dem dies kroch!«

Die Charakterdeformierungen

Die Lebensweise formt den Menschen und »geformte« Menschen bestimmen die Lebensweise. Repressive Gesellschaftsstrukturen verformen die Lebensweise und erzwingen Verhaltensweisen, die schließlich im menschlichen Charakter ihren deformierenden Niederschlag finden. So ist die Charakterbildung stets eine Anpassungsleistung und zugleich das Zerrbild der abnormen Verhältnisse.

Der Psychotherapeut versteht unter »Charakterverformung« eine gestörte Organisation der ganzen Persönlichkeit, was sich vor allem mehr in typischen Verhaltensweisen ausdrückt als in umschriebenen Symptomen. Das deformierte Verhalten provoziert entweder ständige Schwierigkeiten in der Beziehung zur gesunden Umgebung oder bleibt »unauffällig«, wenn sich darin Anpassung an abnorme Umweltverhältnisse ausdrückt. Deshalb können solche Störungen auch als »symptomlose Neurose« bezeichnet werden, und es wundert nicht, daß viele Menschen das Gestörte daran nicht mehr erkennen können oder wollen. Erst in der Krise, bei äußeren oder inneren Veränderungen, kann die Verformung gespürt werden, wenn Anpassung an neue Umstände gefordert ist, die aber der eingeengte Charakter nicht ohne weiteres vollziehen kann. Bei gesellschaftlichen Veränderungen führt das zu umfassenden Verunsicherungen und Labilisierungen vieler Menschen oder zur alsbaldigen Restaurierung der alten Verhältnisse im neuen Gewand. Die unbewußte Absicht solcher Charakterverfestigungen liegt darin, den Menschen davor zu schützen, an seinen inneren Notstand erinnert zu werden (bestimmte Menschen, Situationen und Verhaltensweisen werden gemieden), aber auch darin, die gestaute Energie der unerlaubten Verhaltensweisen und Gefühle ersatzweise zu verbrauchen (z.B. Leistungsverhalten, Putzsucht). Der Charakter zwingt also zu bestimmtem Verhalten, auch wenn dies unnötig, überflüssig oder sogar schädlich sein sollte. Der Mensch handelt zwanghaft, getrieben von seiner inneren Spannung, immer in den Bahnen, die ihm gestattet oder abverlangt wurden. Der Mensch lebt dann wie auf Schienen gesetzt und kann nicht mehr nach links oder rechts ausweichen, er kann nicht mehr variieren und modifizieren, und so bekommt sein Verhalten eine gefährliche und selbstzerstörerische Wucht.

Die häufigsten Charakterverformungen in der DDR als Folge der repressiven Erziehung und als Kompensationsversuche für den erlebten Mangel sind der gehemmte und der zwanghafte Charakter. In beiden Varianten war die »Charakterfestigkeit« die Garantie dafür, spontanes Leben zu verhindern. Nicht umsonst wurde auf »Charakterstärke« in der »sozialistischen Erziehung« höchsten Wert gelegt. Die eigentlich gesunde »charakterlose« Struktur der Persönlichkeit, die flexibel auf das Leben reagiert, sich in einem dynamischen Bezug zur Welt und Umwelt befindet, authentische Antworten gibt und in der Lage ist, zwischen Anpassen und Durchsetzen, zwischen Ja und Nein, zwischen Angriff und Rückzug, frei und verantwortlich zu unterscheiden und auch danach zu handeln, eine solche »fließende« Persönlichkeit war verpönt. Als Gorbatschow seinen berühmten Satz sprach »Wer zu spät kommt, den bestraft das Leben!«, sprach er dies in den charakterlichen Starrsinn hinein, der längst den Kontakt zum Leben verloren hatte. Auch viele andere Menschen konnten bei uns nicht mehr im Strom des Lebens fließen und auf Anforderungen angemessen reagieren, sondern sie blieben berechenbar festgelegt, wurden zu Marionetten und Bausteinen in einem rigiden Gesellschaftssystem, das durch Macht und Angst jede freie Entwicklung erstickte und das quirlende Leben in Eintönigkeit, Farblosigkeit und öder Langeweile erstarren ließ.

Der gehemmte Charakter

Dies war der Soldat der Repressionsmaschinerie, der Befehlsempfänger und Untertan, der unmündige Bürger, der die Abhängigkeit brauchte und zur Autoritätshörigkeit bis -gläubigkeit verurteilt war. Er war unfähig geworden, eine eigene Meinung zu vertreten, ja zumeist hatte er gar kein eigenständiges Votum mehr, sondern hörte und lernte schnell, welche Meinung gefragt war, und die machte er schließlich auch zur eigenen; er wäre beleidigt und verwirrt gewesen, hätte man ihn des Plagiats bezichtigt. Der Mut, sich eigenständig zu behaupten oder sich abzugrenzen, war ihm nachhaltig ausgetrieben und verdorben worden. Es mangelte ihm an Selbstbestimmung und an Selbstwert, er wurde von Minderwertigkeitsgefühlen, Ängsten, Hemmungen und Unsicherheiten geplagt. Seine Einstellung zum Leben war: Vorsicht! Ich könnte etwas falsch machen! Mir könnte etwas zustoßen! Ich muß auf der Hut sein! Es ist alles zwecklos! Ich kann nichts machen! Ich bin zu schwach, um etwas zu ändern! Ich bin ein Versager und Verlierer!

Die Lebensgeschichten waren von Passivität, Rückzug, Resignation und Unterwerfung geprägt. In der Depressivität, Bequemlichkeit, Hilflosigkeit, im passiven Widerstand, im Leiden, Jammern und Klagen wurde unbewußt Rache geübt an den lebensverneinenden Erfahrungen, die gemacht und verinnerlicht werden mußten. Sollten die Eltern, der Partner, die Kinder, die Vorgesetzten und Kollegen, der Staat und der Westen doch sehen, wie sie mit mir zurechtkommen und wie sie mich »beatmen« und »ernähren«! Gerade die Versorgungshaltung wies auf die infantile Fixation, auf die orale Entwicklungsphase hin, die für die DDR-Mentalität von großer Bedeutung war. Im Kontakt mit solchen Menschen erstarb in der Regel der »Energieaustausch«, das Gespräch stockte, wurde zähflüssig und belastend, wie von einer schwermütigen Dunstglocke wurde das Leben erdrückt, als Beziehungspartner fühlte man sich bald ausgelaugt und erschöpft. Emotionale Zufuhr fiel wie in ein »Faß ohne Boden«, sie bewirkte keine »Ansteckung« oder prallte ab wie an einer Mauer von Apathie, Zweifel und Mißtrauen. Vor allem Mißtrauen (Das Leben ist gefährlich, keiner liebt mich wirklich und versteht mich!) und Zweifel (Es hat doch alles keinen Zweck, ich schaffe es nie!) dominierten das Denken und Handeln, ausgedrückt in Grübeleien, im Zögern und in mangelnder Fähigkeit zur Entscheidung (Was ich auch mache, es ist falsch!).

Es waren die Menschen mit dem »gebrochenen Rückgrat«, die in ihren Bedürfnissen ungestillt geblieben und deren Protest dagegen nachhaltig und tiefgreifend durch die repressive Erziehung lahmgelegt worden war. Ihre Lebendigkeit war im Druck der Gebote und Verbote, der Forderungen und Beschämungen erstorben. Der nie erfahrene und nicht bestätigte Selbst- und Eigenwert machte sie abhängig von Außenbestätigung und damit zu willig Verführbaren jedweder Autorität. Die massiv gestaute Lebensenergie und reaktive Aggressivität schufen die Voraussetzung für Selbstzerstörung (Depression, Suizid) und die Gefahr, zum Werkzeug böser Absichten zu werden. Sie eigneten sich gut zum Handlanger des repressiven Systems: Die Spitzel und Denunzianten der Staatssicherheit waren wohl häufig dieser Charakterverformung zuzurechnen. Die fehlende innere Sicherheit, die Unfähigkeit, nein zu sagen, der Wunsch nach straffer Führung und äußerer Bestätigung und die perfide Schmutzigkeit der Spitzeldienste als Ventil zur Aggressionsabfuhr schufen die Voraussetzungen, um in entsprechender Weise ausgenutzt zu werden.

Im gehemmten Charakter hatte das autoritäre System den geeigneten Untertan geschaffen, der das System erhielt und zugleich jede Entwicklung bremste, der als willfähriges Opfer zum »Dienen« bereit war und zugleich mit der bequemen Versorgungsmentalität als Täter am System schmarotzte. Die Charakterverformung selbst diente dem einzelnen zur Kompensation des nicht zugelassenen Lebens, in dem die Energie nach innen, zur Hemmung und Behinderung, praktisch als Bremse verbraucht wurde.

Auf die Dauer werden die Untertanen das System, von dem sie unterwofen wurden, aufzehren, ihrer oralen Fixierung und der Illusion der Entschädigung folgend. Und sie sind infolge ihrer trägen, abhängigen Masse stets ein mächtiges Potential für die Etablierung neuer autoritärer Strukturen. Sie können nur als Untertanen leben, sonst müßten sie ihre charakterliche Einengung mit der belastenden Lebensgeschichte wieder erfahren und erleiden. Das ist für die meisten wesentlich ängstigender und schlimmer als am blutigsten Tyrannen zu leiden.

Der zwanghafte Charakter:

Die autoritäre Erziehung deutscher Prägung zeigte in der DDR unter der über alles geliebten Norm: Disziplin, Ordnung und Sicherheit eine massenhafte und intensive Ausprägung. Die Erziehungsideale von Sauberkeit, Pünktlichkeit, Gewissenhaftigkeit, Genauigkeit, Fleiß und Tüchtigkeit, der Hang zur Perfektion gestalteten das individuelle, familiäre und gesellschaftliche Leben. Hier wurde die anale Fixierung deutlich, die in der frühen ehrgeizigen Sauberkeitserziehung ihre Wurzeln hat. Die Freude am Hergeben,

Loslassen, Strömenlassen wurde häufig gründlich verdorben durch die Tortur regelmäßigen »Töpfens«, auch wenn gar kein »Bedürfnis« vorhanden war.

Die anal-sadistische Reaktion lebte sich dann in der Bürokratie mit unvorstellbarer Formular-, Melde- und Statistiklust oder -qual, sowie in der Kontroll- und Schnüffelsucht des allgegenwärtigen Sicherheitsapparates aus. Obwohl in weiten Bereichen, vor allem bei der Staatssicherheit die Menschenrechte permanent gebeugt wurden, mußte für den Apparat stets ein ganz korrekter Ablauf innerhalb der eigenen Gesetzlichkeit gewährleistet bleiben. Recht und Ordnung blieben oberstes Gebot, innerhalb eines allerdings durchaus abnormen Rechtsbewußtseins und Rechtsverständnisses. Für einen erweiterten Blickwinkel wäre freilich ein Schritt nach außen notwendig gewesen, den aber wagt ein zwanghafter Mensch nicht, sondern er lebt freiwillig in dem ihm auferlegten Ghetto. Aus solch einem eingeengten Denken und einer solchen beschnittenen Erfahrung heraus wird verständlich, weshalb sich derartige Menschen immer wieder auf einen Befehlsstand oder auf Pflichterfüllung berufen und in einem Zirkel von Rechtfertigungen gefangen bleiben, wenn man sie später zur Rechenschaft zieht. Ihr Erfahrungshorizont ist einfach eng und starr.

Der zwanghafte Charakter kann nicht losgelöst von der Leistungshaltung gesehen werden, die er zur Kompensation seiner Einengung häufig entwickelt. Darin liegt die illusionäre Hoffnung, wenn man schon nicht geliebt und freigelassen, sondern einem Unterwerfungsakt ausgesetzt war, wenigstens bei angemessener Leistung Anerkennung zu bekommen. Die Qual der Beherrschung, Kontrolle und Disziplin wurde im Leistungssport auf die Spitze getrieben. Kein anderes Land auf der Welt konnte da noch mithalten. Gerade der zum höchsten Triumph hochstilisierte Spitzensport war das Spiegelbild der zwanghaften Gesellschaftsdeformierung.

Durch Leistung »Liebe« verdienen zu wollen, war die überwiegende Art von »Liebe«, die wir in der DDR kannten. Dies war auch eine der Triebkräfte, die das in allen Fugen knirschende und nur mit Gewalt zusammengefügte System in Gang halten konnte. Der zwanghaft Arbeitssüchtige und der Karrierebesessene haben ihre Störung auch ohne unmittelbare Belohnung – der Lohn des Systems, einige Prämien, Orden und bescheidene Privilegien waren lächerlich angesichts des Verlustes an Lebendigkeit und an Lebensfreude – dem Staat zur Verfügung gestellt. Sie waren die Rädchen des Systems: die Aktivisten, die Meister und Bestarbeiter, die Leiter, die Apparatschiks, die Funktionäre und die lokale Prominenz in Kultur, Kunst, und Wissenschaft.

Die Zwänge und die aktive Zurückhaltung verbrauchten viel Lebensenergie und ermöglichten so die notwendige Kompensation für den einzelnen. Dem System stellten sie ihre gestaute und nur abgelenkte Energie zur Verfügung und hielten es damit am Überleben. Sie reproduzierten die Einengung immer wieder aufs neue, so vor allem das Leistungsprinzip, und sie huldigten der Verheißung von Wohlstand, Fortschritt und Wachstum. Es waren die Technokraten, die kühlen Rechner und kopflastigen Rationalisten, die Ingenieure des Lebens mit ihrer Wissenschaftsgläubigkeit.

Der Verlust an Leben, an Gefühl, an hinströmender Lust sollte durch wissenschaftlich-technische Triumphe, durch Beherrschung der Natur und äußere Erfolge wettgemacht werden. Die innere Ohnmacht, die erfahrene Verletzung des Selbstwertgefühles, die gestörte Autonomie infolge des repressiven Anpassungszwanges, letztlich die Unterwerfung unter die Autorität und die Übernahme der strengen Forderung in das innere Leitbild gestalteten den zwanghaften Charakter, den die totalitäre Herrschaft einerseits erzeugte und der ihre Ideologie andererseits übernahm, weitertrug und damit das System perpetuierte.

Der gehemmte und der zwanghafte Charakter traten in der DDR massenweise in Erscheinung und häufig auch in der Mischform gehemmt-zwanghaft. Natürlich gab es auch andere charakterliche Ausprägungen. Doch war z. B. der hysterische Charakter relativ selten, noch am ehesten im Kunst- und Kulturbetrieb angesiedelt. In der Durchschnittsbevölkerung dürfte, wenn das Hysterische auftrat, die depressiv-hysterische Mischform am wahrscheinlichsten gewesen sein. Die DDR-Gesellschaft hatte weder Humor noch den Freiraum für das hysterische Leben, und derart strukturierte Menschen mußten stets damit rechnen, gemaßregelt zu werden. Sie wurden gedämpft und gestutzt, und wenn alles nichts half, wurden sie abgeschoben und ausgewiesen. Die depressive Beiordnung wurde fast systematisch erzwungen. Das übertriebene, laute, freche, bunte und exaltierte des hysterischen Charakters war bereits eine Bedrohung für die graue Tristesse und zwanghafte Einengung in diesem Lande.

Im gehemmten und zwanghaften Menschen erkenne ich die beiden Varianten des autoritären Charakters — seine mehr passive und mehr aktive Ausgestaltung. Der gehemmte Untertan führt die Befehle widerwillig aus, die der zwanghafte Despot sich mühsam abringt. Daß Gehorchen und Befehlen von manchem auch als »lustvoll« erlebt werden kann, spricht für die seelische Einengung, die zur natürlichen Lusterfahrung nicht mehr in der Lage ist. Das autoritäre Zusammenspiel in den beiden Varianten haben wir in Familien, in Partnerschaften, aber vor allem in den hierarchisch geführten Institutionen, im bürokratischen Apparat und als grundlegende Beziehung zwischen Staat/Partei und Volk erkennen können. So waren auch die Charakterverformungen für bestimmte soziale Rollen in der Gesellschaft die beste Referenz.

Die sozialen Rollen als Möglichkeiten der Kompensation

Unter sozialen Rollen verstehe ich das Zusammenspiel von Verhaltensanforderungen, die sich berufs-, funktions- und aufgabenbezogen ergeben, und spezifischen Charaktereigenschaften der Rollenträger, die den Erwartungen und Erfordernissen gut entgegenkommen. Soziale Rollen engen den Verhaltensfreiraum ein und verlangen einen relativ festgelegten Rahmen für die Art der Kommunikation und die Gestaltung der Beziehungen. Durch die fast stereotypen Abläufe von Verhaltensmustern wird der Verlust an Spontaneität und Entscheidungsfreiheit entschädigt mit der relativen Sicherheit eines Lebens in festen Bahnen und geordneten Regeln. Auf diese Weise wird verlorengegangene oder unterdrückte Vitalität nicht mehr als Mangel erlebt, sondern die vorhandene Einengung und Deformierung wird zur Voraussetzung, um eine bestimmte Rolle auszufüllen.

Die Rollen fordern vor allem die soziale Maske und verstärken damit die Spaltung der Persönlichkeit. In der sozialen Rolle werden Sachaufgaben erledigt und die Beziehungen werden von rationalen Argumenten gestaltet, was den Gefühlsstau verstärkt. Die gesellschaftlichen Strukturen werden durch die sozialen Rollen ausgestaltet, und sofern politisch-ideologische Leitsätze herrschen, wird die Entfremdung des Menschen dadurch chronifiziert; dies trifft auch dann zu, wenn ökonomische die ideologischen Zwänge ablösen.

Es ist also besonders wichtig, die Doppelfunktion der sozialen Rollen zu verstehen: Sie engen ein, geben aber auch Halt und Sicherheit, sie dienen der notwendigen Infrastruktur einer Gesellschaft, können aber bei allzu rigider Festlegung das gemeinschaftliche Leben ersticken. Sie fordern, entwickeln und bestätigen bestimmte Fähigkeiten, und sie können vorhandene Einengungen verstärken und im Dienst bestimmter Interessen mißbräuchlich ausnutzen.

Für Menschen im Mangelsyndrom und im Gefühlsstau bieten soziale Rollen die ideale Möglichkeit, in den geforderten Aufgaben und gebotenen Verhältnissen sich einzurichten, und damit von den inneren Spannungen weg – die eigentlichen Wünsche und Sehnsüchte vergessend – Erfolg und Bestätigung in der möglichst perfekt ausgefüllten Rolle zu erfahren. Ich habe schon darauf hingewiesen, daß diese Befriedigung nicht wirklich entspannend ist, sie muß deshalb zwanghaft-suchtartig wiederholt und ausgedehnt werden. Dadurch bekommen die sozialen Rollen eine Tendenz zum Selbstzweck, den wir in der DDR mit dem Wuchern des bürokratischen Apparats und der Stasi-Herrschaft bezahlen mußten. Genau diese Tendenz, also die von der inneren Spannung getragene extensive Rollenausdehnung, bietet eine hervorragende Kompensationsmöglichkeit zur Abfuhr der Energie, die für das natürliche Leben nicht mehr verwendet werden durfte.

Wir wollen die sozialen Rollen betrachten, die in der DDR zu Kompensationszwecken zu leben möglich waren. Diese Betrachtungsweise reicht über die Beobachtung hinaus, daß Menschen in bestimmten Berufen eine Chance finden, ihre Fähigkeiten auszugestalten und ihre Behinderungen zu verbergen oder auszuagieren. Dies ist besonders gut bei Helfern (»Helfersyndrom«) untersucht worden, die für andere das tun, was sie eigentlich selbst brauchen, aber als eigene Bedürftigkeit nicht wahrhaben dürfen. Daß auch in allen Leitungsfunktionen autoritärer Strukturen Macht ausagiert wird, um nicht die eigene innere Ohnmacht erleben zu müssen, war uns eine häufige Erkenntnis. Und dies waren nicht nur Menschen im Partei- und Staatsapparat, sondern konnte auch Ärzte, Lehrer, Pastoren, Juristen u. a. betreffen. Daß bei all diesen Konstellationen den Schutzbefohlenen viel Schaden zugefügt werden kann, liegt auf der Hand, genauso wie die Berufsausübung schließlich daran hindert, je die eigene Problematik zu erfahren oder gar auflösen zu können. Der Beruf fordert ein bestimmtes Verhalten, das dann zur ständigen Kompensation mißbraucht wird, damit wird das Fehlverhalten laufend gefestigt und die echten Möglichkeiten, die in jedem Beruf liegen, können nur eingeschränkt entfaltet werden. Daß ich als Arzt »Hilfe« z. B. auch als Fordern, Konfrontieren, Verweigern und Geschehenlassen verstehen mußte, war mir eine mühsame Erkenntnis, die mir weder das gelehrte Helfer-Ethos vermittelt hatte noch meine innere Bedürftigkeit, mich möglichst beliebt zu machen, gestattet hätte.

Es ist mir wichtig herauszuarbeiten, daß man unsere autoritäre Gesellschaft nicht einfach in Täter und Opfer unterteilen konnte, daß vom »Virus« einer pathologischen Gesellschaftsdeformierung schließlich jeder erfaßt wurde und in jeder sozialen Position Anteile des Täters und Opfers vereint waren, ganz sicher aber in verschiedener Gewichtung und mit erheblichem Unterschied an realer Schuld. Für welche Rolle er sich auch entscheidet, moralisch bleibt der Mensch stets dafür verantwortlich, ob er mehr Täter oder Opfer ist. Die Entscheidung für eine soziale Rolle und ihre Ausgestaltung ist sicher von vielen Faktoren, wie z. B. der Familientradition, den elterlichen Erwartungen, den gesellschaftlichen Anforderungen, bestimmten Einflüssen, Förderungen und Hinderungen der Umwelt bis hin zu zufälligen oder schicksalhaften Ereignissen abhängig, aber als Erwachsener trägt jeder Mensch Verantwortung, sein Tun zu reflektieren und auch kritisch zu analysieren. Kein Mensch ist aus der Pflicht entlassen, vorhandene und übernommene Regeln, Normen und Gebote zu prüfen, sich damit auseinanderzusetzen und notfalls sich auch für Veränderungen einzusetzen, und das gilt meiner Meinung nach sowohl für familiäre wie auch für alle politischen, weltanschaulichen, moralischen und religiösen Normen. Eine Befehlslage und repressiver Zwang in einer Gesellschaft oder auch nur allgemein übliche Normen können niemals die personale Verantwortung eines jeden einzelnen Menschen aufheben. Für die Beurteilung sozialer Rollen sind sowohl strafrechtliche wie auch allgemein moralische Kriterien erforderlich und können erhebliche Unterschiede deutlich machen. Aus therapeutischer Perspektive ist es allerdings wieder unwesentlich, in welcher sozialen Rolle der Mensch seine Not versteckt und wie ihn sein Rollenverhalten hindert, sein wirkliches Elend zu erfahren und zu erleiden.

Ich erkenne in der DDR als die häufigsten sozialen Rollen, die im spezifischen Zusammenspiel der Anforderungen des »real existierenden Sozialismus« mit den vorhandenen typischen Charakterstrukturen dem Land sein eigenartiges soziales Gepräge gaben: die Machthaber, die Karrieristen, die Mitläufer, die Oppositionellen, die Flüchtlinge und Ausreisenden sowie die Utopisten.

Dazu zählte vor allem die Spitze der Partei, der Stasi und der Regierung. Selbst diese Institutionen der Macht waren natürlich hierarchisch gegliedert, so daß bereits im Apparat die verschiedenen sozialen Rollen vorkommen mußten. So sind schon Rollenunterschiede zwischen Honecker und Modrow bemerkenswert und erst recht zwischen einem hauptamtlichen Stasi-Offizier und einem kleinen Denunzianten. Die SED kannte Mächtige, Karrieristen, Mitläufer, Dissidenten und Flüchtende. Das gleiche ließe sich auch für die Kirche und die oppositionellen Gruppen sagen. Das Rollenverhalten kann man also nicht nach der äußeren Zugehörigkeit zu einer Gruppe beurteilen, sondern nach der inneren Motivation, was in der Rolle verborgen und unbewußt ausgetragen wird.

Die alten Machthaber galten in der Regel als »Antifaschisten« und wurden als Helden gefeiert. Sie waren immer für einen Personenkult anfällig. Da der »real existierende Sozialismus« Züge einer Ersatzreligion hatte, waren die Mächtigen auch durch das Tabu der »Heiligkeit« geschont. Sie lebten abgesondert, geschützt und bewacht – sie hatten die Mauer noch einmal um ihr Ghetto gezogen, sie blieben die Unberührbaren: Über ihr Privatleben, ihre persönlichen Ansichten, ihre menschlichen Schwächen und Fehler war in der Regel nichts zu vernehmen. Es wurde stets der Schein des Makellosen und Edlen über sie geworfen. Alle ihre Kontakte, Begegnungen, Besuche, ihre Reden, Statements und Auftritte waren sorgfältig vorbereitet und kontrolliert, Spontanes blieb mit Sicherheit ausgeschlossen. Das Volk hat den Staat und erst recht die Partei zunehmend abgelehnt und verhöhnt, doch gegenüber den Oberen blieb ein gewisser Respekt und eine fast rührende Gläubigkeit erhalten: So war es für viele gewiß, daß die ganz Oberen doch bestimmt nicht so schlimm sein konnten, wie es unten tatsächlich war. Es hielt sich hartnäckig die Hoffnung, daß die »Landesfürsten« nicht alles wüßten, daß sie betrogen würden, daß die Wahrheit nicht mehr bis zu ihnen durchdringen würde. Diese trügerische Hoffnung wurde auch durch das Eingabenrecht bestärkt: In der Tat wurde manchmal »ganz oben« ein Recht gewährt oder eine Entscheidung zugunsten des kleinen Mannes gegen den Apparat in der Provinz gefällt. Das hat die feudalistische Überhöhung noch gefördert und den Glauben genährt, der Sozialismus sei an sich ja wirklich eine gute Sache und bei den Ideenträgern sei davon noch etwas lebendig.

Das Volk sah aber auch den öffentlichen Betrug, wenn die Spitzen von Staat und Partei einen Besuch in der Provinz abstatteten, wenn z. B. verfallene Häuserfronten bis zur ersten Etage frischen Anstrich bekamen, ein ausgeblichener Rasen mit grüner Farbe besprüht und die Protokollstrecke geputzt und geschmückt wurde, in den Schaufenstern Südfrüchte auftauchten und nur streng ausgewählte und präparierte Personen kontaktiert wurden. Dieses Ritual war grotesk und absurd, jeder wußte von den leibhaftigen potemkinschen Dörfern, aber man blieb unsicher, ob die »Fürsten« noch genau erfahren würden, wie es denn wirklich im Lande aussah.

Das war auch nicht durchgängig falsch, denn Betrüger gab es schließlich genug: Die Zahl derer reichte in die Millionen, die Beifall klatschten, lachend und winkend den Kerkermeistern zujubelten, Loblieder anstimmten und besondere Leistungen zu ihren Ehren vollbrachten, die Meldungen und Statistiken frisierten und schließlich nur noch alberne Erfolgsmeldungen faselten. Betrüger und Betrogener waren jedenfalls beide Seiten: die Partei- und Staatsführung und das Volk.

Was mußten das für Menschen sein, die sich so betrügen ließen? Wieso schirmten sie sich so sehr vom Volk und von der Mehrheit ab? Wieso brauchten sie ständige Erfolgsmeldungen und waren süchtig nach Beifall, einstimmiger Zustimmung und weltweiter Anerkennung? Das Volk prägte den Zynismus: »Die größte DDR der Welt!« Die am häufigsten gebrauchten Adjektive in den öffentlichen Verlautbarungen und Schriften waren: erfolgreich, siegreich, ewig, unverbrüchlich, großartig, übererfüllt, zuversichtlich, in voller Übereinstimmung, unschätzbar, bewegend, unbeirrbar, planmäßig, einig, beharrlich, leidenschaftlich, überwältigend, unablässig, eindeutig. Vokabeln der Superlative, des Erfolges und der Harmonie! Und dies tagtäglich von allen Medien verbreitet. Dabei fiel auch auf, daß Honecker nur mit seinen Funktionstiteln »der Vorsitzende des Staatsrates der Deutschen Demokratischen Republik und Generalsekretär der Sozialistischen Einheitspartei Deutschlands« genannt werden durfte. Die politischen Witze des Volkes hatten fast alle ein einheitliches Muster: Am Ende wurde der »Größenwahn« denunziert. Aus diesen Beobachtungen kann man durchaus auf die besondere Problematik unserer Mächtigen schließen: die Überkompensation von Minderwertigkeit und zwar in ihrer zwanghaft-suchtartigen Ausprägung! Kein Makel, keine Schwäche, keine Gegenstimme konnten zugelassen werden. Diese Einengung auf Erfolg war so auffällig, daß sich darin schon der mühsam verborgene innere Mißerfolg verriet.

Liest man in Honeckers autobiographischem Buch »Aus meinem Leben«, kann man sofort feststellen, daß bis auf ganz wenige Stellen nur external berichtet wird, also umfangreiche Schilderungen von äußeren Verhältnissen und Ereignissen, wie es abwehrende Menschen gerne tun. Zunächst ist die »Autobiographie« eine Erfolgsbeschreibung der von Honecker geführten Politik. Es ist ihm offenkundig auch sehr wichtig, sich selbst als äußerst tüchtig zu beschreiben. So können wir lesen: »Ich sei ein netter Kerl gewesen und in der Schule ein guter Rechner ... Er war schon damals ein prächtiger Kamerad ... und Honecker war der Souverän, der souveräne Wortführer der Kommunisten ... aber Honecker machte dabei eine Ausnahme. Er war kein Brüller, kein Schreier, er hat versucht, durch Argumente zu überzeugen ... trotz der politischen Aktivitäten habe ich meinen Beruf (Dachdecker) gut gelernt ... man kam herum, sah die Welt von oben, konnte immer hoch hinaus und spürte den Reiz der nicht ungefährlichen Tätigkeit, die stets Aufmerksamkeit, Umsicht, Genauigkeit und Geschicklichkeit verlangte ... das Studium habe ich diszipliniert und fleißig betrieben, wie es sich für einen Arbeiterjungen gehört ... die abschließende Beurteilung: zeigte beim Studium Interesse und Begabung, ein starker und selbständiger Junge ... ein sehr begabter und fleißiger Genosse.« – Honecker läßt dies mehr über sich sagen, als daß er es von sich selbst behauptet ... »zum Zwecke einer objektiven Beurteilung«. Kontrastiert werden die aufwendig beschriebenen erfolgreichen Leistungen und Taten durch das harte und entbehrungsreiche Leben in einer Arbeiterfamilie Anfang unseres Jahrhunderts und im kommunistischen Widerstand gegen Kapitalismus und Faschismus. Dabei ist besonders auffällig, daß Honecker mehrfach betont, daß bei seiner Verurteilung zu zehn Jahren Zuchthaus das »tatsächliche Ausmaß unseres antifaschistischen Wirkens ...« nicht erkannt worden sei, sonst »wäre das Urteil kaum so ausgefallen ... so waren wir ... noch zu jung für den Henker«. Er läßt nahezu eine Kränkung durch die Fehleinschätzung erkennen, die ihm das Leben erhalten hat.

Die bemerkenswertesten Informationen lesen wir auf der ersten Seite seines Buches: »Soll man es begrüßen oder beklagen, daß sich die Geburt eines Menschen seiner eigenen Wahrnehmung und Erinnerung entzieht? Vermutlich ist das gut so. Trotz medizinischer

Fortschritte bringen Mütter ihre Kinder immer noch unter Schmerzen zur Welt. Hinzu kommen seelische Belastungen. Zumal dann, wenn die Freude über einen Neugeborenen von der Sorge getrübt ist, ihm für den Start ins Leben nicht die gewünschten besten Bedingungen bieten zu können. Wenn die Zeiten schlecht sind. Wenn die Wohnung kalt und zu klein ist. Wenn Nahrungsmittel fehlen. Wenn die Einkünfte der Eltern bei allem Fleiß und aller Sparsamkeit nicht ausreichen. Und wenn sogar der Arbeitsplatz des Vaters unsicher ist. Wie mag meiner Mutter zumute gewesen sein ... als sie mich ... zur Welt brachte«. Und dann lesen wir von den Eltern: »Sie waren glücklich verheiratet und kinderlieb. Sie haben jederzeit alles, was in ihren Kräften stand, für ihre Kinder und Kindeskinder getan. Gewiß wird es an Glückwünschen ... zur Geburt eines »Sonntagskindes« nicht gefehlt haben. Doch sorgenfrei ist dieser Sonntag für Karoline Honecker und ihren Mann bestimmt nicht gewesen. Von nun an war für vier Kinder zu sorgen ... später sollten noch zwei Geschwister hinzukommen ... sie großzuziehen ist meiner Mutter indes nicht leichtgefallen. Ich habe sie als eine tapfere Proletarierfrau in Erinnerung«. Und etwas später noch: »Der 1. Weltkrieg hatte gut drei Wochen vor meinem zweiten Geburtstag begonnen. Ich war noch zu jung, die Ereignisse des Kriegsausbruchs bewußt wahrzunehmen, obgleich seine Folgen meine Kindheit überschatteten und einen wesentlichen Einfluß auf meinen weiteren Lebensweg ausüben sollten. So kreisen meine frühesten eigenen Erinnerungen um den Krieg: Vater fort, im Felde, Mutter in der langen Schlange vor der Bäckerei, Brotkarten, keine Milch, Kartoffeln knapp, Kohlenmangel, abgetragene Kleider und Schuhe von älteren Geschwistern, immer wieder Hunger ... mitten im Krieg entstand das Foto ... Familie ohne Vater könnte man das Bild nennen, das vor allem Erinnerungen an den aufopferungsvollen Einsatz meiner Mutter für ihre Kinder weckt ... wie oft hat Mutter gehungert, um den Hunger der Kinder zu mildern? ... Fleiß, Ordnungsliebe und Sparsamkeit waren ihre Tugenden ... Prügelstrafe war in unserer Familie verpönt. Vater war ein aufrechter Mann. Und Mutter wußte uns auch ohne Schläge zu anständigen Menschen zu erziehen.«

Diese wenigen persönlichen Mitteilungen liefern uns so wesentliches Material, daß es einem Psychotherapeuten nicht schwerfällt, daraus naheliegende Hypothesen zu ziehen: Eine ganz bittere und harte Kindheit – alle Mitteilungen belegen ein gravierendes »Mangelsyndrom«, das vor allem durch Leistung, Anstrengung, Fleiß,

Tüchtigkeit und verklärende Erinnerungen an die Eltern bekämpft wird. Die objektive Situation der Eltern war, was ihre Befriedigungsfähigkeit anbetrifft, offensichtlich sehr schlecht. Die Bedürfnislage des Kindes fragt aber nicht nach Krieg oder sozialen Verhältnissen einer Proletarierfamilie, sie schreit unbeeindruckt davon nach Befriedigung. Erst später kann solches Wissen eine hervorragende Entschuldigung bieten für das erfahrene und inzwischen verdrängte Leiden. Der nachfolgende »Kampf« belegt um so mehr den inneren unbefriedigten Zustand. Die Spannung und der Schmerz möchten endlich durch bessere Verhältnisse aufgelöst werden. Die innere Not muß so groß gewesen sein, daß selbst der Tod ins agierende Kalkül einbezogen war, was aber als Tapferkeit und Stolz abgewehrt wurde (»weder durch die physischen und psychischen Torturen der Gestapobeamten noch in zahlreichen Verhören durch faschistische Untersuchungsrichter während der 1/2jährigen Untersuchungshaft war ich von meiner kommunistischen Weltanschauung abzubringen«). Und dies wird wohl auch heute noch so sein! Ein Nachlassen in dieser kämpferischen Position, ein Aufweichen der Charakterkruste ließe unweigerlich das frühe innere Elend spüren. Ich kann Honecker als ein tragisches Opfer seiner Verhältnisse sehen und seine unzweifelhafte schwerwiegende Täterschaft zeigt das Maß seines wirklichen Defizits. Dies kann nichts entschuldigen. Auch Argumente realpolitischer Zwänge nicht. Jederzeit kann jeder Mensch aussteigen. Aber es zeigt uns etwas von den unvorstellbaren Kräften, die zur Abwehr inneren Leidens immer wieder aufgebracht werden — selbst wenn ein ganzes Volk dabei zugrunde gehen sollte. So wie ich »gepanzerte« Menschen kennengelernt habe, wird die Einsicht in diese möglichen Zusammenhänge meist hartnäckig abgewiesen, und es ist durchaus wahrscheinlich, daß Honecker sich nur allzugern betrügen ließ. Ich hörte davon, daß er wahrheitsgetreue Berichte der Stasi ärgerlich zurückwies, daß er von solchem »Unsinn« verschont bleiben wollte. Ich glaube das! Er brauchte zum Überleben den Schein, der suchtartig gesteigert werden muß, sobald man sich erstmal vom inneren Erleben, das durch die Nähe des Todes (Krieg, Hunger, Kälte, mangelnde Befriedigung der Grundbedürfnisse) bedroht ist, abgekapselt hat. Dies erklärt mir die Absurdität des organisierten Jubels und der Erfolgsspirale, die immer weiter gesteigert werden muß, um noch eine beruhigende Wirkung zu entfalten — so wie auch der Alkoholiker allmählich immer größere Mengen seiner Droge braucht.

Ein solcher Mann kommt nur an die Spitze eines Volkes, ob freigewählt oder nicht, wenn er sich für die unbewußten Phantasien eines großen Teils der Bevölkerung gut eignet und darin »vorbildlich« ist. Dies bestätigen die Eigenschaften, die projektiv in ihm gesehen wurden: klein, steif, eckig, eingeengt, unsicher, ängstlich, unecht, verhärmt, verbissen, maskenhaft, zwanghaft, angestrengt. Hingegen kam in den Phantasien nie vor: frei, locker, lustig, spontan, herzlich; aber auch nicht: gewalttätig, brutal, aggressiv. In diesen projektiven Phantasien ist er der zwanghafte Leistungsmensch, aber auch mit allen Zeichen der Gehemmtheit. Ein gehemmter Despot! Das ideale Abbild der vorherrschenden Charakterstrukturen in unserem Land.

Als Honecker 1987 erstmalig die Bundesrepublik besuchte und dabei einen ganz passablen Eindruck hinterließ, mußte ich daran denken, was wohl in diesem Saarländer vorgegangen sein mag, wenn er nach so vielen Jahren seine Heimat wieder besuchen durfte. Honecker trug mit Verantwortung am Mauerbau, an der hermetisch abgeriegelten Grenze mit Todesschußanlagen, einer Grenze zu seiner Heimat! Welche inneren Kräfte mußten da Einfluß genommen haben, um sich auf solche todbringende Weise vor »Zuhause« zu schützen? Erst als »Landesvater«, im Zenit seiner politischen Karriere, wagte er die Rückkehr in die Vergangenheit, und die innere Bewegtheit war dem alten und sonst so starren Mann anzusehen. Er zeigte ein wenig menschliche Regungen, selbst seine Sprache war weicher und hatte nicht mehr die zischelnd-verwaschene Gespanntheit. Ein Mann, der jahrelang ins Zuchthaus gegangen war, sich dann ein großes Gefängnis baute und selbst am Ende seines Lebens in kirchlicher »Haft« Schutz suchte, was mußte er so fest einkerkern? Der Lebensbericht liefert uns die Antwort.

Der streng hierarchisch durchorganisierte Apparat, das militärische Gehabe und die Vorliebe für martialische Rituale, der wahnsinnige Sicherheits- und Kontrollapparat, die todbringende Grenze, die Fähigkeit zu stundenlangem Phrasengeschwätz mit demagogischen Formeln, die Starre in Gestik, Mimik, Motorik und Sprache verrieten ein Höchstmaß an Abnormität, an Einengung und Rigidität, an Vermauertsein. Es muß sehr viel innere Spannung als Schmerz, Wut und vor allem Angst vorhanden gewesen sein, um eine so schwere Abschottung nötig zu haben. Lust und Freude waren in diesen Augen nicht mehr erkennbar. Diese innere und äußere Erstarrung ließ keine Veränderung und keine Entwicklung mehr zu,

Perestrojka konnte nie eine Chance erhalten. Das verlorene Leben fand in der Macht seinen Ersatz. Und da Macht auch kompensieren soll, wurde sie schließlich zum starren Selbstzweck. Immer dann, wenn die Mächtigen eigene Schuld und Versagen hätten erleben und zugeben müssen, haben sie besonders hart zugeschlagen. Die Führungsclique hatte die Abpanzerung offensichtlich besonders nötig, und sie verfolgten mit Überzeugung diejenigen, die ihre Abwehr hätten gefährden können.

Eine bittere Lehre wollen wir daraus mitnehmen, daß edle und ehrenvolle politische Ziele und Haltungen, die sich jemand auf die Fahne schreibt und sich z. B. Antifaschismus und Sozialismus nennen, noch längst nichts aussagen über die psychische Struktur und die wirklichen Motive dieses Menschen. Wird das »Gute« zum Deckmantel innerer Not und Deformierung, muß man sich am Ende des unglückseligen Ausgangs nicht mehr wundern. Der einzig bleibende Trost ist, daß die antifaschistische Akklamation und die Herrschaft der Gehemmt-Zwanghaften offensichtlich kriegsverhindernd war. Das expansive Ausleben war blockiert, dafür mußte es aber mehr zur Implosion, zum Verfall auf allen Gebieten geraten.

Die permanente Friedensforderung unserer ehemaligen Machthaber muß als eine tiefe Sehnsucht und zugleich als Abwehr der eigenen gestauten Feindseligkeit gedeutet werden. Der Gefühlsstau erklärt aber den Haß und die Aggressivität in der politischen Realität der DDR: die Morde an politischen Gegnern und an der Grenze, die politischen Verfahren und das vielfache Unrecht, der Terror gegen das eigene Volk, die nimmermüde Hetze gegen äußere Feindbilder und vor allem die »Spür- und Wachhunde« des Sicherheitsapparates, die lauernd, hetzend und im Stillen zubeißend die »Schafsherde« in Schach hielten. Die Stasi wurde zur Institution der abgespaltenen Aggressivität, die die Mächtigen unter ihrer starren staatsmännischen Maske zu verbergen wußten.

In diesem Zusammenhang darf auch nicht vergessen werden, daß es in unserem Land stets eine unermüdliche militärische Aufrüstung mit einem umfassenden Tötungspotential gab. Der Zynismus, der sich in Formeln wie »Der Frieden muß bewaffnet sein!«, »Je stärker der Sozialismus, desto sicherer der Weltfrieden!«, »Waffen für den Frieden!« ausdrückte, kann im Grunde genommen nur verstanden werden, wenn man psychologische Kategorien anwendet, um in der »Verkehrung ins Gegenteil« die abgrundtiefe Angst und den mörderischen Haß zu ahnen, von dem unsere Oberen innerlich geplagt sein mußten. Ich bin sicher, daß therapeutische Analysen sehr schwere frühe Schäden und Defizite an den Tag fördern würden und daß dann auch der sogenannte »Antifaschismus« als ein Protestventil mit hohem Risiko zur Beschwichtigung und zur Abwehr äußerster innerseelischer Not gedeutet werden kann. Nur so läßt sich das Versagen unserer »Helden« von einst noch erklären, wenn auch nicht entschuldigen.

Die Tragik dieser Zusammenhänge wiegt schwer: Da ist der mutige, vielleicht auch verzweifelte, aber durch und durch ehrenhafte antifaschistische Kampf, der, schließlich erfolgreich, ein gesellschaftliches »Gegenmodell« aufzubauen ermöglicht, das aber schließlich wieder in den Strukturen erstarrt, die man ehemals überwinden wollte. Den Schlüssel zum Verständnis finde ich in der beschriebenen psychischen Problematik.

Mir ist durchaus bewußt, daß ich mit psychologischen Hypothesen und Interpretationen niemals der ganzen möglichen Wahrheit gerecht werden kann. Da gibt es die verschiedensten Sachzwänge und realpolitischen Abläufe, mitunter unüberschaubare und vor allem unbeeinflußbare komplexe Zusammenhänge, die menschliches Handeln nicht allein aus unbewußten Antrieben oder gar nur aus bewußter Motivation heraus erklären lassen. Man ist häufig zum Handeln gezwungen und kann nicht alle Folgen übersehen, oder reichlich überlegtes Tun führt zu ganz anderen Ergebnissen als gewollt oder vorhergesehen. Doch bin ich aufgrund meiner therapeutischen Erfahrungen davon überzeugt, daß das unbewußte Zusammenspiel von Mangelzustand, innerseelischer Abwehr und kompensatorischem Handeln mit der Maske rationaler und logischer Argumente auch eine wichtige Erklärung für irrationale Vorgänge in der Politik bereithält. Und für Menschen, die sich Macht über andere nehmen und geben lassen, ist eine psychologische Analyse nicht nur erlaubt, sondern nahezu geboten. Weshalb wurde denn das Privatleben unserer Mächtigen so streng verborgen? Ist der Mensch teilbar in Politiker und Privatmensch? Kann jemand wirklich glaubhaft machen, daß politische Entscheidungen allein sachlich begründet und frei von der persönlichen Psyche (von Ängsten, Nöten, Behinderungen, überwertigen Ideen, Wünschen, Hoffnungen) getroffen werden könnten?

Man bedenke, daß Honecker in seinem vierhundertseitigen *autobiographischen* Buch seine Ehefrau nur dreimal erwähnt, aber nur in ihrer politischen Funktion. Wir erfahren kein Wort von der ehelichen Beziehung, vom Zusammenleben der Familie. Wie mag wohl das emotionale und erst recht das Sexualleben ausgesehen haben? Ist es wirklich nur eine Frage des Geschmacks, ob man über solche wesentlichen menschlichen Angelegenheiten schreibt oder schweigt? Das Volk wußte zwar gerüchteweise von einer schwer gestörten Ehebeziehung. Wenn man die heroisierende Mutterverehrung Honeckers liest (solche Worte kenne ich aus Hunderten von Krankengeschichten), dann ahnt man etwas von der unbewältigten Mutterproblematik — der Sehnsucht nach ihrer bedingunslosen Zuwendung, die sie nicht aufbringen konnte. Die äußeren Gründe beschreibt Honecker eindeutig, die möglichen inneren sind ihm aber offensichtlich nicht zugänglich; allerdings schimmert in den beiden ersten Sätzen seines Buches seine dunkle Ahnung durch: »Soll man es begrüßen oder beklagen, daß sich die Geburt eines Menschen seiner eigenen Erinnerung entzieht? Vermutlich ist das gut so.« Und seine Ehe war ihm offensichtlich nicht gut gelungen. Dies ist ja meist die Folge unbewältigter, enttäuschender Erfahrungen mit der Mutter. Und über seine Frau, Margot Honecker, konnte ich nur ablehnende, mitunter haßvolle Meinungen hören. Als Ministerin für Volksbildung ließ sie eine gefühlskalte und unbeugsame Tendenz erkennen. Eine Liberalisierung in den autoritären Schulen galt unter ihrer Herrschaft als unvorstellbar.

Zu den Machthabern waren natürlich auch die führenden Offiziere der Staatssicherheit zu rechnen. Allerdings war der größere Teil der Stasi-Leute mehr den Karrieristen und Mitläufern zuzuordnen. Die Stasi selbst war ein geschlossenes System, ein »Staat im Staate«, militärisch organisiert, streng hierarchisch strukturiert, mit Befehlsgehorsam. Sie bot das Bild einer Sekte, eines Geheimbundes mit ganz strengen Regeln und Pflichten und mit einem hohen Elitebewußtsein. Die Geheimhaltepflicht selbst engsten Familienmitgliedern gegenüber macht auf die erheblich eingeengten persönlichen Beziehungen aufmerksam. Dafür mußte es in den seelischen Strukturen entsprechende Voraussetzungen gegeben haben und auch wirksame Entschädigungen. Hierfür stellten wohl Macht, Disziplin und Privilegien die wirksamen Kompensationsmechanismen dar. Mir sind im wesentlichen drei Varianten der Anwerbung für Stasi-Mitglieder bekanntgeworden. Für die zur höheren Laufbahn vorgesehenen Kader waren vor allem Lob, Anerkennung und Suggestionen wirksame Mittel: Wir brauchen dich für eine große und wichtige Aufgabe, du gehörst zu uns, es handelt sich um einen ehrenvollen Dienst und um patriotische Pflicht. Für die niederen Dienstgrade waren Versprechungen für Ausbildung, Entwicklung und Privilegien anwendbar, und die Spitzel und Denunzianten wurden überwiegend durch Drohungen und Erpressungen unter Ausnutzung vorhandener Ängste, persönlicher Schwächen und kleiner Delikte verpflichtet. Wir können sehen, daß alle drei Formen gegen ein Leiden am Mangelsyndrom sehr hilfreich sein konnten. Vor allem die suggestive Anerkennung und die Versprechungen eröffneten Hoffnungen und sprachen die tiefsten Sehnsüchte von Annahme, Dazugehören, Befriedigung von Bedürfnissen an, die in der Kindheit nie erfüllt wurden. Und latente Angst als Folge der unbewußt-heimlichen Auflehnung gegen repressive Erfahrungen und als Ausdruck des Gefühlsstaus ist uns ein bekanntes Phänomen — welche befreiende Entlastung also, wenn man sich schließlich selbst zu denen zählen konnte, die jetzt anderen Angst einflößten.

Die notwendige Abwehr gegen das innere Leiden läßt viele Menschen in der Identifikation mit dem (ehemaligen) Aggressor lieber selber Gewalt und Unterdrückung ausüben, als sie zu erleiden. Der Unterschied zwischen der Stasi und extremistischen gewalttätigen Gruppen besteht nur darin, daß die einen in militärischer Ordnung und mit staatlichem Auftrag handelten, während die anderen chaotisch und gegen die Staatsgewalt in Aktion treten. Aber die Mechanismen der Angstabwehr und des Ausagierens des Gefühlsstaus sind in beiden Fällen vergleichbar.

Zwischen den Überzeugungs- und Gesinnungstätern an der Spitze, die vor allem politisch-ideologische Argumente brauchten, um ihr Tun vor sich selbst zu rechtfertigen, und den im operativen Einsatz tätigen unteren Chargen, die für Anerkennung, Anstrengung und Gehorsam anfällig waren, gab es lediglich Unterschiede in den Kompensationsmechanismen, die zum Schutz vor den inneren Problemen eingesetzt wurden. Die operativ tätigen Geheimpolizisten waren im Erscheinungsbild leicht auszumachen: Die Stasi verriet sich eben durch ihre inneren Mechanismen. Diese Leute fielen durch ihre ausgesprochen (ost-) modisch korrekte Kleidung und den sportlich-eleganten sowie strebsam-gemütsarmen Habitus auf. So konnte ich mit meinen Kindern oft die angstmildernde Übung »Stasi enttarnen« auf Parkplätzen, Autobahn-Raststätten, Sportplätzen, öffentlichen Veranstaltungen usw. spielen.

Daß sich auch der Stasi-Chef Mielke am Ende selber »entlarvte« mit seinem bemerkenswerten Satz »Ich liebe euch doch alle!«, ist mir eine abschließende Bemerkung wert. Er hat diesen Satz in größter Bedrängnis und ganz offensichtlich nur infolge seiner inzwischen hirnorganisch bedingten emotional-verbalen Inkontinenz getan. So lallte aus ihm wohl seine tiefste Sehnsucht heraus, die er ein Leben lang in einem unmenschlichen System des verwalteten Mißtrauens kontrollieren mußte. Die psychologische Wirkung von ängstigender Bedrohung heißt Mißtrauen und Abwehr menschlicher Nähe und Verständigung. Wer in seiner Kindheit Trennung, Verlassensein, Isolierung, Hilflosigkeit und Ohnmacht erlebt hat, fühlt sich von Todesängsten existentiell bedroht – wie groß muß der Sicherheitsapparat sein, der geeignet ist, diesen Gefühlen zu entrinnen? Und wenn das Motto der Stasi war: Jeder ist ein Sicherheitsrisiko! Um sicher zu sein, muß man alles wissen! Sicherheit geht vor Recht! – dann kann man ahnen, wie tief die empfundene Bedrohung sitzen mußte. Nicht umsonst hat auch Ceaucescu seine Sécuritate aus den Waisenhäusern rekrutiert.

Die Karrieristen

Sie waren in typischer Weise die zwanghaft Strukturierten, die inneren Mangel durch Anstrengung und Leistung wettmachen wollten. Erfolg war ihnen das wichtigste. Dafür konnten sie Freunde verraten, die Familie vernachlässigen und ihre Kinder im Stich lassen. Der Zweck heiligte für sie alle Mittel. Nur so erklärt sich ihre treue Ergebenheit und Loyalität, obwohl sie von Bildung und Erfahrung her durchaus in der Lage waren, die gesellschaftliche Fehlentwicklung mit all ihren unerträglichen Lügen und dem Terror zu erkennen. Und so war auch die »freie« Unterwerfung unter eine Parteidisziplin zu verstehen: Sie ließen sich tatsächlich von der Partei wie Marionetten befehligen, durchaus auch gegen persönliche und familiäre Wünsche und Werte. Sie waren den Suchtkranken gleichzusetzen: Ihre »Droge« war Arbeit, Leistung und Erfolg. Sie trugen in sich die trügerische Hoffnung, für noch mehr Anstrengung und noch größere Verbesserung, endlich die Liebe, die ihnen fehlte, zu bekommen, aber sie ernteten doch immer nur wieder Prämien, Belobigungen, Orden und kleine Privilegien.

Diese durch die Eltern gelernte »Urerfahrung« war dann systematisch durch Schule und Ausbildung genutzt und ausgebeutet worden, bis sich die permanente Anstrengung und das ewigergebnislose Bemühen hervorragend eigneten für eine Besetzung mit einem undankbaren Leitungsposten im autoritären Staat (buckeln nach oben, treten nach unten oder sich aufreiben, indem man es allen Seiten recht machen möchte). Gerade die mittleren Leitungsfunktionäre im Wirtschafts-, Staats- und Wissenschaftsapparat des »real existierenden Sozialismus« brauchten diese ganz bestimmte Art psychischer Deformierung, um den äußerst schwierigen Balanceakt zwischen Unterwerfung und eigener Machtausübung, zwischen Anpassung und Durchsetzung, zwischen Wahrheit und Lüge (gefälschte Erfolgsmeldungen, frisierte Ergebnisse, Vertuschen von Mängeln und Fehlern) »unermüdlich« durchzuhalten.

So waren die Aktivisten der DDR eher »arme Schweine«, die schufteten und rackerten, die sich verbrauchten und aufzehrten, sich immer wieder narren ließen und letztlich leer ausgingen, nicht mal besonders reich wurden und die kleine Privilegien mit Streß, ständiger Kontrolle und Anspannung, schließlich auch mit Zerstörung der privaten Beziehungen und Familien bezahlten. Das Reisekader-Privileg wurde z. B. mit regelmäßiger Demütigung erkauft. Allein die Ergebenheit an das System bedeutete mehr als jede Fachkompetenz, was für Experten sehr kränkend und verletzend war. Für die Innovation und Qualität wissenschaftlicher Entwicklung war diese Praxis zersetzend. Aber die Auslese dieser Kader nach ihrer Gestörtheit war noch nicht genug, der Unterwerfung wurde immer noch eins draufgesetzt. Stets mußten sie, wurden sie ins westliche Ausland geschickt, einen ausführlichen Bericht über alle Äußerungen und Beobachtungen, über alle Kontakte, Inhalte und Ergebnisse der Reise abliefern, und nicht nur über sich selbst, sondern auch über die anderen Mitglieder der Delegation. So wurden auch die Experten zu Denunzianten degradiert, und noch schlimmer: Sie wurden praktisch auf den »Strich« geschickt, indem sie die Westmark, die ihnen die Gastgeber für Vorträge, Vorlesungen und Spesen auszahlten, zum größeren Teil zu Hause dem Staat wieder abliefern mußten. Damit dabei selbst noch der kleinste »Betrug« verhindert werden konnte, wurde nicht mal der gegenseitigen Bespitzelung getraut, sondern es mußten möglichst noch Belege für die empfangenen Gelder vorgelegt werden. Ich glaube nicht, daß diese demütigende Praxis oft abgelehnt wurde, weil damit das Reiseprivileg gestrichen worden wäre. Ganz im Gegenteil hörte ich davon, daß sich die Reisekader mitunter zu einem »Wettbewerb« verpflichteten, wer im Westen am sparsamsten lebte und dann mehr als andere in das Staatssäckel zurückbringen konnte. Es gehörte schon eine besondere Mentalität dazu, dieses über sich ergehen zu lassen und auch noch der Erwartung zu entsprechen, im Ausland die DDR würdig zu vertreten. Es mußte sichergestellt sein, daß keinerlei kritische oder gar abfällige Äußerung über die »teure Heimat« herausrutschen konnte. Dafür waren dann die regelmäßig durchgeführten Belehrungen bis zum »Verhaltenstraining« mit Einhämmerung bestimmter Parolen (Was antwortet man auf welche Frage? Wie geht man mit Westmedien um?) kaum noch nötig, da die innere Kontrolle und Zensur längst wirksam etabliert war.

Rationalisierungen hatten die Karrieristen immer für ihr Verhalten zur Hand: Ich tue es der Wissenschaft, der Kunst, der Wirtschaft wegen! Wenn ich es nicht mache, kommt ein anderer dran und wird es damit besser? Es geht letztlich um eine gute Sache, auch wenn dieses oder jenes unangenehm und unerfreulich ist! Verborgen dabei blieb der eigentliche innere Antrieb, doch noch erkannt, angenommen, bestätigt und letztlich geliebt zu werden. Dafür nahmen sie auch noch die peinlichste Demütigung in Kauf.

Die Karrieristen besetzten alle Schlüsselfunktionen im Staat. Sie waren ausschließlich Genossen der SED bis auf wenige »Blockpartei«-Mitglieder, die der Diktatur als Alibi dienten. Sie nahmen teil am Machtgefühl und waren marxistisch-leninistisch indoktriniert, wobei das Volk »ehrlich« Überzeugte (sogenannte Edelkommunisten) von den besessenen und verhaßten Emporkömmlingen (den »200prozentigen«) unterschied.

Der Unterschied von »Edelkommunisten« und Karrieristen war von Bedeutung. Erstere entstammten zumeist einer kommunistischen Familientradition, dem Selbstverständnis proletarischen Klassenkampfes der vorsozialistischen Zeit. Ihre Haltungen waren aus wirklichen sozialen und politischen Erfahrungen erwachsen und wurden daher als echt und überzeugend erlebt. Ihr Dilemma war, daß sie mit der Politbürokratie in inneren Konflikt geraten konnten, diesen aber wegen der »gemeinsamen Interessen« und der Loyalität gegenüber den kommunistischen Zielen nicht offen auszutragen wagten. Zudem konnten ihnen die »Säuberungsaktionen« des Machtapparates gegen die Abweichler von der Parteilinie nicht verborgen geblieben sein, und dies hatte schon seine Wirkungen. Die Karrieristen dagegen waren wie ein abgestorbener Baum: In der kommunistischen Hülle, doch innerlich hohl, ohne Saft und

Kraft, da ihre Haltung nicht wirklich von echter Überzeugung getragen und aus der erlebten Erfahrung gereift war. Sie arbeiteten vor allem für sich, für ganz egoistische und ehrgeizige Ziele. Und sie waren vor allem Knechte ihres Mangelsyndroms. Die Erfahrungen mit der inneren Abwehr, des Vertuschens und Verfälschens (in den Therapiegesprächen war immer wieder der Mythos von der »glücklichen Kindheit«, den »guten Eltern, die ihr Bestes gaben«, zu explorieren) half ihnen hervorragend, die Strategie der Verleugnung und Schönfärberei im gesellschaftlichen System mitzutragen. Sie brauchten dazu nicht mehr groß genötigt zu werden, sie taten dies schon aus ureigensten Interessen heraus. Und sie hatten auch gelernt, daß Unterwerfung und Anstrengung Erleichterung und Anerkennung bringen. Dies setzten sie einfach fort, ständig bestätigt durch den unaufhaltsamen Aufstieg auf der Erfolgsleiter. Mit dieser Erfahrung konnten sie auch ohne schlechtes Gewissen nach unten weitergeben, was ihnen selbst angetan worden war, denn: Hat es uns etwa geschadet? Da der Karrierist auch durch seine Taten ganz reale Erfolge in Politik und Verwaltung, in der Kunst, im Sport und in der Wissenschaft, in Technik und Wirtschaft erzielte, die sogar »Weltniveau« (das ewig erhoffte Ziel!) haben konnten, war der Kompensationscharakter meist schwer zuzugeben, weshalb diese Menschen auch häufiger in der »Organmedizin« landeten als beim Psychotherapeuten.

Jeder Karrierist mußte sich regelmäßig im »Marxismus-Leninismus« weiterbilden, dazu hatte die SED eigens Parteischulen eingerichtet, und sie waren genötigt, regelmäßig linientreue Statements abzugeben. Bei jedem öffentlichen Anlaß mußten sie plumpe, abgedroschene Phrasen von sich geben. Es war schon grotesk, wie sich die sonst so »hohen« Damen und Herren mit nichtssagender dummer Banalität zeigen mußten und damit auch unweigerlich bekundeten, wie sehr sie seelisch korrumpiert und zerstört waren. Wie schlimm muß es um ein Land bestellt gewesen sein, wenn nicht einmal die »geistige« Elite es noch wagte, auf die Ergebenheitsfloskeln zu verzichten.

Die Mitläufer

In dieser sozialen Rolle fanden die gehemmten Charaktere ihre Heimstatt. Subalternität, Anpassung, Abhängigkeit fanden ihren brauchbaren Platz. Die Machthaber brauchten Volk, das sie

»wählte«, ihnen zujubelte und die Versammlungen füllte. Die Karrieristen brauchten eine Basis für ihre Spitzenleistungen oder eine Berechtigung für den bürokratischen Apparat.

Die Mitläufer waren die gequälten und geschundenen Seelen, die endlich in der Anpassung an den Willen der einst Mächtigen (Eltern, Lehrer, Pastoren) ihre relative Ruhe und Entspannung fanden. Sie waren zwar in ihrer Würde verletzt und in ihrem Stolz gebrochen, doch war der Lohn für die Aufgabe ihres Selbstwertes, daß sie jetzt ungestört und manchmal sogar mit Wohlwollen bescheiden ihre Arbeit machen konnten und ihren Frieden gefunden hatten. Was von ihnen verlangt wurde, taten sie: Keine Widerrede! Jeder tut ja nur seine Pflicht! Alles andere hat ja sowieso keinen Zweck! Allein kann ich sowieso nichts ändern! Sie traten nie groß hervor, hielten sich immer zurück, wurden sie öffentlich etwas gefragt, gaben sie einsilbige und brave Antworten: »Nur nicht auffallen!« war die Devise. Sie lebten sich in gewisser Weise im verordneten Kleinbürgertum aus, in den kleinen privaten Nischen wie es Datsche, Schrebergarten und Hobbys ermöglichten. Da entwickelte sich durchaus noch etwas Ehrgeiz, sie waren stolz auf einen kleinen Wohlstand und auch auf Wohlanständigkeit bedacht. »Was soll der Nachbar denken!« war eine Antriebskraft für Kleingartenkultur und Biedermann-Idylle. Es wurde dann das Spiel »Meins ist besser als Deins!« und »Guck mal, was ich aus dem Westen hab!« wechselseitig geboten.

Die Ängstlichkeit und Unsicherheit bestimmten das Verhalten: Obwohl nicht begeistert mit dem System, gingen die meisten natürlich zur Wahl und rationalisierten dies mit allen möglichen Befürchtungen (Sonst bekommen meine Kinder keinen Studienplatz, oder ich bekomme keine Wohnung, oder die Reise zur Tante wird nicht mehr genehmigt, und überhaupt wer weiß, wie mir das schaden könnte, wenn ich nicht zur Wahl gehe, um Gottes willen nur keine Schwierigkeiten!) Sie standen geduldig in der Einkaufsschlange, ließen sich von genervten Verkäuferinnen herunterputzen, und wenn sie vor einem Speiselokal hungrig auf ein paar Plätze hofften, überließen sie selbst dem Oberkellner die »Befehlsgewalt«, fast nie kam Murren oder lauter Protest auf, selbst wenn sichtbar freie Plätze zur Verfügung standen, über die aber der Kellner, seine »Macht nutzend«, verfügte, um sie besonderen Gästen zuzuschanzen oder um den eigenen Frust über den Personalmangel und die belastende Situation an den Gästen auszulassen. Die angepaßten Bürger waren auch meist scheu und devot bei den Behörden, sie waren höfliche Bittsteller, die gegen die verbreitete Schroffheit, mit der der Amtsschimmel häufig reagierte, kaum noch aufbegehrten. Sie waren das »Einstecken« und »Runterschlucken« gewohnt.

Die Wohnungen waren in der Regel sauber und herausgeputzt, im zwischenmenschlichen Kontakt dominierte höfliches und freundliches Verhalten, man war eher vorsichtig und zurückhaltend und blieb in den Themen external. Bemerkenswert war der zunehmende Kontrast zwischen dem Verfall der Häuser in den Städten – die Dächer waren undicht, die Hinterhöfe mitunter eine Müllhalde, auf der sich auch Ratten tummelten – und dem Bemühen, in den Wohnungen deutsche Gemütlichkeit zu wahren. Die Ohnmacht und die Resignation gegenüber dem äußeren Verfall – alle Bemühungen noch etwas zu verändern, hatten sich an der Bürokratie und Mißwirtschaft des Apparates erschöpft – förderten psychische Abspaltungen, die für die Mehrzahl der Bevölkerung in zunehmenden Maße festzustellen waren. Nur so läßt sich halbwegs die Apathie verstehen, die sich angesichts der toten Flüsse, der stinkigen Luft, der sterbenden Wälder und dem erschreckenden Verfall der Städte immer weiter ausbreitete.

Es gab die kleinen Geselligkeiten mit Freunden und Nachbarn, vor allem in den Datschen-Siedlungen, den Schrebergärten und auf den Campingplätzen, die immer weniger für Wanderer zur Verfügung standen, sondern zu festen Wohnwagenburgen erstarrt waren. Auch bei diesen Begegnungen blieben die wirklichen Nöte und Probleme meist ausgespart, mit Hilfe von Alkohol entstand etwas Nähe durch Kumpanei, Tratsch und Volkswitze. Hier wurde durchaus auch mal ein politischer Witz gewagt, der die Oberen und die Verhältnisse treffend entlarvte. Auch Krankheiten und Beschwerden spielten in der Kommunikation eine größere Rolle, ebenso Klagen und Jammern über die Versorgungslage und die kleinen Querelen mit Nachbarn, Kollegen und Vorgesetzten. Die Lebensart war im Großen und Ganzen geschrumpft auf die kleinbürgerliche Idylle von Essen, Trinken, Fernsehen, Tratsch und Klatsch. Die äußerlich eng gesetzten Grenzen hatte die innere Einengung noch verstärkt und eine eher etwas beschämende Lebensart kultiviert.

Sie waren meist parteilos, nur ganz wenige waren Dissidenten der Partei (z. B. Bahro, Henrich). Ihre Themen waren Ökologie, Frieden und Menschenrechte, Frauenbewegung, Dritte-Welt-Probleme, alternative Lebenskultur, soziale Gerechtigkeit. Die führenden Köpfe kamen im wesentlichen aus den gesellschaftlichen Nischen von Kirche, Kultur und Wissenschaft. Die sie verbindende Gemeinsamkeit war unbewußter Protest, meist getarnt durch Intellektualität und rationalisiert durch überzeugende Sachargumente.

In der Analyse der Motive für oppositionelles Verhalten wurde das aggressive Potential des Widerspruchs gegen die Eltern häufig erkennbar. Gerade bei den frustrierten Pastorenkindern und anderen aus einer moralisch-einengenden »christlichen« Erziehung mit der breiten humanistischen Bildung war der Obrigkeitsstaat mit seiner plumpen Verlogenheit ein willkommenes Objekt, die aufgestaute Wut und Empörung von den Eltern weg auf das System zu lenken.

Die kritische Auseinandersetzung mit den Eltern und die Abgrenzung von ihnen war durch den enormen Gewissensdruck mit der Übermacht »Gott« als moralischer Kategorie kaum noch möglich, und die vorgebrachten sachlichen Gründe für die oppositionellen Inhalte waren so gut, daß die innerseelische Problematik nur noch sehr schwer zugänglich war. Die laufenden Reibereien mit der Obrigkeit waren »energieverzehrend«, der Streit mit den Behörden und dem Apparat war mutig und stellte in der Regel doch das kleinere Übel dar, weil bei allem Waffengeklirr die moralische Unterlegenheit des Staates ganz offensichtlich war, vor allem gegenüber der moralischen Überlegenheit des Elternhauses, mit der deklarierten Friedfertigkeit, Liebe und Gerechtigkeit. Wie konnten Kinder in solchen Familien klarmachen, daß sie sich ganz persönlich nicht richtig angenommen, verstanden und geliebt fühlten? Was konnte man tun, wenn die Eltern ständig von Liebe und Frieden sprachen, darüber predigten, aber die Kinder im Zusammenleben dies nicht ganz persönlich erfuhren? Die Protestler und Aussteiger aus der staatstreuen repressiven Erziehung (Kinder von Funktionären, Militärs, Stasi) hatten es ähnlich schwer und konnten ihren Eltern nur durch die Flucht in den Westen, durch Beitritt zu einer kirchlichen Gruppe oder als »Neo-Nazis« wirksame Wunden schlagen.

Den Oppositionellen, ihrem Druck und Mut, ihrer Beunruhigung verdanken wir einen wesentlichen Beitrag zu den gesellschaftlichen Veränderungen in unserem Land. Ihre Themen legten stets einen Finger in die Wunden des Systems und halfen mit, das Demokratieverständnis, die Menschenrechte und alternative Werte in einer sonst stickigen, gleichgeschalteten und von Ideologie und Propaganda beherrschten Lebensweise wachzuhalten. Sie verwalteten und pflegten genau die Ideen, die vom »real existierenden Sozialismus« ständig mit Füßen getreten wurden. Sie nahmen für ihre Einstellung und Haltung erhebliche Risiken auf sich, waren einer ständigen Beobachtung, Verfolgung und Bedrohung ausgesetzt und mußten gar nicht so selten ihren Mut auch mit realen Strafen bezahlen. Sie waren die Hoffnungsträger gegen die allgewaltige Unterdrückung und Lüge. Sie halfen damit vielen Menschen zu »überwintern« und sich nie völlig dem System zu überlassen. Die Hoffnung auf Veränderung blieb wach und wurde von der Opposition zunehmend in kleinen Gruppen organisiert und formiert.

Manche Oppositionelle scheiterten unter dem erheblichen Druck von Gefahr und Bedrohung. Kamen sie zur Therapie, ergab die therapeutische Analyse meist einen erheblichen inneren Druck aus gestauter Aggressivität, Haß und Schmerz aus der individuellen Lebensgeschichte, was aber zumeist nur gegen Außenfeinde agiert worden war. Manchmal konnte es schon grotesk erscheinen, wenn nach außen für Frieden und Menschenrechte gestritten wurde und die eigenen persönlichen Beziehungen dabei auf der Strecke blieben. Bei der Formierung der Opposition zu politischen Gruppierungen wurde mit dem Geltungs- und Profilierungskampf und dem Beziehungsstreit, die auf Kosten der Sachinhalte ausgetragen wurden, etwas von dem psychischen Untergrund deutlich. Wegen des Beziehungsclinches als Folge der inneren Not blieben die klaren politischen und sachlichen Entscheidungen häufig auf der Strecke oder konnten nicht mehr gründlich bearbeitet werden. Dies hat den Oppositionellen viel Sympathien geraubt, ihre Labilität und psychische Problematik wurde ungeachtet der von ihnen vertretenen Themen intuitiv gespürt. Vor allem auch dann, als das »Volk« im Zustand allgemeiner Verunsicherung und Veränderungsnot ein großes Bedürfnis nach klarer und starker Führung hatte, um gar nicht erst die latenten persönlichen Schwierigkeiten aufkommen zu lassen. So wurden bei den ersten freien Wahlen eben kaum die Initiatoren der »Revolution« gewählt, sondern man orientierte sich an den erfahrenen Politprofis des Westens! Wir mußten bei unserer Arbeit also häufiger feststellen, daß auch oppositioneller Protest, gegen Unrecht und Unterdrückung zu kämpfen und zu streiten, im Dienste der Abwehr des inneren Mangels stand und die Verständigung für gemeinsame realpolitische Ziele dadurch erheblich beeinträchtigt wurde. Der Protest hatte vereint, aber vielen fehlte für die gemeinsame kreative Leistung die abgeklärte psychische Reife, die eine innere Struktur voraussetzt, in der die Verletzungen der Vergangenheit nicht mehr störend wirksam werden können. Letztlich ist ein »geheiltes« Mangelsyndrom erforderlich, also Menschen, die wirklich friedfertig, wahrhaftig und echt sein können und damit überzeugend auf andere wirken und auch durch kluge Taktik, Toleranz und Kompromißfähigkeit im zermürbenden politischen Kampf bestehen können.

Dies ist ein Beispiel mehr dafür, daß niemals die Programmatik einer Partei oder Regierung eine Garantie für die politische Realität, die sie erreichen möchten, sein kann, sondern daß die Menschen, die für ein Programm stehen und vor allem ihr innerer Antrieb, ihre unbewußte Motivation für ihr politisches Engagement, aufgedeckt und verstanden werden sollten. Ein Programm mag noch so gut sein, aber Intellektualität ist häufig auch ein Abwehrmechanismus für seelische Minderwertigkeitsgefühle, und in der realen Politik springt auch kein Politiker über seinen Schatten. Kommen die Oppositionellen an die Macht, wird wachsam zu beobachten und zu kontrollieren sein, was von den verkündeten Ideen auch real umgesetzt und gelebt wird. Sind das Mangelsyndrom und der Gefühlsstau Antriebe ihres Handelns, werden sie bald die neuen Verhältnisse nach ihren inneren Strukturen gestalten und »neuen Wein in alte Schläuche« füllen.

Die Ausreisenden und Flüchtenden

Das illegale Verlassen der DDR war eine Straftat und war mit dem Tode bedroht. Die innerdeutsche Grenze hat zahlreiche Todesopfer gefordert, Familien zerrissen und unzählige Menschen psychisch schwer belastet und geschädigt. Allein diese Grenze hat das System unentwegt entlarvt. Schon deshalb konnte sich keiner in der DDR herausreden, er hätte die schwere Gesellschaftsdeformierung nicht erkennen können. Die Absurdität der Erklärung, die in den sechziger Jahren von vielen getragen wurde, man müsse eine Mauer bauen, damit das System überleben könne – immer mit dem Hinweis auf die Außenfeinde – war verlogen und zynisch. Einem Staat lief das Volk weg – eine deutlichere Absage an ein aufgenötigtes und abgelehntes System konnte es wohl nicht geben. Die Pathologie und Unmoral der Mauer war unbestreitbar, und doch machte sich für längere Zeit eine Überzeugung breit, diese Grenze sei nötig, damit die zarte Pflanze des Sozialismus vor dem Bösen geschützt bliebe. Daß dabei sogar das Bild des »antifaschistischen Schutzwalls« entworfen werden mußte, zeigte, wie tief Schuld und Scham dabei im Spiele waren und alle Kritiker in die Nähe faschistischer Haltungen gerückt werden mußten, um sie zum Schweigen zu bringen.

Beim Überwinden der Grenze gab es Amokläufer, »Glücksspieler« nach dem Prinzip des russischen Rouletts, Abenteurer und einen »sportlichen« Ehrgeiz, diese hermetisch abgeriegelte Grenze doch zu knacken. Es ging ein bewunderndes Raunen durch das Land, ein Gefühl der Genugtuung, des Triumpfes und der Schadenfreude, wenn es wieder mal jemandem gelungen war, dem Staat mittels Einfallsreichtum und Mut eine Schramme zuzufügen. David und Goliath standen sich da stets gegenüber. Dies war die letzte Freiheit für kreativen Mut: selbst gebastelte Ballons, Unterwasserboote, Panzerfahrzeuge, präparierte Container und PKWs, Maulwurfgräben, »geborgte« Uniformen und grenzüberschreitende Höchstleistungen als Schwimmer, Kletterer und Kriecher.

Gründe, dieses Land zu verlassen, gab es soviele, wie es Einwohner im »Ersten Deutschen Arbeiter- und Bauernstaat« gab. Kränkungen und Demütigungen war jeder ausgesetzt, und viele waren in ihrer Existenz real bedroht, gar nicht zu reden von der politischen, religiösen, moralischen und weltanschaulichen Einengung und Verfolgung. Allein der eigenen Identität wegen war es gerechtfertigt, diesem Land den Rücken zu kehren, da ausnahmslos die Würde eines jeden DDR-Bürgers in diesem Gesellschaftssystem beschädigt wurde.

Jeder einzelne Fall von Flucht oder Ausreise hat seine eigene unverwechselbare Geschichte und Bedeutung. Und doch lassen sich verallgemeinernd Tendenzen aufzeigen, die in der groben Untergliederung zwischen Grenzdurchbruch, organisierter Flucht mit Fluchthelfern, dem »Absetzen« von Reisekadern, den Antragsstellern auf Ausreise, den Botschaftsbesetzern und Ungarnflüchtlingen und den Ausgebürgerten unterschiedliche psychische Befindlichkeiten und Motive wahrscheinlich machen.

Wir haben in unserer Klinik vor allem Antragsteller auf Ausreise genauer in ihrer Motivation analysieren können, und manchmal sind auch Reisende nicht zurückgekehrt, deren Beweggründe für die Flucht unserer Deutung zugänglich waren. Es muß erwähnt werden, daß der »Fluchtweg« per Ausreiseantrag erst mit den KSZE-Verhandlungen von Helsinki möglich wurde. Familiäre und humanitäre Gründe mußte die DDR gesichtwahrend für ihre Unterschrift unter die KSZE-Akte zulassen. Aber auch dies mußte abgetrotzt werden, da dem Volk zunächst nicht mal die Vereinbarungen von Helsinki zugänglich gemacht wurden.

So wurde die Möglichkeit, einen Ausreiseantrag stellen zu können, zunächst von den Behörden geleugnet, dann mit Strafe bedroht und auch real mit Inhaftierung, Entlassung, Versetzung, dienstlicher Degradierung, Herabwürdigung und Einschüchterung bestraft. Schließlich war dieser Weg nicht mehr zu verschließen, und viele Antragsteller gerieten nun in soziale Isolierung und fanden vorübergehend in kirchlichen Einrichtungen eine Anstellung, oder sie kamen wegen der zugespitzten Situation zur Therapie.

Für die Behörden waren Antragsteller »Staatsfeinde«. Sie wurden von der Stasi vernommen, bedroht und eingeschüchtert. Manchmal hatte ein Ausreiseantrag auch erpresserische Wirkung, und vorhandene Wünsche nach einer Wohnung oder einer bestimmten Ausbildung wurden erfüllt, oder derartige Angebote wurden von der Stasi zu korruptiven Zwecken unterbreitet. Auf jeden Fall aber kam das ganze soziale Umfeld der Abtrünnigen in die Überwachung und wurde mit dem Makel subversiver Kontakte behaftet. Um Freunde, Verwandte und Kollegen nicht zu gefährden, waren die meisten Ausreisewilligen genötigt, ihre sozialen Kontakte einzuschränken und abzubrechen. Andererseits waren aber auch mit dem Augenblick, in dem der Antrag auf Verlassen des Landes eingereicht war, normale Beziehungen zwischen den Weggehern und den Hierbleibern nicht mehr möglich. Mit einem Schlag veränderten sich die Gesprächsthemen, die Inhalte der Beziehungen und gemeinsamen Unternehmungen. Nicht nur, daß das Ausreisethema alles beherrschte, sondern vielmehr waren von nun an beziehungsfördernde und -stiftende gemeinsame Erlebnisse nicht mehr möglich. Es ging ein belastender Bruch durch die Beziehungen mit erheblicher Einschränkung der Offenheit, Ehrlichkeit und emotionalen

Internalität. Eine wirkliche Auseinandersetzung wurde von nun an entschieden vermieden, weil die mögliche Erkenntnis hintergründiger Motive das ganze Unternehmen hätte gefährden können. Man hatte sich aber schon zum »undankbaren Staatsfeind« erklärt, so daß ein Zurück kaum noch möglich war. Für die Geächteten gab es nur noch die Flucht nach vorn, den Ausschluß aus der Gemeinschaft.

Auch hier trafen wieder individuelle und gesellschaftliche Abwehrmechanismen verhängnisvoll zusammen. Wurden die bestehenden Beziehungen zwischen Ausreisewilligen und ihren Freunden »weitergepflegt«, war dies zumeist ein Spiel mit dem Feuer potentieller Antragsteller, oder es war ein Hinweis auf die bloße Externalität der Kontakte. In diesem Zusammenhang ist die Rolle der Kirche auch kritisch zu befragen, inwieweit sie mit ihrem deklarierten Auftrag, allen Verfolgten Beistand zu geben, nicht die Verdrängung der Hintergründe förderte, die Auseinandersetzung behinderte, dem System allein die Schuld zuschob und sich selbst als moralischer Gewinner, die individuelle Not nutzend, aufbauen konnte. Zwar gab es immer wieder Appelle, das Land nicht zu verlassen, doch die Praxis des »Schutzes« hat so manches Ausreisevorhaben gewiß beflügelt.

Wir waren in der Therapie auf diese Problematik aufmerksam geworden, weil ausreisewillige Patienten fast regelmäßig die Therapie beendeten oder nicht mehr für ihre innere Entwicklung nutzen konnten, sobald die Beziehungen näher und offener wurden und emotionale »Verbindlichkeit« bekamen. Sie saßen auf »gepackten Koffern«, hatten sich bereits aus dem Sozialgefüge herausgenommen und waren jetzt mit Angeboten für neue, hoffnungsvolle und zukunftsträchtige Beziehungen konfrontiert. Sie hatten gerade die Tür zu ihrer Vergangenheit mit einem Gewaltakt zugeschlagen, wollten endlich einen Schlußstrich unter ihre Ohnmachtserfahrungen ziehen, und da eröffnete sich ein tiefer Sinn in der eigenen Lebensgeschichte für die aktuelle Krise und ließ wieder Chancen für die Zukunft im Hier aufblitzen, wo nur noch im Dort gedacht worden war.

Der Therapieabbruch an dieser Stelle war für uns ein moralisches Problem, und wir suchten nach Lösungswegen. Zunächst war das offene Gespräch darüber im Vorfeld der Therapie befreiend, weil tabubrechend. Die stillschweigende soziale Diskriminierung und Stigmatisierung (in negativer Weise als »Staatsfeind« durch das politische System, in »positiver« Weise als »armer Verfolgter« durch die

Kirche) wurden mit der kritischen Anfrage und Diskussion darüber aufgehoben. Der Antragsteller wurde weder beschimpft noch »geschützt«, sondern wieder zur Auseinandersetzung mit seiner Entscheidung und seinem Leben ermutigt und aufgerufen. Die vorgegebenen Begründungen familiärer, politischer, religiöser, ökonomischer und moralischer Motive, die stets objektiv berechtigt und ohne weiteres einfühlbar waren, erwiesen sich im Disput und in der Analyse als vordergründige Schutzbehauptungen und verbargen in jedem Fall bedeutungsvolle unbewußte Motive. Diese Erfahrungen legten uns eine Therapievereinbarung nahe, die im Falle der überwiegend neurotischen Begründung eines Ausreiseantrages den Antragsteller verpflichtete, die Entscheidung rückgängig zu machen und sich trotz der inzwischen erfolgten sozialen Isolierung und Benachteiligung für ein verändertes Leben hier und jetzt zu engagieren.

Wir waren selbst überrascht, daß diese Vereinbarung in den meisten Fällen nicht nur akzeptiert, sondern dankbar angenommen wurde, was unserer Meinung nach auf das zwischenmenschliche Defizit hindeutete, das sich im Ausreisewunsch verbarg. Der Aufschrei »Ausreisewunsch« hatte endlich eine angemessene menschliche Antwort gefunden: Konfrontation und Beziehungsangebot statt Beziehungsabbruch in der Ablehnung oder Beziehungsvermeidung im »Schutz«. Auf diese Weise haben mehrere Patienten eine neue Heimat in sich gefunden, ihre Beziehungsfähigkeit entfaltet, ihre Bedürftigkeit als ein inneres Problem erfahren, das nicht durch äußere Veränderungen zu bewältigen war.

Die Analyse des »Ausreisesyndroms« machte folgende typische Merkmale deutlich:

1). Es wurde mit einem Antrag vor allem agiert, um die eigenen Probleme abzuwehren. Die Schuld für Unbehagen, Stagnation, Konflikte wurde allein dem Gesellschaftssystem angelastet, das sich in seiner autoritären Borniertheit und Verlogenheit, mit der ganz realen alltäglichen Repression auch hervorragend als Leidensverursacher anbot. Das äußere Elend war in der Tat so wahrhaftig vorhanden, daß Hintergründe häufig überhaupt nicht vermutet werden mußten. Die Gründe des Protestes, der Verzweiflung, der unerträglichen Ohnmacht und Kränkung stimmten stets und waren doch nicht die entscheidende Ursache. Diese bestand im inneren Mangel, in der unerfüllten Sehnsucht nach Nähe, Liebe und Angenommensein mit der reaktiven Beziehungsabwehr, um nicht an der Wunde berührt zu werden.

2.) Der äußere Wohlstand der Bundesrepublik Deutschland, relativ verstärkt in seiner beeinflußenden Wirkung durch den äußeren Mangel an allen Ecken und Enden in der DDR, bot die hervorragende Projektionsfläche für alle scheinbaren Wünsche und Hoffnungen. Da in der Tat das erkennbare äußere Leben im Westen so perfekt organisiert ist und die Lebensnot mit den realen Erleichterungen und Annehmlichkeiten des westlichen Wohlstands so »erfolgreich« zu beschwichtigen scheint, waren die Projektionsmechanismen fast unvermeidbar. Ein besserer Verdienst, eine schönere Wohnung, Reisefreiheit, eine freiere Lebensart waren verlockende Angebote, darin die Erlösung von der inneren Unzufriedenheit zu erhoffen. Die Orientierung an äußeren Werten ist beiden Systemen zu eigen und der Übersiedlungswunsch war daher mehr folgerichtig und provoziert als verwunderlich.

Nicht selten wurde der Ausreiseantrag erst dann gestellt, wenn alle möglichen »Errungenschaften« in der DDR (Schrankwand, Couchgarnitur, Farbfernseher, Trabi und Datsche oder sogar ein Eigenheim) erreicht waren – und was sollte nun sein? Die Wohlstandsspirale war praktisch beendet, jetzt konnte nur noch der Ausreisewunsch kommen. Die staatlich geförderte Wohlstandsideologie wurde zum »Zauberlehrling« und hat sich schließlich selbst übertölpelt. Häufig war auch die beziehungsgestörte Ehe der Hintergrund, vor dem in eine neue Welt entflohen werden sollte. Und im gemeinsamen Kampf gegen den Außenfeind konnte das Nähe- und Lustproblem schnell vergessen werden, genauso wie man dann in der »neuen Welt« mehrere Jahre damit beschäftigt war, sich äußerlich wieder zurechtzufinden und einzurichten. Damit konnte man mindestens zehn Ehejahre vor dem Blick nach innen und auf die Beziehung bewahren.

3.) Stets war unterdrückte Aggressivität im Spiel. Der kleinkarierte vormundschaftliche Staat war nahezu die ideale Zielscheibe für »berechtigte« Empörung. Das Unrecht war so eindeutig auf seiten des Apparates, daß sich daran Wut und Haß hervorragend abreagieren ließen. Die gehemmte innere Aggressivität vieler Menschen fand ihren idealen Sündenbock: Was dem autoritären Vater, der moralisch einschüchternden Mutter gegenüber nie zu empfinden oder gar zu sagen gewagt worden war, fand endlich eine glaubhafte Adresse. So war das mehrjährige Warten und Spießrutenlaufen bis zur Ausreise für manche die sado-masochistische Abfuhr ihres aggressiven Staus, wobei der Staat eben hervorragend mitspielte: ein permanentes Wechselspiel von Täter und Opfer, Jäger und Gejagtem.

Je sicherer und tödlicher die Grenze, desto größer war die Verachtung des Staates in der Weltöffentlichkeit. Je mehr Ausreiseanträge gestellt wurden, desto lächerlicher und entlarvter mußte die DDR sich fühlen. Je stärker das System den repressiven Druck anzog, desto mehr Ausreiseanträge kamen als Quittung zurück und desto größer wurde wieder die Repression. Je größer der innere Mangel, desto heftiger wurde der Ausreisegedanke als ein unbewußter Wunsch, vor sich selbst zu entfliehen, und desto größer wurde damit wieder die innere Not.

Die agierte Aggressivität bekamen auch die Angehörigen, Freunde und Kollegen zu spüren, die bei Flucht oder Ausreise sich plötzlich als Hinterbliebene sahen. Besonders verlassene Partner und Kinder waren davon schwer betroffen: Nach allen Regeln der »Sippenhaft« wurden sie verhört, zur Scheidung und Distanzierung genötigt. Der gemeinsame Besitz des Ehepaares wurde wie im Scheidungsverfahren behandelt, und die Hälfte fiel dem Staat zu (Eigenheimbesitzer mußten die Hälfte des Immobilienwertes an den Staat bezahlen, um Eigentümer bleiben zu können!). Wer also seinen Angehörigen ein paar »verpassen« wollte, der brauchte nur illegal das Land zu verlassen, auf die strafende Hand des »Vater« Staates gegen die Sippe konnte er sich verlassen.

Ich spreche dabei natürlich von unbewußten Vorgängen. Die innere Entscheidung war mitunter sogar für die Familie, für die Kinder und deren Zukunft bewußt begründet, doch kamen hinter dieser Fassade nicht selten Rachegedanken wegen ungenügend erfüllter Annahme und Bestätigung und Fluchtwünsche vor notwendiger Auseinandersetzung zum Vorschein, die aber wegen der Angst und Gehemmtheit nicht auf direkte Weise auszutragen gewagt wurden. Die Ehepartner und Kinder wurden so Opfer unbewältigter innerseelischer Probleme, die ehemals mit Vater und Mutter zu tun hatten und jetzt auf diese tragische Weise ausagiert wurden. Nach der Grenzöffnung haben sich solche schweren Beziehungsstörungen noch nackter entlarvt, als Kinder von ihren Eltern einfach verlassen wurden oder Ehepartner plötzlich verschwanden. Die Zahl der in die »Freiheit« untergetauchten unterhaltspflichtigen Männer geht in die Tausende!

Nach einer Flucht saßen die hinterbliebenen Freunde plötzlich da mit der bitteren Frage, was war unsere Beziehung eigentlich wert, daß wir so schmählich verlassen wurden. Allerdings sind diese Fragen selten wirklich gestellt und fast nie beantwortet worden. Die Flucht wurde verklärt und rationalisiert, um sich nicht die Oberflächlichkeit so mancher Beziehung eingestehen zu müssen.

4.) Schließlich spielte häufig Angst vor Nähe und verbindlichen Beziehungen eine nicht geringe Rolle. Der Streit mit dem Staat, das Verlassen von Beziehungspartnern sicherte Distanz und die neuen Verhältnisse in der Bundesrepublik garantierten mehrere Jahre Fremdheit. Auf diese Weise konnten manche das früh erfahrene »Fremdeln« in ihrer Ursprungsfamilie durch die Flucht wiederholen und ausagieren.

Ich bin sicher, daß in den meisten DDR-Bürgern das Thema Bleiben oder Fliehen zunehmend übermächtige Konturen annahm, fast täglich gestellt war und beantwortet werden mußte. Immer dann, wenn Freunde und Bekannte plötzlich fehlten, brach das Fluchtthema mit neuer Intensität auf, und auf diese Weise wurde sehr viel Energie verbraucht, die zur Bewältigung der inneren Entwicklung sinnvoll hätte verwendet werden können. Aber dagegen sprach die Angst und Scheu vor einem Blick in die Tiefe, und so wurde das Ausreisethema zu einem mächtigen Abwehrmechanismus.

Aber weder Flucht noch Ausharren war die befreiende Lösung, beide Entscheidungen konnten in den Dienst der Abwehr gestellt werden. Der Schlüssel für ein tieferes Verständnis ergab sich aus den inneren Konflikten.

Welche Gründe konnten sich im Durchhalten verbergen? Der Edelmut und die Selbstverständlichkeit, mit der manche unbedingt in der DDR bleiben wollten und eine Fluchttendenz kategorisch verneinten, war auffällig. Dabei drückte das Hierbleiben mitunter auch eine Scheu vor dem Risiko, vor dem Unbekannten und vor Veränderung aus. In der familiären Situation der Ausharrenden waren Trennung, Abschiede und häufig sogar Reisen mit angstvollen Reaktionen verbunden, in denen sich häufig sehr frühe Verlassenheitserfahrungen phobisch artikulierten. Das neurotisierende Lied vom »Hänschen klein« saß tief in der Seele dieser Menschen.

Neben der Trennungsangst waren neurotische Gehemmtheit und zwanghaftes Pflichtgefühl weitere Gründe, den Gedanken auf Flucht zu verleugnen. Selbstunsicherheit und Minderwertigkeitsgefühle ließen Ängste wachsen, wie man unter neuen Bedingungen bestehen könne, und ein auferlegter Zwang, unbedingt durchzuhalten, übernommene Aufgaben gewissenhaft zu erfüllen, hat den Freiraum für neue Möglichkeiten zugeschüttet. Auch das trotzige Durchhalten, das masochistische Leiden an belastenden Verhältnissen spiegelte mitunter frühe familiäre Erfahrungen wider, so daß mancher in der realpolitischen Situation der DDR die häuslichen Verhältnisse ewig fortsetzen konnte.

Wenn die Flüchtlinge das System der Politbürokratie ins Schwanken brachten, so können die Dagebliebenen das System der »freien Marktwirtschaft« schwer behindern, wenn sie statt Risikofreude, Unternehmungsgeist und freier Entfaltungslust lieber in neurotische Bequemlichkeit und Sozialhilfeerwartung ausweichen und an das ewig währende Wohlwollen des Westens glaubten. Die Ernüchterung wird nicht lange auf sich warten lassen. Sowenig die Probleme mit Flüchten oder Dableiben zu lösen waren, sowenig liegt die Lösung in der Plan- oder Marktwirtschaft.

Im Westen galten DDR-Flüchtlinge vor der Wende ja fast ausschließlich als bewunderte Helden, die das einzig Richtige getan hätten. Über ihre Krisen, bitteren Enttäuschungen und schwerwiegenden Probleme nach der Flucht ist bei uns kaum etwas öffentlich geworden. Nach tiefenpsychologischen Hintergründen für das Verlassen der Heimat zu fragen, galt wohl als absurd, da es doch selbstverständlich zu verstehen sei, daß der »goldene Westen« vorgezogen wird. Die Medien zeigten strahlende Gesichter und herzzerreißende Szenen nach geglückter oder gruselige Bilder bei vereitelter Flucht, aber sie zeigten nie die Tränen der Verlassenen und auch nicht, was aus den gefeierten Flüchtlingen schließlich wurde. Daß sie vielfache, verlockende Förderungen und Unterstützungen bekamen, war uns bekannt und hat den Neid gefördert. Daß die meisten bald Fotos von neuen, tollen Autos oder den schönsten Gegenden Europas schickten, hat in uns tiefe Minderwertigkeitsgefühle geschürt, aber die oft schweren seelischen Krisen nach der ersten Euphorie wurden uns verheimlicht. Ich habe davon erst nach der »Wende« durch Berichte von Kollegen erfahren, die zunehmend ehemalige DDR-Bürger als Patienten zu betreuen haben.

Wichtig erscheint mir auch noch hervorzuheben, daß die Flucht in den Westen fast immer eine Einbahnstraße blieb. Ein Zurück gab es so gut wie nie. Dies war schon durch die gesetzlichen Regelungen ausgeschlossen, mehr noch aber durch den fragwürdigen Stolz der

Geflohenen: Zurückzukehren wäre einem Eingeständnis des Versagens gleichgekommen, daß sie es nicht geschafft hätten! Dies läßt ein weiteres Mal den möglichen psychosozialen Hintergrund solcher Entscheidungen aufscheinen. Es ging um Erfolg, Sieg, sich etwas beweisen, um trotziges Sich-Behaupten, um Rache für Kränkung und Demütigung – alles Themen, die mit großer Wahrscheinlichkeit Kindheitsmustern entsprechen. Doch dies wurde weder hier noch dort thematisiert, für beide Seiten waren die Flüchtlinge kaum Menschen mit tiefen Verletzungen und Problemen, sondern Fakten, Zahlen und Argumente im »kalten Krieg«. Mit Flüchtlingszahlen wurde schon immer Politik gemacht, auch die »Wende« ist dadurch mitverursacht worden. Die Nachrichten und Bilder aus den Medien hatten suggestive Wirkungen und haben Panik geschürt.

Viele DDR-Flüchtlinge hatten ihre Verbindungen und Kontakte nach dem Osten rigoros gekappt. Sie wollten die Tür zur Vergangenheit zuschlagen. Da war viel trotzige Enttäuschung im Spiel. Sie agierten damit eben auch ihre »Stunde Null«, so als könnten sie eine neue Zukunft beginnen, ohne ihre Vergangenheit zu berücksichtigen oder zu begreifen. Vorbilder solch totaler Abwehrstrategien der »Vergangenheitsbewältigung« gab es ja genug. Auch solches Verhalten belegt die hintergründige seelische Problematik: Flucht vor der Vergangenheit! Fliehen statt Bewältigen! Kein Wunder also, daß mancher dieser Flüchtlinge erhebliche Schwierigkeiten mit dem Mauerfall bekam. Jetzt holte die Vergangenheit sie wieder ein, sie konnten sich nicht mehr hinter dem Schutzwall verstecken und eiferten nun besonders heftig gegen die »Ossis«, die nun wie Heuschrecken in das saftig-satte Land einfielen.

Die Utopisten

Damit sei ein kleiner, nicht formierter Kreis von Intellektuellen (Schriftsteller, Liedermacher, Filme- und Theaterautoren, bildende Künstler, Theologen, Psychotherapeuten, u. a.) und Dissidenten des Apparates beschrieben, die christliche, humanistische und sozialistische Ideale und Überzeugungen durch alle Anfeindungen hindurch hochhielten. Es waren immer mutige Individualisten gewesen, die Kraft und Geschick besaßen, gegen den Strom zu schwimmen oder das Fähnchen der Gerechten über den stickigen und muffigen Winden der Opportunisten keck wehen zu lassen. Deutlich abgesetzt von den verordneten Phrasen und Lippenbekenntnissen haben sie wesentliche Werte wie Frieden, soziale Gerechtigkeit und menschliche Würde authentisch und damit glaubhaft darstellen und vermitteln können, und sie haben damit die Verlogenheit des Systems entlarvt. Nirgendwo auf der Welt besaßen Künstler, Schriftsteller und Dissidenten so hohes Sozialprestige wie im kommunistischen Weltbereich. Sie setzten ins Wort oder Bild, was viele dachten, aber nie auszusprechen wagten. Das künstlerische Format war dabei weniger wichtig als die direkte oder versteckte politische Aussage. Auf dem Markt des Mangels wurden ihre Werke als besondere Fetische gehandelt und gaben einer ganzen Subkultur von Eingeweihten den Rahmen und Zusammenhalt. Sie waren das Sprachrohr des Unterdrückten, Tabuisierten und Verdrängten. So erklärte sich die Verehrung, die ihnen wie Heiligen entgegengebracht wurde. Ihr Einfluß war aber durchaus auch zwiespältiger Art: So haben sie einerseits zentrale menschliche Werte bewahrt und andererseits eine Stellvertreterfunktion übernommen, die anderen das Leben im bequemen Opportunismus erleichterte.

Ich will einige Überlegungen zur möglichen Persönlichkeitsstruktur dieser Menschen äußern. Fast immer waren sie der Verfolgung, Beschimpfung und Verleumdung ausgesetzt, ihnen drohte Berufsverbot oder Ausweisung aus dem Land. Was ließ sie trotz solcher Gefahren und Behandlungen durchhalten oder hat sie gerade beflügelt? Wollen wir mal die indirekt-unbewußte Absicht vernachlässigen, daß solch aufrechtes Verhalten eventuell die Ablehnung und Ausweisung provozieren sollte. Die Analyse, die mir allerdings nur von einigen wenigen möglich war, zeigte einen inneren Zwang zur aufrechten Haltung, zur Ehrlichkeit, Offenheit und Anständigkeit, und zwar nicht aus einer freien und reifen Entscheidung, sondern als Fortführung entweder eines elterlichen Auftrages (Sei redlich! Wir sind anständige und ehrliche Menschen!) oder auch im unbewußten Protest gegen die Unaufrichtigkeit und Verlogenheit im Elternhaus. Hier saß der Stachel gegen die Eltern, und die betont andere Haltung erwies sich als Ausdruck der Gegenabhängigkeit.

Es war also der Versuch, in einer Identität für oder gegen die Eltern das Überleben zu sichern, ohne je die Freiheit und Distanz zu haben, authentische innere Prozesse wahrzunehmen und sich entfalten zu lassen. Es ist dies eine besonders vertrackte Art der Kompensation, gefährlich deshalb, weil das Gute für andere gemeint war, aber das eigene Leiden dabei verborgen blieb.

In diesem Kapitel war es mir wichtig darzustellen, wie die unterschiedlichsten sozialen Rollen in *einem* Dienst stehen können: zur Abwehr und Kompensation des Mangelsyndroms. Dazu kann Macht, Leistung, Anpassung, kleinbürgerliche Idylle, Flucht, Protest oder Utopie eingesetzt werden. Die moralische Bewertung dabei ist durchaus unterschiedlich, doch für die psychische Deformierung nicht sonderlich relevant. Diese Sichtweise kann helfen, die irrtümliche Aufspaltung in Täter und Opfer, in Schuldige und Unschuldige, in Führer und Verführte zu überwinden. Der »real existierende Sozialismus« war die Lebensweise eines ganzen Volkes, die als großes tragisches Szenario in verschiedenen Rollen aufgeführt wurde: die kriminellen Machthaber, die erfolgssüchtigen Karrieristen, die gehemmten und angepaßten Mitläufer, die von einer Illusion zur anderen jagenden Flüchtlinge, die sich im Protest verzehrenden Oppositionellen und die abgehobenen Utopisten. Alle gehörten zusammen, stützten und bedingten sich gegenseitig, verkörperten abgespaltene Teile des Ganzen, und keiner konnte ohne den anderen leben. Die Entfremdung, Spaltung und Blockierung haben die selbstorganisierende Ganzheit zerstört und den fließenden Wechsel in verschiedenen Rollen einer Solidargemeinschaft unmöglich werden lassen.

Gerade diese Erkenntnis unserer Arbeit – die verschiedenen sozialen Masken, die mit allem realen Ernst agiert wurden und vor allem die Bedeutung hatten, das Mangelsyndrom zu verbergen und zu kompensieren – ist von zentraler Bedeutung, um die »Wende« als eine Illusion zu begreifen und im vereinten Deutschland auch eine Gefahr zu sehen, wenn die psychischen Hintergründe dieser Vorgänge nicht erkannt und aufgearbeitet werden.

Zur Psychologie der »Wende«

Die sozialpsychologischen Vorbedingungen

Ich halte es für geboten, die gesellschaftlichen Veränderungsvorgänge des Oktober 1989, die als »Wende« und »friedliche Revolution« deutsche Geschichte gemacht haben, auch aus psychologischer Sicht kritisch zu würdigen. Meist wird diese Sichtweise in der Geschichtsschreibung allzugern vernachlässigt, weil von ihr keine wesentliche Bereicherung erwartet wird. Dies halte ich für ein verhängnisvolles Vorurteil, das möglicherweise zum Schutze unliebsamer Erkenntnisse aufrechterhalten wird – woran besonders die »Revolutionäre« Interesse haben könnten. Die Interpretationen, die sich aus dem Psychogramm des »real existierenden Sozialismus« im Zusammenhang mit den Ereignissen der »Wende« anbieten, gipfeln in einer schwerwiegenden Aussage: Es hat keine Revolution stattgefunden! Es gibt zwar gravierende politische, ökonomische und soziale Veränderungen, aber die psychischen Strukturen der Menschen sind bisher unangetastet, so daß gesellschaftliche Veränderungen weder aus den Menschen heraus gereift wären, noch in ihnen wurzeln könnten.

Machen wir uns nichts vor, das gedemütigte und genötigte Volk der DDR hatte sich im wesentlichen arrangiert und etabliert und in der Lebensweise Möglichkeiten im größeren Stil gefunden, sich anzupassen und dabei gar nicht so schlecht zu leben. Trotz der unterdrückenden Verhältnisse und so mancher Entbehrungen aß und trank man gut, hatte sein Auskommen, lebte relativ gesichert und pflegte die Nischen und kleinen Freuden. Man fand sich zurecht im Land, wußte um die Schlupfwinkel und respektierte im großen und ganzen die gesetzten Grenzen. In dieser Anpassungsleistung lag auch eine Stärke, mit einer lästigen Macht umzugehen und irgendwie fertig zu werden. Dies geschah war zwar nicht mit Schwejkschem Humor, aber man expandierte doch fleißig mit jenem eigenwilligen deutschen Ehrgeiz in den Freiraum, den die Macht zuließ.

Im »kleinen« Wohlstandsgerangel wurde die Zeit gut strukturiert und da nie alles zu haben war, blieben immer noch erreichbare Wünsche offen, für deren Erfüllung die D-Mark zunehmend Fetisch-Charakter bekam. Wir lebten mehr recht als schlecht und die selbstschädigenden, einengenden und umweltzerstörenden Folgen wurden nicht mehr zur Kenntnis genommen. Daß in allem der »real existierende Sozialismus« allmählich auch ausgehöhlt wurde, blieb kein Geheimnis und wurde mit zynischer Genugtuung hingenommen. Kräfte und Energien für die Entwicklung oder gar Erneuerung der Gesellschaft waren nicht erkennbar. Daß es — vergleichbar mit den tschechoslowakischen Verhältnissen von 1968 — je einen »Berliner Frühling« geben könnte, glaubte kaum einer noch, und gegenüber dem polnischen Ringen der Solidarnosc blieb eher ein erschreckender Gleichmut, wenn nicht sogar beunruhigendes Kopfschütteln, weil durch Streiks ja der letzte kompensierende Stolz des spießigen Wohlstands in Gefahr geraten könnte. Mit Havemann, Bahro und Henrich sind die wenigen mutigen Einzelgänger benannt, die durch kritische Analysen des Systems Reste politischen Widerstandes erkennen ließen.

Niemand in der DDR war auf eine »Wende« wirklich vorbereitet oder hätte gezielt darauf zugearbeitet. Zwar stand ein Führungs- und Generationswechsel der Obrigkeit ins Haus, aber man wartete eher resigniert ab, als daß die zu erwartende Krise für einen wirklichen politischen Machtwechsel als Chance erkannt worden wäre. Die Angst hatte das Volk gelähmt und die kleinbürgerliche Idylle den Veränderungswillen geschwächt. Immerhin konnte sich kaum jemand vorstellen, einen Egon Krenz je als Staatsoberhaupt ertragen zu können; dieser »Kronprinz« wurde als der unverhüllte Bastard eines verkommenen Herrscherhauses empfunden. Weder Ulbricht noch Honecker hatten staatsmännische Contenance besessen, aber sie entstammten noch altkommunistischen, antifaschistischen Traditionen und konnten so wenigstens mit der eigenen Lebensgeschichte der Gründung einer DDR Bedeutung geben. Natürliche, gewachsenen Autorität hatten auch diese Männer nie, sie mußten dem Volk propagandistisch als Vorbild aufgebaut werden, weil ihnen charismatische Fähigkeiten fehlten. Und auch dies gelang schließlich nur bei wenigen unverbesserlichen, einfach strukturierten Mitläufern und eifernden Fanatikern. Allein ihr sprachliches Auftreten raubte den »höchsten Repräsentanten« erheblich an Ansehen: Ulbrichts nuschelnd-sächsische Aussprache erzeugte Widerwillen und Scham; bei Honecker hatte man eher noch etwas Mitleid, wie er sich durch die vielen sozialistischen-deutschen-demokratischen und kommunistischen Zischlaute hindurchmogelte — aber bei Krenz mit dem tönenden Marktschreier-Pathos und dem symptomatischen Grinsen war die Ablehnung einhellig.

Als Krenz die Macht übernahm, saß ich in einem Jugendclub vor dem Fernseher und bereits nach wenigen Minuten ging seine Rede im Hohngelächter und enttäuschtem Spott unter. Dieser Mensch besaß keinerlei Autorität mehr. Die repressiven Strukturen mit den bürokratischen Folgen hatten das Heranwachsen einer glaubwürdigen und kompetenten Aufstiegs- und Führungsschicht verhindert. Die minderwertig-neurotische Macht hätte sich bereits durch fähige »Söhne und Töchter« gefährdet gesehen, und ein hierarchisches System des Gehorsams ließ eben keine selbstbewußten und kreativen Führungskräfte entstehen, sondern letztlich nur ehrgeizige Vasallen und Gesinnungslumpen. Ohne die kritische Auseinandersetzung mit der Autorität ist und wird keiner eine Autorität! Wenn die resignierte Gleichgültigkeit überhaupt aufzulockern war, dann durch die lüsterne Schadenfreude, wie sich der anstehende Führungswechsel wohl vollziehen würde, zumal ja durch Gorbatschow ein Anspruch vorgelegt worden war, dem in der DDR keiner gewachsen schien. So war ein qualvolles Hinausschieben der Macht Honeckers die allgemeine Befürchtung im Volke. Daß der »arme« Mann nicht zurücktreten konnte und damit noch seine letzte Würde verspielte, war bereits ein deutliches Symptom der inneren Auszehrung.

Vierzig Jahre alt war das Land, mitten in der Midlife-Crisis, in der in der Regel fehlgeleitetes Leben sich zeigt und rächt, als die »Wende« passierte. Es war die Generation herangereift, die nicht mehr von der Schuld faschistischer Vergangenheit gelähmt war und für die »antifaschistischer« Widerstand keine erlebte Heldentat mehr war. Sie hatte an dieser Stelle keine neurotische Ehrfurcht mehr vor diesen »Vätern«, aber durchaus ein unbewältigtes Autoritätsproblem aus der repressiven Erziehung. Den Autoritätskonflikt auf die inzwischen gebrechlichen und immer starrer und dümmer reagierenden Oberen abzulenken, war wesentlich leichter als die eigene Lebensgeschichte emotional aufzuarbeiten und mit den real erreichbaren Autoritäten (Eltern, Funktionären, Experten) die anstehenden Konflikte auszutragen.

Das verheißene bessere Leben im Sozialismus und Kommunismus hatte höchstens noch den Rang einer pseudoreligiösen Glaubensideologie für die Schmarotzer am System, denn die Realität zeigte permanent die Unglaubwürdigkeit solcher Phrasen. Historisch gesehen war das wohl die größte Schandtat dieses Systems, edelste menschliche Werte des sozialen Zusammenlebens derartig mißbraucht und abgewirtschaftet zu haben, daß sie wohl für lange Zeit entehrt sein werden.

Ich setze auch das Wort »antifaschistisch« stets in Anführungszeichen, weil es in der DDR keinen wirklich vollzogenen Antifaschismus gab. Das »antifaschistische« Gerede blieb eine bloße, allerdings demagogische Worthülse und war auf propagandistische Gesetzgebung reduziert, um gerade die faschistischen Charakterstrukturen unberührt zu lassen, die auch den sogenannten »antifaschistischen« Helden zugesprochen werden müssen, sonst hätten sie niemals ein neues totalitäres und menschenverachtendes Unrechtssystem erbauen können. Über die frappierenden Ähnlichkeiten im Gesellschaftsbild, im Verhalten der Menschen und in ihrer innerseelischen Struktur habe ich mich schon geäußert. Die »konsequente« Friedenspolitik war die Tarnkappe für einen zerstörerischen psychischen Feldzug und einen ökologischen Vernichtungsschlag. Die latente Feindseligkeit der DDR ist nur deshalb nicht explodiert, weil gerade die zum Faschismus antipodische Charaktervariante gleicher Grundstörung an die Macht gehievt worden war. Wenn zuvor ein psychopathischer Expansionsdruck die innere Not abwehren sollte, so war jetzt im Gegenzug die aggressive Gehemmtheit zur Staatsdoktrin erhoben worden und bereitete die Implosion vor, die dann später als »friedliche Revolution« das wirkliche Geschehen heroisierend verfälschen sollte. Die berühmte »Gewaltfreiheit« mit der verhängnisvollen Affektbremse, besonders von der Kirche hochgelobt, aber auch sonst gefeiert, wirft ein Licht auf diesen »Aufstand der Neurose«, auf eine bloße »Wende« von der Unterwerfung unter die moralisch abgewirtschafteten und altersschwachen »Antifaschisten« zu der Unterwerfung unter die Verheißungen der D-Mark-Kapitäne.

Der einfache Zusammenbruch der DDR hat also mehrere Ursachen: Da war zunächst die verkommene Führungsschicht und ein absoluter Mangel an neuer glaubwürdiger Autorität. Durch Flucht, Ausweisung und durch Kaderentwicklung nach Opportunismus und nicht nach Kompetenz und natürlicher Autorität war das Land geistig und moralisch geschwächt. Die »antifaschistische« Propaganda konnte bei der nächsten Generation nicht mehr auf Schuldgefühle bauen. Die sozialistischen Ideale waren endgültig von den engen Grenzen erdrückt: Wie sollten im »größten deutschen KZ« – wie der Volksmund bitter die Internierungssituation auf den Punkt brachte – Freiheit, soziale Gerechtigkeit, (innerer) Frieden und Demokratie reifen können? Dies alles hatte den inneren Zusammenhalt aufgeweicht. Daß auch tatsächlich für große Bevölkerungskreise Internierungslager geplant und vorbereitet waren, war dann keine allzu große Überraschung mehr.

Und außen gab es Gorbatschow und die Perestrojka. Es wuchs die Gewißheit, daß keine russischen Panzer mehr aufrollen werden. Der letzte große Schock vom »Prager Frühling« hatte keine Wirkung mehr. Damit war das System furchtbar in der Klemme. Unfähig zur Entwicklung, weil von rigiden und abnormen Charakterstrukturen getragen, schlug die eigene Indoktrinierung auf das System zurück, was vom Volk mit unverhohlener Schadenfreude quittiert wurde: »Von der Sowjetunion lernen, heißt Siegen lernen!« Die Sowjetunion wurde jahrzehntelang dem Volk bis zum Erbrechen als Vorbild eingebleut. Und jetzt mußte das Volk vor Glasnost und Perestrojka geschützt werden! Im Verbot des »Sputnik«, einer sowjetischen Wochenzeitschrift, die immer ehrlicher die Wahrheit druckte, bekam die Absurdität der verlogenen Geschichte ihre lächerlichste Krönung. Die Glaubwürdigkeit des Systems war bis in die eigenen Reihen zutiefst erschüttert. Selbst die überzeugtesten Leninisten gerieten in Verwirrung: Entweder sie mußten der SED gegenüber loyal bleiben und die Vorgänge in der Sowjetunion verurteilen oder umgekehrt – eine delikate Paradoxie, der man sich nur durch Lähmung entziehen konnte, wollte man nicht zum klärenden Konflikt mit allen Konsequenzen vorstoßen. Dazu freilich waren die neurotischen Strukturen der Karrieristen und Mitläufer kaum in der Lage, weil ihre ganz persönliche Lebenslüge wie ein Kartenhaus zusammengebrochen wäre. Wie ich von Genossen erfuhr, waren bereits die kleinsten Parteigruppen gespalten und labilisiert – die halt- und schutzgebende Parteidisziplin und autoritäre Ausrichtung funktionierte nicht mehr. Aber genau dies hatten die meisten Genossen zur Abwehr ihres inneren Mangels, ihrer Minderwertigkeit und Selbstunsicherheit, ihrer verlorenen Innenorientierung wegen dringend gebraucht.

Der Staatenbund der »Bruderländer« war erheblich belastet. Der mutige Protest des polnischen Volkes mit Solidarnosc an der Spitze und der eher leise, aber beharrliche eigene Weg Ungarns brachten die DDR in eine zunehmend peinliche und fast ausweglose Lage. Sie mußte nun auch noch nach Osten ihre Grenzen zumachen oder die Freizügigkeit finanziell erschweren. Das eingesperrte und frustrierte Volk kochte immer mehr, war nun auch noch die ganz kleine

Freiheit, die Masuren, Danzig, die polnische Tatra und das Riesengebirge verwehrt, Budapest und der Balaton wegen Devisenmangel kaum noch erreichbar. Die Veränderungen in den sozialistischen Nachbarstaaten, ihre vorsichtige Liberalisierung und Öffnung zum Westen beförderte eines der entscheidenden Symptome DDR-staatlicher Fehlentwicklung: die Flucht- und Ausreisewelle.

Die situative Krise

Aus wirtschaftlichen Zwängen genötigt, aber vor allem zur Kompensation des Minderwertigkeitsgefühls und um Anerkennung in der Welt ringend, mußten auch das Recht auf Familienzusammenführung, Reisefreiheit und »Entlassung aus der Staatsbürgerschaft« zunehmend eingeräumt werden. Die seltene, lebensgefährliche und illegale Flucht wurde immer mehr ersetzt durch »gesetzlich legale« Ausreise. Die martialische Drohgebärde des Systems mit Todesschußanlagen an der Westgrenze verlor allmählich ihre ängstigende und einschüchternde Wirkung. Das System mußte sich selbst aufweichen, wollte es in der Welt halbwegs bestehen, und das forderte die Neurose der kranken Führer. Sie brauchten neue Anerkennung, nachdem der »Antifaschismus« seine Wirkung zunehmend verlor.

Die Ausreisemöglichkeit wurde allmählich zu einer Welle. Ein erfolgreicher Antrag zog mindestens zehn weitere nach sich. Allmählich wurde jeder Bürger dieses Landes mit der Frage konfrontiert: Gehen oder Bleiben? Eine Entscheidungsnot, die nicht mehr abgeschlossen werden konnte, sondern täglich neu zu beantworten war, vor allem wenn wieder Freunde oder Bekannte verschwunden waren. Dieser chronische Aderlaß hat das Land personell, materiell und ideell erheblich ausbluten lassen. Vor allem schien es einen Ausweg aus dem Dilemma zu geben. Damit wurde das vorhandene neurotische Potential so stark von der Illusion genährt, durch äußere Veränderungen könnte auch das dumpf gefühlte innere Elend geheilt werden, daß sich schließlich eine Massenbewegung, die mitunter panikartige Ausmaße annahm, daraus entwickelte.

Als Ungarn seine Grenzen öffnete, war das Schicksal der DDR besiegelt. Nun hätte sie die Mauer auch im Osten ziehen müssen, aber dazu reichte die Kraft nicht mehr. Ihrem neurotischen Minderwertigkeitsgefühl zum Opfer fallend, mußte die DDR darauf bestehen, daß sie ihre »Souveränität« wahrte und den Akt der Ausreise formal-juristisch vollzog.

Also es mußten Sonderzüge der Deutschen Reichsbahn die Ausreisewilligen, die sich nach Ungarn, Polen und in die Tschechoslowakei in erpresserischer Absicht und mit dem richtigen Riecher für die Schwäche des Systems abgesetzt hatten, durch das eigene Land in die begehrte »Freiheit« befördern. Diese Paradoxie war nicht mehr zu überbieten: Die »Staatsfeinde«, die »kriminellen« Republikflüchtigen, deren »Delikt« sogar mit dem Tode bestraft werden konnte, bekamen jetzt Sonderrechte eingeräumt. Das sowieso schon rechtlose Rechtssystem — zumindest in allen politischen Fragen — schlüpfte auch noch aus der mühsam aufgebauten Maskerade formaler Rechtsstaatlichkeit. Für das gleiche »Delikt« konnte man erschossen oder mit freiem Geleit geehrt werden. Dies hat das Volk nicht mehr ausgehalten. Jetzt brach der »Aufstand der Neurose« los: Diese Kränkung der Etablierten und Angepaßten, der Oppositionellen und der Utopisten, die ja alle im Lande bleiben wollten und sowieso schon durch die Massenflucht beunruhigt waren, war nicht mehr zu überbieten. Wenn dies so weiterging, war vorauszusehen, daß es mit dem Arrangement »DDR« bald vorbei sein mußte. Diese Beunruhigung war die treibende Kraft für den ersten »Schlachtruf« auf der Straße: »Wir bleiben hier!« Es war die Antwort auf das entnervende, aber immer erfolgreichere »Wir wollen raus!« Es war unverkennbar der Trotz der angepaßten, fleißigen »Kinder«, die ihre »Eltern« ausschimpften, weil diese sich offensichtlich mehr um die mißratenen und verlorenen Söhne und Töchter kümmerten und sorgten. Damit war das System, das sich gegen alles gewappnet hatte, erledigt: Wie konnte man auf das eigene Volk schießen, das bleiben wollte, wenn man die Verrat übenden Flüchtlinge schützte? Die Betroffenheit und Kränkung waren so groß, daß es erstmals zu gewalttätigen Krawallen am Dresdener Hauptbahnhof kam. Hier standen sich auch tatsächlich Fluchtwillige und Dableiber erstmals in offener Feindseligkeit gegenüber, und das verwirrende Chaos konnte nicht ausbleiben. Die anpasserische Geduld war zuende. Die systemerhaltende Verheißung: Anpassung und Anstrengung war mit Füßen getreten. Das dagebliebene Volk war im Zentrum der kollektiven Neurose getroffen und verletzt.

Dies war die Stunde der Oppositionellen. Endlich ergab sich eine Chance, den bisher nur heimlich mit intellektueller Raffinesse oder unter dem schützenden Dach der Kirche geführten Kampf öffentlich zu machen, endlich konnte man aus dem Versteck heraus und den alten und wunden Drachen nun auf freiem Feld schlagen. Aus meiner Kenntnis war an eine »Tötung« dabei nicht gedacht. Dazu reichten weder Mut noch Kraft noch klarer politischer Wille. Es war mehr der inneren Verpflichtung folgend, das, was man jahrelang gesagt, diskutiert, besungen und gefordert hatte, der eigenen Identität und Glaubwürdigkeit wegen nun auch auf den Marktplatz zu tragen. An dieser Stelle verriet sich die Kirche: Sie bot ihren Schutz immer bereitwilliger an, schien sich sogar mit dem Staat abgesprochen zu haben, denn wer in die offenen Tore der Kirche entkam, blieb ungeschoren, und wer draußen trotzte, galt als straffällig und durfte niedergeknüppelt werden. Die Appelle für Gewaltfreiheit wurden eindringlich in Gebete gepackt, und es wurde in Halle sogar davon abgeraten, auf die Straße zu gehen, ja man sollte sich, die Kirche verlassend, so unauffällig wie möglich verteilen, um nicht den geringsten Anschein einer Demonstration zu erwecken. Gott sei Dank gab es auch mutige Pastoren, die dieses »Komplott« durchschauten und die Zivilcourage gegenüber ihrer Obrigkeit besaßen, den Protest auch auf die Straße zu führen.

Als am 7., 8. und 9. Oktober 1989 die Sicherheitsorgane des Staates in unverhüllter Gewalt ihr wahres Gesicht endgültig zeigten, gab das der Protestbewegung die Chance der Solidarisierung. Unterstützt wurde sie jetzt auch durch das große Ausmaß der Empörung. Die Wasserwerfer, Knüppel, die Tritte, die hetzenden Hunde und die schnell bekanntgewordenen Berichte von psychischer und physischer Mißhandlung und auch die berechtigte Ahnung, daß dieses System zur blutigen »Endlösung« bereit und fähig sein könnte, hat eine Welle der Entrüstung und des Widerstandes im Volk ausgelöst. Am Rande der tödlichen Bedrohung waren die neurotischen Ängste hinweggefegt. Dies war auch getragen von der bitteren Genugtuung, endlich den wirklichen Charakter des menschenverachtenden Systems denunziert zu sehen. Hieran ist nichts zu bagatellisieren, aber die heftige Empörung wies doch auf einen Abwehrvorgang hin: Was wir uns selbst mühsam versagten, obwohl voller Haß und Rache, durfte sich der Gegner erst recht nicht erlauben – oder er mußte dafür projektiv bekämpft und diskriminiert werden. So blieb das eigene Gewaltpotential am besten verborgen. Die Fragwürdigkeit der Floskel »gewaltfrei« läßt sich an dieser Stelle vielleicht verständlich machen: Ist Gewalt nur, wenn man schlägt und schießt? Oder ist Gewalt nicht auch in Passivität, Depressivität und im Schweigen, in der Flucht, im Sitzen, Stehen und Demonstrieren?

Der Ablauf der »friedlichen Revolution« aus psychologischer Sicht

Die Oppositionellen formierten eindeutig den demonstrierten Protest. Den Mut, auf die Straße zu gehen, hatten aber zuvor die Ausreisewilligen provoziert, die ja gerade den Eklat suchten, um ihre Entschlossenheit zu demonstrieren und so schnell wie möglich abgeschoben zu werden. Die Praxis der Schwäche, alles kritische Potential, das die Angst vor der Allgewalt der Stasi abgelegt hatte, auszubürgern, schlug dem System nun wieder ins Gesicht. Es schien möglich, den offenen Protest zu wagen. Da war etwas Rührendes dabei, wenn wir mit weißen Kerzen, stumm, zunächst nur standen, dann gingen, schließlich rhythmisch klatschend, die Unschlüssigen und Passiven aufriefen und anfeuerten: »Schließt euch an!« und »Wir sind das Volk!« Die Angst mußte schrittweise überwunden werden. Ich weiß noch, daß es kühl war, und doch stand mir der Angstschweiß auf der Stirn. Das öffentliche Bekenntnis, noch geduckt in den kleinen Haufen der verzagt Mutigen, dem Auge der Macht ungeschützt ausgeliefert, fiel schwer, und erst recht, wenn man vom anderen Teil des Volkes mitleidig und auch lüstern angestaunt und manchmal angepöbelt wurde. So konnte man hören: »Was soll der Quatsch, ihr ändert doch gar nichts, geht lieber ordentlich arbeiten!« Die körperliche Bewegung wurde wichtig, das aktivierende Klatschen und dann auch laute Skandieren ermöglichte emotionale Entladungen. Dies gehörte zu den schönsten und befreiendsten, auch schmerzlichsten Augenblicken meines Lebens. Die wachsende Würde, der aufrechte Gang, die klare Entschlossenheit und die Weisheit des Volkes, die auf Spruchbändern und durch Rufe – das Volk hatte endlich seine Stimme wiedergefunden – den Prozeß des Wandels begleitete und kommentierte, gehören zu den dankbarsten Erfahrungen, die ich mit diesem verfluchten System machen konnte.

Das Überwinden der Tabus und Verbote, das Aufrichten, das Aus-Sich-Herausgehen und das Erheben der Stimme, das schrittweise Überwinden der neurotischen Gehemmtheit mit Hilfe der kollektiven Verbundenheit: das war nicht nur ein politischer Protest, das war ein Stück kollektiver psychischer Befreiung. Die familiär angelegten und durch das Gesellschaftssystem festgezurrten Fesseln waren in dieser affektiv geladenen Zeit als ein gemeinschaftlicher Vorgang — ähnlich einem Gruppentherapieprozeß — spürbar zu lockern. Die Schriftstellerin Helga Königsdorf nannte dies einen »Augenblick der Schönheit«. .

Der 4. November 1989 war bei der großen Berliner Demonstration der Höhepunkt der sichtbaren Gesundung eines Volkes: Der politische Protest und die zurückgehaltenen Gefühle konnten sich in Motorik, Spruchbändern, Reden und Klatschen zeigen und umsetzen, und zwar gegenüber den Zentren der Macht. An diesem Tag war die größte inhaltliche Übereinstimmung: Parteilose, Künstler, Schriftsteller, Kirchenvertreter, SED-Funktionäre und selbst ein Stasi-General waren sich einig, daß die Diktatur eines Politbüros beendet werden muß. Was aber völlig offenblieb, war ein klares, neues politisches Programm. Es mangelte an revolutionärer Autorität, und der emotionale Ausdruck war vorwiegend nur als kollektiv-sublimierter Prozeß vonstatten gegangen. Gefühlsträchtige Schauer, schamvoll versteckte Tränen, aggressive Rufe waren allenthalben zu beobachten oder wurden im Gespräch übermittelt, doch für eine volle emotionale Entladung war natürlich kein Raum und keine Gelegenheit. Viele von uns suchten die menschliche Masse in den Demonstrationen wie ein Heilbad. Für zwei bis drei Stunden konnte man in einen veränderten und freieren Zustand eintauchen, war angeregt und ermutigt und blieb doch auf seinen Emotionen sitzen. Wir waren alle aktiviert und labilisiert und fanden keinen richtigen Abfluß.

Da war einerseits die Selbstverpflichtung zur »Gewaltfreiheit«, die mit zunehmender Anerkennung in der Welt zum moralisch-überlegenen Anspruch erhoben wurde. Dieser ist praktisch nur einmal mit dem Sturm auf die Berliner Stasizentrale »befleckt« worden, was dann auch sofort moralische Entrüstung und Belehrungen allerorten auslöste, die in keinem Verhältnis zur relativen Harmlosigkeit der Tat standen. Ich sehe in der »Besonnenheit« keine verehrungswürdige Reife, sondern einen markanten Hinweis auf die Problematik der »Wende«, auf die psychologischen Hindergründe ihres Verlaufes und auf die damit verbundenen Gefahren für die Zukunft. Man möge mir an dieser Stelle nicht unterschieben, daß ich für Gewalt und Blutvergießen plädiere — ich bin bis in die Tiefe meines Herzens für friedliche Lösungen von Konflikten, doch das heißt nicht, auf aggressive Affekte zu verzichten. Nur wer seine Aggressionen wahrnehmen, akzeptieren und entladen kann, muß nicht mehr in den »Krieg« ziehen oder seine Beziehungen und die Umwelt mit Gehässigkeiten, Streitereien, Intrigen, feindseligen Verleumdungen, Sündbockjagd und Feindbildpropaganda tröpfchenweise und chronisch vergiften. Dieser Unterschied zwischen Fühlen und Agieren ist in der Psychotherapie von zentraler Bedeutung. Nur wer wieder fühlen lernt, wird heil! Und auch die mächtigsten Gefühle lassen sich so ausdrücken und entladen, daß man weder sich selbst noch anderen noch Gegenständen Schaden zufügt. Nur die nicht gelebten Gefühle sind gefährlich und richten Schaden an, der sich von körperlichen und seelischen Symptomen, über Ehekonflikte und Gewalttaten bis hin zur Umweltzerstörung, ja zum Krieg und Konzentrationslagern mit Gaskammern erstrecken kann.

Die selbstverordnete »Gewaltfreiheit« war auch ein Ausdruck der schon längst vorhandenen (seit der Kindheit bestehenden) Unfähigkeit, mit aggressiven Gefühlen umgehen zu können. Im Schutze der Massen, sich praktisch gegenseitig ansteckend, war die Abwehr gelockert und die verdrängten Emotionen fanden Ausdruck. Bei den Hallenser Demonstrationen war deutlich erkennbar, wie die aktivierten Gefühle einen Adressaten, ein Ziel der Abreaktion brauchten und fanden. Die Demonstrationen waren anfangs im wesentlichen führungs- und planlos, es gab weder Mikro- noch Megaphone, wir waren ganz auf den Herdeninstinkt angewiesen und mußten kollektiv Schritt für Schritt erspüren, bis die jeweilige Lösung für eine Demonstration gefunden war. Unmittelbarer und existentieller war ich in der Öffentlichkeit mit dem Fluß des Lebens nicht in Berührung gekommen. Solche Erfahrungen kannte ich bis dahin nur aus der eigenen Therapie.

So entwickelte sich die Zielbestimmung der Demonstrationen mit dem emotionalen Aktivierungsprozeß: anfangs angstvoll im Schutze der Kirche, dann außerhalb, aber noch eng an die Kirchenmauern gedrängt, dann vorsichtig schrittweise den Marktplatz einnehmend, bis schließlich das Rathaus zur ersten Zielscheibe wurde. Dorthin wendeten sich die Gesichter, die Gesten, Rufe und Emotionen. Der nächsten Demonstration reichte auch dies nicht mehr, jetzt begann der Zug der Demonstranten auf den Straßen bis wieder eine Woche später das nächst höhere Ziel fällig war: die Bezirkszentrale der SED. Das war spannend: Der Protest-Moloch der Zehntausende wälzte sich vor das Gebäude, verharrte dort brüllend und fordernd in einem Akt kollektiver Abreaktion (»Nieder mit der SED!«), danach Entspannung und etwas Ratlosigkeit, die schließlich mit dem Ruf: »Wir kommen wieder!« ihre emotionale Beruhigung fand.

Die ohnmächtige Taktik der Mächtigen war Rückzug, Verweigerung und Ausweichen nachdem die Dialog-Kampagne kläglich gescheitert war. Dem arroganten System, das in feudalistischer Manier das Volk für unmündig erklärt und auch so behandelt hatte, war im Zustand höchster Not offensichtlich die »glänzende« Idee gekommen, dem Volk den langersehnten Dialog zu gewähren. Aus dem Halleschen Rathaus strömten zu diesem Zwecke einige Dutzend Propagandisten der Partei auf den Marktplatz und versuchten die Demonstranten in Gespräche zu verwickeln mit der einzigen Absicht, abzulenken und die Demonstration zu verhindern. Ein solch taktisches, nur dem Machterhalt dienendes und den Willen des Volkes verachtendes Verhalten war typisch für diese Partei. Aber das weise Volk reagierte prompt: »Ulbricht log, Honecker log, Krenz log, Dia-log!«

Auch die SED-Zentrale reichte schließlich als Objekt der Affekte nicht mehr aus und plötzlich ging wie ein Lauffeuer ein Ruf durch die Massen, scheinbar ohne Herkunft, es war das lautgewordene kollektive Unbewußte: Auf, zur Stasi! In Halle immerhin ein Weg von ca. drei Kilometern. Doch die Angst schlug noch einmal voll zu: Von den Zehntausenden waren wir etwa auf dreitausend geschrumpft, und es war ohne Absprache klar, daß wir uns mit so einem Häufchen nicht dem Stasi-Bunker nähern konnten. Also ging es durch Halle-Neustadt, einer »Musterstadt« sozialistischer »Kaninchen-Bucht-Architektur«, in der es bis dahin keine erkennbaren Protestaktionen gegeben hatte und der Demonstrationszug rief: »Neustadt, erwache!« – was die Stasi-Spitzel schnell zu »Deutschland, erwache!« umgemünzt hatten, um den Protestzug als rechtsradikal zu diffamieren. Der Demonstrationszug bekam dadurch wieder Zulauf, und mutmachend mit dem Ruf »Stasi, wir kommen!« wurde schließlich in weitem Bogen die Zentrale der verwalteten Angst erreicht. Die Volksmeinung war eindeutig: »Stasi in die Volkswirtschaft! Schämt Euch! Anscheißer!« Die Stasi-Zentrale war verbarrikadiert, verdunkelt und stumm. Der mächtige Koloß war gelähmt.

Einschüchtern und Ängstigen war offensichtlich leichter, als selbst bedroht zu werden. Doch sollte sich keiner einer Illusion hingeben. Die riesige Kränkung durch den plötzlichen Machtverlust kann niemals ohne Folge und Schaden verwunden werden: Suizide, schwere seelische und psychosomatische Krisen, Alkoholismus werden mit großer Sicherheit vorkommen und zunehmen, es sei denn, die alte Tätigkeit kann rasch im neuen Gewand fortgeführt werden oder auch im Untergrund, ähnlich der Mafia. Entscheidend dabei ist, daß der eigene Gefühlsstau, vor allem die unterdrückte Angst und Aggressivität, sehr bald durch neue »Abenteuer-Aufgaben« wieder Zügel, Ventile und Richtung bekommen. Aus diesem Dilemma würde nur das Fühlen der eigenen Angst herausführen. Nur wer den eigenen kleinen Hitler oder Stalin, das eigene Böse in sich wahrnehmen und fühlen kann, muß nicht mehr sadistisch agieren. Aber ich höre schon das Lachen über solche Empfehlung – was wahr ist und was real ist, liegt eben meist noch weit auseinander. Und ein Stasi-Mensch, der von seinem emotionalen Block lebt, vermutlich auch nur deshalb überlebt, wird eine Psychotherapie scheuen wie der Teufel das Weihwasser.

Mit der Stasi als Zielscheibe war das kollektive Über-Ich erschüttert und entweiht, und nun gab es kein Außenobjekt mehr für die emotionale Abreaktion. Jetzt wären entweder die inneren Repräsentanzen des psychischen Elends (Vater und Mutter) drangewesen oder der äußere Akt der Befreiung hätte zur unmittelbaren, wirklich revolutionären Machtübernahme führen müssen. Stefan Heym hat dies, später ahnend, in einem resignierenden Kommentar zu seiner Rede auf dem Berliner Alexanderplatz am 4. November sinngemäß so formuliert: Was wäre gewesen, wenn er an diesem Tag zur Machtübernahme aufgerufen hätte? Er räumte ein, daß er sich dazu nicht in der Lage gefühlt hatte und deutete an, daß dann wohl der Einigungsprozeß der beiden deutschen Staaten anders verlaufen wäre. Aber zu dieser direkten Machtübernahme waren wir nicht fähig.

Das Scheitern eines eigenständigen Weges der Demokratisierung

Man kann den Ablauf der »friedlichen Revolution« in zwei Phasen unterteilen. Die Zäsur geschah durch die Grenzöffnung. In der ersten Phase ging es eindeutig um die Demokratisierung der DDR. Daß zu einem solchen Prozeß auch eine innere Befreiung von repressiven Folgen gehört, ist selbstverständlich, wird aber regelmäßig vergessen. Die Gründe dafür kennen wir schon: um sich vor seelischem Schmerz zu schützen.

Perestrojka war die große Hoffnung für die politisch interessierten und engagierten Menschen in der DDR. Gorbatschow hatte wieder Sympathien befreit und Spannung und Interesse für Politik wecken können. Man sprach von seinem Charme, von Charisma, von kraftvoller Autorität und Potenz. Gemeinsam mit Raissa konnte man ihn sich auch als sexuell aktiven Menschen phantasieren – sonst ein Unding bei den kommunistischen Politbürokraten. »Gorbi hilf« und »I like Gorbi« waren deshalb so verständliche wie treffende Metaphern für die Sehnsucht eines Volkes nach besseren Führern (sprich auch: Eltern!). Während der Hallenser Oktoberdemonstrationen blieb ein Konvoi sowjetischer Militärfahrzeuge im Zuge der Zehntausenden stecken. Die Offiziere und Soldaten wurden beklatscht, man jubelte ihnen zu mit dem liebevollen Ruf: »Gorbi, Gorbi!«

Die strikte Abweisung der neuen sowjetischen Politik hatte den DDR-Oberen den treffenden Beinamen »Betonköpfe« eingebracht; die starrsinnig-abfällige Bemerkung, wenn der Nachbar seine Wohnung renoviere, brauche man doch selbst keinen Tapetenwechsel zu vollziehen, provozierte eine enttäuschte Verbitterung. Diese Ignoranz der Partei war schließlich auch der letzte Akt zu ihrem Untergang.

Daß in der Flucht die einzige oppositionelle Tat bestehen sollte, war von so beschämender und ängstigender Wirkung (der letzte schaltet das Licht aus!), daß daraus Kraft floß für die ersten ernsthaften Bemühungen zur landesweiten Instituionalisierung und Strukturierung der oppositionellen Gruppen. So rief Fischbeck von der innerkirchlichen Gruppe »Absage an Prinzip und Praxis der Abgrenzung« am 13. August 1989 zur Gründung einer einheitlichen Sammlungsbewegung der Opposition auf. Die Bürgerbewegung »Demokratie jetzt« verabschiedete einen Gründungsaufruf »zur Einmischung«. Und mit der Initiativgruppe »Neues Forum«, der sich in kurzer Zeit Zehntausende anschlossen, bildete sich erstmals eine landesweite außerkirchliche Vereinigung mit dem Anspruch auf Legalität. Die letzten Kommunalwahlen vom Mai 1989, bei denen Wahlfälschungen beobachtet worden waren und bis zu 20 Prozent Gegenstimmen vermutet werden konnten, hatten für diesen Prozeß viel Mut gemacht. Rockmusiker, Liedermacher, Unterhaltungskünstler forderten den öffentlichen Dialog, und die Synode des DDR-Kirchenbundes verlangte politische Rechte und wirtschaftliche Reformen.

Ende September 1989 bildeten erstmalig nicht mehr die Ausreisewilligen die Mehrzahl der Demonstranten, sondern die Fordernden (Neues Forum zulassen!). In den Oktobertagen gab es überall eine begeisterte Aufbruchstimmung, eine Besinnung auf die wesentlichen Grund- und Menschenrechte, und vor allem entstand eine mutige Offenheit und engagierte Beteiligung Hunderttausender für eine Demokratisierung der DDR. Es wirkte so, als wären Kanäle der Sehnsucht aufgebrochen, sich nun endlich auch ausschütten, abreagieren und wirklich mitreden zu können. Doch jetzt machten sich die Folgen der Repression bitter bemerkbar: Es fehlte an geeigneten politischen Köpfen mit charismatischen Fähigkeiten, und die in der Sache klaren und eindeutigen Programme für die Umgestaltung des Landes wurden geschwächt durch die neurotischen Geltungs-, Profilierungs- und Abgrenzungsstrategien zwischen den vielen neuen Gruppierungen und durch innere »Flügelkämpfe«. Hinter dem verständlichen Wunsch, endlich einen basisdemokratischen Pluralismus erleben und mitgestalten zu können, verbarg sich auch die Unfähigkeit, eine notwendige Institutionalisierung zustande zu bringen und zu ertragen. Der Abscheu gegen jegliche Hierarchie saß so tief, daß die gestauten Affekte die sachlich notwendigen Entscheidungen und die Durchsetzungsfähigkeit verhinderten. Die Opposition agierte letztlich wie eine führerlose, unstrukturierte Gruppe und hat sich auf diese Weise selbst depotenziert.

Das konnte gar nicht anders verlaufen, doch hätte mit den notwendigen Auseinandersetzungen und Klärungsprozessen diese Bewegung auch reifen können. Dafür aber blieb scheinbar keine Zeit, denn mit der Grenzöffnung kippte die Interessenlage des größeren Teils der Bevölkerung um und verfiel dem »Reiz des Westens«. Es gehe alles viel zu schnell, so ein später weitverbreitetes Stöhnen, um mit dem Veränderungsprozeß Schritt halten zu können. Doch mir scheint die Zeitfrage eine rationalisierende Entschuldigung zu sein, um die schmerzliche Tiefe der notwendigen inneren Demokratisierung in Wahrheit zu vermeiden. Auf jeden Fall kam der Aufruf der Intellektuellen »Für unser Land« am 26. November 1989 viel zu spät, denn mit dem Fall der Mauer war die Revolution bereits zu Ende.

Die Mauer wurde nicht niedergerissen, sie wurde aufgemacht. Zu diesem Zeitpunkt war die Westgrenze kein politisches Ziel. Reisefreiheit war zwar vom Volk gefordert, doch gedacht war sie als Ausdruck der allgemeinen Demokratisierung im Lande. Das Ziel der Demonstrationen waren umfassende Reformen und vor allem wurde der immer noch herrschenden Partei das Mißtrauen ausgesprochen (Reformen — aber unbekrenzt).

Der Fall der Mauer war der emotionale Höhepunkt der Entladung, ein kathartischer Durchbruch des Unbewußten: Die Menschen weinten und lachten, trunken vor Ekstase, taumelten sie sich in die Arme, alle deutsche Scheu, Vorsicht, Distanz, Zwanghaftigkeit und Kontrollsucht in einem Rausch der schmerzlichen Freude wegschwemmend. Der Gefühlsstau öffnete sich, das Verdrängte kam an die Oberfläche und die abgespaltenen Teile vereinigten sich. Ein kollektiv-emotionaler Prozeß wahrhaft historischer Dimension — aber eben kollektiv und nicht individuell geerdet, eine Überschwemmung von Gefühlen, eine Art »Massenpsychose«. Das am häufigsten geäußerte Wort zu dieser Zeit war: »Wahnsinn! Ich begreife das nicht! Ich kann das nicht fassen!«

Wie in der Therapie, wenn zu früh zuviel Gefühl provoziert wird, kann entweder psychotische Verwirrung entstehen oder die reaktive Scham für den unkontrollierten Gefühlsausbruch wird mit neuer verstärkter Abwehr und Verleugnung beantwortet. Was dann in Deutschland geschah, war die agierte Scham für den emotionalen Durchbruch. Auf der einen Seite das peinliche Begrüßungsgeld, auf der anderen Seite die schamlose Raffgier mit dem Sturm auf den westlichen Warenberg. (Ich spreche nicht als moralisierender Beobachter, sondern als Mitbeteiligter.) Die Menschen verließen den Arbeitsplatz, nahmen belastende Strapazen und entwürdigendes Schlangestehen für ein paar DM auf sich, sie schleppten Säuglinge, Invaliden, gebrechliche Rentner und pflegebedürftige Behinderte — die oft schon länger der Obhut von Pflegeheimen überlassen worden waren – in den Westen, um das Begrüßungsgeld zu erhöhen. Es war wohl alles verständlich, im chronischen Mangel zu Hause, konnte sich wohl kaum einer dem Glimmer und Glitzer, dem westlichen Überfluß, dem Schein des Landes, wo Milch und Honig fließen sollen, entziehen. Und doch war gerade darin ein Indiz für die kollektive Erkrankung auf beiden Seiten zu erkennen. Was die einen mit Überfluß abzumildern suchten und als Köder auslegten, war für die anderen die projizierte Sehnsucht als Abwehr der inneren Problematik. Und der nicht integrierte, auch so rasch nicht zu verarbeitende Gefühlsdurchbruch mußte kompensiert werden. Die Lösung brachte der von beiden Seiten inszenierte Kaufrausch. Mit diesem Moment war der revolutionäre Prozeß »sublimiert«. Die innere Demokratisierung, die individuelle emotionale Verarbeitung des subjektiven Leidens, die ganz persönliche Wut und Trauer, der eigene Schmerz gegenüber dem ganz konkreten Unterdrücker waren gestoppt und abgelenkt. Zum Nachdenken über die eigene Lebensgeschichte in diesem Staat, über die inneren und äußeren autoritären Strukturen und Deformierungen, war jetzt keine Zeit mehr. Das Gefängnis war unvorbereitet geöffnet und die an die Düsternis gewöhnten Menschen taumelten geblendet und orientierungslos in den grellen Schein des künstlichen Lichtes.

Wochen später war öfter bei uns zu hören, die unerwartete Grenzöffnung sei der letzte üble Trick der SED gewesen, ihre Macht doch noch zu retten, indem sie die geballte und gegen sie gerichtete Energie verpuffen oder ins »Leere« laufen ließ. Ich habe das Bild eines Torreros vor Augen, wie der den wütenden, gereizten Stier geschickt zur Seite lenkt. Doch diese Eleganz hatten unsere Bürokraten schon längst nicht mehr. Ihre Rechnung wäre jedenfalls nur halb aufgegangen, denn die Macht haben sie doch verloren. Glaubhafter ist mir da die Hypothese, daß alles quasi ein »Versehen« war. Schabowski, der nun den neuen Stil der Partei demonstrieren sollte, unsicher in einer solchen Rolle vorgetäuschter Ehrlichkeit (was dieser Mensch wirklich dachte und sprach, konnten wir von den veröffentlichten Tonbändern hören) und vermutlich zur Rettung der eigenen Haut um besondere Eloquenz bemüht, »versprach« mehr, als wirklich gemeint war. An der Grenze jedenfalls bestand mehrere Stunden lang Unklarheit und unterschiedliche Praxis, wie Schabowskis Äußerungen in der Pressekonferenz am Abend des 9. November zu bewerten und umzusetzen seien. Der Befehlsstand war – ein undenkbares Ereignis bei der sonst so preußischen Disziplin und Ordnung – weich und widersprüchlich. Der Partei- und Sicherheitsapparat hat dem Druck der Massen folgend, die Grenzöffnung zugelassen und dieses Ereignis vermutlich weder eindeutig angeordnet noch verhindern wollen.

Aus psychologischer Sicht läßt sich aber eine Hypothese wagen: Die entscheidende kompensatorische Wirkung der Macht und der

Privilegien war schwer angeschlagen, statt dessen war sie zur existentiellen Gefahr geworden. In einem Zustand krisenhafter Labilisierung drängt stets das Unbewußte zur Reife und Gesundung. Ihres traurigen Lebens zwischen Angst, Intrige und Einengung allmählich überdrüssig, sahen sie sich zur Selbstbeschränkung und Selbstzensur verdammt, zumal bis auf die ganz alte Riege längst schon die nächste Generation an den Hebeln der Exekutive saß. Sie lebten in einem allseitigen Ghetto, abgeschirmt von jedem lebendig-ehrlichen Kontakt. Mir scheint der Gedanke plausibel, daß auch sie, Menschen allemal, ebenso von ihren gesunden Anteilen und Bedürfnissen im schlechten Handeln gelähmt werden konnten. Diese Aussage erleichtert mir auch das Verständnis, weshalb der übermächtige Sicherheitsapparat nicht zugeschlagen hat, sondern einfach alles geschehen ließ. Jahrzehntelang hatten sie nichts anderes verfolgt, als sich zu sichern und auf den Tag X vorzubereiten, jederzeit bereit, bedenkenlos zum Schutz der eigenen abgrundtiefen Störung zu foltern und zu töten – Ceaucescus faschistisch-stalinistische Guerilla, Opfer psychischer Verelendung aus den Waisenhäusern und Kinderheimen, hatte dies noch einmal ganz deutlich gemacht.

Die Neurose unserer »Tschekisten« bekam kein Futter mehr, und die eigentliche Sehnsucht (siehe Mielke: »Ich liebe Euch doch alle!«) ließ ihre falsche Stärke und angstvolle Wachsamkeit erlahmen. Bestimmt haben auch sie zunehmend eifersüchtig auf den Westen geschielt und auf das freiere Leben dort, zumal die Privilegienfrage immer deutlicher zugunsten des Volkes umgeschlagen war. Immer mehr einfachere Menschen durften reisen oder übersiedeln, und die sonst sorgsam verborgene Westverwandtschaft wurde plötzlich zum »Glücksbringer«, nur der Apparat konnte seine Tanten und Onkel im Westen nicht ausgraben und mußte das Kontaktverbot einhalten. Was muß in den Angestellten vorgegangen sein, die nur noch Pässe ausstellen bzw. Spitzeldienste leisten mußten, um zu entscheiden, ob jemand fahren durfte oder nicht. Dann hatten sie sich mitunter doch noch geirrt, wieder war einer abgehauen, und sie bekamen dafür den Anschiß nicht genügend sorgsamer Schnüffelei. Eine solche Paradoxie zernagt im Laufe der Zeit auch das ergebenste und gepanzertste Gemüt.

Mit der Grenzöffnung hatte sich der politische Veränderungsprozeß in der DDR grundlegend gewandelt. Erkennbar war es zuerst bei den Demonstrationen: Plötzlich gab es andere Teilnehmer, andere Losungen, und vor allem dominierte immer stärker die deutsche Fahne. Aus der unserer Nationalhymne entlehnten Strophe »Deutschland einig Vaterland« wurde der Ruf »Deutschland eilig Vaterland!«. Der Bundeskanzler verschärfte diesen Prozeß von westlicher Seite mit dem Zehn-Stufen-Plan und nun war die Deutschlandfrage das zentrale Thema. In langen Debatten begann ein Streit um Föderation, Konföderation, Anschluß, Beitritt, Wiedervereinigung und Vereinigung der beiden deutschen Staaten. Indes gingen große Teile der Bevölkerung ihren Schau-, Kauf- und Reisewegen nach, sie strömten in den Westen, das Politisieren schon längst wieder »denen da oben« überlassend. Wo eben noch um demokratische Rechte gekämpft wurde, machte sich jetzt die Sorge breit, wie man zu etwas Westgeld kommen könne. Bei den Demonstrationen standen sich bald zwei Gruppierungen gegenüber, die nur mit Mühe handgreiflichen Streit vermeiden konnten. Es gab die Spaltung zwischen denen, die die »Wende« zur eigenständigen Demokratisierung des Landes führen, und denen, die sie jetzt zur Einheit Deutschlands nutzen wollten. Es ging um einen möglichen »dritten Weg« oder um den schnellen Anschluß an die Bundesrepublik Deutschland. Die zunehmend kämpferische Polarisierung war verdächtig. Beide Pole verkörperten Wahrheiten und Notwendigkeiten: Wir brauchten Kontakte, Hilfe und Unterstützung ebenso dringend wie Zeit und Raum für die Bewältigung unserer Vergangenheit, für innere Entwicklung und Demokratisierung. Wir dürfen in diesem Spaltungsprozeß durchaus einen psychischen Abwehrvorgang vermuten, der das Land in zwei Lager teilte und die niedergefallene Mauer nun als eine neue Grenze zwischen den Menschen errichtete. Erst die Wahl vom 18. März 1990 konnte diesen »Machtkampf« eindeutig entscheiden. Es war die erste freie und geheime Wahl, die die DDR-Bürger treffen konnten, doch kann die »Freiheit« als relativ beurteilt werden, da die Bewältigung der psychischen Repressionsfolgen in keiner Weise abgeschlossen war.

Zur psychologischen Deutung des Wahlergebnisses

Das auffälligste Merkmal des Wahlkampfes in der DDR war die massive Präsenz der westdeutschen Polit-Prominenz. Da es in der DDR an gestandener politischer Autorität fehlte, wurde dieses Vakuum mit geborgter Autorität ausgefüllt. Es kam zu einem

»Stellvertreter-Wahlkampf« in doppelter Hinsicht: Für DDR-Belange agitierten BRD-Politiker und diese nutzten das ostdeutsche Terrain, um sich für den bevorstehenden westdeutschen Machtkampf zu profilieren. Unserer neuen oppositionellen Prominenz mangelte es dagegen an Sicherheit, aber auch an authentischen Inhalten, d. h. nicht nur verkündete, sondern auch echt verkörperte Positionen. Spätestens hier, wo die persönliche Integrität gefordert war, entlarvten sich auch neurotische Motive für oppositionelle Haltung. Wenn die ansteckende Echtheit fehlt, werden vorgetragene Meinungen nicht mehr überzeugend rübergebracht und finden nicht genügend Anhänger. Ein besonders schwerer Schlag war die Enttarnung Wolfgang Schnurs als Stasi-Mitarbeiter. Gerade er sollte als Mahnung dafür in Erinnerung bleiben, wie reale Schuld und die unterdrückte psychische Problematik offensichtlich im besonderen Kampf und Einsatz nach außen getilgt werden sollten – Verkehrung ins Gegenteil und Ungeschehenmachen nennt die Psychoanalyse diese Abwehrformen.

Je stärker jemand nach Macht und Geltung drängt, desto verdächtiger ist er neurotischer Motive seines Handelns zur Abwehr seines Mangelsyndroms. Auch der zunehmende Streit der Parteien untereinander, der kurz vor den Wahlen einfach geschmacklos wurde, deutete auf unechte Positionen und unbewußte Hintergrundmotive hin. Im Kampf gegen das Unrechtssystem war sich die Opposition einig, und plötzlich stand sie sich kräftezermürbend gegenüber. Damit waren der innere Kehraus und die notwendige Trauerarbeit wieder einmal geschickt umgangen und in neue Abwehrkanäle gelenkt. So wurde die wertvolle Kraft verbraucht, die bei psychischer und politischer Reife den fruchtbaren Boden für den schwierigen gesellschaftlichen Umgestaltungsprozeß hätte bereiten können.

Die Wähler reagierten prompt. Schon Wochen vor der Entscheidung äußerten viele ihre Irritation, daß sie sich in der Fülle der neuen Parteien und Gruppierungen mit kaum unterscheidbaren Programmen nicht mehr zurechtfänden. Man wunderte sich schon, weshalb so viele Gruppen notwendig waren, wenn doch alle fast dasselbe wollten. In einem war sich der größte Teil der Bevölkerung einig: Wir wählen alles, nur nicht die SED (PDS)!

Es fiel leichter, sich die Gegnerschaft klarzumachen, als genau zu sagen, wofür man ist. Auch die verminderte Fähigkeit zur eigenen Meinungsbildung war eine Folge jahrzehntelanger Unterdrückung.

Und es bestand eine erhebliche psychische Verunsicherung: Führerlos, aber autoritätsabhängig, zur kritischen Entscheidung und eigenständigen Aktivität genötigt, aber zwanghaft-gehemmt und des ewigen Mangels müde – und jetzt wurde der westliche Wohlstand so nahe feilgeboten. Also wurde aus dem Bauch heraus die Wahl entschieden, Kopf und Herz zogen den Kürzeren. Die sehr ernste und komplizierte gesellschaftliche Situation wurde mitsamt der erheblichen seelischen Labilisierung auf eine einfache, Rettung und Erlösung verheißende Formel reduziert: Wohlstand = D-Mark = Kohl = CDU. Daß ausgerechnet eine ehemalige Blockpartei (Wer bei Honecker die Blockflöte gelernt hat, kann nicht im neuen Orchester die erste Geige spielen!) Wahlsieger wurde und mit anderen Parteien als »Allianz für Deutschland« mit 48,15 Prozent der Stimmen knapp die absolute Mehrheit verfehlte, läßt sich nur in diesem Zusammenhang verstehen.

Im Rahmen meines Psychogramms bieten sich zwei mögliche Deutungen an. Sowohl die unmittelbare revolutionäre Machtübernahme wie auch ein eigenständiger politischer Weg hätten einen psychischen Reifeschritt erfordert, der die »orale« und »anale« Fixation überwunden und aus der schon lange verinnerlichten Versorgungsmentalität und der zwanghaften Einengung heraus zur größeren Eigenständigkeit, zum gewachsenen Selbstbewußtsein und zur Verantwortlichkeit gefunden hätte. Eine solche Entwicklung ist nur durch »Trauerarbeit« möglich. Und das hätte bedeutet: Bestrafung der Verantwortlichen, Aufdeckung der Mittäterschaft der Allermeisten, Schuldbekenntnisse, Ausdruck der berechtigten Empörung, der Wut und des Hasses, Schmerz über die Kränkungen, Demütigungen und Verletzungen, Trauer über die erlittenen Einengungen, Verformungen und vertanen Lebensmöglichkeiten und schließlich auch Trauer über den Verlust liebgewordener, halt- und schutzgebender Gewohnheiten, die zur DDR-Identität gehörten. Der Gefühlsstau hätte sich entladen dürfen, und das Mangelsyndrom wäre schmerzlich gefühlt worden.

Die zweite Deutung ist etwas komplizierter: Die Grenzöffnung schenkte uns Deutschen die schon erwähnte »Drei-Tage-Euphorie« mit einer unvermittelten emotionalen Nähe. Die vielen »Freudentränen«, die Schauer, die über die Rücken liefen, die herzlichen Umarmungen sich sonst fremder Menschen, die Konventionen sprengenden und Ordnungen außer Kraft setzenden Jubelfeiern sprachen für eine ungeordnete kathartische Abreaktion des Gefühlsstaus.

Dies hat, als die Ekstase vorüber war, Scham und Angst hinterlassen. Die akute Abwehrreaktion habe ich mit dem »Kaufrausch« beschrieben. Aber dies reichte offensichtlich nicht. Wir standen uns wie geliebte Partner gegenüber, die nach langer Trennung endlich wieder zueinanderfanden. Wären wir bei diesem gleichwertigen emotionalen Vereinigungsprozeß geblieben, hätten wir uns danach zusammensetzen und von unserem Leben in der »Diaspora« erzählen müssen, von unseren Hoffnungen und Freuden, vor allem aber auch von unseren Ängsten, Problemen, von den zwischenmenschlichen und sexuellen Schwierigkeiten auf beiden Seiten. In den Umarmungen lag die Chance und die Aufforderung zu ganz ehrlichen Begegnungen und dabei wären wohl sehr viele Tränen geflossen – in Ost und West! Statt dessen wurde das Geld dazwischen geschoben, womit die einen ihre Wunden zu verbinden gelernt hatten und die anderen jetzt endlich die Erlösung erhoffen konnten. Damit konnten die reaktiven Feindseligkeiten gegeneinander nicht mehr lange auf sich warten lassen. Am Tage der Unterzeichnung des ersten »Staatsvertrages« hieß es in einem Kommentar im »Bericht aus Bonn«, daß rechte Freude in beiden Staaten nicht aufkommen wolle, im Westen sei eher »muffig« und im Osten mehr »besorgt« darauf reagiert worden. Dies ist die zu erwartende Folge gewesen, da der schmerzliche Erkenntnisprozeß des inneren Mangelsyndroms auf beiden Seiten vermieden wurde. Bleibt diese Abwehr, müssen sich die sozialen Konflikte zwangsläufig verstärken. Ein Anschluß an die Bundesrepublik vermeidet das partnerschaftliche Zusammenwachsen, das die psychische Aufarbeitung unserer Vergangenheit erfordern würde. Gegen diese Aufarbeitung sind in beiden Teilen Deutschlands eine Menge von Abwehrmechanismen in Gang gekommen. In der DDR waren es: der »Stalinismus«, der uns alle zu Opfern machen wollte, die Sündenbocksuche (Honecker, Politbüro, SED) mit den Enthüllungen, über die wir uns erregen konnten, die Wendepolitik (SED zur PDS, Blockpartei CDU zur Machtpartei), die »Wendehälse« und die verschleppte und behinderte Auflösung der alten Strukturen, Streit im Wahlkampf, die Westreisen, die Hoffnung auf die Marktwirtschaft und die D-Mark, das Gerede von der Generalamnestie, noch bevor Schuld erkannt und juristisch ermittelt wurde, die neue Politik des Optimismus. In der Bundesrepublik waren es vor allem die überwiegend ideologische Orientierung auf äußere Freiheiten und auf Wohlstand, der tatsächliche wirtschaftliche Glanz und die ökonomische Überlegenheit, das Begrüßungsgeld, der Zehn-Stufen-Plan, der Wahlkampf auf dem Boden der DDR, die Belehrungen und die DDR als interessantes Medienobjekt.

Das Verständnis solch kollektiver Abwehrvorgänge, zu denen ja auch das Wahlergebnis selbst gerechnet werden kann, ist mir sehr wichtig. Denn gerade eine gelungene Abwehr bleibt stets eine potentielle Gefahr für irrationales Handeln. Die PDS hatte uns das im Treptower Park noch einmal deutlich vorgeführt mit ihrer Kampagne gegen Rechtsradikale. Just zu dem Zeitpunkt, wo in Rumänien die »Klassenbrüder« noch schamlos mordeten, beschwor in der alten demagogischen Weise die PDS-Spitze neue-alte Feindbilder. Man muß sich die Verhältnisse klarmachen: Die mit enormer Schuld beladene SED war am großen letzten Massaker gerade noch gehindert worden. Sie hatte die chinesischen Verbrecher eben noch gefeiert und den mordenden Ceausescu geküßt und hoch dekoriert, und nun ereiferte sie sich über einige Jugendliche, die Naziparolen geschmiert hatten, so heftig, als wäre dieses Delikt der Ausbund des Bösen. Kein Wort über die möglichen Hintergründe solchen Handelns, wenn Jugendliche ihren affektiven Druck und ihren Protest auf diese Weise hinausschreien. Keine Analyse der selbst verursachten Misere, denn es waren die Kinder des SED-Staates! Die PDS agierte zurückgehaltene Gefühle, die zur ersatzweisen Abreaktion Opfer brauchten. Die Wende von der SED zur PDS war ohne erkennbare »Trauerarbeit« erfolgt; Namensänderung, Führungswechsel, Austritte und das Bemühen um einen demagogischen Schlußstrich sollten genügen. Ansonsten wurde gefeiert und zur politischen Tagesordnung übergegangen. Es ist nahezu grotesk, wie diese Partei in ihren Programmen seitdem alle anderen Gruppen an progressiven Zielen zu übertreffen sucht. Woher kommt dies plötzlich? Wie gelingt so ein Gesinnungswandel? Als intellektuelle Leistung und an der Oberfläche der sozialen Fassade geht so etwas immer rasch, doch wie ist dies innerseelisch verwurzelt? Man könnte darüber lachen, wenn es nicht so gefährlich wäre. Was sich »antifaschistisch« nannte, entlarvte sich letztlich wieder als stalinistisch-kriminell, das »antifaschistische« war nur eine Metapher, um sich selbst vor dem »inneren Faschismus« zu schützen. Wer den eigenen Haß nicht sehen und annehmen kann, der muß projizieren. Dafür geeignet sind immer Fremde, Andersartige, Minderheiten und am unauffälligsten natürlich die, die sich tatsächlich auch irgendwie schuldig machen.

Der größere Teil der Bevölkerung der DDR hat politische Veränderungen seit längerem erwünscht und erhofft, aber mehr wie ein Geschenk als durch eigenen Kampf. Mit der »Wende« war der kleinste gemeinsame Nenner vermutlich eine tiefe Genugtuung, daß dieses belastende Unrechtssystem doch noch zusammenbrach. Der Wille zur Veränderung ist durch die Massendemonstrationen und das Wahlergebnis eindeutig belegt. Doch fast ein Jahr nach der »Wende« zeigen sich psychosoziale Wirkungen, deren auffälligste Symptomatik eine allgemeine Nervosität, Unruhe, Gereiztheit und diffuse Sorge ist. Der bisherige politische Erfolg läßt keine entsprechende emotionale Reaktion von Freude, Stolz und innerer Befreiung aufkommen, eher ist das Gegenteil der Fall: allgemeine Hektik und Dysphorie.

Bei genauerer Analyse dieser eher unzufriedenen Stimmung wird vor allem Angst erkennbar. Im einzelnen handelt es sich um Ängste, die aus verschiedenen Quellen gespeist werden, wobei sich reale Ängste aus sozialen Bedrohungen und aktivierte neurotische Ängste vermengen.

Die häufigsten Ängste aus den realen sozialen Bedrohungen, die wir aus vielen Explorationen und Interviews sammeln konnten, lassen sich etwa folgendermaßen aufschlüsseln:

– Angst wegen des drohenden oder bereits erfolgten Arbeitsplatzverlustes

– Angst vor Verlust der sozialen Sicherheit (Recht auf Arbeit, hinreichendes Einkommen, soziale Absicherung bei Krankheit, Invalidität und Behinderung, billige Mieten, niedrige Preise bei Grundnahrungsmitteln, Betreuung der Kinder in Krippen, Kindergärten und im Schulhort u. a. m.)

– Angst vor Einbußen der Ersparnisse und damit der materiellen Sicherheit

– Angst vor drohendem Konkurrenzkampf und notwendiger beruflicher Umschulung

– Angst wegen des zunehmenden Werteverfalls, des Orientierungsverlustes und Autoritätsmangels

– Angst vor steigender Kriminalität

– Angst wegen wachsender sozialer Feindseligkeiten (Fremdenhaß, Ausländerfeindlichkeit, Verschärfung sozialer Gegensätze und aggressiver Auseinandersetzungen mit politischen oder sozialen Randgruppen)

– Angst wegen bekanntgewordener unfaßbarer ökologischer Katastrophen in der DDR

– Angst vor Verfolgung wegen Mittäterschaft im stalinistischen Herrschaftssystem

– Angst und Mißtrauen wegen Folgen der Stasi-Herrschaft (es sollen etwa sechs Millionen Stasi-Akten über DDR-Bürger existieren, praktisch ist jeder Nachbar der ehemaligen Stasi-Mitarbeit verdächtig und erst recht die neuen Politiker)

– Angst wegen der offenkundig weiter bestehenden konspirativen Aktivität der Stasi und der verschleppten bis behinderten Aufdeckung und Auflösung ihrer Strukturen

– Angst, neue Zwänge, ein neues Gesellschaftssystem, eine neue Lebensweise aufoktroyiert zu bekommen.

In all diesen Ängsten drückt sich die angespannte psychosoziale Situation aus. Zum einen schlagen alle verheimlichten, vertuschten, beschönigten und tabuisierten Probleme und Lügen des »real existierenden Sozialismus« mit voller Wucht ins Bewußtsein der Menschen: Die ewigen Erfolge, die Planübererfüllungen und Produktionssteigerungen erweisen sich als gefälschte Statistiken, als Schlendrian und Schludrian, als Mißwirtschaft, als Leben von der Substanz und vor allem als gnadenlose Ausbeutung und Zerstörung der natürlichen Umwelt. Zum anderen werden die Tabus der Gesellschaft laufend aufgedeckt – über Wochen und Monate gab es Enthüllungen und Konfrontationen mit bisher vermiedenen Themen. Die Menschen mußten Machtmißbrauch und Korruption der ehemaligen Führung zur Kenntnis nehmen, sie erfuhren von Morden und Vernichtungslagern »stalinistischer« Herrschaft, es wurde ein unvorstellbares System der Bespitzelung und Denunziation, der Kontrolle und Überwachung offenbar, wir hörten von Kindesmißhandlungen, von Mißbrauch der Psychiatrie für politisch Verfolgte, von erbärmlichen Notzuständen in den psychiatrischen Kliniken, in den Alten- und Pflegeheimen und von der unser aller Leben bedrohenden Vergiftung und Verseuchung von Luft, Wasser und Boden. Die Bürger der DDR sind mit Informationen und bitteren Wahrheiten konfrontiert, die einerseits Folge der gesellschaftlichen Fehlentwicklung sind, an der ja jeder irgendwie beteiligt war, und die andererseits durch den Wegfall der Zensur und der Fälschung in der

Medienpolitik jetzt ganz real eine übermäßige emotionale und kognitive Verarbeitungsleistung erfordern, die für viele Menschen einfach eine Überforderung darstellt.

Die durch die Politbürokratie verordnete Fehlinformation und Verleugnung im großen Stil korrelierte häufig mit individuellen Abwehrmechanismen (vor allem Verdrängung, Verleugnung, Abspaltung und Projektion), so daß die vorhandenen, eingeschränkten inneren Fähigkeiten der Konfliktverarbeitung durch die plötzliche und massive Konfrontation mit der äußeren Wahrheit überlastet werden und erheblichen psychosozialen Streß mit allgemeiner Labilisierung verursachen. So vermengen und verstärken sich die beängstigenden Erfahrungen aus dem momentanen gesellschaftlichen Leben mit der innerseelischen Situation.

Nach der »Wende« treten die neurotischen Ängste unvermittelter hervor. Sie äußern sich vor allem als Angst vor Freiheit, Angst vor Eigenständigkeit und Angst vor Veränderung. Die gesellschaftliche Umwälzung hat äußere Verhältnisse bewirkt, die Veränderung zu größerer Selbständigkeit nicht nur ermöglichen, sondern geradezu abverlangen. Äußere Freizügigkeit ist jetzt nicht nur erlaubt, sondern wir sind dazu aufgefordert. Vierzig Jahre lang galt unter der Diktatur der Bann: »Sei angepaßt, ordne dich unter und du wirst versorgt!« Und jetzt heißt die Nötigung: »Kümmere dich selbst um deine Belange, sonst mußt du sehen, wo du bleibst!« Seit der Grenzöffnung sind wir DDR-Bürger durch ein Übermaß an Reizen durch die westliche Welt, den Warenberg, den Lebensstil, die Landschaften und die vielfachen Angebote und neuen Möglichkeiten überfordert.

Die Veränderungen auf allen Gebieten des gesellschaftlichen und privaten Lebens vollziehen sich nicht mit einer vorsichtigen Expansion, die die erheblich eingeschränkte Flexibilität berücksichtigen und die psychische Einengung beachten würde, sondern dies geschieht mit einer vehementen Aufdringlichkeit und bedrohlichen Reizüberflutung, so daß die neurotischen Gehemmtheiten massiv provoziert werden. Unter dem Gefühl von Orientierungsverlust und Schutzlosigkeit sind typische Äußerungen in den letzten Wochen: »Wo gehöre ich eigentlich hin? Was will ich? Was muß ich? Ich muß mich verändern, aber wie und wohin? Das geht mir alles zu schnell! Ich habe Angst, plötzlich grenzenlos zu sein! Ich hatte die Mauer verinnerlicht, ich wußte genau, wie weit ich zu gehen hatte, das fehlt mir jetzt! Es war alles schlimm, aber ich hatte mich ganz gut darin eingerichtet, was nun? Ich fühle mich ganz allein, ich bin ganz entwurzelt, wie ein Emigrant im eigenen Land! Auf wen und was kann ich mich noch verlassen? Ich fühle mich bedroht! Das Warenangebot macht mich ganz fertig! Die Perfektion des Westens macht mir Angst! Mit der gewohnten Gemütlichkeit ist es nun vorbei!«

Auf der einen Seite werden Arrangements, die sich in Bequemlichkeit, Gemütlichkeit, Passivität, Gehemmtheit und Versorgungsmentalität kultiviert hatten, jetzt mit Gewalt aufgerissen, andererseits aber bieten die neuen Zwänge eine schnelle Anpassung und Unterwerfung zur Stabilisierung der erheblichen Verunsicherung. Die lebensgeschichtlich erworbene Einengung könnte jetzt in dieser umfassenden sozialen Krise schmerzlich gespürt werden und zwingt deshalb viele Menschen zur verstärkten Abwehr oder zum Agieren. Dabei scheint im Moment die psychosomatische Abwehr häufiger zu sein als die psychische Dekompensation. In unserer psychotherapeutischen Ambulanz nimmt der Aufnahmedruck eher ab als zu, zur stationären Aufnahme angemeldete Patienten sagen häufiger ab und erklären dies jetzt mit der Sorge um ihren Arbeitsplatz oder der Furcht, als Psychotherapie-Patient sozial diskriminiert zu werden und damit die Chancen auf dem gefürchteten »Markt« zu verringern, oder sie sind so sehr mit existentiellen Umstellungen befaßt, daß sie zur Innenschau weder Zeit noch Mut haben. Dagegen hören wir aus den allgemeinmedizinischen Sprechstunden von einer Zunahme psychosomatischer Krisen und entsprechender Beschwerden. Besonders auffällig sind dabei Erkrankungen im Bewegungsapparat. Die Angst vor der anstehenden »Bewegung« und notwendigen Veränderung will nicht gespürt werden und äußert sich in dieser Form auf Umwegen. Solche »Umwege« für zurückgehaltene Gefühle zeigen sich aber auch im psychosozialen Bereich mitunter recht drastisch: Die Kriminalität und das Gewaltpotential steigen, Ausländer werden gejagt, Verkehrsdelikte nehmen drastisch zu und die »Solidar-Gemeinschaft« droht auseinanderzufallen. Es verstärken sich Rivalitäten, sozialer Neid und feindseliges Konkurrieren unter Arbeitskollegen aus der Furcht heraus, daß ein anderer den Arbeitsplatz streitig machen könnte. Die unterschiedlichen Chancen und Fähigkeiten, mit der »westlichen Lebensart« zurecht zu kommen, schafft ganz neue soziale Diskrepanzen. Auch viele in der »geschlossenen Gesellschaft« halbwegs stabilisierten Familienneurosen brechen auf und die Lebenswege der Familienmitglieder driften deutlicher auseinander. Daß die ehemaligen Parteibonzen und Karrieristen oft die geschicktesten »Wendehälse« sind und bereits wieder lukrative Posten in den neuen Strukturen der privaten Wirtschaft gefunden haben, löst Zorn und Empörung bei vielen Menschen aus. Viele Strukturen des Systems blieben bisher unangetastet, oder es ist eine Hilflosigkeit gegenüber notwendigen Veränderungen vorhanden (z. B. bei der Auflösung der Stasi, bei der Bestrafung der Verantwortlichen, bei der Neustrukturierung des Justizapparates — der Justizminister »diente« bereits unter Ulbricht —, bei der Liberalisierung der autoritären Erziehung, etc.), das verursacht vielfache Enttäuschungen und Ohnmacht.

Wir finden also insgesamt eine gesellschaftliche Situation, die geprägt ist von vielfachen sozialen Bedrohungen, aktivierten neurotischen Einengungen, gebremster Vergangenheitsbewältigung, fehlender Trauerarbeit und aufgedrängter neuer Fremdbestimmung, die sich in mannigfachen Ängsten, Verunsicherungen, psychosomatischen Beschwerden und im sozialen Ausagieren ausdrückt. Daß wir dabei als Händler und Käufer so irrational selbstschädigend reagieren, daß sogar landwirtschaftliche Produkte vernichtet werden müssen und daß vor allem eine Zunahme des Gewaltpotentials zu verzeichnen ist, sind die ersten tragischen Auswirkungen des unbewältigten Mangelsyndroms und Gefühlsstaus.

Mit der Wende war aber auch in der kollektiven Bewegung die Kraft zum vielgerühmten »aufrechten Gang« wieder freigeworden. Mit dieser Energie gab es seitdem viel unerschrockenes, tüchtiges und kompetentes Handeln an den Runden Tischen, in den Bürgerkomitees und politischen Gruppen — darin gestalteten sich erstmalig wieder im größeren Umfang die gesunden Möglichkeiten der Menschen allen Verbiegungen zum Trotz. In den gesunden Anteilen, die jeder Mensch in sich trägt und bewahrt, ist der große Verbündete für neues, besseres Leben und einen befreienden gesellschaftlichen Entwicklungsprozeß zu finden. Auf diese Kräfte ist zu hoffen. Sie sind wieder lebendig geworden.

Nachtrag zum Problem der »Gewaltfreiheit«

Gewalt ist ein destruktiver Ausfluß des Gefühlsstaus. Wir finden Gewalt unerkannt unter dem Deckmantel von »Liebe«, »Fürsorge«, »Behandlung« und »Erziehung«, die Seele kränkend und menschliche Beziehungen zersetzend, und wir begegnen ihr offen-brutal als Körperverletzung, Folter und Vergewaltigung. Gewalt entlädt sich ungeordnet-chaotisch, meist im Schutze und angeheizt von affektiver Spannung in Gruppen und Menschenmengen, wie wir es von extremistischen Vereinigungen und von den Fußballplätzen zur Kenntnis nehmen müssen. Und Gewalt hat das Gesicht von Recht und Ordnung, von Urteil und Befehl, wie es in Polizeiaktionen, in Kriegen und Befreiungskämpfen, bei politischer Verfolgung und Unterdrückung von Andersdenkenden, Minderheiten oder ganzen Völkern vorkommt. Gewalt ist immer auch ein moralisches Problem zwischen böser Tat (Mord), legaler rechtsstaatlicher Entscheidung (Todesstrafe) und sublimierter Handlung mit festen Regeln (Boxen, medizinischer Eingriff). Die Grenzen dabei sind durchaus fließend und mitunter eine Frage des politisch-ideologischen und ethischen Standpunktes. Denken wir nur an die heftigen Diskussionen über Abtreibung und Sterbehilfe.

Was im »real existierenden Sozialismus« als »Bekämpfung des Klassenfeindes« und zum »Schutz des Sozialismus und der Heimat« höchste Auszeichnungen bekam, müßte heute als Verbrechen und Straftat verfolgt und verurteilt werden: Schießbefehl, richterliche Unrechtsentscheidungen, Machtmißbrauch und Korruption. Was als »Erhöhung der Produktivität« und »intensive Tier- und Pflanzenproduktion« zum »Wohle des Volkes« zu den höchsten Wertkategorien zählte, müßte heute als tier- und menschenfeindliche oder naturzerstörende Gewalt geächtet werden.

Gewalt versteckt sich gern im demagogisch-ideologischen Gewand und nutzt Sachzwänge zur Verschleierung, um gewalttätiges Tun gegen Natur, Tier und Mensch zu edlem, wertvollen Handeln umzumünzen.

Die gesellschaftlichen Veränderungen in der DDR sind sehr bald mit den glorifizierenden Charakterisierungen »friedlich« und »gewaltfrei« hoch gelobt worden. Gemeint wurde damit wohl, daß Blutvergießen und Sachbeschädigungen vermieden werden konnten. Doch war die »Gewalt der Massen« doch auch gewaltig, so daß die Mächtigen machtlos und ein hochgerüsteter Sicherheitsapparat unsicher wurden. »Gewaltfrei« ist also auch eine Frage der Definition. Auffällig war aber der beschwörende Umgang mit dieser Forderung und Haltung. Es gab gute politisch-taktische und menschlich-verständliche Gründe, auf Gewalt unbedingt zu verzichten, und doch war mir der affektive Hintergrund der Mahnungen verdächtig. Aus meinen Beobachtungen war damit ein verhängnisvoller und weitverbreiteter Irrtum bekräftigt worden, der Gewalt mit Aggression gleichsetzte. So war die Aufforderung zur Gewaltfreiheit von manchem als moralisierendes Verbot der Aggressivität gemeint und von vielen auch so empfunden worden. In diesem Zusammenhang sehe ich auch manchen Kirchenvertreter in einer tragischen Rolle. Wieder einmal scheint mir ein hoher ethischer Wert moralisierend und ideologisierend mißbraucht worden zu sein, um berechtigte Gefühle zu zügeln, deren Ausdruck aber zur Krisen- und Konfliktbewältigung, zum wirklichen Wandel in unserer Gesellschaft die notwendige Voraussetzung wäre.

Man kann die »friedliche Revolution« auch mit anderen Augen betrachten: Da ist zunächst die Disziplin der »Revolutionäre«, die ihren Protest nach getaner Arbeit (»Feierabend-Revolution«) in »Sicherheitspartnerschaft« mit der Polizei in geordneter Form zum Ausdruck bringen und auch der nur mühsam abdankenden Macht den geordneten Rückzug gestatten. Und dann nehmen wir einige Ergebnisse zur Kenntnis: Akten sind vernichtet und Vermögen ist ins Ausland verschwunden, Immobilien wurden an ehemalige Funktionäre verhökert, und Bonzen konnten sich in eleganter Wendekür üben und handeln jetzt mit dem neuen »großen Bruder« im Westen die Pfründe aus; Lehrer und Richter gründeten schnell Berufsverbände, um vor allem höhere Gehälter und einen Beamtenstatus zu erreichen — Schuld und Vergangenheitsbewältigung wird es wohl vorerst in den Schulen und bei Gericht als Thema oder Delikt kaum geben. Es gibt zehn Monate nach der Wende noch kein Strafverfahren gegen die Hauptschuldigen des gesellschaftlichen Desasters mit den vielfachen kriminellen Delikten. In langen Begutachtungen wird über die Vernehmungs-, Verhandlungs- und Haftfähigkeit der verantwortlichen Politbürokraten gestritten (als sie noch in »Amt und Würden« waren, gab es keine Gutachten, ob sie überhaupt regierungsfähig seien). Die »Offiziere im besonderen Einsatz« der Stasi, die als konspirative Metastasen der Gesellschaft eingeimpft waren, deren Namen bekannt sind, sollen — wie man hört — gebeten werden, ihre Posten zu verlassen. Egon Krenz, verantwortliches Mitglied des Politbüros für die Armee, die Staatssicherheit und die Polizei, macht jetzt als »Erfolgsautor« auf sich aufmerksam. So wurde aus der »Revolution« eine »Wende«, aus der Wende ein Machtwechsel, aus dem Machtwechsel wird eine »Adoption« der DDR in die Familie der Bundesländer.

Weshalb war »Gewaltfreiheit« so wichtig? Ein Volk mit einem jahrzehntelang aufgestauten, berechtigten Aggressionspotential ist wie eine Zeitbombe, jederzeit kann sie in die Luft gehen. Die beschwörenden, abwiegelnden und disziplinierenden Formeln waren also notwendig, um die Lunte nicht zum Züngeln zu bringen. Die ständige Mahnung zur Gewaltfreiheit gab den Hinweis auf das vorhandene Gewaltpotential. Der Appell war erfolgreich, mit welchem Erfolg? Jetzt tobt sich das vorhandene Aggressionspotential vorerst im Fremdenhaß und in der Jagd auf Ausländer aus, es zeigt sich im erstarkenden Extremismus und Nationalismus, in der steigenden Kriminalität, in den anwachsenden Verkehrsdelikten, im Auto-Kauf-Rausch mit stillschweigender allgemeiner Geschwindigkeitserhöhung auf unseren Straßen, im »frühkapitalistischen« Handelsgebaren. Wie wird die zunehmende Arbeitslosigkeit und relative Verarmung von einer Bevölkerung mit Empörung, Wut und Haß im Leib verkraftet werden?

Ich spreche von Gefühlen, die im repressiven Zusammenspiel von Familie und Staat durch Geburt, Erziehung und Bevormundung angehäuft wurden.

Die einerseits vernünftige Gewaltfreiheit hat andererseits unsere schon längst vorhandene aggressive Gehemmtheit erneut verstärkt. Und es hat bisher keine hinreichende Chance zur Entladung des aufgestauten aggressiven Gefühlspotentials gegeben. In der Therapie schaffen wir Rahmenbedingungen, die es ermöglichen, sich aggressiv zu äußern, ohne sich selbst und andere Menschen zu verletzen oder Sachen zu beschädigen. Dafür gibt es vor allem Schaumgummi! Aber auch ohne therapeutischen Schutz und ohne zu schlagen und zu treten kann man seine Wut durch Schimpfen, Fluchen, Hassen ausdrücken und durch Ergreifen, Verurteilen und Bestrafen mit legalen Mitteln austragen. Aggressiv sein heißt auch Herangehen, Zupacken, Sich-Behaupten und Durchsetzen, Sich-Abgrenzen, Eigenes-Bewahren und Autonom-Sein. Dies alles kann man bei uns inzwischen weder für die Politik noch für die Wirtschaft behaupten. Dafür treffen eher folgende Beschreibungen zu: Anpassen, Überlaufen, Unterwerfen. Wir haben mit dem Schein demokratisch bestimmten »freien« Willens eine schnelle symptomatische Behandlung unserer Krise gesucht und gefunden. Wir haben zwar frei gewählt, aber waren wir auch freie Menschen? Sind wir nicht vor allem den jahrzehntelang eingeübten Verdrängungsmechanismen gefolgt und haben unsere gesunde Aggressivität wie eh und je unterdrückt gehalten, um nicht in Gefahr zu geraten, den angesammelten Gefühlsstau, der uns tatsächlich gefährden könnte, zu aktivieren und zur Explosion zu bringen? Unsere inneren Verletzungen, die immer noch schmerzen und uns zornig sein lassen, was wir aber in der Regel nicht mehr wissen wollen, behindern unsere Fähigkeit zur offenen und klaren Auseinandersetzung und schwächen unseren Mut zum Schuldbekenntnis, zur Reue und zur Sühne. Dann ist es uns wiederum nicht möglich, unsere Vergangenheit zu bewältigen, uns wird auch die Kraft zur Strafe fehlen. Und wenn wir nicht bewußt strafen wollen, werden wir uns unbewußt rächen müssen.

Ich kann in der gefeierten »Gewaltfreiheit« nicht das Ergebnis gereifter politischer Haltung erkennen, sondern vor allem den Ausdruck unserer neurotischen Gehemmtheit. Ich habe schon ausgeführt, daß ich nicht für Gewalt plädiere, aber ich bin für berechtigte Aggressivität. Wenn wir nicht aggressiv sein wollen und dürfen, wird uns Gewalt passieren oder geschehen. Die meisten von uns sind von einem Gefühlsstau geplagt und unsere Friedfertigkeit ist dann verlogen. Das Aufflackern der radikalen Gewalt in unserem Land ist der symptomatische Ausdruck einer gesellschaftlichen Pathologie. Diese Gewalt verhält sich zur Gesellschaft wie Aknepusteln zum Körper: Nicht die Hauterscheinungen sind das wirkliche Problem, sondern sie weisen von außen auf etwas hin, das im Innern gestört ist. Um die Pusteln loszuwerden, hilft es nicht, sie auszudrücken, sondern es ist notwendig, die Lebensweise zu verändern.

So sind das schnelle Vergessen, das Gerede vom Schlußstrichziehen und von Amnestie gefährliche Empfehlungen, die nur den Weg zu neuen repressiven Strukturen weisen und den befreienden emotionalen Ausdruck von Haß und Schmerz verhindern wollen. Wem bitteres Unrecht angetan wurde, wer Demütigung und Kränkung hat hinnehmen müssen, ist nach natürlichen Gesetzen voll aggressiver und schmerzlicher Gefühle. Wir haben nur die Wahl zwischen ihrer Unterdrückung und ihrem Ausdruck. Unterdrückung führt zum Stau, der dann Kompensation, Dämpfung und Ventile braucht. Der Stau an berechtigter Aggressivität ist eine erheblich deformierende Kraft für die Gesundheit und das Zusammenleben der Menschen. Die nicht freigelassenen Gefühle werden sich Feindbilder schaffen müssen, um sich vergiftend und beziehungszerstörend in Partnerschaften, Familien und in sozialen Konflikten der Gesellschaft auszutoben. Sie sind der Antrieb für autoritäre Erziehung, militante Politik und strenge Religion, die die Unterwerfung von Menschen unter Menschen oder unter eine »höhere Macht« zum Ziel haben. Die gefühlte Empörung und Wut, der empfundene Haß sind der einzige Weg, auch zur eigenen Schuld vorzudringen und wirklich zur Vergebung fähig zu werden. Ohne einen solchen Prozeß notwendiger Klärung und Reinigung ist eine Neuorientierung nicht denkbar. Kennen wir nicht alle die Märchen vom »Froschkönig«, von »Hänsel und Gretel« und vom »Dornröschen«, die uns den aggressiven Akt als die Befreiung zum Leben und zur wirklichen Beziehung nahebringen wollen?

Der »real existierende Sozialismus« war ein Staatssystem, das zu einem umfassenden Verlust an inneren und äußeren Freiheiten, an Erfahrungen, an Großzügigkeit, an Toleranz, an Weltgewandtheit und Kultur geführt hat, was allein schon als ein Verbrechen an den Menschenrechten zu werten ist. Die charakterlich kranke und kriminelle Politbürokratie, die uns mit anmaßenden Entscheidungen zu einem Leben voller Einschränkungen gezwungen hat, verdient den gerechten Zorn eines ganzen Volkes.

Der Vereinigungsprozeß der beiden deutschen Staaten als sozialpsychologisches Problem

Die psychologische Bedeutung der Spaltung Deutschlands

Ich kann die DDR-Krise nicht losgelöst von der gesamtdeutschen Problematik und letztlich auch nicht ohne Bezug auf Europa und die Situation in der Welt sehen. Die deutsche Vergangenheit ist mir ein Schlüssel zum Verständnis unserer heutigen Situation, und im geteilten Deutschland erkenne ich die unterschiedliche politische Ausgestaltung der verdrängten und unbewältigten seelischen Probleme der meisten Deutschen, wobei die Spaltung unseres Landes zur Verschleierung der psychischen Kräfte wesentlich beigetragen hat.

Wir brauchen ein umfassendes Verständnis für die deutsche Autoritätsproblematik. Sie spielte in jeder Therapie bei uns eine entscheidende Rolle. In der DDR waren Autoritätsgläubigkeit, Abhängigkeitssucht und der Untertanengeist weitverbreitet und hinderten hartnäckig einen Weg zur Eigenständigkeit und Verantwortlichkeit. Man kann sagen, daß der Weg zur »genitalen Reife« vor allem die Überwindung des Autoritätskomplexes beinhalten würde. Autoritäre Verhältnisse erzwingen Mangel und erzeugen Gefühlsstau. Gestaute Wut verursacht Angst und Schuldgefühle, die in erneuter Unterwerfung beschwichtigt werden müssen. So entsteht eine Spirale absolutistischer Überhöhung und sklavischer Unterwerfung. Kommt es dabei zu einer gesellschaftlichen Krise, wie wir sie jetzt in der DDR erleben, dann besteht die Möglichkeit, über Einsicht und »Trauerarbeit« allmählich zu neuen besseren Verhältnissen zu finden oder wegen vermiedener Vergangenheitsbewältigung rasch in einem neuen »Autoritätsspiel« Einordnung zu suchen.

Ost- und Westdeutschland haben eine gemeinsame Geschichte, die im nationalsozialistischen Dritten Reich einen vorerst absoluten Höhepunkt individueller und gesellschaftlicher Pathologie erreicht hatte. Das deutsche Volk war schuldig geworden an einem Krieg mit unvorstellbarem Massenmord und an einer menschenverachtenden Weltanschauung und Ideologie, die das jüdische Volk fast vollständig vernichtete.

Das Ausmaß solcher Verbrechen kann man emotional nicht mehr verarbeiten und auch rational nicht mehr begreifen. Für einen Psychiater und Psychotherapeuten liegt es daher nahe, in pathologischen Zusammenhängen zu denken, ohne mit dem Krankheitsbegriff exkulpieren zu wollen. Ich gehöre nicht zu den Medizinern, die Krankheit von vornherein entschuldigen, sondern es ist an den meisten Erkrankungen überwiegend ein schuldhaftes Verhalten der Betroffenen beteiligt, für das sie auch Verantwortung tragen. Wir haben auch kollektive Prozesse zu beurteilen, die eigenen Gesetzen folgen, doch niemals ist dabei die ganz individuelle, personale Schuld ausgeklammert.

In Deutschland hat es verheerende kollektive Kränkungen gegeben: Der Verlust des Kaiserreiches, der verlorene Erste Weltkrieg und die Versailler Verträge ließen nach dem neuen starken Mann rufen, der für alle Demütigungen entschädigen sollte. Gar nicht verwunderlich also, daß gerne Psychopathen gewählt werden, diese Retterfunktion zu übernehmen. Hitler hat das üble Spiel zur »Vollendung« gebracht. Wie hätte er auch anders gekonnt? Das Ergebnis war erneute schwere Kränkung des deutschen Volkes durch die »bedingungslose Kapitulation«. Aber Deutschland war bereits zwischen 1933 und 1945 in einem pathologischen Ausnahmezustand. Die massenhaft vorhandene psychische Problematik wurde vor allem gegen die Juden agiert und explodierte dann im Zweiten Weltkrieg. Da dies eine absolut destruktive Art der Gefühlsentladung war (als junger Psychiater war ich zutiefst erschrocken, als ich bei der Exploration von Krankengeschichten erfahren mußte, daß für manchen Kriegsteilnehmer der Krieg zu den »schönsten« Erlebnissen zählte, weil sie morden, foltern, rauben und vergewaltigen konnten und nicht nur straffrei blieben, sondern dafür auch noch Orden bekamen!), war der Ausgang auch folgerichtig zerstörerisch: zerbombte Städte, zerrissene Familien, verlorene Heimat, überall Verluste durch Tod, verfallene Moral, Armut, Hunger, Krankheit und – die Spaltung Deutschlands! Diese Teilung war aus psychologischer Sicht von Anfang an die große Chance der Verdrängung. Die vereinte Schuld wurde in zwei Lager geteilt – die Polarisierung war hergestellt –, und ohne Trauerarbeit hatte der Gefühlsstau seine Ablenkung. Die Innenschau war erfolgreich verhindert, und die alten Mechanismen von Verleugnung und Projektion bekamen neue Möglichkeiten und Ziele. Der Jude als gemeinsamer Feind konnte zumindest formal aufgegeben werden – die neuen Außenfeinde hießen jetzt: die Bolschewisten und die Kommunisten auf der einen Seite und die Kapitalisten, Militaristen, die Revanchisten und Nazis auf der anderen Seite. Der vom inneren Elend ablenkenden Lüge vom »Volk ohne Raum« folgten jetzt die Hoffnungen vom »Wirtschaftswunder« und »Aufbau des Sozialismus«.

Diese unterschiedlichen Wege, die ich beide als Fehlentwicklungen verstehe, mit der verbindenden Absicht, das Fühlen zu vermeiden, sind polare Ausformungen ein- und desselben Grundleidens. Der Westen wurde auf die amerikanische Variante verpflichtet mit Hilfe des Marshallplanes, der Marktwirtschaft und westlicher Demokratie, wobei Geld das entscheidende Erfolgs- und Druckmittel war — dem Osten wurde die sowjetische Variante aufgenötigt mit Gewalt als dem wesentlichen Druckmittel für eine Kommandowirtschaft samt Despotie der Ideologie.

Was auf der einen Seite der Wohlstandsrausch expandierend besorgte, war bei uns in der zunehmenden Kontraktion von Angst, Abhängigkeit und Unterwerfung gesichert: die Ablenkung von der bösen Vergangenheit mit ihren Ursachen Mangelsyndrom und Gefühlsstau.

Hier entwickelte sich die typische Gehemmtheit mit weit verbreiteter Depressivität und Apathie oder die zwangsneurotische Anstrengung für Prämien, Orden und Privilegien, die das System propagandistisch und ideologisch anheizte. Dort war eher die hysterische Produktivität zugange, ein destruktiver Expansionismus der Wirtschaft, eine egozentrische Ellenbogenmentalität, ein Kult der Stärke, der Jugendfrische und Dynamik. Hier sollte sich das Ich im Kollektiv aufgeben, dort sollte das geputzte und narzißtisch gestylte Ich die kollektive Not vergessen machen. Bei uns die Hilflosigkeit und Versorgungsmentalität, drüben die »Psychoathleten« und die Siegerpose: »Was kostet die Welt?«

Die pauschalen Polaritäten zwischen West und Ost waren: reich und arm, groß und klein, Freiheit und Gefängnis, überlegen und unterlegen, erfolgreich und behindert, zufrieden und unzufrieden, glücklich und deprimiert. Dies waren gängige Pauschalurteile in der DDR, und als junger Psychotherapeut war ich einigermaßen überrascht beim Studium westdeutscher Expertisen, daß Neurosen, psychosomatische Erkrankungen, funktionelle Störungen, Suizide, Alkoholismus, Ehekonflikte, sexuelle Nöte mindestens so verbreitet waren wie bei uns und im Drogenproblem noch ein zusätzliches Indiz für psychosoziale Störungen als Massenphänomen bestand.

Da an den gesellschaftlichen Wurzeln der Ost-Neurosen nicht zu zweifeln war, konnte es da bei den West-Neurosen ganz anders sein? Das westliche Leben, das wir so ersehnten, sollte es auch Makel und

Schwächen haben? Ich bin nicht mehr so naiv, wie ich hier frage, doch war für viele von uns das Geschehen hinter der unüberwindbaren Mauer zu einer überwertigen Idee gewuchert und bot den besten Nährboden für paradiesische Phantasien und Projektionen. Unsere kritische Wahrnehmung war einfach geschwächt. Sicher waren auch unsere Informationen einseitig, aber wir wollten es auch so sehen, wir brauchten das, es gab uns Halt. Das »verlorene Paradies« mußten wir nicht in uns erkennen, sondern konnten den Staat verantwortlich machen, der uns keinen vergleichbaren Wohlstand bescherte.

Meine therapeutische Neugier ließ nicht locker. Marx, Fromm, Reich, Adorno halfen, die kranke Gesellschaft des Westens zu verstehen. Aber mit dem »Kollusionskonzept« von Jürg Willi bekam ich eine brauchbare Hypothese, wenn ich nur den Mut hatte, das für die Paardynamik erforschte Prinzip auf das »deutsche Paar« anzuwenden, um auch die Spaltung des Landes in ihrem psychologischen Zusammenspiel zu verstehen. Mit »Kollusion« wird ein Vorgang beschrieben, dem ein gemeinsames unbewußtes Leiden zugrunde liegt, das auf verschiedenen, meist gegensätzlichen Positionen ausgetragen oder abgewehrt wird und eine Zusammengehörigkeit wie Schloß und Schlüssel konstituiert.

Die Mauer war das Sinnbild des geteilten Landes. Mit dieser Grenze konnte die DDR ihre Existenz 40 Jahre lang sichern. Obwohl es für den Mauerbau keine Entschuldigung gibt, waren nicht wenige, selbst Intellektuelle, von der Erklärung überzeugt, daß dieses Bauwerk dem Schutze des Sozialismus dienen sollte. Was sollte das für ein Sozialismus sein, der solchen Schutz nötig hatte? Daß dieser »faule Trick« überhaupt funktionierte, erkläre ich mir mit der nicht bewältigten faschistischen Vergangenheit, also mit der inneren Verdorbenheit und der geleugneten Schuld der Mittäterschaft der meisten Ostdeutschen, die nur allzugern auch dieses Problem auf den Westen abschoben, praktisch über die Mauer verbannten. Nur so bekam das Wort vom »antifaschistischen Schutzwall« einen berechtigten Sinn. Wenn diese Mauer nicht schon längst in den Seelen der Menschen errichtet gewesen wäre, um eigene Schuld und Not abzukapseln, hätte sie nie errichtet werden können. Die Tat verriet das Unbewußte! Und dem Westen kam offensichtlich der »eiserne Vorhang« nicht ungelegen. Jedenfalls wurde der Mauerbau niemals ernsthaft verhindert. Die Grenze war für den Westen für den gleichen Mechanismus willkommene Gelegenheit, das Böse nun im

Kommunismus zu denunzieren und in den Osten zu verbannen. Dabei ließ sich sogar der Abwehrvorgang mit der scheinbaren moralischen Überlegenheit noch besser verbergen, weil man ja für den Mauerbau nicht verantwortlich schien. Dieser wechselseitige Projektionsvorgang hat sehr viel zu einer trügerischen Stabilität abnormer Verhältnisse in Ost und West beigetragen, was den Einigungsprozeß der beiden deutschen Staaten als gefahrvolles, unbewältigtes Potential begleiten wird. Die unheilvollen Kräfte, die im Spaltungsprozeß gebunden waren, werden jetzt wieder frei!

Das gespaltene Deutschland als ein kollusives Zusammenspiel! Unser gemeinsames Grundleiden war unterschiedlich kompensiert worden und hatte mit der Mauer polare Ausformungen mit wechselseitigen Abspaltungen und Projektionen ermöglicht. Damit wurde plötzlich für mich vieles verständlich: unsere permanenten Minderwertigkeitsgefühle und Unsicherheiten im Kontakt mit Westdeutschen, unsere Bettelei und Bittstellerhaltung und auf der anderen Seite die Großzügigkeit, Freigebigkeit, die permanent bringende, belehrende und überlegene Geste. Dieses Denken erklärte auch den häufiger beobachteten Konflikt, daß ein DDR-Bürger schnell als uninteressant und überheblich gelten konnte, wenn er sich plötzlich doch mal souverän und nicht mehr gierig zeigte, oder daß ein BRD-Bürger, wenn er nichts brachte, sondern nehmen wollte, schnell als geizig verdächtigt werden konnte. Es sind vor allem Merkmale der oralen Kollusion (versorgt werden und versorgen lassen) und der analen Kollusion (herrschen und sich fügen, selbständig und abhängig sein, die »Obhutspflicht« über alle Deutschen), die das deutsch-deutsche Verhältnis charakterisierten.

Der Vereinigungsprozeß als psychischer Abwehrvorgang

Im Annäherungsprozeß beider deutscher Staaten nach der »Wende« wurden auffällig viele oral und anal geprägte Worte benutzt: Einverleibung, Einvernahme und Ausverkauf der DDR, die ganze DDR werde geschluckt und verdaut, es ginge nicht um Vereinigung, sondern um Unterwerfung, wir kämen nicht gekrochen, sondern stolz und erhobenen Hauptes, wir hätten schließlich auch etwas zu bringen. Ein »Witz« des Volksmundes: Die DDR sei ein Haufen Staub und die BRD ein Staubsauger, man kann sich vorstellen, was passiert, wenn die Maschine angestellt wird.

Als ganz Deutschland sich am 9. und 10. November 1989 in den Armen lag und feierte, hatte der Gefühlsdurchbruch der revolutionären Kraft die Energie genommen. Der durch die Flüchtlinge ausgelöste »Aufstand der Neurose« hatte sich ganz vorsichtig zu einem befreienden politischen Willen weiterentwickelt, und anstatt zu einer geordneten und gezielten politischen Tat kam es zur rauschartigen Katharsis und folgerichtigen Scham und Beschämung. Den inhaltlichen Veränderungen der Demonstrationen, dem Begehren der deutschen Einheit, weg vom inneren Prozeß, kam Bundeskanzler Kohl in der großartigen Gönnerpose entgegen. Unsere Demütigung war bald perfekt: Wir haben es ja schon immer gewußt! Es ist ja ganz klar, so mußte es ja kommen! Plötzlich war die DDR total entwertet, und die erste erfolgreiche und dazu noch friedliche »Revolution« auf deutschem Boden wurde schon gefeiert, noch bevor sie wirklich begonnen hatte. Oder sollte mit »Revolution« nur ein neues »Diktat« glorifizierend umschrieben werden? Ihr braucht ja nur unsere Lebensart zu übernehmen, dann wird schon alles gut werden, wurde uns häufig onkelhaft erklärt und hat unseren ungestillten Sehnsüchten Nahrung gegeben. Doch inzwischen mehren sich auf beiden Seiten die Zweifel. Die einen fürchten Einbußen ihres hohen Lebensstandards und die anderen fürchten den Preis, den sie zahlen werden müssen. Wenn wir nur die abwehrenden Polarisierungen aufgeben könnten, wären die einen vielleicht froh darüber, sich etwas mehr Entkrampfung und Gemütlichkeit zu gestatten und die anderen könnten angstfrei gesunde Aktivität und Kreativität entfalten aus einem inneren Bedürfnis heraus und nicht aus Konkurrenzdruck und Überlebenskampf. Wir könnten voneinander lernen und uns irgendwo in der Mitte treffen, doch dann wäre eben auch die westliche Lebensart angefragt. Sucht noch jemand eine Antwort auf die häufig gestellte Frage, weshalb alles so überstürzt und hastig gehen muß mit der Einheit Deutschlands? Daß wir nun endlich auch ordentliche Autos bekommen, ist doch sicher wichtiger als die Frage, wie wir leben wollen! Ist mit äußerem Wohlstand alles schon geregelt? Auch die Fragen des gegenseitigen Verstehens, der Beziehungsgestaltung und Solidarität untereinander, der Liebe und Sexualität?

Nehmen wir unsere Kollusions-Hypothese zu Hilfe, dann wird verständlich, daß für den einen Beziehungspartner (BRD) zunächst die »bedingungslose Kapitulation« des anderen Partners (DDR) die leichtere Lösung wäre. Damit könnte die Bundesrepublik ihre Illusion erhalten, sie sei das wesentlich gesündere und bessere System. Also kein Preis zu hoch für diese großartige Chance, die eigene Überlegenheit zu demonstrieren, vor allem zur Selbstbeschwichtigung! Im Moment kann doch die Bundesrepublik wie noch nie von all ihren eigenen Problemen ablenken, die DDR-Krise liefert die großartige Gelegenheit dazu. Natürlich sind unsere äußeren Schwierigkeiten beträchtlich, aber die inneren Schwierigkeiten sind dort nicht geringer. Die größte Gefahr für die »real existierende Marktwirtschaft« wäre doch jener dritte Weg, der zu größerer innerer Freiheit und zur besseren Befriedigung der natürlichen Grundbedürfnisse führen würde. Damit wäre die Konsumgesellschaft erledigt, und das muß auf jeden Preis verhindert werden. Die DDR muß marktgerecht gewendet werden — das ist der beiderseitige Wunsch. Die Alternative wäre auf beiden Seiten eine schmerzliche Trauerarbeit, nicht etwa materielle Verelendung. Überhaupt scheint mir die These, daß nur bei höchster Produktivität Mittel frei werden für Umweltschutz und soziale Sicherheit und Lebensglück, die größte und verhängnisvollste Illusion und Schutzbehauptung unserer Zeit zu sein. Fände der Mensch aus seinem Gefühlsstau heraus und zur wirklichen Befriedigung seiner Grundbedürfnisse, wäre er nicht mehr angewiesen auf die Ersatzwerte der Industriegesellschaft. Und der Druck von den Politikern wäre genommen, die Wachstumsspirale immer weiter voran zu treiben. Nicht der wachsende Wohlstand fördert das menschliche Glück, die Gesundheit und Sicherheit, sondern die innerseelische Entspannung durch Befriedigung der Grundbedürfnisse erhält uns und unsere Welt.

Aber wer permanent im äußeren Mangel leben mußte und darin stellvertretend für den inneren Mangel leiden konnte, wird natürlich vom äußeren Wohlstand die Erlösung erhoffen, und wer in einer Wirtschaftsexplosion den eigenen Gefühlsstau halbwegs abzureagieren gelernt hat, wird dieses »erfolgreiche« Rezept unbedingt weitergeben wollen, damit überhaupt kein Zweifel aufkommen kann, daß dies der einzig mögliche Weg zum Glück sei.

Die psychischen Gefahren der Vereinigung

Ich will hier nicht die Kulturkritik der Industriestaaten in den Vordergrund stellen, sondern beim Thema dieses Buches bleiben und die psychologische Gefahr aufzeigen, die entsteht, wenn jetzt die unbewältigte psychische Vergangenheit beider deutscher Staaten erneut ohne Trauerarbeit verschmilzt. Das labile Gleichgewicht der Kollusion, der Schutz der Abspaltung geht verloren. Wir müssen wieder Eigenständigkeit entwickeln, die Delegation der Verantwortung an die Mächtigen zurücknehmen und die auf den Westen projizierte Freiheit, Glücklichkeit und Großartigkeit nun in uns finden. Wenn wir dann bald »westlich« geworden sind, wenn wir uns an die D-Mark gewöhnt haben, gehören wir auch zu den »besseren« Deutschen und können nicht mehr mit unserem DDR-Dilemma entschuldigen, was wir an innerer Entwicklung versäumt haben. Und die Bürger der Bundesrepublik werden zunehmend auf ihre eigene Schwäche, innere Armut, das hausgemachte Elend zurückgeworfen, wenn wir ihnen nicht mehr als die Armen, Unglücklichen und Gedemütigten dienen können. Die bekannte abwehrende Drohung gegen Linke »Dann geh doch rüber in die DDR, wenn es dir hier nicht mehr paßt!« hat keine Wirkung mehr. Wir müssen unsere »Größe« freilassen und ihr Westdeutschen müßt eure »Kleinheit« annehmen lernen!

Die Kollusion bricht zusammen. Die gegenseitigen Projektionen und Feindbilder dienen aus. Wir sind wieder auf uns geworfen. Die historische und lebensgeschichtliche Vergangenheit holt uns ein. Welche Folgen sind denkbar? Eine neue wirtschaftliche Expansion liegt nahe. Das wird das Wirtschaftsgefüge der Welt erschüttern und die ökologische Krise beschleunigen. Neue Sündenböcke und Feindbilder werden dringend gebraucht werden, soll das innere Elend abgewehrt bleiben: die Neonazis, die Ausländer, die Armen im eigenen Lande und im Süden! Gegen wen soll sich jetzt die Hochrüstung richten? Ich bin ganz sicher, daß schon sehr bald die neuen Bedrohungen außerhalb gefunden sind, die das Rüstungsgeschäft vorantreiben und weiterhin begründen werden.

Auch ein erhebliches soziales Konfliktpotential im neuen großen Deutschland ist sehr wahrscheinlich. Ein bloßer »Anschluß« der DDR könnte verheerende Folgen haben. Nicht nur, daß die angehäufte Schuld die erhebliche narzißtische Kränkung und Demütigung durch Gewaltherrschaft und Mangelwirtschaft in der westlichen Lebensart getilgt werden müßten – nein, es kommt noch eine ganz besondere Kränkung hinzu: Sollen vierzig Jahre Leben in der DDR völlig umsonst gewesen sein? Ist alles verloren und entwertet, was unser Dasein bestimmt hat? Man muß wirklich vierzig Jahre bei uns gelebt haben, um sich in den Zustand einfühlen zu können, der entsteht, wenn man ein halbes Leben lang auf einen Trabi gespart und gewartet hat und mit einem Schlag wird durch die »Mercedeswirtschaft« alles absolut lächerlich gemacht. Das chronische Minderwertigkeitsgefühl war schon längst vorhanden, aber jetzt wird es akut. Alle bisherigen Werte sind verloren oder stehen auf dem Kopf. Was zählen noch die mühsam angeschafften materiellen Werte, wer will noch unsere Waren, was zählt unser Abitur, und was die Ausbildung und Berufserfahrung? Alle juristischen, wirtschaftlichen und sozialen Orientierungsrahmen und Sicherheiten gelten plötzlich nichts mehr. Unsere ganze Lebensart und die Gestaltung unserer Beziehungen, alle unsere Abwehrmechanismen sind plötzlich in Frage gestellt. Haben wir uns hier gerne dumm, hilflos und versorgungsbedürftig gezeigt und mit Abhängigkeit und Unterwerfung reagiert, so müssen wir jetzt ins andere Extrem umschalten, uns aufmotzen, uns tüchtig, dynamisch, selbstbewußt und konkurrenzfähig zeigen. Auf starre Anpassung gedrillt, sollen wir jetzt flexible Veränderungsfähigkeit zeigen. Zu Unfreiheit genötigt, sollen wir jetzt Freiheit ausfüllen und genießen. In der psychischen Wirkung ist der alte Zwang »Sei unfrei!« genauso schlimm wie der neue Zwang »Sei frei!« Eine solche Veränderung geht nicht auf Befehl, höchstens als erneute Maske. Und sie geht nur, wenn die innere Unfreiheit, die innere Mauer und Einengung aufgelöst wird. Die bloß äußeren Veränderungen helfen nicht nur nicht, sondern führen erst zur Krise. Wie groß müßte denn unser »Wirtschaftswunder« werden, um uns für alles zu entschädigen?

Wenn dies alles emotional nicht aufgearbeitet wird und nur auf die D-Mark und die »soziale« Marktwirtschaft gesetzt wird, muß die Enttäuschung groß sein, wenn wir für lange Zeit die ärmsten Bundesländer stellen werden – wir können doch nicht im Handstreich vierzig Jahre westliche Entwicklung nachholen und ausgleichen – und wenn schließlich auch die heißbegehrten Waren und Reisen nicht die erhoffte Erfüllung bringen, wenn plötzlich alltäglich wird, was die ganze Zeit das Besondere war, dann nämlich werden Neid und Mißgunst, Eifersucht, Enttäuschung und Empörung anwachsen, den Hader schüren und vielleicht den neuen »starken« Mann zuerst herbeisehnen und dann herbeiwählen. Wir haben jetzt schon, um unserer Misere schnell zu entfliehen, den »großen – reichen Mann« gewählt. Was wird sein, wenn seine Verheißungen nicht zutreffen? Die jahrzehntelange Polarisierung der beiden deutschen Staaten war der ideale Boden für Abspaltungen von beiden

Seiten. Man brauchte sich gegenseitig, um dem anderen zuzuschieben, was man bei sich selbst nicht sehen wollte. So war selbst die Spaltung Deutschlands eine Chance zur kollektiven Abwehr gemeinsamer, belastender Vergangenheit und verdrängter Innerlichkeit. Es kann in Wirklichkeit weder um eine »Wiedervereinigung« noch um einen »Anschluß« gehen – letzteren wird man zwar realpolitisch durchsetzen, weil damit beiden Seiten die mühevolle Aufarbeitung erspart bleibt. Aber eine gesunde Vereinigung zur Ganzheit würde notwendige bittere Erkenntnisse und Veränderungen auf beiden Seiten bedeuten!

Jetzt könnte der Westen die berühmte politische Reife und Vernunft beweisen, die er gerne vorgibt, und als »demokratisches System« die Überlegenheit über die »Diktatur des Proletariats« zur Realpolitik machen, indem die Vereinigung vor allem als ein moralisches und emotionales Problem verstanden und das zwischenmenschliche Zusammenwachsen höher bewertet wird als das wirtschaftliche. Im Moment allerdings sehe ich wachsende Angst vor den »Wessis«, die uns in ihrer Expansion und ihrer Wirtschaftskraft weit überlegen sind, und ich höre zunehmend von Ängsten gegenüber den »Ossis«, die jetzt mit versorgt werden müssen und das Sozialsystem der Bundesrepublik gefährlich ins Schwanken bringen könnten. Schon wieder sind Projektionen zugange, die die wahren Verhältnisse verschleiern sollen und den Zündstoff legen für künftigen Bruderzwist und »Bürgerkrieg«.

Wo sind die ehrlichen Politiker des Westens, die uns warnen und informieren über die Fehlentwicklungen und Nöte ihres eigenen Systems, und die uns nicht mehr nur selbstgefällig ihre »Überlegenheit« anbieten? Wo sind die ernsthaften Überlegungen, was sich auch in der Bundesrepublik verändern müßte, damit ein gemeinsames Deutschland für Europa ein Chance und nicht eine neue Gefahr wird? Zu glauben, daß wir in der DDR nur so werden müßten, wie der große und reiche Bruder und dann wäre auch für uns alles gut, ist so kurzsichtig wie verlogen.

Ich bin in letzter Zeit öfters gefragt worden, was denn von der DDR zu bewahren und eventuell sogar zu übernehmen sei. Ich fand lange keine rechte Antwort und nicht nur, weil ich auf vielen Sachgebieten einfach nicht kompetent bin zu urteilen. Aber dann wurde mir immer klarer, daß bereits in dieser Frage ein Abwehrmechanismus sich ausdrückt, der auf Äußerlichkeiten abhebt. Es kann doch aber nur um uns Menschen gehen, letztlich um unsere Würde. Wenn wir auf beiden Seiten keinen Weg finden, unserer inneren Befindlichkeit zur Wahrnehmung und Mitteilung zu verhelfen, unseren gemeinsamen Mangel und die innere Not zu bekennen und uns darüber zu verständigen, wie unterschiedlich dies von uns nur bekämpft wurde und wie wir darin bemüht waren, um unsere Identität zu ringen und sie zu schützen, haben wir keine gesunde Zukunft mehr. Wir brauchen auf beiden Seiten internale Mitteilungen von unseren Befindlichkeiten ohne die sozialen Masken.

Die Ursachen und Folgen des Zweiten Weltkrieges sind noch längst nicht getilgt. Nicht zufällig haben wir noch keine neue Friedensordnung in und mit Deutschland in Europa gefunden. Die Spaltung Deutschlands war eine Notlösung. Jetzt haben wir die Chance, die Vergangenheit wirklich zu bewältigen, die Notlösung von damals zur politischen Reife zu führen. Nachdem ich in jedem einzelnen Menschen, der sich in der Therapie zu öffnen wagte, ob er nun Arzt, Psychologe, Pastor, Ingenieur, Student, Arbeiter oder Hausfrau war, ob er sich als Christ, Marxist oder Atheist verstand, die »Bestie« wiedergefunden habe, genauso wie in mir selbst, sehe ich nur in einer »psychischen Revolution« eine Hoffnung auf wirklich bessere Verhältnisse, die im Inneren beginnt und uns dann auch ermöglichen kann, das äußere Leben natürlicher und gesünder zu gestalten.

Die Psychotherapie im Dienste der »psychischen Revolution«

Im Laufe der Jahre war ich durch die psychotherapeutische Arbeit als Patient und als Therapeut mit allen wesentlichen Dogmen, die mein Leben begleitet und geprägt hatten, in Widerspruch geraten. Von den Eltern hatte ich vermittelt bekommen: »Streng dich an! Sei tüchtig! Geld beherrscht die Welt! Beherrsch dich und unterdrück deine Gefühle!« Dies wurde durch das Erziehungssystem des »real existierenden Sozialismus« an mir zur Vollendung gebracht. Am Ende war ich ein junger Arzt, war erfolgreich und hoffnungsvoll, so schien es wenigstens. Eltern, Lehrer und Staatsfunktionäre waren zufrieden. Meinen Beschwerden, Erkrankungen und sozialen Konflikten verdanke ich die Behinderung auf diesem verheißenen Weg zum »Glück«. Im Ergebnis langer innerer Kämpfe und Krisen, in denen ich vor allem elterliche und akademische Autorität zu überwinden hatte – »Gott« und »Kommunismus« blieben mir halbwegs erspart – reifte die Erkenntnis, daß der uns eingebleute Satz »Das Sein bestimmt das Bewußtsein!« nicht stimmen kann oder nur auf sehr oberflächliche Art und Weise. Die therapeutische Erfahrung lehrte mich einen anderen Satz: Das Unbewußte bestimmt das Sein! Mit dieser ernüchternden Erkentnis begann ich bis dahin Unerklärliches zu verstehen, vor allem, weshalb die große Idee von Sozialismus real nicht greifen konnte. Politische, wirtschaftliche und selbst soziale Veränderungen reichen eben nicht aus, um den Menschen zu verändern. Die psychischen Strukturen widerstehen jeder politischen Wende, ja noch schlimmer, sie setzen nur im neuen Gewand immer wieder die alten Verhältnisse durch. Das äußere Leben ist dann schließlich das Abbild des inneren Zustandes. Das eingemauerte Leben in der DDR bekam mit der Berliner Mauer den Rahmen für die Behinderung, die schon längst in den meisten von uns angerichtet war.

Bei meiner Arbeit war mir immer wieder das »faschistische« Potential aufgefallen, das durch eine »sozialistische« Erziehung und Gesetzgebung in keiner Weise vermindert worden war: die gestaute Aggressivität, die zum Untertanen nötigte und eine angstvolle Autoritätsabhängigkeit und -hörigkeit, sowie kleine vergiftende Gehässigkeiten gegen sich selbst oder die nächsten. Wenn man sich nicht selbst durch Gehemmtheit, Unterwerfung und Krankheit schädigte, bekamen der Partner, die Kinder und die Freunde die Depressivität, Gereiztheit und Unzufriedenheit ab, geeignete

»Objekte« für Haß und Psychokrieg ließen sich immer leicht finden.

Der Appell an das Bewußtsein und die Moral, der uns von Eltern, Ärzten, Pastoren und Parteifunktionären ohne Unterlaß entgegentönte, war nichts weiter als ein Machtinstrument, grundsätzlich falsch und ungeeignet, das Menschliche wirklich zu erfassen und zu berühren. Ich verstand auch, weshalb eine Wissenschaft vom Unbewußten, wie die Psychoanalyse, allen Autoritäten — Eltern, Staat, Kirche — suspekt sein mußte und folgerichtig auch verpönt und verboten wurde. Für einen Psychotherapeuten war dies eine bittere Situation, er war praktisch seiner wesentlichsten theoretischen und praktischen Grundlagen beraubt. So blieb auch die Psychotherapie in der DDR eine unterwickelte Disziplin und war so depotenziert, daß sie keine ernstzunehmende oder gar politische Kraft im Gesellschaftssystem werden konnte. Die Partei führte stets einen heftigen Kampf gegen den »Psychologismus«, der selbst von führenden Vertretern der Psychologie und Medizin gestützt und getragen wurde, indem sie sich hilflos mühten, der Psychologie eine marxistische Grundlage zu verpassen. So wurde der Mensch und sein Verhalten vor allem operationalisiert und mit naturwissenschaftlichen Kriterien gemessen, er wurde damit genauso entseelt, wie es im ganzen gesellschaftlichen Leben geschah: eine geistige und vor allem emotionale Nivellierung war das Resultat. Bei einer gemeinsamen therapeutischen Arbeit mit einem westdeutschen Kollegen wurde dieser nach dem Besonderen gefragt, wie er die Arbeit mit DDR-Patienten empfinde, da antwortete er mit dem Bild der »emotionalen Wüste« aufgrund der eingetrockneten Lebendigkeit. Und doch waren bei jedem einzelnen, wie im Wüstensand, alle Samenkörner des Lebens vorhanden, sie brauchten nur bewässert zu werden, was vor allem durch die endlich zugelassenen Tränen geschehen konnte.

Die Wahrheit, der ich mich mit meinen Patienten nähern mußte, war ängstigend und bedrohlich zugleich: Die Annahme des Mangelsyndroms war mir erst möglich, als ich emotionalen Zugang zu meinem eigenen inneren Mangel gefunden hatte und Wut und Schmerz halbwegs wieder leben lassen durfte. Ich lernte jetzt die Folgen des Mangelzustandes verstehen, weshalb es zu Entfremdung von der Natürlichkeit, zur Spaltung der Persönlichkeit und zu Blockierung der Emotionalität kommen mußte. Alles dient dem Schutz vor den bitteren Erfahrungen der Seele. Ich begann zu begreifen, weshalb Menschen mit sich, untereinander und mit der Natur so zerstörerisch, gefühllos und irrational umgingen: Statt zu fühlen wurde agiert!

Mangelsyndrom und Entfremdung des Menschen lassen ihn zwanghaft und suchtartig agieren. Er verausgabt seine Kräfte und kommt doch nicht zur Ruhe und Entspannung. Er betreibt Raubbau an seiner Natur, wie er auch die äußere Natur beraubt und zerstört. Er weiß nicht mehr, was er wirklich will, was ihm fehlt, wonach er sucht. So erwartet er das Glück vom nächsten Kauf, von der nächsten größeren Reise oder von einem anderen Partner, von der neuen Regierung oder von der Auswanderung in ein anderes Land. Er vergeudet seine Zeit und seine Kraft, er hetzt durchs Leben, getrieben von Pflichten, Terminen und äußeren Reizen und will das Zerstörerische daran nicht mehr wahrhaben. Die Vergeudung der natürlichen Ressourcen, die Ausbeutung der Natur, die heillose Verschmutzung und Zerstörung der natürlichen Umwelt, der Versuch, die Natur zu beherrschen, sind nichts anderes als die Symptome der Entfremdung des Menschen und das äußere Abbild seiner Innenweltverschmutzung. So wird das Irrationale an der von uns selbst produzierten tödlichen ökologischen Krise verständlich: Das eigentliche ökologische Problem liegt *im* heutigen Menschen. Er ist seiner Natur entfremdet und vor allem in seiner Emotionalität behindert. Er fühlt nicht mehr die Verschmutzung, die Vergiftung und Zerstörung, die er anrichtet. Nicht etwa, weil die Ereignisse zu fern oder zu umfassend wären, um noch wahrgenommen werden zu können – nein, die stinkende Luft, das faulende Wasser, die sterbende Bäume, die zubetonierte Welt, der Rhythmus der Technik sind durchaus noch wahrnehmbare Erfahrungen, nur der Mensch hat sich zugemacht und von der Wahrheit abgeschnürt.

Die einfache Antwort auf die belastende Frage, wieso leben Menschen in einer derart zerstörten und vergifteten Welt, ist: weil sie gar nicht mehr anders wollen. Seiner eigenen Natur entfremdet, will der Mensch auch nicht mehr mit der Natur leben, er will sich nicht mehr den natürlichen Rhythmen und Zyklen überlassen und die Spannungen des polaren Lebens nicht mehr aushalten. Statt dessen versucht er, die Natur zu beherrschen und Natürliches zu unterdrücken und richtet damit immer mehr Schaden an. Er jagt damit der Illusion vom besseren Leben hinterher, das er in sich nie gefunden hat, weil er nie bestätigt war, und nun will er sich das alles selbst erkämpfen. Es ist die trotzige Reaktion des Menschen auf seinen inneren Mangel, der hilflose Versuch, seine Ohnmacht und sein Elend durch technisch-wissenschaftliche Allmacht und äußeren Wohlstand ausgleichen zu wollen. So verursacht er äußere Bedrohungen und trägt auf diese Weise sein unbewußt gewordenes Leiden nach außen.

Der Mensch tut alles, um das Bewußtwerden des inneren Mangels zu vermeiden, auch um den Preis seiner unbewußten inneren wie äußeren Zerstörung. Suizide, Alkoholismus, Herzinfarkte, Depressionen sind nur die individuelle Ausformung des Hintergrundes, der sich als kulturelle Fehlentwicklung in den globalen Bedrohungen der Menschheit austobt. Wieso handeln wir so unvernünftig? Weil wir Schmerz vermeiden wollen, und das ist dann wiederum ganz verständlich. Wenn wir wirklich leben und vermutlich auch überleben wollen, haben wir nur die eine Chance, unsere innere Bedürftigkeit wahrzunehmen. Und wenn das passiert, werden wir zwangsläufig erinnert an die vielen unbefriedigten Erfahrungen, an die Defizite, Kränkungen und Verletzungen. Wir erfahren die ganze Wahrheit über unsere Kindheit und unsere Eltern, wir erkennen die verlorenen Möglichkeiten unseres Lebens, unsere Einengung und Fehlentwicklung und damit auch unsere eigene Schuld, denn mit unserem Handeln haben wir bereits wieder andere belastet und geschädigt. Immer noch an der Schuld unserer Eltern krankend, haben wir bereits wieder unsere Kinder gekränkt. Wir müssen vor allem zur Kenntnis nehmen, daß wir für ehemaliges Leid heute durch nichts mehr entschädigt werden können. Und wir hatten doch so sehr gehofft, daß alles irgendwie noch gut werden könnte. Deshalb strengen wir uns übermäßig an, setzen das fort, was uns ehemals beigebracht wurde, auch wenn wir davon längst nicht mehr überzeugt sind und halten unsere wahren Gefühle zurück. Wofür? War das alles ein Fehler, soll alles umsonst gewesen sein? Nein, das darf und kann nicht sein, also auf zu neuem »Glück«! Wir sind süchtige Spieler. Der »real existierende Sozialismus« versprach uns das kommunistische Paradies, die »real existierende Marktwirtschaft« verheißt Befriedigung durch immer mehr, immer wieder neue und immer bessere Waren. Und das »real existierende Christentum«? Es vertröstet bei entsprechendem Gehorsam auf ein besseres jenseitiges Leben.

Wollen wir die Mauern dieses Lebens ablegen, sind wir unseren gestauten Gefühlen konfrontiert, dem Wiedererleben aller repressiven Erfahrungen und unseren ungestillten Sehnsüchten. Dieser Prozeß ist der Weg, den ich »Psychische Revolution« nenne. Es ist der schmerzliche Weg von Erkennen, Fühlen und Verändern. Die Erfahrung, daß ich doch nicht so geliebt und angenommen war, wie es mir selbstverständlich zustand, daß ich nicht so befriedigt wurde, wie ich es gebraucht hätte, und mich nicht so entwickeln durfte, wie ich es gewollt hätte, ist kompromißlos hart. Das Wissen, tatsächlich und unwiederbringlich aus dem »Paradies« vertrieben zu sein, nötigt mich zur Trauer. Die Hoffnung, doch noch durch jemanden oder etwas »erlöst« zu werden, muß ich begraben. Was ich gewinne, ist die befreiende Wahrheit und die Verbindung zum polaren und rhythmischen Leben: Freud und Leid, gut und böse, Lust und Angst, Grenzen und Möglichkeiten, Geburt und Tod.

Psychotherapie kann die »Psychische Revolution« unterstützen und begleiten. In erster Linie dadurch, daß eine menschliche Beziehung ermöglicht wird, die die Wahrheit erlaubt. Wenn dann der Mangel gespürt, die gestauten Gefühle ausgedrückt und Raum und Zeit für neues Lernen bleiben, können die beschriebenen Folgen der Repression vermindert werden. Wenn ich die Wahrheit nicht zulassen will, weil sie so schmerzt, muß ich viel Energie zu ihrer Unterdrückung verwenden. Wenn ich die Wahrheit erfahre, wird das sehr wehtun und das immer wieder, sobald ich an die alten und neuen Wunden stoße, doch es wird auch Energie fürs Leben frei. Das chronische Leiden kann sich auflösen in das unvermeidbare Leiden und das kleine, reale Glück, wie es in ehrlichen, echten und offenen Beziehungen, in unverstelltem Dasein und in lustvoller Sexualität möglich wird. Im Kontakt mit den Grundbedürfnissen geht es um den Rhythmus von Anspannung und Entspannung, von Bedürftigkeit und Befriedigung ohne die suchtartige Steigerungsspirale von Ersatzbefriedigungen.

Ich will solchen Prozeß »psychischer Revolution« an einem Beispiel kurz beschreiben: Die therapeutische Arbeit in einer Gruppe stand kurz vor ihrem vorläufigen Ende. Eine junge Frau sprach davon, wie sehr sie die Gruppenmitglieder mitunter verachte und hasse und wie sehr sie enttäuscht sei, so wenig Zuwendung erhalten zu haben. Betroffenheit machte sich breit und Streit begann. Dann beschuldigte die Patientin sich selbst, wie unfähig sie sei, mehr Offenheit und Nähe zuzulassen, sie wäre halt ein »hoffnungsloser Fall«. Nach dem Streitangebot nun die depressiv-autoaggressive Kränkung. Ich wunderte mich über diese Äußerungen, denn ich hatte die Patientin im Zuge der therapeutischen Arbeit häufiger herzlich, offen und im guten Kontakt zur Gruppe erlebt. Dann achtete ich auf ihre »Körpersprache«, und mir fiel ein stöhnendes Ausatmen auf. Ich bat sie, sich dieser Reaktion ihres Körpers mit Aufmerksamkeit zuzuwenden. Nach kurzer Zeit wurde aus dem Stöhnen eine aggressive Entladung: »Ich hasse dich, du Schwein, du Miststück!« Sie hatte Impulse, jemandem den Hals umdrehen zu wollen. Nachdem sie dies symbolisch mit einem Handtuch tun konnte, brach ganz tiefer Schmerz aus ihr heraus und die Erkenntnis: »Ich bin immer alleingelassen worden von meiner Mutter!« Von der aggressiven Abfuhr wurden auch ihre Beine erfaßt, sie strampelte, trat und stieß, bis sie ein tiefes Ekelgefühl erfaßte. Mit tiefem Entsetzen sagte sie: »Ich glaubte immer, daß ich eklig sei, weil Mutter mich nie richtig wollte. Jetzt weiß ich plötzlich, daß es Mutters Lebensekel war, den sie an mir ausgelassen hat.« Sie fühlte sich erleichtert und »gereinigt« wie nach einem Gewitter, wenn die gestaute Spannung sich endlich entladen hat. Die Abschiedssituation in der Gruppe hatte in ihr das längst vorhandene, aber verdrängte Verlassenheitserleben aktiviert. Den Schmerz und die berechtigte Wut darüber wollte sie durch Streit und Depressivität abwehren.

Die »psychische Revolution« ist für den Psychotherapeuten weder ein Mythos noch eine Illusion. In der Therapie ist die psychische Revolution der Weg zum »neuen« Leben. Therapie heißt letztlich: Ändere dein Leben! Und wirkliche Veränderung wächst aus Erkenntnis und emotionaler Erfahrung. Ein solcher Weg ist immer langwierig, anstrengend und schmerzlich – er dauert das ganze Leben. Therapie ist ein Weg und kein Ziel. Auch hier sind schnelle Erfolge eine Lüge, und solche Verheißungen dienen mehr der Abwehr oder sind auf den Geldbeutel des Klienten orientiert.

Zu einem solchen Weg ist nur jemand bereit, der wirklich leidet und deshalb gewichtigen Grund hat, sein Leben zu verändern. Bloßes intellektuelles Interesse oder Neugier an den viel gepriesenen »Wegen nach innen«, an »Wachstum« und »Selbstverwirklichung« reichen für eine »psychische Revolution« nicht aus, sondern dienen häufig der schon bekannten Abwehr, ein edles Ziel zu einem Ersatz zu gebrauchen. Therapie als Lebensersatz, Therapie als neue Heilslehre und Ideologie ist bereits zur traurigen Wirklichkeit geworden. Auch ich bin davon nicht frei und habe schon wiederholt feststellen müssen, daß ich in die »Therapiewelt« eintauche, wenn ich mit mir und meiner Lebensgestaltung in Schwierigkeiten bin und meinem Leiden ausweichen möchte.

Viele Menschen kommen zur Therapie mit der Hoffnung, daß sie dadurch einen neuen »paradiesischen« Zustand erreichen und ein für allemal sich von ihrem Elend befreien oder ihre belastende Vergangenheit ablegen könnten. Daß sich gerade so wieder die Flucht vor der Wahrheit ausdrücken will, kann oft nur mühevoll erarbeitet werden. Der nie endende Gefühlsprozeß ist letztendlich die entscheidende Möglichkeit, die Wahrheit des eigenen Lebens mit allen Begrenzungen, Fehlern und Schwächen annehmen und den ewigen Zwiespalt des polaren Lebens aushalten zu lernen, wobei auch erstaunlicherweise ein gerüttelt Maß an Lebensfreude frei werden kann.

Fühlen statt Agieren ist die »Zauberformel« der »psychischen Revolution«, will man mit »Zauber« nicht mehr und nicht weniger als ein natürlicheres Leben mit weniger Entfremdung, Spaltung und Blockierung verstehen. Dies kann immer nur ein individueller Weg mit einer ganz persönlichen Entscheidung sein.

Die mir häufig gestellte Frage, wie man denn ein ganzes Volk therapieren könne, wenn meine Aussagen und Hypothesen wirklich zuträfen, zielt am Wesen vorbei. Denn es kann nur um die eigene Betroffenheit gehen. »Psychische Revolution« kann nicht gemacht oder verordnet werden, das wäre nur eine neue Form der Repression – die Diktatur der Therapie. Ich antworte also, daß es nicht darum gehen kann, ein ganzes Volk auf die »Couch« zu legen, sondern es geht immer nur um den einzelnen. Man kann zwar Wissen und Erfahrungen vermitteln, aufklären, beraten und ermutigen und letztlich doch nichts anderes tun, als einfach bereit zu sein, für Menschen, die an ihrem Leben und an dieser Welt leiden, ein Beziehungsangebot offenzuhalten.

In der Therapie ist es stets eine befreiende Erfahrung, daß man weder den anderen (den Partner, die Eltern) noch die Gesellschaft verändern kann und muß, sondern daß man sich selbst ändern kann.

Die »Therapie einer Gesellschaft« ist dennoch ein Thema, doch nicht allein eine Aufgabe oder Möglichkeit der Psychotherapie. Die Psychotherapie kann ihre Erfahrungen für politische Entscheidungsprozesse einbringen und damit Entwicklungen befördern helfen, die ich als »therapeutische Kultur« zusammenfasse. Daß mit geeigneten politischen Entscheidungen auch die Rahmenbedingungen und Angebote für den Weg der »Psychischen Revolution« verbessert werden können, ist dann natürlich auch erwünschtes Ziel.

Die Psychotherapie der DDR zwischen »Anpassungs- und Veränderungstherapie«

Natürlich blieb auch die Psychotherapie in der DDR nicht verschont von den systemimmanenten repressiven Strukturen und ihren Folgen. Nach 1945 war in der DDR die psychoanalytische Praxis und Ausbildung im wesentlichen abgebrochen. Es gab keine Lehranalytiker mehr; sie waren emigriert oder hatten nach dem Krieg Ostdeutschland verlassen. Freud und die Psychoanalyse wurden als »bürgerlich dekadent« und als »unwissenschaftlich« abgetan und tabuisiert. Als wissenschaftlich galt nur, was materialistisch-marxistisch zu begründen war, daran war der Aufbau des Sozialismus ideologisch gebunden.

Die Schuldlast, die sich eine »marxistische Wissenschaft« aufgebürdet hat, die auch jetzt noch akademische Titel und Medaillen trägt und die mit der Arroganz der Macht systematisch zur geistigen Verwirrung, Einengung und Verblödung von Generationen beigetragen hat, wird noch sehr lange die innere Befreiung und die Annäherung an die Wahrheit behindern. Die »Wissenschaft« war von den Dogmen marxistischer Ideologie durchtränkt, zum Vollstreckungsgehilfen der Machterhaltung der Diktatur degradiert und in »materialistischer« Einseitigkeit erstarrt. Vor allem die Auflösung einer ganzheitlichen Weltsicht, die Behinderung geistes- und sozialwissenschaftlicher Erkenntnisse und die Reduktion auf die naturwissenschaftlich-technische »Beherrschung« der Natur haben eine humanistische Psychologie, eine ganzheitliche Medizin und Anthropologie erheblich beeinträchtigt.

Die Psychotherapie in der DDR sollte stets – und war es zum großen Teil auch – Handlanger der »stalinistischen Repression« sein. Noch 1982 konnte der Leiter der Abteilung Gesundheitspolitik beim Zentralkomitee der SED, Seidel, selbst Psychiater und Ehrenmitglied der Gesellschaft für Ärztliche Psychotherapie der DDR, die Aufgaben der Psychotherapie widerspruchslos so festlegen: »In den sozialistischen Ländern werden sozialistische Gesellschaftsordnungen entsprechend den unterschiedlichen Bedingungen aufgebaut. Das ist eine viel kompliziertere Aufgabe, als zunächst gedacht. Von den Psychotherapeuten wird erwartet, daß sie Beratungsfunktionen übernehmen und die Menschen befähigen, die neuartigen Aufgaben zu bewältigen. Psychotherapie gewinnt damit eine allgemein gesellschaftspolitische Bedeutung für die Weiterentwicklung der Gesellschaft ...« Bis Ende der Fünfziger Jahre bestand die Doktrin, der Sozialismus habe die antagonistischen Widersprüche der Gesellschaft überwunden, damit seien auch psychische Konflikte im wesentlichen aufgehoben. Das Sein bestimme das Bewußtsein, und mit den politischen, ökonomischen und sozialen Veränderungen der Gesellschaft müßten sich zwangsläufig auch die Menschen wohlfühlen und psychisch gesundbleiben. Sollte es dennoch zu psychischen Erkrankungen kommen, dann wären das Reste der vergangenen Epoche oder seien auf hirnorganische Pathologie zurückzuführen. In diesem Zusammenhang gewann die Lehre Pawlows mit der kortiko-viszeralen Pathologie und den bedingt-reflektorischen Störungen einen großen Einfluß. So dominierten bis Ende der Sechziger Jahre in der DDR Entspannungsmethoden in der Psychotherapie (z. B. Autogenes Training und Hypnose). Daß es dabei auch zu autoritären Beeinflußungen kam, war nahezu unvermeidlich. Ähnlich wie die politische Menschenführung mit der propagandistischen »Bewußtseinsbildung« sollte auch die Psychotherapie durch Beratung und Suggestion zur Entspannung, Beruhigung, Einsicht, Überzeugung und Harmonisierung beitragen. Vorhandene Konflikte sollten möglichst nicht aufgedeckt und durchgearbeitet werden. Diese konfliktdämpfende Orientierung der Psychotherapie hat sie zum großen Teil zur »Anpassungstherapie« an die gesellschaftliche Pathologie mißraten lassen.

Ich habe mit befreundeten Kollegen jahrelang darum gerungen, daß die vorhandene Tendenz, Hypnosen zur umfangreichen Anwendung im Land zu bringen und damit autoritäre Beziehungen auch in der Psychotherapie zu etablieren, nicht umgesetzt werden konnte. Leider gab es auch hier eine erschreckende, unreflektierte Koalition der ministeriellen Interessen und der Machtbedürfnisse vieler Kollegen. Als wir in der Ausbildung größten Wert darauf legten, Hypnose als ein dynamisches Beziehungsgeschehen zu lehren und dabei stets den Kontext zum Therapieziel, zum Therapieprozeß und zur therapeutischen Beziehung herzustellen, hat es längere Zeit heftige Auseinandersetzungen mit den Kollegen gegeben, die vor allem eine Methode zur symptomatischen Behandlung erlernen und dabei die psychosozialen Zusammenhänge vernachlässigen wollten.

Das totalitäre Staatssytem hatte großes Interesse daran, die Lehre vom Unbewußten, die Bedeutung des Subjekts und die Wichtigkeit der zwischenmenschlichen Beziehung aus der öffentlichen Diskussion zu verbannen. Denn in der Gesellschaft sollte das Rationale dominieren, das Ich sollte sich im Kollektiv »auflösen« und damit der allgegenwärtigen Indoktrinierung, Überwachung und Manipulation besser zugängig sein, und die staatstragenden hierarchisch-autoritären Strukturen schlossen gleichrangige partnerschaftliche Beziehungen aus. Das führte eben auch in der Medizin dazu, daß die naturwissenschaftliche Organmedizin und in der Psychiatrie die biologisch orientierte Richtung, die den Menschen zum »kranken Objekt« degradieren, dominierten. Selbst führende Vertreter der Psychotherapie übernahmen die Auffassung, daß Krankheit vor allem ein verinnerlichtes Problem sei, das deshalb allein innerseelisch aufzulösen wäre. Diese halbherzige und die gesellschaftliche Pathologie schonende Position konnte deshalb lange Zeit durchgehalten werden, weil lebensgeschichtlich frühe unbewußte Konflikte in den meisten Fällen therapeutisch gar nicht erreicht wurden. Damit blieben auch Veränderungen auf schwachen Füßen, und psychische Entwicklungen, die zur kritischen Auseinandersetzung mit der Lebensweise und der Gesellschaft genötigt hätten, wurden eher behindert als gefördert. Dies war schon durch die vorwiegenden Kurzzeittherapien gesichert, die gar keinen Raum ließen für ein tieferes Durcharbeiten. Und die Theorien und Methoden, die das Unbewußte, die Beziehungsdynamik, das systemische Denken, die Gefühle und den Körper zum Gegenstand der therapeutischen Arbeit machten, erfuhren eine meist ideologisch geführte Ablehnung. So war einerseits die Psychoanalyse aus dem Land verbannt worden, andererseits wurden die Methoden der humanistischen Psychologie (Gestalttherapie, Primärtherapie, Körpertherapien, Familientherapie, Psychodrama, Transaktionsanalyse) nicht hereingelassen. Diese Methoden konnten sich nur hier und da insulär und fast illegal bei einigen nonkonformistischen Therapeuten und mutigen kleinen Arbeitsgruppen notdürftig entfalten. Mit dieser gravierenden Einschränkung der psychotherapeutischen Entwicklung in der DDR waren vor allem die Möglichkeiten beschnitten, die vielen Menschen hätten helfen können, durch tiefenpsychologische Erkenntnisse und Gefühlsprozesse ihre frühen repressiven Erfahrungen durchzuarbeiten und Wissen vom Zusammenhang ihres individuellen Lebens mit der Familiengeschichte und den gesellschaftlichen Strukturen zu gewinnen.

Der progressivste Kern der Fachvertreter hatte längst erkannt, daß ohne tiefenpsychologische Verfahren eine »Veränderungstherapie« kaum zu erreichen war. Um dies für Patienten zu ermöglichen, mußten aber erst die Therapeuten ihre eigene Anpassung erkennen und innere Entwicklungen wieder zulassen. Damit wurde für Jahre die Ausbildung zum Psychotherapeuten ein heftiges Streitfeld. Wenn auf der einen Seite, vor allem bei den praktisch tätigen Therapeuten, der Wunsch nach Selbsterfahrung immer lauter wurde, so polemisierten Funktionäre und Theoretiker der Fachdisziplin immer heftiger dagegen. Den Praktikern wurde immer deutlicher, daß sie selbst Möglichkeiten brauchten, eigene neurotische Störungen zu erkennen und therapeutisch aufzuarbeiten. Damit kamen natürlich auch die unbewußten Motive für die Berufsausübung und die persönliche Eignung auf den Prüfstand. Dies stand im Widerspruch zur akademischen, natürlich systemgetreuen Lehre. Es dominierte die Überzeugung, daß ein Psychotherapeut durch seine akademische Ausbildung, also letztlich mit seinem Expertenwissen und seinem »gesunden Menschenverstand« für seine Tätigkeit gut ausgerüstet sei. Auch diese Position war gestützt von der unglücklichen Allianz staatlicher Interessen mit der persönlichen Angstabwehr vieler Experten. Aber auch die meisten Patienten wollten immer wieder symptomatisch behandelt werden und boten sich eher für »zudeckende« Anpassungstherapie an, um sich den schmerzlichen Weg der Erkenntnis und Veränderung zu ersparen. Für viele Menschen ist die Neurose immer noch das kleinere Übel, als die innere Mangelsituation zu erfahren und den Gefühlsstau aufzulösen, wenn auch häufig die Symptomatik nach befreiender Veränderung nahezu schreit.

Diese ambivalente Haltung zwischen »ich will« und »ich will nicht« — auch mit dem schönen Bild zu beschreiben: »Wasch mich, aber mach mich nicht naß!« — stellt für jede Therapie den schmalen Grat zwischen Anpassung und Veränderung dar, der nur in der je einmaligen existentiellen Begegnung zwischen Therapeut und Patient ausgetragen werden kann. Den »Kampf« zwischen dem neurotischen Beharrungswillen des Patienen und dem therapeutischen Auftrag, eine Chance zur Erkenntnis und Veränderung zu eröffnen, entscheiden letztlich Vertrauen und Hoffnung, ob die vorhandene Demoralisierung überwunden und die Kraft der gesunden Anteile und Möglichkeiten wieder befreit werden kann. Über alle vielfältigen Methoden und Techniken der Psychotherapie hinweg bleibt dies ein mitmenschlicher Vorgang, der sich jeder »wissenschaftlichen Operationalisierung« entzieht.

Anfang der siebziger Jahre konnte sich die Gesprächspsychotherapie nach Rogers und Tausch auch in der DDR weiter verbreiten. Damit begann eine »patientenorientierte« Einstellung in der Psychotherapie. Sich in die Erlebensweise der Patienten gut einzufühlen, sie aus ihrer Sichtweise verstehen zu wollen und sie in allem, was sie dachten und fühlten, vorbehaltlos anzunehmen, waren neue »antiautoritäre« Einstellungen und schufen eine gute Basis für »partnerschaftliche« Beziehungen in der Therapie. Obwohl mit diesen Erfahrungen viel für die Ausbildung getan wurde, blieben die persönlichen Schwierigkeiten von Therapeuten, wenn sie die erforderliche Empathie nicht aufbringen konnten, immer noch weitgehend tabuisiert. Auch die Orientierung auf »Entängstigung«, auf »vorbehaltlose Akzeptanz« und »von Bedingungen unabhängige positive Wertschätzung und Wärme« lag immer noch auf der das Staatssystem stützenden Linie der Beruhigung und Beschwichtigung und der konfliktvermeidenden Beziehungen. Da noch zusätzlich die »wissenschaftliche« Lehr- und Lernbarkeit therapeutischen Verhaltens herausgestellt wurde, war wieder einmal das Mißverständnis unvermeidbar, daß durch Erlernen von »richtigem« Rollenverhalten und durch die Möglichkeit, therapeutisches Verhalten als »hilfreiche Variable« trainieren zu können, grundsätzliche, sehr wertvolle Erkenntnisse von therapeutischer Hilfe zu kompensatorischen Zwecken »entseelt« wurden. Man konnte ein sehr freundliches und verständnisvolles Verhalten lernen, das häufig der Fassade des Einfühlens und Helfens folgte, um die eigenen inneren Schwierigkeiten zu vergessen und die eigene Bedürftigkeit auszublenden. Und es war gut möglich, die zwischenmenschliche Beziehung »technisch« auf Distanz zu halten, um sich nicht wirklich von »Internalität« emotional berühren zu lassen.

Etwa zur gleichen Zeit, auch Anfang der siebziger Jahre, gelang es zwei Männern, Jürgen Ott und Kurt Höck, eine Selbsterfahrung für Therapeuten in den »Kommunitäten« zu begründen. Damit wurden erstmalig wieder Gelegenheiten geschaffen, daß sich Psychotherapeuten selbst als Beziehungsobjekt und -subjekt mit eigenen Störungen, Behinderungen und unbewußten Motiven verstehen konnten. Damit war es auch möglich, wieder tiefenpsychologische Erkenntnisse praktisch einzuführen. Dies blieb aber vorerst auf Gruppenprozesse beschränkt, weil nur »Gruppentherapie« dem »Kollektiv-Dogma« zu entsprechen schien, und ebenso mußte das psychoanalytische Ideengut mit der Bezeichnung »dynamisch« der mißtrauischen Kontrolle des Apparates verschleiert werden. In den folgenden Jahren entflammte in der DDR ein heftiger Streit zwischen den »Mechanikern« und den »Dynamikern«, indem, wie so oft, Sachargumente benutzt wurden, um die ganz persönliche Betroffenheit abzuwehren, wenn der unbewußte Hintergrund therapeutischen Handelns aufgedeckt und Zusammenhänge des Verhältnisses von Medizin, Psychologie, Psychotherapie und den repressiven Gesellschaftsstrukturen hergestellt werden könnten. In der Zuspitzung der abwehrenden Argumente galten die analytisch orientierten »Dynamiker« als subversive Elemente und die »Mechaniker« als »Büttel« des Systems. Dabei wurden natürlich auch Rivalitätsprobleme gegenseitig und nicht bewältigte Autoritätsprobleme gegen den Machtapparat ausagiert; andererseits wurden ganz persönliche Ängste und Unsicherheiten hinter »marxistischen« und »wissenschaftlichen« Argumenten versteckt.

Obwohl also das »Selbsterfahrungs-Unternehmen« lange Zeit sehr umstritten blieb und auch heftig angefeindet wurde, ist davon doch die weitere Entwicklung der Psychotherapie in der DDR nachhaltig geprägt worden. So ist in den wesentlichen Zentren der Psychotherapie unseres Landes heute wieder ein psychodynamisches und tiefenpsychologisches Verständnis fest etabliert. Die Gruppen-Selbsterfahrung war eine hervorragende Möglichkeit, daß eine bis dahin unbekannte Offenheit und Ehrlichkeit, eine Fähigkeit zur kritischen Auseinandersetzung, vor allem auch mit Autoritäten, sich wieder als eine wesentliche Selbstverständlichkeit für die Psychotherapie entwickeln konnte. Dies war auch für die Kollegen dieser Ausbildung von größter Bedeutung. Die emotionale Nähe, die nach heftigen Auseinandersetzungen (Gefühlsstau!), ungeachtet der sozialen Fassaden, wieder möglich wurde, war eine wesentlich Grundlage, daß sich gemeinsame Interessen besser formieren konnten und zunehmend an Einfluß gewannen. Die Vereinigung der Psychotherapeuten, die heute etwa 1800 Ärzte und Psychologen als Mitglieder zählt, wurde immer mehr von den Fachleuten dieser Orientierung beeinflußt. Die Fachgesellschaft der Psychotherapeuten war mit großem Engagement bemüht, das enorme Manko an Ausbildung und Verständnis für psychosoziale Zusammenhänge durch postgraduale Weiterbildung für Ärzte aller Fachgebiete und für Psychologen etwas auszugleichen.

Die Wirkung dieser Arbeit ist aber systematisch von den Kreis- und Bezirksärzten behindert worden. Es gehörte unbezweifelbar zur Gesundheitspolitik des Systems, den Einfluß der psychosozialen Medizin und Psychologie zu dämpfen, wo es nur ging. So konnten zwar Kurse und Seminare durchgeführt werden – auch Balintgruppen, die ganz konkrete Hilfe boten, die Beziehungsdynamik zwischen Arzt, Patient und Krankheit zu erforschen und zu bearbeiten, konnten sich im ganzen Land verbreiten –, doch blieb eine staatliche Förderung und Anerkennung dieser wichtigen Entwicklung stets versagt. Dies war für den Medizinbetrieb von entscheidender Bedeutung, denn dieser reagierte nur auf staatliche Anweisung, also blieb die psychosoziale Medizin randständig.

Allerdings war dies für manchen Psychotherapeuten eine Chance, sich tatsächlich »von unten« und mit eigenem Engagement gegen die Strukturen des Systems zu profilieren. In meiner Ausbildung zum Psychiater unterstand ich einem Ärztlichen Direktor, der triumphierend verkündete, solange er der Leiter des Krankenhauses sei, werde sich Psychotherapie bei ihm nicht etablieren dürfen. Später bekam ich vom Bezirksarzt in Frankfurt/Oder keine Erlaubnis für die Ausbildung und für das Colloquium zum Facharzt für Psychotherapie, da ich für ihn kein »förderungswürdiger Kader« war. So konnte ich nur unter Umgehung der staatlichen »Fürsorge« meine Ausbildung abschließen. Ohne die Zivilcourage meines geschätzten Lehrers und damaligen Mentors Kurt Höck wäre das natürlich nicht möglich gewesen. Er hatte ohne den bezirksärztlichen »Segen« als Vorsitzender der Prüfungskommission das Colloquium zugelassen und nach der Bestätigung meine Anerkennung zum Facharzt durchgesetzt. Und ohne die Diakonie wäre es mir damals nicht möglich gewesen, eine leitende Tätigkeit als Psychotherapeut zu bekommen. Die Einstellung in ein Staatliches Krankenhaus als Chefarzt für Psychotherapie wurde abgewiesen, weil ich nicht bereit war, deshalb Mitglied der SED zu werden. In einem »vertrauensvollen« Gespräch wurde mir klargemacht, daß bereits ein Chefarzt dem System die Garantie bieten müsse, daß parteiliche Anleitungen und Anweisungen widerspruchslos hingenommen und nach unten »durchgestellt« würden. Und schließlich könnten ja auch einflußreiche Persönlichkeiten des Apparates zur Therapie kommen, denen mitunter »geholfen« werden müsse, die »richtige« Einstellung wieder zu finden. Für eine solche Arbeit sei ein Parteiloser nicht vertrauenswürdig genug. Solch skandalöse Kaderpolitik habe ich dann durch den beruflichen Freiraum in der Diakonie nur allzugern »vergessen«. Als ich nach der »Wende« davon erfuhr, daß die Stasi bemüht war, das »Telefon des Vertrauens« zu unterwandern und leitende Kollegen dieser Abteilungen zur Mitarbeit gewinnen wollte, hat mich das Gruseln doch wieder eingeholt, und ich muß mir meine »Naivität« als Schuld anlasten.

Die »Veränderungstherapie«, um die seit der Selbsterfahrungsausbildung der Therapeuten, also seit den siebziger Jahren, wieder gerungen wurde, blieb stets auch ein moralisches Problem für die Therapeuten. Die allgemeinen Therapieziele, Mut zur Offenheit und Ehrlichkeit, zur kritischen Auseinandersetzung, zur Aufhebung der Konfliktverdrängung und eine Förderung des Selbstbewußtseins und der Eigenständigkeit, standen im Widerspruch zu den Normen der Gesellschaft. Sie waren angetan, die Prinzipien des »demokratischen Zentralismus« zu untergraben. Mit diesen Therapiezielen waren die Patienten durchaus gefährdet, den bisherigen Gehorsam abzulegen, den Unmut der sozialen Umwelt auf sich zu ziehen und subversiver Haltungen verdächtigt zu werden. Partnerschaftliche und familiäre Auseinandersetzungen sind sowieso notwendige Folgen jeder tiefgreifenden Therapie und unvermeidbar. Dabei ist allerdings darauf zu achten, daß die anderen Mitglieder des »kranken Beziehungssystems« nicht Opfer und Angeklagte werden, sondern auch Angebote und Gelegenheit zur »Koevolution« bekommen.

Wie war das aber mit Vorgesetzten, mit Institutionen und deren repressiver Disziplin und Moral, in die die Patienten eingebunden waren? Dies blieb stets ein belastender Zwiespalt zwischen therapeutischem Anliegen und gesellschaftlicher Realität, zwischen gesundheitserhaltender Entfaltung, Entwicklung und Verringerung der Entfremdung und der Reaktion des gesellschaftlichen Umfeldes auf therapeutische Veränderungen. Uns haben häufiger Patienten davon berichtet, Lehrer, Mitarbeiter des Staatsapparates, Genossen, aber auch Pastoren und kirchliche Mitarbeiter, daß sie unter moralischen Druck gesetzt wurden und Drohungen erfuhren, wenn sie bei uns eine Therapie mitmachen wollten oder aus ihr zurückkehrten. Mitunter war der Druck der sozialen Umwelt so massiv, daß Patienten bald wieder zu den alten, einengenden Verhaltensweisen zurückkehrten. In anderen Fällen wurden nicht mehr zu behindernde Veränderungen diskreditiert und die Psychotherapie oder die Therapeuten dafür beschimpft und verleumdet. Die therapeutische Entwicklung eines Menschen war also nicht nur von persönlicher, sondern stets auch von politischer Brisanz. Ja wir mußten uns sogar fragen, ob wir nicht manchmal Patienten zur »subversiven« Emanzipation anstachelten, mehr als wir selbst zu leben wagten und sie stellvertretend für uns etwas austragen sollten, wozu uns die Zivilcourage fehlte. So war es möglich, daß wir aus eigener Subalternität heraus übermäßig die Entwicklung bremsten und entmutigten und dabei unsere eigene Anpassung unerkannt und unreflektiert vermittelten.

Jedenfalls ist auch der größere Teil der Psychotherapeuten politisch inaktiv geblieben. Dies halte ich für eine belastende Hypothek, denn es konnte nicht ausbleiben, daß wir im großen Umfang von den psychosozialen Konflikten erfuhren, die sich für jeden einzelnen im Umgang mit der repressiven Gesellschaft ergaben. Die Auswirkungen der staatlichen Verhältnisse auf die familiäre Situation, sei es die spiegelbildlich autoritäre Erziehung, um die Kinder möglichst reibungslos in die abnormen Gesellschaftsstrukturen einzufügen, sei es die Erziehung zur Anpassung, Verlogenheit und Doppelzüngigkeit, die viel Druck und Spannung erzeugte, waren jedenfalls von uns nicht zu übersehen. Auch wie sich die Konflikte und Spannungen des politischen und beruflichen Alltags mit Streß, Gereiztheit und Unzufriedenheit auf die Familien und den einzelnen auswirkten, mußten wir eindeutig zur Kenntnis nehmen. Für uns gab es keinen Raum, diese Thematik öffentlich zu machen oder wissenschaftlich zu bearbeiten oder gar daraus Erkenntnisse und Forderungen für notwendige Veränderungsprozesse in der Gesellschaft abzuleiten. Aber es mangelte uns vor allem an Mut, dies zu tun, wobei die meisten sich damit trösteten, daß wir nicht zur politischen Arbeit aufgerufen seien und Psychotherapie auch nicht die Gesellschaft verändern könne. Jedenfalls haben wir den Pastoren und Rechtsanwälten das Gerangel um die neue Macht überlassen.

Ob sich darin mehr unsere »Weisheit« und Menschenkenntnis ausdrückt und wir durch unsere Arbeit »gesättigt« genug sind oder ob wir darin mehr unsere gehemmte Aggressivität als Helfer bezeugen und an der schützenden politischen Abstinenz festhalten wollen, bleibt vorerst für mich noch eine offene Frage. Natürlich weiß der Psychotherapeut, daß Macht den persönlichen Freiraum einengt und deshalb gern als Mittel der Abwehr gegen bedrohliche mitmenschliche Nähe und emotionale Beziehungen angestrebt wird; er weiß auch, daß emanzipatorische Chancen zugunsten einer Parteidisziplin und von Wahlkampfinteressen eingeengt werden, aber dies erklärt und entschuldigt noch nicht die weitverbreitete politische

Zurückhaltung der Psychotherapeuten. Unsere Aufgabe im Alltag ist, das Angebot für eine »Veränderungstherapie« offenzuhalten und damit eine »psychische Revolution« zu ermöglichen. Und darüber hinaus sind wir gefordert, mit unseren Möglichkeiten die »therapeutische Kultur« einzuklagen und ausgestalten zu helfen.

Unsere Therapieerfahrungen

Die Psychotherapeutische Klinik im Evangelischen Diakoniewerk Halle wurde am 4. Januar 1981 eröffnet. Die Abteilung verfügt über 31 Betten. Wegen der großen Nachfrage (unsere Patienten müssen mitunter bis zu zwei Jahren warten, bis eine Aufnahme realisiert werden kann) haben wir aber häufig bis zu 38 Patienten untergebracht. Zu uns kommen Menschen aus der ganzen DDR, aus allen Bevölkerungsschichten und Altersstufen, wobei jedoch das Durchschnittsalter bei etwa 30 Jahren liegt und das durchschnittliche Bildungsniveau und die geistige Differenziertheit als »gehoben« eingeschätzt werden kann. Frauen sind häufiger unsere Patienten als Männer (etwa zwei Drittel Frauen). Nach der internationalen Klassifikationseinteilung behandeln wir vor allem Neurosen, psychosomatische Erkrankungen und funktionelle Störungen; allerdings wird eine Behandlung bei uns nur auf der Grundlage gegenseitiger Vereinbarungen durchgeführt, und dabei spielen der Leidenszustand und der Wille zur Veränderung eine größere Rolle als die diagnostische Einteilung. Wir behandeln stationär ausschließlich in Gruppen, nur ambulant führen wir auch Einzeltherapien durch. Unser Behandlungskonzept ist gestuft und in Behandlungsphasen unterteilt. Auf jeden Fall soll die Entscheidung vor allem beim Patienten bleiben, wie intensiv und umfassend sein Therapieprozeß verläuft. Damit waren wir bemüht, den gesellschaftlichen Realitäten zu entsprechen, damit Veränderungen vom Patienten nach seinen Möglichkeiten verantwortet werden können. Zugleich eröffnet das Angebot, die Therapie in Schritten und Stufen in Anspruch zu nehmen, einen langzeitigen Veränderungsprozeß. Nach einer Vorbereitungswoche, in der sich Therapeuten und Patienten persönlich kennenlernen, die Patienten ihr Anliegen vortragen und wir unsere klinische Arbeit erklären können, kommt eine Vereinbarung zustande oder nicht. Wenn Menschen sehr unsicher, ängstlich, abwehrend und in ihrem Leiden chronifiziert sind, können sie in einer

Therapie-Stufe 1 daran arbeiten, die psychotherapeutischen Möglichkeiten besser kennenzulernen und auszuprobieren. Die Therapie-Stufe 2 bietet eine intensive Selbsterfahrung für die Möglichkeiten, Schwierigkeiten und Grenzen der sozialen Beziehungsgestaltung, wobei wir uns theoretisch und praktisch an psychoanalytisch orientierte Erfahrungen eng anlehnen und die akuten Beziehungsgestaltungen auf die primären Beziehungserfahrungen in der Ursprungsfamilie hin untersuchen. In der Regel gelingt es, in acht Wochen mit Hilfe der Gruppe neue, offenere und ehrlichere Beziehungen herzustellen und die Gruppe selbst zu einer kreativen und lebendigen Gemeinschaft zu begleiten. Dies ist für sehr viele Patienten eine entscheidende und befreiende Neuerfahrung für ihr Leben, vor allem die Überwindung der hierarchischen Strukturen und das Erlebnis einer Gemeinschaft, die gerade wegen der Möglichkeit zu aggressiven und kritischen Auseinandersetzungen echte Nähe und Solidarität schafft. Doch für den einzelnen war diese Erfahrung ohne die therapeutische Gruppe häufig nicht aufrechtzuerhalten. Die begonnene Veränderung reichte in der Regel nicht aus, um etwa 30 Jahre andersartiger Prägung auszugleichen und den weiteren Einfluß des einengenden Umfeldes abzuwehren. So hatten wir zwar eine gesündere Gruppe, aber noch nicht unbedingt auch weniger neurotische Menschen. Wir konnten eine bessere Sozialisationserfahrung ermöglichen, aber noch keine reifere Individuation. So entwickelten wir eine »körperorientierte Therapiegruppe« als Stufe 3, die ein Angebot zur intensiven Bearbeitung belastender und traumatischer Erlebnisse der frühen Kindheit darstellt. Dabei spielen das Bewußtwerden des »Mangelsyndroms« und die Arbeit am »Gefühlsstau« zwangsläufig eine zentrale Rolle. Eine solche Gruppe arbeitet drei bis vier Wochen, und der Patient kann sich entscheiden, seinen Veränderungsprozeß durch die wiederholte Teilnahme an einer solchen Gruppe immer wieder zu unterstützen.

Ich sehe die Aufgabe unserer Klinik vor allem darin, daß wir Raum und Zeit für die »psychische Revolution« eröffnen und mit Hilfe des therapeutischen Settings die Arbeit daran erleichtern, ermutigen und anregen. Dabei sind die therapeutischen Methoden Mittel zum Zweck, das eigentliche heilende Agens sehe ich in der therapeutischen Beziehung, die emotionale Neuerfahrungen ermöglichen und vor allem »Trauerarbeit« gestatten sollte. Wir haben uns im Laufe der Jahre in heftigen und kritischen Auseinandersetzungen im Team der Therapeuten und mit den Patienten zu relativ strengen Rahmenbedingungen allmählich durchgerungen, nachdem wir immer wieder zur Kenntnis nehmen mußten, daß vor notwendigen schmerzlichen Erkenntnissen sehr häufig in die alltäglichen Abwehrmechanismen ausgewichen wurde, z. B. Alkohol trinken, vermehrtes Rauchen, in eine Paarbildung flüchten, sexuelle Beziehungen aufnehmen oder mit Anrufen und Briefen nach außen agieren. Heute gehört es zu unserer Vereinbarung, daß während der Therapie nicht geraucht, kein Alkohol getrunken, auf sexuelle Beziehungen verzichtet und eine Kontaktabstinenz eingehalten wird. Über die Wirkung und den Erfolg dieser Regeln, zu denen wir lange keinen Mut fanden, waren wir selbst sehr erstaunt. Erst dies war der entscheidende Schritt, in der Therapie wirklich zum Fühlen vorzudringen, wenn auf das vordergründige Ausweichen verzichtet werden konnte. Wir waren aber erst in der Lage, dies glaubhaft zu vermitteln, als wir unsere eigene Tendenz zu solchen ubiquitären Abwehrformen erkannt und bearbeitet hatten. Wir mußten auch unsere Voreingenommenheit gegenüber Regeln und Ordnungen überwinden, denn solche hatten wir bisher nur als autoritäre Anweisungen kennengelernt nicht aber als sinnvolle Verträge.

Die Entwicklung dieses Konzeptes war meine Antwort auf die allgemeine Situation im Land und das Ergebnis der intensiven Auseinandersetzung mit den Chancen und Grenzen der Psychotherapie. Aber ich bin auch überzeugt davon, daß mein eigenes Engagement nur im Diakonischen Schutzraum diese Entwicklung nehmen konnte, da ich im Fachbereich keiner staatlichen Autorität unterstand. Der Spielraum unserer Möglichkeiten war vor allem durch unsere eigenen Grenzen bestimmt, was für mich am Anfang sehr ungewohnt war, da ich nur Unterordnung oder Aufbegehren kannte, aber nicht eigenverantwortliches Arbeiten. Wenn ich irgendwann in eine Sackgasse geriet, fehlte mir mitunter der Sündenbock »Obrigkeit«, und ich blieb auf meine eigenen Fehler geworfen. Wir sahen uns natürlich genötigt, unser Tun im gesellschaftlichen Umfeld zu begreifen und mußten uns auch kirchlicher Verdächtigungen und Beeinflußungsversuche erwehren. Ganz am Anfang gab es Flugblätter, daß Psychotherapie »Teufelswerk« sei, dann aber auch die kritische Prüfung, ob unsere Arbeit im »rechten Glauben« geschehe, denn wir empfahlen unseren Patienten nicht die Teilnahme an Andachten und am Gottesdienst, sondern bezogen auch die religiösen Möglichkeiten der Lebensgestaltung in die kritische Analyse ein, ob sich darin authentische spirituelle Bedürfnisse ausdrückten oder neurotisches Abwehrverhalten und Kompensationsbemühungen ausagiert wurden. Stets war ein Theologe der »verordnete« Begleiter unserer Arbeit. Ich hatte dem anfangs zugestimmt, weil ich in der Zusammenarbeit von Psychotherapie und Seelsorge eine wesentliche Erweiterung unserer Möglichkeiten sah. Aber es konnte nicht ausbleiben, daß dabei auch die Grenzen des »real existierenden Christentums« in der DDR berührt wurden, und heftige Auseinandersetzungen waren unvermeidbar. Wenn ich auch manchmal schimpfte, daß ich statt der »roten Macht« nun der »schwarzen Macht« ausgeliefert sei, und den Pastor im Team als »unseren Parteisekretär« betitelte, so muß ich doch auch zugestehen, daß die Auseinandersetzungen letztlich fair ausgetragen wurden, Klärungen ermöglichten und Toleranz von beiden Seiten abverlangten, wie ich es im staatlichen Fachbereich nie kennengelernt habe. Die zentralen Streitpunkte waren: die Form der autoritären Verkündigung, der moralisierende Einfluß, die schnelle Tröstung, die Behinderung emotionaler Prozesse und spiritueller Erfahrungen durch zu enge Rituale und die Abwehrstrategie vieler »Christen« und kirchlicher Mitarbeiter mit der aufgesetzten religiösen Fassade.

Die Erfahrungen, die ich in zehn Jahren mit Hilfe unserer dynamischen Gruppentherapie sammeln konnte, bilden eine wichtige Grundlage für die Hauptaussagen in diesem Buch. Ich will deshalb den typischen Ablauf einer solchen Therapie in unserer Klinik skizzieren: Die Menschen kamen mit den unterschiedlichsten Symptomen und Beschwerden zu uns und sahen sich dann in einer Gruppe versammelt, in der Symptome kein Thema mehr waren. D. h. die indirekte und verschlüsselte Kommunikation über Symptome, die Signale und Affekte der Beschwerden erzielten keine Wirkung mehr, und auf diese Weise verloren die meisten Symptome eine ihrer wesentlichsten Funktionen und lösten sich in seelische und soziale Konflikte auf. Wenn also das Patiententhema Nummer Eins keine Wirkung mehr hatte, breiteten sich Schweigen, passives Abwarten und höfliche Konversation aus. Ganz typisch waren dann auch Fragen, Bitten um Hinweise sowie Ratschläge und Aufforderungen an die Therapeuten, die Führung zu übernehmen und über Erklärungen und Deutungen die Therapie zu vollziehen. Die meisten Patienten erklärten sich für unfähig und hilflos, in den Gruppenstunden etwas für sie Sinnvolles zu beginnen. Sie wollten gern gelehrig sein, sich unterordnen und den sicher bedeutenden Aussagen der Therapeuten Folge leisten.

Wurde tatsächlich darauf eingegangen, folgten nach dem zunächst willigen Gehorsam sehr bald passiver Widerstand, mürrische Gereiztheit und erneut Symptome und Erklärungen sowie Entschuldigungen für nicht befolgte Anweisungen, und es kam zu trotziger Passivität. Es war dies dann dieselbe typische Front von Schweigen, Zurückhaltung und Abwarten, die bei jeder Versammlung in der DDR zu beobachten war.

Aber unsere Therapeuten erfüllten in der Regel die an sie gerichtete Erwartung nach Führung nicht. Dies verursachte eine zunehmende Unruhe und Verunsicherung bei den Patienten, die sehr bald in einen nichtigen Streit um Kleinigkeiten oder in Beschimpfen und Bekämpfen eines »Sündenbockes« übergingen. Es war immer wieder erstaunlich, mit welcher Energie, Ausdauer und Raffinesse und mit wieviel geschickten Begründungen gestritten wurde, welche Kreativität und Lebensenergie da verpuffte. Wir nennen dies in der Kliniksprache »Küchenprobleme«, weil ein Streit um die unangenehme Arbeit in der Küche sich in dieser Phase besonders eignet, um die innere Spannung der Führungslosigkeit an Sachproblemen abzureagieren. War dieser Zustand bewältigt, gab es in der Regel keine »Küchenprobleme« mehr, weil die Gruppe dann immer ganz vernünftige Regelungen fand, ohne besondere Affekte die sachlich notwendige Arbeit zu organisieren.

Auch die intrigante Gehässigkeit und die meist zynisch-arroganten und indirekt-feindseligen Angriffe, mit der irgendein »Andersartiger« in der Gruppe als Opfer für die eigene Verunsicherung herhalten mußte, gehört zu unseren bitteren Erfahrungen. Die »Verfolgung der Juden« war als möglicher Abwehr- und Projektionsmechanismus ungetrübt vorhanden und zwar so tief »eingefleischt« und mit solcher Inbrunst vollzogen, daß Aufklärung überhaupt keine Wirkung hatte. Deutungen wurden zwar angehört aber fünf Minuten später wurde das gleiche »Verfolgungsspiel« fortgesetzt. Diese Situation war stets sehr gefährlich, weil Sündenböcke ausgesondert, seelisch und moralisch »vernichtet« werden konnten.

Manchmal lenkten die Opfer die Angriffe und »Prügel« der Gruppe regelrecht auf sich. In der Analyse wurde deutlich, daß sich darin lebensgeschichtlich frühe Erfahrungen ausdrückten und wiederholt wurden, daß mitmenschliche Zuwendung und Beachtung nur in negativer und ablehnender Form zu erhalten war, und dies war dann immer noch besser, als überhaupt keine Zuwendung zu bekommen. Der »Sündenbock« verkörperte aber stets eine Haltung oder Meinung, die von der Mehrzahl der Gruppenmitglieder als bedrohlich und unannehmbar erlebt wurde, weil in ihr verdrängte Regungen berührt waren, die unbedingt unter Verschluß bleiben sollten. Auf den Sündenbock war also das abgewehrte kollektive Unbewußte projiziert (die Angst, die Unsicherheit, die Schwäche, die Hilflosigkeit, die Sehnsucht, überhaupt die ganze emotionale Wahrheit).

Die Erinnerung an die Schuld unserer Eltern, die reale Verfolgung und Vernichtung der Juden, drängte sich uns unweigerlich auf, weil erkennbar wurde, daß die psychologischen Wurzeln dieses Verbrechens unverändert fortbestanden und bei »geeigneten« Bedingungen jederzeit wieder aktiviert werden konnten. Dazu bedurfte es nur einer Situation allgemeiner Verunsicherung und Labilisierung gewohnter Verhaltensweisen, vor allem wenn autoritäre Führung fehlte und der inneren Not des Mangelsyndroms der Zuchtmeister »Unterdrückung« verloren zu gehen drohte. Wenn keiner mehr sagte, was zu tun oder zu lassen sei, mußten unweigerlich eigene Entscheidungen getroffen werden. Damit wurde an der inneren Unfreiheit gerüttelt, wurden die alten Unterdrückungserfahrungen reaktiviert und erhebliche Ängste, Empörung und Schmerz wurden wieder lebendig. Wohin damit, wenn der Ausdruck verboten und der Weg der Entladung verstopft war? Dann mußte ein »Prügelknabe« her, der irgend etwas bot oder Phantasien ermöglichte, wogegen jetzt mit Überzeugung gekämpft werden konnte. Wenn in einer solchen Situation dieser Projektionsmechanismus nicht aufgedeckt, sondern von einem »starken Mann« ideologisch ausgenutzt, also ein Feindbild propagandistisch aufgebaut wurde, konnte die eigene innere Not »dankbar« auf vermeintliche Schuldige abgewälzt werden. Wir erkannten, daß eine solche Situation, die geeignet war, Menschen zu verunsichern, dann »faschistisches« Verhalten provozierte, wenn unbewältigtes inneres Elend vorhanden war und zur Bewältigung drängte. Die Wahl war dann nur: eigenen Schmerz zulassen oder anderen Schmerz zufügen.

Wir waren davon sehr beunruhigt. Jahrzehnte »antifaschistischer« Erziehung hatten offensichtlich keinerlei Wirkung gehabt. Alles, was wir über die faschistische Vergangenheit unseres Volkes wußten, war in diesem Moment wieder lebendig und höchst aktiv: Haß, Feindseligkeit und höchste Aktivität zur Vernichtung des Außenseiters! Als uns im Verlaufe unserer Erfahrungen das ganze Ausmaß dieser gefährlichen Störung bewußt wurde und wir auch zu der

Überzeugung gelangten, daß genau diese Problematik unbedingt erlebnismäßig durchzuarbeiten war, wollte man Heilung initiieren, haben wir eine »Technik« entwickelt, die wir »Sacktherapie« nennen.

Uns war klar, daß diese ungeheuren Kräfte für die Feindbild- und Sündenbockmechanismen der Ausdruck für innerseelische Not und Angst waren, die bewußt und so ausgetragen werden sollten, daß es weder zu weiterer Selbstbeschädigung (Krankheit) noch zur Bekämpfung und Vernichtung vermeintlicher Feinde kommen konnte. Der erste Schritt dafür war, daß der Therapeut die Aggressivität auf sich lenkte, denn er wußte, daß er Übertragungs- und Projektionsvorgänge provozierte und nicht persönlich gemeint war. Doch war er eben auch kein »weißes Blatt«, ohne Fehl und Tadel, sondern die Aggressivität der enttäuschten Patienten, weil sie nicht »erhört« und geführt wurden, fand haarscharf die Schwachpunkte des jeweiligen Therapeuten heraus, um ihn möglichst genau ins Mark zu treffen. Dies ist der Überlebensmechanismus des »Durchschnittsneurotikers«: Um nicht die eigenen Fehler, die eigene Schuld und Not erkennen zu müssen, werden bei jedem Gegenüber die Schwächen mit Spürnase aufgestöbert und angeprangert, wenn erstmal die Maske der Höflichkeit gefallen ist.

Deshalb und auch wegen der mörderischen Qualität der gestauten Aggressivität, nehmen wir einen dicken, schweren Lumpensack und legen ihn in der therapiebegleitenden nonverbalen Stunde in die Gruppe mit dem Hinweis: Dieser Sack ist ein Symbol für den Therapeuten! (Und der Therapeut verweigert die Führung der Gruppe!). Durch die Vereinbarung, mit dieser Aufgabe nonverbal umzugehen, wird der Patient zur Handlung und Bewegung genötigt, womit er in der Regel weniger Erfahrung im Abwehren und Verbergen hat als mit seiner Sprache. Zugleich aktiviert die körperliche Betätigung emotionale Prozesse. Der Sack überhöht die Situation symbolisch: Er liegt, schwer und dick, unübersehbar, aber eben völlig passiv da. Die Gruppen reagierten in der Regel zunächst ratlos, vorsichtig, zögernd – dann etwas frecher. Erste symbolische Handlungen waren meist Fußtritte und Faustschläge gegen den Sack, schließlich zunehmend wütende Entladungen: Der Sack wurde geschlagen, getreten, gezerrt, gewürgt, gedrosselt, auf den Boden und gegen die Wand geschleudert und manchmal auch aufgerissen, aufgeschlitzt und zerfetzt bis alle Lumpen »ausgeweidet« waren!

Der symbolische Tötungsakt, wenn er »zu früh« passierte, hatte natürlich besondere Wirkung, die vor allem darin bestand, daß jetzt kein Aggressionsobjekt mehr vorhanden war, gegen das man kämpfen konnte, und dies löste zuerst Hilflosigkeit und Ratlosigkeit und dann auch Schuldgefühle aus, mit dem hektischen Bestreben, den Sack wieder herzustellen oder schnell einen neuen zu besorgen. Als ein Akt der Befreiung und Erleichterung wurde die Vernichtung des Sackes nur empfunden, wenn hinreichend Zeit und Raum geblieben war, alle Feindseligkeit und allen Haß auszudrücken mit der Erfahrung, daß dies zwar notwendig war, aber auch nicht zur Erfüllung der heimlichsten Wünsche führte: Ich will endlich geliebt werden! Sondern aus der Erschöpfung und Entspannung nach dem Gefühlsausdruck dämmerte die Erkenntnis, daß der Sack nur ein Sack ist, ein untaugliches Objekt, Bedürfnisse befriedigt zu bekommen, und daß heute neue Möglichkeiten gefunden werden können, selbst für die Erfüllung der eigenen Wünsche zu sorgen. Jetzt wurde in der Regel auch das Symbol identifiziert als »Vater« und »Mutter«, an die die ursprünglichen Wünsche gerichtet waren, aber nie erfüllt wurden. Auch die Eltern hatten sich letztlich wie »Säcke« verhalten.

Die physische Vernichtung des Sackes war möglich, aber natürlich nicht nötig, um sich allmählich von dem frustrierenden und enttäuschenden Objekt abzuwenden, entscheidend war der ausgetragene und bewußt gewordene Gefühlsprozeß dabei.

Die »Sackstunden« ermöglichten natürlich auch alle anderen Formen der Übertragung und Versuche, das Objekt zu erweichen und zu »melken«: Der Sack wurde gestreichelt, liebkost, gebumst, zum Altar aufgebaut, angebetet, angefleht. Er wurde geschützt, verteidigt, umkämpft, in Besitz genommen, versteckt und hinausgeworfen. Die Gruppensituation mit der Vielfalt der Übertragungsreaktionen entlarvte alle individuellen Lösungsversuche und machte sie unwirksam: Warf einer den Sack hinaus, holte ihn der nächste wieder herein, wollte ihn einer für sich in Beschlag nehmen, raubte ihn ein anderer, baute sich ihn einer zum Fetisch und Götzen auf, kam der nächste und spuckte darauf, liebkoste ihn einer, dann stieß der Nachbar verächtlich dagegen. Vor allem das Beschützenwollen entlarvte sich als ein indirekt aggressiver Akt: Je mehr Schutz und Verteidigung, desto wütender wurde der Kampf und das Gezerre anderer, wodurch die Zerstörung geradezu provoziert wurde. Sehr deutlich zeigten sich auch die totalen Gefühlsblockaden, die sich in Handlungslosigkeit, resignierter Passivität, in Rückzug und Apathie oder hysterischer Flucht ausdrückten.

Am allererstaunlichsten war, wie lange eine Gruppe sich in der Regel mit dem leblosen Objekt beschäftigte. Obwohl die Verzweiflung und Empörung ständig wuchsen, wurde viel lieber am Enttäuschungs- und Haßobjekt festgehalten, klammerte man sich regelrecht auf die vielfältigste Weise daran, um die Ablösung und Befreiung zu vermeiden. Darin drückten sich die gewaltig aufgestauten Gefühle aus, die zähe Hoffnung, doch noch befriedigt und entschädigt zu werden, obwohl sich das Objekt schon längst als völlig ungeeignet (ein Sack!) erwiesen hatte. Auch die riesengroße Scheu vor Veränderung, vor Neugestaltung der Beziehungen, vor Übernahme der Verantwortung für ein selbstbestimmtes Leben war erschreckend.

Ich will die Erkenntnis unserer »Sacktherapie« zusammenfassen: In ihrer Fassade stellten sich unsere Patienten als hilfsbedürftig und ratlos dar, sie verlangten nach Führung, so hatten sie es gelernt und verinnerlicht. Wurde Anleitung und autoritärer Halt verweigert und das Ausagieren (Sündenbockjagd, Flucht und Kampf) verhindert sowie Kompensations- und Dämpfungsmittel (Alkohol, Nikotin, Medikamente, abbumsen) verwehrt, brachen die aufgestauten Gefühle durch. Darin drückten sich vor allem die Wut über die Unterdrückung und der Schmerz über die mangelhafte Befriedigung in der Kindheit aus und dann auch die Trauer über unwiederbringlich verlorene Lebensmöglichkeiten. Das lange Festhalten am »ungeeigneten Objekt« entsprach der ungestillten Sehnsucht, doch noch von den Eltern die Bestätigung und Annahme zu erfahren, die man sich immer gewünscht hatte.

Wenn die Gruppe sich vom Objekt des neurotischen Leidens abgelöst hatte, den Sack einfach liegen ließ und begann, das Gruppenleben selbst zu gestalten – jetzt war eine feststehende Führerfunktion überflüssig geworden, die Leitungsaufgaben wurden funktional fließend von den einzelnen Gruppenteilnehmern übernommen, nicht mehr qua rigider, vorgegebener, aufgenötigter und erduldeter oder erflehter Machtstrukturen –, dann erst öffneten sich in der Gruppe die »Schmerzschleusen«. Es folgten jetzt unter den schmerzlichsten und bittersten Gefühlsausbrüchen ganz authentische, offene und ehrliche Mitteilungen und Erinnerungen an die traumatischen Lebenserfahrungen und die stets ungestillte Sehnsucht nach Annahme, Zuwendung und Liebe. Dieser tiefste Wunsch war mit soviel Schmerz über die Enttäuschung in der frühen Kindheit verbunden und wurde durch Aggressivität und vor allem durch die Maske der »Wohlanständigkeit« (höflich, freundlich, tüchtig oder leidend) abgewehrt.

Wir sagen deshalb: *Das Tor zu neuem Leben ist der Schmerz.* Schmerz ist nicht das Ziel unserer Therapie, sondern das notwendige Durchgangsstadium, um auch Freude und Lust am Leben wieder erfahren zu können. Wenn eine Gruppe diesen Weg gegangen ist und sich selbst organisiert, ist die Erfahrung von wirklicher Nähe und Gemeinschaft der dankbare Lohn für das anstrengende und schmerzhafte Ringen um die ganze Wahrheit. Die Stunden der emotionalen Offenheit und die wiedergewonnene Kreativität und Vitalität verleihen dem Leben einen zweifelsfreien Sinn.

Für uns ist dies die christliche Botschaft des Leidensweges, den uns Jesus Christus vorgelebt, aber nicht abgenommen hat. Der Weg ans »Kreuz« ist das unvermeidbare Leiden auf dem Weg zu »neuem Leben«. Und keinem Menschen kann dieser Weg abgenommen werden. In der weit verbreiteten Auslegung der christlichen Kirche von der »Stellvertreterfunktion« Jesu', sehe ich den Beitrag der verwalteten Kirche zur unterdrückenden Neurotisierung der Menschen, um sie von ihrem wirklichen Leidensweg abzuhalten. Religion als Ersatz und als »Opium für das Volk«! So gerät die »Schultheologie« wie die »Schulmedizin« in die Handlangerfunktion staatlicher repressiver Strukturen. Was das totalitäre Staatssystem nicht schafft, wird disziplinierend, moralisierend, beruhigend, tröstend und ablenkend von den beiden großen sozialen Institutionen übernommen.

Die »therapeutische Kultur«

»Psychische Revolution« liegt in der Entscheidung jedes einzelnen. Gesellschaftliche Verhältnisse können dabei förderlich oder hinderlich sein. Im »real existierenden Sozialismus« waren die Bedingungen dafür außerordentlich erschwert. Wir brauchen Rahmenbedingungen, die therapeutische Möglichkeiten verbessern und Mangelsyndrom und Gefühlsstau vermindern helfen. Hier ist die Politk gefordert, Entscheidungen zu treffen und Bedingungen zu ermöglichen, die ich als »therapeutische Kultur« beschreiben möchte. Dabei will ich vor allem notwendige Veränderungen bei der Geburt, in der Medizin und der Erziehung, in der Religion und der Kultur des Zusammenlebens hervorheben, für die ich als Therapeut auch Erfahrungen mitbringe. Selbstverständlich gehören aber auch Veränderungen im Bereich der staatlichen Leitung, des Rechtswesens und der Wirtschaft, der Landwirtschaft, des Militärs, des Verkehrswesens, des Städtebaus und der Architektur zu einer »therapeutischen Kultur«, die eine weniger entfremdete Lebensweise mit zunehmendem Verzicht auf Ersatzwerte und Ersatzbedürfnisse ermöglichen und unterstützen.

Die »Wende« hat neue gesellschaftliche Möglichkeiten für uns eröffnet. In der Politik sind äußere demokratische Strukturen und in der Öffentlichkeit ist die Pluralität von Meinungen und Haltungen möglich geworden. Auf diese Weise kann äußerlich ausgeglichen und verbessert werden, was innerlich unausgeglichen und einengend fortbesteht. Darin sehe ich den entscheidenden Vorteil einer Demokratie gegenüber einer Diktatur, doch besteht auch die Gefahr, daß äußere Freiheiten über innere Unfreiheiten hinwegtäuschen sollen und die Kompensationsmechanismen nur eleganter die wahren Verhältnisse verschleiern. Wie in der Gruppentherapie kann man sich eine selbstorganisierende, relativ gesunde Gemeinschaft vorstellen, ohne daß die einzelnen Mitglieder für sich allein überzeugende Reife und Gesundheit verkörpern könnten. Allerdings ist der Gruppenprozeß zur größeren Nähe und Offenheit, zur kraftvollen Kreativität und Produktivität stets an den belastenden Weg der Gefühlsentladung, der aggressiven Auseinandersetzung und des Schmerzes gebunden. Ohne diesen emotionalen Prozeß entartet die

Gruppe zur Diktatur (Gewalt in der Gemeinschaft), zur extremistischen Vereinigung (Gewalt gegen Außenstehende), oder sie bricht chaotisch auseinander.

Solche Erfahrungen auf die Gesellschaft und auf die Situation in Deutschland anzuwenden, ist sicher zweifelhaft und stellt zumindest eine grobe Vereinfachung dar, und doch gibt es verblüffende Ähnlichkeiten. Wir hatten nach 1945 bei uns keine emotionale Vergangenheitsbewältigung, und wir wurden eine Diktatur mit extremistischen Tendenzen. Nach der »Wende« 1989 haben wir bisher erneut die »Trauerarbeit« vermieden und uns droht jetzt ein gesellschaftliches Chaos. Wieder wollen wir unsere »Unfähigkeit zu trauern« durch eine »Flucht nach vorn« verbergen. Es ist uns inzwischen auch klar, weshalb der Gefühlsprozeß so schwerfällt. Es geht dabei nicht nur um unser gesellschaftliches, sondern immer auch um unser ganz privates Leben mit sehr belastenden und mitunter bedrohlichen Erfahrungen aus unserer frühen Kindheit.

Mit Hilfe »therapeutischer Kultur« kann der notwendige Gefühlsprozeß gefördert werden. Dafür sehe ich als ersten Schritt die Pflicht und Notwendigkeit zur *Öffentlichkeitsarbeit.* Diese soll der Aufklärung, der Information, der Tabuverletzung und Provokation, der Anregung und Ermutigung dienen. In Funk und Fernsehen, Zeitschriften, Büchern, Filmen, Theatern, Lehrgängen und Seminaren können Annäherungen an die Wahrheit versucht werden. Es können Analysen, Berichte, Reportagen und persönliche Zeugnisse über unsere Vergangenheit weitergegeben werden. Künstler können vor allem auch den emotionalen Zugang zu unserem vergangenen und gegenwärtigen Leben erleichtern helfen. Ich sehe besonders die Intellektuellen in der Pflicht, mit ihren Mitteln die Auseinandersetzung wach und lebendig zu halten und Stoff zur öffentlichen Diskussion anzubieten. Alle Experten haben jetzt die Chance, Offenheit herzustellen und damit die Entmündigung zu beenden. Das bisherige Meinungsmonopol hat uns auch verblödet. Der Meinungspluralismus bildet und zwingt zur Auseinandersetzung. Es kann endlich deutlich werden, daß niemand über die ganze Wahrheit verfügt, und daß »Objektivität« Unsinn ist. Lügen, Halbwahrheiten, Verleugnungen und Beschönigungen sind für ein Volk ebenso zerstörend wie die herabwürdigende Haltung von Eltern: »Das verstehst du doch nicht!« Damit werden Verantwortlichkeit und kreative Aktivitäten schwer beeinträchtigt, und das innovative Leben stirbt ab. Wir Psychotherapeuten können schwerwiegende

Tabus endlich brechen und unser Wissen und unsere Erfahrungen vermitteln. Inhaltlich können wir vor allem aufmerksam machen auf die große Bedeutung des Unbewußten für die verborgene Motivation unseres Verhaltens und weshalb wir welchen Partner und welchen Beruf wählen. Unbewußte seelische Vorgänge bilden auch den Hintergrund für politische und religiöse Ideologien und für die sogenannten Sachzwänge. Wir müssen auf die wechselseitige Beeinflußung von Gesellschafts- und Charakterstrukturen hinweisen und deutlich machen, daß politische Entscheidungen und »objektive« gesellschaftliche Vorgänge nicht von den Personen, die Entscheidungen zu verantworten haben, losgelöst beurteilt werden können.

Offenheit und Ehrlichkeit, Streit der Meinungen und kritische Analysen können unser Zusammenleben entscheidend verbessern. In einer solchen Kultur kann auch die Vergangenheitsbewältigung nicht ausgespart werden. Es gibt keinen wirklichen Neubeginn, ohne zu verstehen, weshalb wir in eine Sackgasse geraten sind. Unser heutiges Verhalten wird wesentlich durch vergangene Erfahrungen beeinflußt. Und wir halten auch dann noch an bestimmten Verhaltensweise fest, wenn wir diese längst als schädlich oder unsinnig erkannt haben. Der Gefühlsstau hindert uns am einfachen Umschwenken zu gesünderem Verhalten. In einer »therapeutischen Kultur« muß deshalb der *Trauerarbeit* besondere Beachtung und Raum gegeben werden.

Der Begriff der »Trauerarbeit« meint zweierlei. Es ist erstens ein mühevoller und anstrengender Prozeß, der nie endgültig abzuschließen ist, und zweitens ein Gefühlsvorgang, der aus verschiedenen emotionalen Qualitäten besteht: aus Angst, Wut, Schmerz und Trauer. Trauer selbst ist die angemessene Gefühlsreaktion auf Verlust. Und wenn einem Menschen liebgewordene Möglichkeiten oder wichtige Dinge verlorengehen, werden meist alle ungeklärten und nicht abgeschlossenen Verhältnisse und Umstände wieder bewußt. Da gibt es Enttäuschung und Kränkung, Verletzung und Vernachlässigung, Unterlassung und Schuld. So verursacht der Ablösungsprozeß von verlorengegangenen Personen, Gewohnheiten und Dingen auch Angst (Wie werde ich weiterleben können?), Wut (Du hast mich benutzt, mißbraucht und im Stich gelassen! Das hat mich eingeengt und behindert!) und Schmerz (Ich bin ganz allein!).

Was unsere DDR-Vergangenheit betrifft, so haben wir hinreichend Grund für Zorn über erlittene Unterdrückung, für Schmerz über Mangel, für Trauer über vielfache Verluste und vertanes Leben. Wir sind auch schuldig geworden und haben Anlaß zum Bedauern. Unsere Schuld schließt selbstschädigendes Verhalten, Versagen gegenüber anderen Menschen und Zerstörung unserer Umwelt ein. Solch umfassendes Trauern ist ein ganz persönlicher Prozeß, wobei aber Bücher und Filme, Reden und öffentliche Zeugnisse anregen und ermutigen können. Wahre Kunst wird sich auch gerade daran messen lassen, inwieweit sie in der Lage ist, unbewußte und emotionale Prozesse zu aktivieren. Wir sagen: Echte Gefühle stecken an!

In einer »therapeutischen Kultur« steht die öffentliche Einstellung zu Gefühlsprozessen zur Diskussion. Gegenüber der »Trauerarbeit« gibt es verständlicherweise viele Vorbehalte. Sie rühren zu allererst aus der eigenen Betroffenheit mit der Ahnung von sehr unangenehmer Last, die natürlich unbedingt vermieden werden möchte. Deshalb ja auch die vielen Anstrengungen und zerstörerischen Bemühungen, dem Fühlen möglichst zu entfliehen. Wenn wir bedenken, daß ein solcher Gefühlsprozeß ja stets auch die frühesten Erfahrungen erfaßt, wo es tatsächlich um Leben und Tod ging, wenn z. B. die Mutter nicht zuverlässig anwesend oder versorgend war, dann können wir auch die existentielle Angst vor Trauerarbeit verstehen. Unsere Gefühle waren eingemauert, im Land wie im Körper. Was Mauer und Stasi äußerlich schafften, haben im Inneren die charakterlichen Deformierungen und Muskelverspannungen besorgt. Der gehemmte und zwanghafte Charakter lassen kaum noch wirkliche Regungen zu und die gespannte Muskulatur stoppt jeden Gefühlsstrom. Wir brauchen nur darauf zu achten, wie wir bei innerer Bewegung die Zähne zusammenbeißen, den Atem anhalten, die Schultern hochziehen, die Fäuste ballen und uns zusammenkrümmen.

Gegen die Gefühle gibt es auch kulturell viele Vorurteile, die in der Mißachtung und Geringschätzung und der Aufforderung zur Beherrschung überall deutlich werden. So sind auch häufiger abfällige Bemerkungen von »Nabelschau«, »Egotrip«, »Gefühlsduselei« hörbar. Oder es wird vor dem »Ausleben der Gefühle« gewarnt, damit würde Chaos und Kulturlosigkeit entstehen. So können nur Menschen sprechen, die den Kontakt zu ihren Gefühlen verloren haben und von ihrem Gefühlsstau geängstigt sind.

Die Wahrheit ist anders: Wer gut und ehrlich nach innen schauen und sich emotional annehmen kann, auch mit seinen »negativen« Gefühlen, der gewinnt damit die Voraussetzung, um sich auch mit anderen Menschen solidarisch verbunden zu fühlen und Nähe und Verständnis für den nächsten zuzulassen. Der freie Blick für sich selbst öffnet den Blick für den anderen und das Bedürfnis, mit Menschen verbunden zu sein und Kontakt aufzunehmen. Dagegen erzeugt die Angst vor der eigenen Innenwelt soviel Scheu und Unsicherheit, daß der nächste lieber gemieden oder verteufelt wird. Zurückgehaltene Gefühle machen krank und erzeugen Gewalt.

Die Einstellung zu unseren Gefühlen, sie zu unterdrücken oder zuzulassen, entscheidet über die Qualität unseres Zusammenlebens. Echte Beziehungen mit Nähe und Geborgenheit sind gebunden an unverfälschten Gefühlsausdruck. Die Beherrschung unserer Gefühle zwingt uns dazu, Rollen zu spielen, und unsere Beziehungen bleiben oberflächlich und verlogen. Wir brauchen also eine Diskussion über die *Werte unseres Lebens und Zusammenlebens.* Mit diesem Buch versuche ich auch Antworten zu geben und mögliche Wege zur Diskussion zu bringen. Es geht um die Frage, wodurch sollen unsere Beziehungen bestimmt werden: durch Technik, Leistung, Wachstum und Wohlstand? Und um welchen Preis? Oder sind uns ehrliche Kontakte, unverstelltes Dasein und lustvolle Entspannung wichtiger? Beides geht nicht zusammen. Wollen wir unsere Beziehungen pflegen und natürlich gestalten, müssen wir äußerlich bescheidener leben. Wollen wir auf äußeren Reichtum nicht verzichten, werden wir Beschädigungen unserer Seele und des sozialen Zusammenlebens hinnehmen müssen.

In diese Wertediskussion seien psychotherapeutische Erfahrungen hineingegeben. Aufgrund unserer Erkenntnisse sind die folgenden weitverbreiteten Ansichten, die unser Leben bisher nachhaltig prägten, als grundsätzlich falsch einzuschätzen:

– die Natur sei zu beherrschen – unsere Vernunft würde unser Leben bestimmen – der Mensch brauche Erziehung – man werde durch »Beherrschung« stark und kulturvoll – das, was wir uns denken und wovon wir überzeugt sind, sei wahr bzw. sei die ganze Wahrheit – man könne die Wahrheit in Büchern, bei Vorträgen oder Predigten finden – daß andere mehr von mir und meinem Leben wüßten als ich selbst – daß ich die Lösung meiner Probleme von Politikern, Therapeuten oder Pastoren erwarten könnte – daß man für die Gefühle anderer erwachsener Menschen verantwortlich sei – man könne für vergangene Kränkung und Demütigung heute entschädigt werden – man könne sich durch Leistung Liebe verdienen.

In der Kultur unseres Zusammenlebens müssen wir entscheiden, ob wir vor allem über andere und anderes debattieren wollen oder lernen möchten, von uns zu sprechen. Ich wurde in letzter Zeit in der Bundesrepublik häufiger gefragt, was denn jetzt eine wirksame Hilfe für uns wäre. Meine Antwort lautet: daß auch die Deutschen im »gelobten Land« beginnen, von sich zu sprechen. Das ist noch ganz etwas anderes als materielle Hilfen, Beratungen und Belehrungen. Wenn wir uns gegenseitig unsere Ängste und Freuden, unsere Wünsche und Hoffnungen mitteilen, wenn wir unsere Schwierigkeiten in Beziehungen und unsere sexuellen Nöte uns eröffnen und auch wie wir uns schützen und wie wir kompensieren, dann wachsen wir vermutlich schnell zusammen, weil auf dieser Ebene nicht mehr viele Unterschiede sein werden. Unser Zusammenleben kann vom Zuhören, der Einfühlung in den anderen und der ehrlichen Mitteilung getragen sein. Wir können lernen, Konflikte aufzudecken und auszutragen und auch unterschiedliche Meinungen nebeneinander stehen zu lassen. Die »psychische Revolution« bietet den Weg dafür und eine »therapeutische Kultur« den förderlichen Rahmen.

Die natürliche Geburt

Das oberste Gebot für eine natürliche Entbindung ist Gewaltfreiheit. Dies meint vor allem eine optimale Einstellung auf die Bedürfnisse von Mutter und Kind. Nicht medizinische Maßnahmen sollten das Geburtsregime bestimmen, sondern menschliche Begleitung. Beruhigungsmittel, Narkosen, Wehenmittel, Dammschnitt, Zange, Kaiserschnitt, technische Überwachung sind wirklich nur bei strenger medizinischer Indikation anzuwenden und keinesfalls routinemäßig. Medizinische Hilfe sollte aber jederzeit erreichbar sein und im Falle von Komplikationen und Risikogeburten ihren segensreichen Dienst für Erhaltung von Leben und Gesundheit voll entfalten können.

Gewaltfrei heißt vor allem, daß die ersten Erfahrungen für das Kind so schonend und so angenehm wie nur möglich gestaltet werden. Das betrifft Atmosphäre, Licht, Geräusche und Temperaturen, damit die Sinne des Kindes nicht mit einer schockierenden Ersterfahrung überfordert werden. Und ganz entscheidend ist, daß die Geburt nach eigenem Rhythmus verlaufen kann und nicht beschleunigt wird und daß die Trennung des Kindes von der Mutter nicht abrupt geschieht. So kann z. B. das Kind auf den Bauch der Mutter entwickelt oder gelegt werden, damit auch extra-uterin ein sicherer Kontakt zwischen beiden erhalten bleibt. Auch für die Beziehung von Vater und Kind ist seine Anwesenheit bei der Entbindung und ein erster verbindender Körperkontakt nach der Geburt von Wichtigkeit. Die Mutter kann das geborene Kind halten, streicheln und massieren und auf diese Weise ihre Zuneigung und Annahme auch körperlich ausdrücken. Das Neugeborene kann langsam zu atmen beginnen; die Nabelschnur wird erst durchtrennt, wenn sie auspulsiert ist.

Es ist nicht wahr, daß Neugeborene schreien müssen. Sie schreien vor Schmerz, wenn sie unnatürlichen Bedingungen ausgesetzt sind. Sie können ruhig, glücklich und lächelnd (!) – man hat immer behauptet, daß Säuglinge erst nach einigen Wochen zu lächeln beginnen – bei liebevoller und einfühlender Annahme ihr Leben beginnen. Manche Kinder suchen sofort die Brust, warum soll es ihnen nicht gestattet werden? Mutter und Kind bleiben zusammen. Beide bestimmen über ihren Kontakt. Diese Entscheidung darf nicht mehr Ärzten, Schwestern oder dem Rhythmus einer Klinik überlassen werden.

Das entbindende Paar sollte den Ort der Geburt wählen können, und die werdende Mutter sollte über die Geburtslage und über die Anwesenheit naher Beziehungspersonen bestimmen dürfen. Es geht also um die freie Wahl zwischen Klinikentbindung, ambulanter oder Hausentbindung. Die Hebamme ist die wichtigste Beziehungsperson für die Entbindung. Zu ihr sollte eine gute, offene und vertrauensvolle Beziehung aufgebaut werden können. Dazu bedarf es vieler Gespräche und Kontakte. Letztlich sollte also schon lange vorher klar sein, welche Hebamme die Geburt begleitet.

Wie wir heute wissen, ist es für das Leben des Menschen von entscheidender Bedeutung, daß er erwünscht ist und gut angenommen wird, daß ihm Zeit gelassen wird, zur Welt zu kommen und er dies ohne Beschleunigung oder Dämpfung mitgestalten kann. Es geht um die entscheidende Frage, ob Mutter und Kind Objekte des Entbindens oder Subjekte des Gebärens sind. Optimal wäre es, wenn ein Mensch in klare Verhältnisse hineingeboren würde und er auch liebender Annahme sicher sein könnte. Eine natürliche Geburt ist nicht denkbar ohne eine gereifte Einstellung zur Elternschaft, Partnerschaft und Sexualität. Ungewollte Schwangerschaften und unbewußte Hintergründe beeinflussen den Geburtsvorgang und die Beziehungen zum Kind. Wird ein Kind zur Selbstbestätigung, zum Trost, zur Abwehr sexueller Unsicherheiten, als »Bindeglied« für eine labile Partnerbeziehung oder gar zum Zweck der Erpressung gebraucht? All diese Fragen gehören ebenso zur Vorbereitung, wie Seminare für Körperwahrnehmung, Atemtechnik und Entspannung eine natürliche Entbindung erleichtern. Dies alles ist eine lohnende Aufgabe therapeutischer Kultur.

Begleiten statt Erziehen

»Erziehung« wird da nötig, wo lebendige Menschen an abnorme Verhältnisse angepaßt werden müssen. Das »Mangelsyndrom« erzeugt soviel Störung, daß sekundär disziplinierende Maßnahmen zum Schutze von Recht, Leben und Gesundheit anderer Menschen notwendig werden. Tragisch dabei ist, daß zumeist der Eindruck erweckt wird, daß zu »erziehende« Menschen (wie z. B. Kriminelle und Neonazis) der Ausbund des Bösen seien, die man unbedingt bekämpfen müsse und damit verschleiert wird, daß es sich um Menschen in Not handelt, die sich gegen erlittene Gewalt auf ihre Weise wehren und dafür nur eine andere, militante Art und Weise gefunden haben, praktisch spiegelbildlich zu dem, was ihnen selbst angetan worden ist.

»Erziehung« muß in der Regel als ein schädigendes Verhalten Erwachsener gegen Kinder angesehen werden. In einer »therapeutischen Kultur« könnte »Begleitung« gefördert werden. Damit meine ich die Fähigkeit der Erwachsenen, sich in die Bedürfnisstruktur und Eigenarten des je einmaligen Kindes einzufühlen und für eine optimale Bedürfnisbefriedigung zu sorgen. Das heißt vor allem, daß Eltern für ihre Kinder da sind (und nicht die Kinder für ihre Eltern oder den Staat!), daß Kindern Raum und Zeit offengehalten wird für Erfahrungen und Erleben. Dabei können Erwachsene anregen, ermutigen, viele Möglichkeiten anbieten, allerdings ohne Zwang auszuüben. Eltern verfallen immer dann in die Versuchung, den Kindern aufzunötigen, was richtig und was falsch ist, wenn sie ein ganz bestimmtes Erziehungsziel vor Augen haben.

Das Beste, was Eltern für ihre Kinder und Lehrer für ihre Schüler tun können, ist die Erkenntnis ihrer eigenen Entfremdung und das Bemühen um Gesundung. Sie könnten aufhören, an ihren Kindern herumzuerziehen, wenn sie selbst ehrlicher wären, echt reagierten und sich auch in ihren Nöten, Schwächen und Grenzen transparent machten. In der Psychotherapie ist es längst bekannt, daß sogenannte »verhaltensgestörte« Kinder oder Schüler meist keine eigene Behandlung brauchen oder nur in geringerem Umfang, wenn nur ihre Eltern und Lehrer eine Therapie für sich in Anspruch nehmen und ihren Anteil an den Störungen der Kinder erkennen und aufgeben können.

Kinder müssen auch Grenzen erfahren, wenn berechtigte Interessen und Bedürfnisse anderer einengend berührt werden. Für das Begrenzen sind sogenannte »Ich-Botschaften« von größter Bedeutung, die in der Lage sind, einem Kind verständlich zu machen, daß der Erwachsene jetzt seine Grenze hat und das Kind sich nicht als schlecht oder unmöglich erleben muß, weil es bestimmte Wünsche und Bedürfnisse hat, die Mutter oder Vater jetzt einfach nicht erfüllen können. Die Erfahrung von Einschränkung und Verzicht gehört ebenso zum Leben wie Fülle und Freiheit. Es ist der entscheidende Unterschied, ob ein Kind für sein Erleben und Verhalten diskriminiert, ausgelacht oder schuldig gesprochen wird oder ob ihm klar werden kann, daß jeder andere Mensch immer auch Grenzen und eigene Bedürfnisse hat.

Ich setze »begleiten« gegen »erziehen«. Und das heißt vor allem eine »therapeutische Kultur«, die auf Gebote und Verbote verzichten kann, die Forderungen, Zwänge, Ermahnungen und Moralisieren vermeidet und Bestrafungen, Zensuren, Tadel, aber auch Lob und Belohnung als »Erziehungsmethoden« überflüssig macht. Begleiten verlangt keinen Gehorsam, keine Disziplin und zwanghafte Ordnung. Nur dadurch können Schuldgefühle und Ängste bei Kindern vermieden werden, die aber stets entstehen, wenn sie bestimmte Erwartungen und Normen erfüllen sollen, die gegen ihre Natur gerichtet sind. Auch lassen sich natürliche Regungen nicht abstellen, sondern lediglich unterdrücken, was aber zwangsläufig Auflehnung und Feindseligkeit gegen die Unterdrücker mit sich bringt. Das wiederum erzeugt Angst und Reue und bildet damit eine Grundlage für immer tiefer reichende Unterwerfung.

Wollen wir eine solche »Begleitung« unserer Kinder erreichen, brauchen wir politische Entscheidungen für die Förderung von Natürlichkeit statt Anpassung und Unterordnung unter die Ideologie eines Machtapparates oder unter ökonomische und militärische Zwänge. Es werden vor allem reife und psychisch gesunde Eltern,

Erzieher und Lehrer gebraucht und ein völlig veränderter Unterricht, der besonders »Lebensschule« beinhaltet. Und das sind auch Wahrnehmung und Ausdruck von Gefühlen, das offene Austragen von Beziehungskonflikten und die Förderung von Erotik, Sexualität und partnerschaftlichen Beziehungen nach den Bedürfnissen und Möglichkeiten der Kinder und Jugendlichen. Wenn sich Kinder verstanden und angenommen fühlen, wenn sie in der »Begleitung« die angemessene Reaktion auf ihre Bedürfnisse erfahren, dann können sie echt bleiben und entfalten eine selbstverständliche Offenheit und Ehrlichkeit als beste Grundlage für zwischenmenschliche Beziehungen.

Da wir die Natur beherrschen wollen und glauben, unsere Kinder erziehen zu müssen, haben wir auch das Vertrauen zur Natur verloren und das Leben mit ihren Rhythmen verlernt. Alle therapeutische Erfahrung hat mich darin belehrt, daß weder Wissen noch Moral eingehämmert werden müssen, sondern daß ein ganz normales Bedürfnis besteht, sich Wissen anzueignen, die Welt zu erfahren und zu verstehen und in Liebe, Frieden und Gerechtigkeit leben zu wollen. Es gibt ein natürliches Streben danach, das aber stets auch durch die Lebensrealität behindert und gestört wird. Und die frühen Erfahrungen entscheiden darüber, wie diese Störungen verkraftet und verarbeitet werden. Jeder Mensch, der sich nach seinen eigenen Gesetzen entfalten kann, dabei Annahme und Bestätigung erfährt, lernt nicht nur auch das Recht und die Freiheit anderer Menschen zu würdigen, sondern er erhält sich auch die Freude am Lernen. Er wird sich ohne größere Schwierigkeiten all das Wissen holen und aneignen, das er jeweils braucht. Pauken und Auswendiglernen dienen dagegen nur der Unterwerfung und Demütigung und nützen der Lebensgestaltung in keiner Weise. Müssen Kinder die Forderungen ihrer Eltern und des Staates erfüllen, geraten sie unweigerlich in einen Mangelzustand, der sie für alle späteren Belastungen des Lebens labilisiert und einen permanenten Wunsch zur autoritären Beziehung und Führung hinterläßt. Dagegen werden »begleitete« Menschen kein Interesse mehr haben, in einer Armee zu dienen, andere Menschen zu Fremden zu erklären oder die Natur zu zerstören. Sie werden nicht mehr Opfer des Konsumterrors sein wollen. Und wenn sie sich verteidigen, anstrengen und mühen müssen oder etwas brauchen, bzw. verbrauchen wollen, werden sie das Notwendige finden und tun. Erziehung führt zur Einengung und Unterwerfung, sie erzeugt ein Defizit an Bedürfnisbefriedigung und einen Gefühlsstau. Erst dies provoziert auch Fehlverhalten, Egoismus, Neid und Gewalt. Begleiten stärkt das Selbstbewußtsein und fördert Eigenständigkeit. Das provoziert nahezu Dankbarkeit und Liebe für andere. Hat ein Mensch Annahme erfahren, kann er auch den nächsten lieben wie sich selbst. Er ist gesättigt und befriedigt und will deshalb auch gerne abgeben.

Ganzheitliche Medizin

Es kann heute nicht mehr um eine Alternative, ein Entweder-Oder zwischen dem biologisch-medizinischen und dem psychosozialen Denkmodell gehen, sondern nur um eine Integration und Verbindung beider Denkansätze in die gesamte Medizin. Darüber hinaus kann sich die Medizin meines Erachtens auch nicht einer wesentlichen Dimension menschlichen Lebens, der Spiritualität, verschließen. D. h. letztlich, daß die Medizin aus der Nur-Naturwissenschaftlichkeit zu einer integrierten Natur-, Geistes- und Sozialwissenschaft herausgeführt werden muß.

Ein solch ganzheitliches Medizinmodell gehört zu den notwendigen politischen Entscheidungen in einer »therapeutischen Kultur« und muß die Lehre, die Praxis und die Struktur des Gesundheitssystems umfassen und dabei die Spezialisierung, den Reduktionismus, die Fortschritts- und Wachstumsideologie und die Versachlichung überwinden. Die »wissenschaftlich-technische Revolution« kann nicht die menschliche Begegnung ersetzen.

Ein ganzheitliches Medizinmodell versteht den Menschen als somato-psycho-sozio-spirituelle Einheit. Diese »holistische Medizin« vollzieht einen Paradigmenwechsel, indem sie bemüht ist, das »Ganze« wieder in den Blick zu bekommen, das durch Analysieren, Anatomisieren und Spezialisieren verlorengegangen ist. Der menschliche Körper wird nicht mehr wie eine Maschine gesehen und behandelt, wobei Krankheit als Fehlfunktion einzelner Teile verstanden wird, die der Arzt chemisch oder physikalisch zu reparieren imstande wäre. Es gibt keine Krankheiten mehr, sondern nur kranke Menschen. Man *hat* nicht eine Krankheit, der Mensch *ist* krank. Der Mensch besteht nicht nur aus biologischen, physiologischen und chemischen Funktionen, sondern er ist »beseelt«, ein geistiges Wesen, und er lebt in sozialen Zusammenhängen. Eine Einteilung in körperliche, seelische, geistige und psychosomatische

Krankheiten wird als schlichtweg falsch abgelehnt. Der kranke Mensch ist stets in all seinen Dimensionen gestört, wobei einzelnen pathogenen Faktoren unterschiedliches Gewicht zukommt. Jeder Mensch lebt sein unverwechselbares Krank-Sein und Gesund-Sein. Nur Symptome lokalisieren sich bevorzugt auf dieser oder jener Ebene und werden vor allem auch als Kommunikationsmittel und -signale verstanden.

Krank-Sein wird wieder in seiner Sinnhaftigkeit verstanden. Dazu bedarf es natürlich eines metaphysischen Bezugsrahmens in der Art, wie etwa Buchstaben und Zahlen formale Träger einer dahinterliegenden Idee sind. So wie in der Kunst Leinwand und Farbe den Zugang zum Inhalt ermöglichen, so bekommen bildhaftes Denken, Gefühle, Phantasien, Symbole, Träume, Assoziationen, Ironie, Humor, Mimik und Gestik, Sprachmodulationen, Körperhaltungen und Körperformen ihren besonderen Wert für die Medizin. Dies reicht weit über die Parameter des Labors und medizinisch-technischer Diagnostik hinaus. Auch der ärztliche Untersucher ist kein neutraler, objektiver Beobachter.

Im ganzheitlichen Verständnis bekommen Symptome eine ganz neue Bedeutung. Sie signalisieren, daß der Mensch aus seinem Gleichgewicht geraten ist und daß ihm etwas fehlt. Krankheit kennt nur ein Ziel: Uns heil werden zu lassen. Die Sprache der Symptome ist meist eine bittere Wahrheit, sie zu verstehen, bietet die Chance für Lernprozesse und Veränderungen im Leben. Symptome werden also »gedeutet« und »verdolmetscht«.

Heilung ist ohne Bewußtseinserweiterung und Lebensveränderung nicht denkbar! Damit wird dem Systembild der Natur entsprochen: So wie der Mensch ein dynamisches System seiner Einzelteile ist, so ist der ganze Mensch eingebettet in ein übergeordnetes soziales, ökologisches und spirituelles System. Erkrankung ist die Folge von Disharmonie und Ungleichgewicht zwischen »Gott«, Natur, Gesellschaft und eigener Lebensführung.

Gesundheit ist also vorrangig in der Lebensweise, der Ernährung, in den sozialen und gesellschaftlichen Verhältnissen verankert. Der Mensch ist verantwortlich für sein Gesundsein. Krank-Sein ist also auch Verfehlung und Schuld. Welche Schuldlast mag unsere Medizin bereits auf sich geladen haben, wenn sie fast ausschließlich und unkritisch Schuld am Krank-Sein verleugnet?

Gesund-Sein und Krank-Sein lassen sich nicht mehr allein auf Strukturen begründen, sondern es sind vor allem dynamische Prozesse. Damit werden sie zu relativen und subjektiven Begriffen. Gesund-Sein ist als ein funktionelles System zu beschreiben, nicht als Zustand. Es ist eine ständig aktive Antwort auf die Anforderungen der Innen- und Außenwelt. Phasen des Ungleichgewichtes, der Erkrankung sind natürlich, sie dienen der Veränderung, dem Lernen und Wachsen.

Ganzheitliche Medizin arbeitet auch mit einem Energiebegriff. Es sind Energien eines sich selbst organisierenden Systems gemeint: ein Maß für Aktivität und Dynamik, für Fließen, Schwingungen, Rhythmus, Synchronisieren und Resonanz. Eine daraus abzuleitende ganzheitliche Therapie bedeutet, Sorge zu tragen, daß der Mensch zu seinem Gleichgewicht zurückfindet. Der freie Fluß der Grundbedürfnisse und ihre ausreichende Befriedigung sind dabei die wichtigste Basis für Gesundheit. Im therapeutischen Handeln geht es dann mehr darum, Blockaden aufzulösen, Spaltungen zu überbrücken, Entfremdungen zu vermindern und Verdrängtes und Unterdrücktes zu befreien. Solche Therapie berücksichtigt den Körper, die Seele, die sozialen Beziehungen und die geistige Orientierung des Menschen.

Eine ganzheitliche Therapie fordert ein verändertes und neues Selbstverständnis für die Helfer. Es kann keine autoritäre Beziehung zwischen Experten und Laien, zwischen Helfer und Hilfsbedürftigem mehr sein, sondern eine zwischenmenschliche Beziehung zweier Partner mit unterschiedlichen Funktionen und Aufgaben. Der Arzt braucht dafür eine andere Ausbildung: Das akademische Wissen reicht dazu nicht aus. Ganzheitliche Medizin braucht den ganzen Arzt. Auf der Universität wird bisher vor allem sein Kopf geschult. Er braucht aber auch Intuition und Mitgefühl. Dabei verstehe ich Mitgefühl nicht als falsches Mitleid, sondern als einfühlende Reaktion auf die Signale des Patienten. Ist der Arzt dafür offen, kann er in sich selbst etwas vom Problem des kranken Menschen erfahren. Wenn ich als Therapeut im Kontakt zum Patienten ärgerlich, unruhig, ängstlich, müde oder besonders herzlich werde, kann dies ein Ausdruck abgespaltenen Erlebens des Patienten sein, was er nicht mehr annehmen kann, was ihm aber schließlich zur »Ganzheit« fehlt. Solche Empfindungen im Arzt können aber auch seiner eigenen Lebensweise und seelischen Struktur entstammen und seine Wahrnehmung und therapeutische Funktion erheblich stören. Jeder Arzt reagiert auch emotional auf seine Patienten. Der Unterschied besteht nur darin, ob er es wahrnimmt oder nicht, ob er daraus für seine Funktion Gewinn ziehen kann oder ob er abwehren muß und sich so wesentlicher Chancen beraubt. Ohne Selbsterfahrung in der Ausbildung und Supervision in der praktischen Tätigkeit wird ärztliches Handeln eher zu einer Gefahr als zum Segen für den Patienten. Ohne ein solches Selbstverständnis ist jeder Arzt in Gefahr, nach seinen Vorstellungen zu behandeln und nicht mehr den Patienten zum Verständnis seiner Erkrankung und zur Veränderung seines Lebens zu ermutigen. Ohne Selbsterfahrung muß sich auch der Arzt in der Regel vor unangenehmen Erkenntnissen schützen und kann dann natürlich auch bittere Wahrheiten bei seinem Patienten nicht sehen und unterstützen. Und dies ist genau einer der Gründe, weshalb sich viele Ärzte hinter ihren Geräten und Apparaten verstecken und sich lieber mit akademischem Wissen zum Experten profilieren. Dann aber bleibt auch der Patient Objekt seines Fachwissens und Untertan seiner Autorität. Läßt sich der Arzt aber auf eine wirkliche Beziehung ein, dann geht es nicht mehr um neutrales Beobachten, um Diagnostizieren und Verordnen, dann geht es um Grenzerweiterung auf beiden Seiten. Dies entwirft ein ganz anderes Bild vom »Heiler«, als es bisher besteht. Bei der Auswahl zum Medizinstudium werden zur Zeit vor allem die intellektuell leistungsstarken, ehrgeizigen und emotional eher distanzierten Bewerber bevorzugt, und in der DDR galt die »gesellschaftliche Aktivität« und ein »fester Klassenstandpunkt« als besondere Empfehlung für das Medizinstudium. Hier sind ein Umdenken und neue Entscheidungen dringend gefordert!

Wider die autoritäre Religion

Zur »therapeutischen Kultur« zähle ich auch die Kirchenpolitik, die Einfluß nimmt auf die spirituelle Dimension des Menschen und seine religiösen Bedürfnisse. Ich habe mich in diesem Buch mehrfach scharf gegen bestimmte Praktiken religiöser Einengung ausgesprochen, die vor allem auf die autoritäre »Verkündigung«, auf die moralisierende Einengung und mißbräuchliche Verwendung religiöser Aussagen oder Rituale zur Unterwerfung und zur Machtausübung abzielten. Ich habe vor allem auf die große Gefahr aufmerksam machen wollen, wenn Liebe, Frieden und Gerechtigkeit zu ideologischen Parolen und Forderungen verbogen werden und abhängige Menschen zur Verschleierung und Kompensation innerer

Not und seelischen Mangels in der Maske »christlicher« Tugenden zu militanten Eiferern werden.

Ich will meine Position umreißen: In einer heiklen Diskussionsrunde wurde ich mal gefragt, ob ich eigentlich Christ sei. Mein Vortrag hatte offensichtlich Zweifel aufkommen lassen, und irgendwie empfand ich es auch als eine »Falle«. Ich antwortete deshalb: Ich bin Achim Maaz, und ich möchte nicht in irgendein »Kästchen« eingeordnet werden. Ich gehöre keiner Partei an und letztlich auch keiner Religion, obwohl ich getauft, konfirmiert und steuerzahlendes Mitglied der evangelischen Kirche in der DDR bin. Aber ich weiß mich auch anderen Religionen der Welt verbunden. Ich bin religiös, und ich glaube an Gott. Ich möchte diesen aber nicht verwaltet sehen, sondern mein Verhältnis frei zu ihm erleben und gestalten können. Dabei sind mir Theologen stets willkommene Begleiter und Berater gewesen. Sie waren aber auch Menschen, an denen ich meine Erfahrungen mit autoritären Strukturen vertiefen konnte. Gegenüber religiösen Bedürfnissen habe ich eine tiefe Ehrfurcht, doch hatte ich dies irrtümlicherweise auf die Kirche und die Personen im Talar übertragen, so wie ich es gelehrt bekommen hatte. Vater, Lehrer, Polizist, Pastor, Doktor waren Autoritätspersonen, und den Pastoren gegenüber empfand ich lange Zeit eine besondere Scheu, da sie mit den »höchsten Dingen« in direktem Kontakt zu stehen schienen. Erst der unmittelbare menschliche Umgang mit den Kirchenleuten machte mir meinen Irrtum deutlich, aber auch, daß ich nur allzugern projiziert hatte, um nicht ungeschützt dem »Unbegreiflichen« ausgeliefert zu sein. Allmählich wurde mir auch klar, daß Pastoren nur Menschen sind, und zwar wie alle anderen mit guten und schlechten Seiten, mit gesunden und neurotischen Anteilen, und daß die Kirche eine Organisation ist, die sich in ihren Strukturen von anderen Institutionen überhaupt nicht unterscheidet.

Das Leben von Jesus Christus hat mich stets fasziniert. In ihm sehe ich den »gesunden Menschen« an sich, der aus seinen Emotionen kein Hehl machte, der klar, direkt und offen und vor allem zum Leiden und zum Schmerz fähig war. Über den Passionsweg begriff ich die Bedeutung des Leidens und was der Mensch durchmachen und auf sich nehmen muß, will er zu neuem Leben gelangen. Ich wehre mich gegen die Interpretation, daß Jesus den Menschen etwas abgenommen hätte und daß das »wahre« Leben erst nach dem Tod kommen soll. Ich sehe darin einen falschen Trost, der geeignet ist, die Menschen am Leben zu hindern und ihr Elend und ihre Not zu verdrängen und zu verleugnen. Dies jedenfalls ist mir als »christliche Praxis« wiederholt begegnet, und ich fand eingeengte und geängstigte Menschen, die durch eine Mauer von Schuldgefühlen am Leben gehindert waren. Fanden sie aus dieser Verstörung heraus, konnten sie ihr »Kreuz« auf sich nehmen, indem sie sich emotional öffneten, erfuhren sie sehr häufig eine Befreiung zu neuem Leben. Sie fühlten sich plötzlich eingebunden und gehalten, sie erfuhren aus sich heraus Sinn oder erlebten geschriebene oder gesprochene Sinnangebote als innere Zustände, sie empfanden für Augenblicke Liebe und Frieden. Ich habe Menschen kennengelernt — Christen, Marxisten und Atheisten — die in solchen Momenten von sich mitteilten, daß sie erstmals erfahren hätten, was Ostern oder Weihnachten wirklich bedeute. Vordem seien diese Feste nur mehr Rituale gewesen, zu denen sie keinen wirklichen Zugang mehr hatten. Schuld, Reue und Vergebung bekamen die Qualität leibseelisch erlebter Erfahrung. Solche »Sternstunden« waren regelmäßig gebunden an eine tiefe Gefühlsarbeit mit viel Zorn, Schmerz und Trauer über lebensgeschichtliche Erfahrungen von Unterdrückung, Demütigung und Kränkung.

In Jesus Christus sehe ich auch einen Menschen, der gerade wegen seiner Gesundheit gekreuzigt wurde. Auch dies gehört zu den Erfahrungen unserer Arbeit, daß Verleumdung und Verfolgung zunehmen, je ehrlicher, offener und wahrhaftiger die Aussagen und Verhaltensweisen von Menschen werden. Patienten sahen sich häufig mit dem Problem konfrontiert, wieviel sie von ihrer authentischen Erfahrung aus der Therapie in ihrem Leben umsetzen könnten, ohne durch Feindseligkeiten daran gehindert zu werden.

Meine Kritik gilt vor allem einer autoritären Religion, die Anspruch auf Verehrung und Anbetung einer »höheren Macht« erhebt und Gehorsam und Unterwerfung fordert. Dies setze ich mit »faschistisch« oder »stalinistisch« gleich. Eine solche Religion eignet sich natürlich hervorragend zur Kompensation des Mangelsyndroms, sie bietet ersatzweise Halt und Schutz, allerdings auf Kosten der Lebendigkeit und Gesundheit und mit der großen Gefahr zerstörerischer und vergiftender Wirkungen auf die Seele und die Beziehungen der Menschen. Dagegen würde eine »therapeutische Kultur« eine Religion fördern, die freiläßt und nicht ängstigt und unterdrückt. Eine Religion, die in der Spiritualität des Menschen ein Grundbedürfnis erkennt, das mitunter Hilfe und Angebote braucht, aber vor allem echte Beziehungen, um sich entfalten zu können. Dies würde auch vom Seelsorger ähnlich wie vom Psychotherapeuten und Arzt über die akademische und methodische Ausbildung hinaus Selbsterfahrung und Therapie der eigenen Störungen abverlangen.

Kein Therapeut sollte ruhig schlafen, wenn er sich nicht auch an den Worten der Bergpredigt orientiert, und spätestens seit Freud sollte auch kein Seelsorger mehr ruhig schlafen, wenn er ohne tiefenpsychologisches Verständnis Gottes Wort verkündigt – er kann damit genauso viel Schaden anrichten wie ein Psychotherapeut ohne Liebe!

Schlußwort

Ich war bemüht, in der »Psychologie der Wende« herauszuarbeiten, wie der Ansatz zur inneren Demokratisierung steckengeblieben ist. Die »psychische Revolution« ist damit erfolgreich verhindert worden und die alten Strukturen haben sich zu neuen »gewendet«. Das neue Gewand ist eindeutig besser, frischer und sauberer. Zwischen dem »real existierenden Sozialismus« und der »real existierenden sozialen Marktwirtschaft« deutscher Nation hat die Geschichte bereits ihr Urteil gesprochen.

Wesentliche Menschenrechte und neue Freiheiten sind bei uns plötzlich da. Dies erfüllt mich mit Freude und Genugtuung. Mir fällt es jedoch schwer zu sagen, daß sie erkämpft wurden. Ich weiß zwar, daß sich viele redliche Menschen für die Erneuerung bis zur Erschöpfung eingesetzt haben, und dennoch war dies mehr ein Ringen um die verwaltete äußere Ordnung und nicht um die Bereinigung der inneren Unordnung. Auch wenn die Realpolitik zu solch einem Ablauf genötigt hätte, so bleibt die »Trauerarbeit« uns doch nicht erspart. Sie wird uns einholen. Wir haben nur die Wahl zwischen Agieren oder Fühlen. Zum Agieren zähle ich alle in diesem Buch beschriebenen Kompensationsversuche, von den Erkrankungen, den sozialen Rollen, der Lebensweise bis zu den globalen Gefahren der Menschheit. Zum Fühlen rechne ich alle Bemühungen um ehrliche Informationen, um Aufklärung und die persönlichen Zeugnisse und Schuldbekenntnisse. Ich hoffe auf künstlerische Werke im Dienste des Fühlens. Ich setze auf das wachsende Interesse an Therapie und auf die unvergeßliche Weisheit des Volkes aus der Oktoberrevolution 1989.

Mir ist durchaus bewußt, daß eine solche Position real und utopisch ist. Im Großen wird es solange eine Utopie bleiben, solange wir an einer Gesellschaftskonzeption festhalten wollen, wie sie im Moment in den Industriestaaten besteht und von einer Ideologie von Leistung, Wohlstand, Fortschritt und Wachstum getragen wird. Eine solche Gesellschaft braucht allerdings entfremdete, gespaltene, gefühlsblockierte und angepaßte Charaktere, wie man sie als »faschistische«, »stalinistische« und demnächst vielleicht auch als »konsumterroristische« bezeichnen kann.

Durch »psychische Revolution« kann der einzelne seine Entfremdung vermindern und sich wieder unmittelbare Befriedigung an Grundbedürfnissen ermöglichen, wie es im Erleben von unverstelltem Kontakt, von Nähe und Liebe, von lustvoller Sexualität und freiem Gefühlsausdruck als kleines Glück Erfüllung bringt. Damit wäre ein zunehmender Verzicht auf Ersatzbefriedigung durch Konsum, Besitz und Macht denkbar. Auf diese Weise könnte auch allmählich der Druck auf Politiker verringert werden, ein ökonomisches und politisches System zur Befriedigung von Ersatzbedürfnissen zu erhalten, und der gewonnene Freiraum wäre für eine Politik der »therapeutischen Kultur« zu nutzen.

In der DDR ging es letztlich nie um Opfer oder Täter, um Flüchten oder Standhalten, auch jetzt geht es nicht wirklich um Vereinigung oder einen dritten Weg, sondern es geht um Wahrnehmen und Erkennen, um Fühlen und Verstehen, um Betrauern und Sich-Freuen – und zwar in ganz Deutschland. Schließen wir diese »psychische Revolution« aus, könnte eines Tages der soziale Druckkessel explosiv werden. Vor allem der Existenz der Bundesrepublik Deutschland »verdanken« wir im Moment die Implosion unserer geliebt-gehaßten DDR. Dies ist eine dankenswerte Chance und eine Gefahr zugleich. Die Chance liegt in der Erkenntnis und sinnvollen Neuorientierung, wenn wir nicht nur die D-Mark als Lotsen für unseren Weg gelten lassen. Die Gefahr liegt im nicht entladenen Gefühlsstau. Wenn wir jetzt nur äußere Entwicklungen anstreben und unsere innere Situation übersehen, müssen wir weiter kompensierend agieren. Dann können vielleicht auch eine ökologische Krise, eine Weltwirtschaftskrise oder ein militärischer Konflikt an einer neuen Front, das große und erfolgreiche Deutschland genauso schnell erschüttern, wie der ehemals monströs gesicherte SED-Staat schließlich wie ein Papiertiger in sich zusammenfiel. Wie wir jetzt und in Zukunft leben wollen, soll eine Frage bleiben, die uns keine Ruhe mehr läßt. Ich behalte bei allem Pessimismus die Hoffnung, daß die emotionalen Schauer des Herbstes 1989, die ganz Deutschland erfaßten, nicht in der reaktiven Scham steckenbleiben und nicht nur durch eine Flucht nach vorn in das gesamtdeutsche Wirtschaftswunder abgewehrt werden, sondern daß eine Ahnung von der wirklichen Befreiung lebt und erhalten bleibt, so daß wir Deutschen uns zu gemeinsamen Demonstrationen für ein natürlicheres Leben auf den Straßen wirklich vereinigen werden.

Wir sind im vereinten Deutschland der gegenseitigen Projektionen und Abspaltungen beraubt. Wir haben die Wahl, uns neue gemeinsame Opfer als »Schuldige« für unsere innere Zerrissenheit zu suchen, oder die Vereinigung wirklich als einen Prozeß für Ganzheit zu begreifen, der uns DDR-Bürgern auch die verdrängte und gedemütigte Größe und Würde und den BRD-Bürgern die abgespaltene innere Not und Armut wieder schenkt. In beiden Teilen Deutschlands ist dazu ein emotionaler Verarbeitungsprozeß vonnöten, der Angst vor dem Fremdgewordenen, Wut gegen die Verursacher der Entfremdung, Schmerz über den durch nichts zu entschädigenden Mangel und Trauer über verlorene Möglichkeiten und Chancen einschließt. In der »psychischen Revolution« findet jeder einzelne ein Angebot für seinen individuellen Prozeß, mit der »therapeutischen Kultur« werden die politischen Entscheidungen und die Atmosphäre gefördert, die in der Lage sind, das Mangelsyndrom zu mildern und die Kompensationsbemühungen überflüssig werden zu lassen. Dies ist kein Ziel, sondern ein Weg. Dies verheißt kein Glück, sondern menschliche Würde.

Von mir

»Was Peter über Paul sagt, sagt mehr über Peter als über Paul!« Dieses Buch ist meine Sicht über die Menschen in der DDR. Und ich schreibe nicht nur über DDR-Bürger, sondern vor allem als DDR-Bürger. Ich bin ein Betroffener, als Opfer und Täter in einem totalitären System, dessen schädigendem Einfluß sich keiner entziehen konnte. Ich habe als Psychotherapeut in diesem System eine Nische gefunden und einen Weg gewählt, um in einer schweren Gesellschaftsdeformierung meine Identität zu bestimmen, die trotz eigener Einengung und Verbogenheit Würde zu wahren versprach. Auch viele andere haben in ähnlicher Weise darum gerungen, ihre gesunden Anteile zu schützen und zu entwickeln und der Unterdrückungs- und Entfremdungswalze zu entziehen. Die vielen kleinen menschlichen Gesten und freundschaftlichen Gespräche, die unerwarteten Hilfen und Freuden im Privaten und Verborgenen, wenn die »Kralle« nicht gegenwärtig schien und ganz selten auch mal im öffentlichen Rahmen, wenn das Wunder der Zivilcourage geschah, das waren die Hoffnungsschimmer und Mosaiksteinchen der pulsierenden Lebendigkeit, die mir halfen, trotz allem auch gut zu leben. Vor allem das gemeinsame Arbeiten, manchmal auch Schimpfen und Fluchen und das subversive »Verschwörungsspiel« im kleinen Kreis hat Beziehung gestiftet und emotionalen Halt gegeben. Die freundschaftlichen und liebenden Beziehungen waren in der Kälte und dem Schweigen, in der Verlogenheit und Angst die Basis für das Überleben. Und in der psychotherapeutischen Arbeit bin ich auch reichlich belohnt worden durch die erreichbare Offenheit und Ehrlichkeit, durch die emotionale Nähe und die gesunde Kreativität, die ich befreien helfen und begleiten konnte und in die ich ja auch mit einbezogen war. Die Patienten haben auch mir geholfen zu reifen und Grenzen zu erweitern. Sie gehören zu meiner Identität, und sie sind auch meine »Therapeuten«. Ich verdanke ihrem Mut zur »psychischen Revolution« Sinnerfahrung und Freiheit trotz der vielfach vorhandenen Mauern.

Der Berufsweg ist mein Selbstheilungsversuch. Zunächst war es der arrogante Umweg für eine notwendige Therapie, für die ich anfangs weder Einsicht noch Mut noch Gelegenheit hatte. Das Tabu, das mich in diesem Land und in der Familie umgab, war umfassend: Ich hatte etwa bis zu meinem 25. Lebensjahr keine Möglichkeit gefunden, mich wirklich zu öffnen, anzuvertrauen und mich damit auch besser verstehen zu können. Erst in den therapeutischen Erfahrungen, die ich in der Ausbildung zum Psycho-

therapeuten machen mußte und dann zunehmend auch als befreiendes Geschenk empand, fand ich allmählich aus meinem Käfig heraus. Mir blieb also auch die bittere Erfahrung nicht erspart, daß ich einen Beruf gewählt hatte, um vor allem bei anderen das zu sehen und zu behandeln, was ich bei mir selbst zu erkennen vermeiden wollte. Mein Zustand jetzt ist so, daß ich manchmal freiwillig und manchmal unfreiwillig in meine Neurose, in den Zustand innerer Gefangenschaft zurückkehre, aber Wege kenne und Freunden für Hilfe dankbar bin, auch wieder herauszufinden.

Vor allem danke ich meinen Mitarbeitern die Verbundenheit und die Auseinandersetzung, die ich stets brauchte, um im Meer des psychischen Elends ein sicheres »Zuhause« zu haben und Fehler und Versagen rückgemeldet zu bekommen, dann aber auch der Hilfe und des Schutzes sicher sein zu können. Meine Partnerin in der Arbeit und im Leben, Marlitt Neumann, war mir mit ihrer Widerborstigkeit und Fähigkeit zur frechen Kritik ein ganz besonderer Prüfstein und eine große Herausforderung zur weiteren Erkenntnis und Klärung meiner Mutter- und Frauenproblematik. Sie ist mir mit ihrer Frische, der unverstellten Direktheit und liebenden Herzlichkeit die wichtigste »Therapeutin«. Unsere Verbundenheit gründet sich vor allem auf der Möglichkeit zur gemeinsamen emotionalen Begegnung in Angst und Lust, in Haß und Liebe.

Als Psychotherapeut konnte ich in diesem Land ganz gut leben. Der Preis für dieses Nischendasein war, tagtäglich bitterstes seelisches Elend »ausgekotzt« zu bekommen und irgendwie verarbeiten zu müssen. Dabei habe ich immer auch meine Grenzen, meine Ungeduld und Intoleranz zur Kenntnis nehmen müssen. Mit meiner eigenen Therapie ist mir das allmählich leichter geworden, weil ich selbst nicht mehr so viel abwehren mußte. Geängstigt bin ich nur noch von Zuständen und Erfahrungen, die ich bei mir nicht kenne oder noch nicht zugelassen habe. Doch habe ich über die Jahre auch Wissen über das Leben in der DDR angehäuft, das mir zunehmend zur Last wurde, da eine öffentliche Diskussion über die ganze Wahrheit psychotherapeutischer Erfahrungen nicht möglich war und ich keine Hoffnung hatte, daß uns Therapeuten Gehör geschenkt und wesentlicher Einfluß auf das gesellschaftliche Leben möglich gewesen wäre. Am kurativen Ende eines oft unerträglichen, aber doch vermeidbaren Weges stehen zu müssen und für die Prophylaxe und die psychosozialen Veränderungen in der Gesellschaft und Medizin keinen Raum zu finden, war für mich schwer auszuhalten. Ich habe an den Gitterstäben dieses Gefängnisses immer wieder gerüttelt und keine Gelegenheit ausgelassen, um meine Kritik und meinen Unmut zu formulieren. Doch war meine eigene Zensur dabei mächtiger als mein Mut. So verstehe ich mein jetziges öffentliches

Engagement, auch dieses Buch, als eine Reaktion auf diese nur mit zunehmender Mühe erduldete Lebenslage. Mit der »Wende« sah ich die Chance, endlich abzureagieren, was aufgestaut war, und ich sah mich auch in der Pflicht, meine speziellen Erfahrungen zur öffentlichen Diskussion zu bringen. Ich habe mit Erleichterung jetzt all das »absetzen« können, was ich jahrzehntelang erfahren, gespeichert, ertragen und auch mitgemacht habe. Auch ich hatte das abverlangte Schweigen weitestgehend akzeptiert und mich damit getröstet, auf meiner »psychotherapeutischen Insel« die Normen dieses Systems unterlaufen zu können. Sicher, ich habe diese Möglichkeit genutzt, das war für mich und viele Menschen sehr wichtig, dennoch war es auch ein Feigenblatt. Als Therapeut hatte ich es auch immer leichter als die Patienten. Ich blieb in meinem diakonischen und fachlichen Schutzraum, und sie mußten wieder hinaus ins ungeschützte gesellschaftliche Leben.

Die Perspektive und auch die Kompetenz für meine Analyse basiert auf den Erfahrungen, die einem Psychotherapeuten vieltausendfach eröffnet werden, wenn seelische Not und körperliches Gebrechen die Menschen zur Wahrheit aufrufen, zu Erkenntnissen, die sie lieber weiter vor sich und anderen verborgen hätten. Immerhin sind dies in den letzten zehn Jahren, seit Bestehen unserer psychotherapeutischen Klinik im Evangelischen Diakoniewerk Halle, etwa 5000 Menschen. Trotz dieser erdrückenden Erfahrungslast wird es vielen leicht erscheinen, da ich von Psychotherapiepatienten ausgehe, sich als nicht Betroffene zu wähnen und wenn überhaupt, die aufgezeigten Probleme nur bei den »psychisch Kranken« zu akzeptieren. Dagegen kann und will ich nicht viel tun. Ich habe längst gelernt, wenn auch mit einiger Bitterkeit, daß kein Mensch von etwas zu überzeugen ist und ich auch nicht die Wahrheit für mich in Anspruch nehmen kann – und doch gehört zu meinem Leben auch die gute Erfahrung, daß übermittelte Erkenntnisse bei anderen Menschen wichtige Entwicklungen in Gang setzen, weil sie dazu gerade reif waren und praktisch nur noch eines Anstoßes bedurften. Auf diesen mitmenschlichen »Dienst« kann, glaube ich, keiner verzichten, auch wenn auf der anderen Seite der Mißbrauch veröffentlichter Meinung unvermeidbar ist. Ich hätte jedenfalls in dieser abgeschlossenen DDR-Gesellschaft im Beruf schlecht überleben können – psychosomatische und soziale Krisen haben dabei meinen Weg stets begleitet –, wenn ich nicht auch Zugang zu Sigmund Freud, Wilhelm Reich, Arthur Janov, Alexander Lowen, Fritz Perls, Alice Miller, Horst-Eberhard Richter, Wolfgang Schmidbauer, Jürg Willi und noch anderen als geistige Väter und Mütter gefunden hätte. Die persönlichen freundschaftlichen Kontakte mit Walther Lechler, David Boadella und Eva Reich haben mich auf mei-

nem Weg sehr ermutigt. Ganz besonderen Dank schulde ich meinen Lehrern, zwei wichtigen Persönlichkeiten in der Psychotherapieszene der DDR, Jürgen Ott und Kurt Höck. In der ersten »wilden« Selbsterfahrungsgruppe auf dem Boden der DDR unter Leitung von Jürgen Ott bin ich entscheidend geprägt worden und fand wichtige Orientierungen für meinen Weg als Psychotherapeut. Von Kurt Höck habe ich lernen können, gruppendynamische Prozesse zu verstehen und therapeutisch zu nutzen. Seine eigensinnige Stärke und Sensibilität, die von Angst und Sehnsucht nach menschlicher Nähe gespeist wurden, haben in mir viel in Bewegung gebracht und waren die beste Schule meines Lebens.

Ich habe in diesem Buch soziale Rollen als Kompensationsversuche gegen die Repression beschrieben, und ich finde in mir Anteile all dieser Rollen. In meiner politischen Haltung und meinem beruflichen und sozialen Engagement zähle ich mich zu den Oppositionellen, in meinen Ideen bin ich Utopist und in meiner täglichen Arbeit durch und durch Realist.

Meine oppositionelle Einstellung war anfangs mehr eine familiäre Pflicht als eine bewußte eigene Leistung. Aus den einfachen Verhältnissen der Vorfahren waren die Großeltern und Eltern durch Unternehmergeist in das deutschnationale Bürgertum mit einem mittelständischen Betrieb »aufgestiegen« und verstanden sich, auch zur Abwehr der bäuerlich-proletarischen Herkunft, antikommunistisch. Materielles Besitzstreben war zum dominierenden Halt und Sinn geworden, um innerseelische Not abzuwehren. Die Vertreibung aus der sudetendeutschen Heimat (1945) blieb das tiefsitzende Trauma, das die innere Problematik hätte aufreißen können, aber im SED-Staat leider den geeigneten Sündenbock fand (interessanterweise nicht in Hitler und dem NS-Regime!). So wurden mir von klein auf die Lügen, Fälschungen und Mißstände des »sozialistischen« Systems ständig vor Augen geführt. Es galt als Ehre, sich ausschließlich aus dem Westen zu informieren, DDR-Nachrichten waren verpönt, Informationen aus dem eigenen Lande wurden nur zugelassen, wenn es um existentielle Mitteilungen oder den Wetterbericht ging. Ich wuchs praktisch in einem antisozialistischen Ghetto auf, und erst viel später erfuhr ich, daß es ganz ähnliche »Käfige« – rote und schwarze – in Familien der Partei und der Kirche gab. Erst in der Studentenzeit nahm ich wirkliche Kontakte zu Kommilitonen aus den anderen psychosozialen Ghettos auf, und erst als junger Arzt setzte ich mich auch mit Genossen der SED persönlich auseinander und konnte viele Verhaltensweisen besser verstehen, wobei auch gute Freundschaften entstanden. Besonders die sehr innige Beziehung zu Rolf Henrich hat mich nachhaltig beeinflußt.

So war einerseits das Doppelleben zwischen Familie und Schule und

Gesellschaft eine komplizierte Qual, die ich vor allem durch Abspaltungen und Gefühlsunterdrückung zu bewältigen versuchte. Eine aggressive Entlastung brachte andererseits das »Spiel«, die Dummheit und Charakterschwäche der meisten roten Lehrer und Funktionäre im kleinen Kreis der verschworenen Freunde zu entlarven und zu denunzieren.

Opposition war also für mich ein Kompromiß zwischen dem Gehorsam gegenüber den Eltern und der emotionalen Abreaktion an geeigneten Sündenböcken der spießig-bornierten staatlichen Repression. Dies war leichter, als das eigene familiäre Spießertum zu entlarven. So hatte ich niemals Zweifel, daß diese Gesellschaft keinerlei Legitimation, weder im demokratischen noch im ideellen Sinne besaß. Das aufgenötigte Studium von Marx und Engels war mir erst recht der Beweis, daß dieses System kein Recht für die Bezeichnung »sozialistisch« für sich in Anspruch nehmen konnte. Mit Marx war mir der Teufel nur mit Beelzebub auszutreiben. Den »real existierenden Sozialismus« mit Marx begründen zu wollen, bedeutete für mich das gleiche wie die mittelalterliche Praxis von Inquisition und Hexenverbrennung im Namen Jesu Christi.

Erst in der Auseinandersetzung mit den introjezierten Autoritäten drang ich zu einer reiferen oppositionellen Haltung durch. Es war der Einfluß der Eltern abzubauen und dann vor allem der medizinische und theologische Machteinfluß. Im Ergebnis fand ich meine Identität vor allem in meiner Arbeit, die zwar gegenüber den großen Autoritäten: Staat, Kirche, Medizin und Eltern oppositionell blieb und aller Voraussicht nach auch bleiben wird, aber nun nicht mehr mit den traditionell familiären Inhalten und auch nicht mehr als infantiler Protest, sondern mit dem Gewicht empirischer Erfahrungen gegen die Verlogenheit der »heiligen« Institutionen.

So ist meine oppositionelle Haltung Kompensation und Reife zugleich, und nur die Art und Weise meines Auftretens verrät, ob ich mich mehr auf dieser oder jener Seite bewege.

Warum teile ich dies mit? Ich will erkennbar machen, daß meine Position lebensgeschichtlich zu verstehen ist und ich mir durchaus vorstellen kann, bei anderen Vorbedingungen mich auch in einer anderen sozialen Rolle wiederzufinden, mit der ich jetzt vielleicht nicht so viel »hermachen« könnte. Ich war zum Schweigen »verurteilt«, jetzt schweigen andere und demnächst ...? Ich möchte die Grenze zwischen Opfer und Täter aufweichen, ohne zu entschuldigen oder zu nivellieren. Schuld und moralische Verantwortung bleiben allemal, und keiner kann sich wirklich mit Berufung auf seine Kindheit, seine Eltern oder staatliche Gewalt herausreden. Letztlich bringt nur die Analyse der ganz subjektiven Sicht und der individuellen Haltung eine Chance für die Vergangenheitsbewältigung, für die

Erkenntnis personaler Schuld und Verantwortung, die dann nicht auf Sündenböcke und die Obrigkeit abdelegiert werden kann.

Wer die Schlußfolgerungen meiner Erfahrungen als eine Utopie bezeichnet, hat recht. Mit dieser Utopie setze ich Hoffnungen fort, die ich als Kind nährte und bewahrte, wenn ich wegen meiner Überzeugungen und Gefühle weder bei den Eltern noch bei den Lehrern Annahme und Verständnis fand. Es ging dabei im wesentlichen um das Grundgefühl: Ich bin liebenswert, meine Gefühle sind in Ordnung. Es ist zwar bitter, daß mir das keiner bestätigt, aber ich halte an der Hoffnung auf liebende Annahme und Gerechtigkeit fest. Auch meine heutigen utopischen Vorstellungen, daß wir Menschen eine natürlichere Lebensweise mit besserer Befriedigung der Grundbedürfnisse gestalten können, empfinde ich als berechtigte Hoffnung, von der ich nicht lassen mag. In meiner Arbeit wird vieles von diesen Wünschen Realität. Die Basis meiner Utopie besteht also aus erlebbaren Fakten. Die »psychische Revolution« ist eine Realität, die »therapeutische Kultur« eine Utopie. Dies provoziert unauflösbare Spannungen, denn das eine ist ohne das andere nicht wirklich und dauerhaft zu erreichen. Die kreative Spannung zwischen Natur und Kultur war im »real existierenden Sozialismus« zugunsten einer kranken »Kultur« entartet. Die verbrecherische Politik vor der »Wende« und ihre unglückliche Fortführung danach stehen im Zentrum meiner Kritik, und ich bin sicher, daß ich es nicht besser machen könnte. So sehe ich unsere Politiker, auch die kriminellen, in einer tragischen Verstrickung, aus der nicht zu entkommen ist, wenn wir nicht gemeinsam andere Strukturen unseres Zusammenlebens und der Verwaltung der Gemeinschaft finden wollen. Aber die »da oben« sind natürlich immer hervorragend als »Retter« oder »Sündenböcke« zu verwenden.

Ich finde in mir auch Tendenzen, wie ein Machthaber zu agieren und zu kompensieren. Durch Leistung meine frühen Verletzungen »behandeln« zu wollen , führte sehr bald zu der Überzeugung, ich müsse in der gesellschaftlichen Hierarchie eine soziale »Höhe« erreichen, in der ich nicht mehr so viel getreten werden, sondern selbst über andere bestimmen könne. Ein akademischer Beruf war mir dafür stets begehrenswert. Mit dieser Einstellung entsprach ich vollkommen dem allgemeinen Leistungs- und Erfolgsprinzip: Wenn ich schon zum Mitspielen verdammt war, dann wollte ich lieber Hammer als Amboß sein. Ich kenne sehr gut die Verlockung, eigene Ohnmacht durch Machtverhalten verbergen zu wollen. Ich unterscheide mich darin offensichtlich nur quantitativ von den wirklich Mächtigen im Gewaltapparat eines repressiven Systems. Die ersten bitteren Erfahrungen mit der Machtrolle mußte ich als Vater und Ehepartner hinnehmen, wenn ich meine Schwierigkeiten mit Nähe und Offenheit, meine emotionale

Blockierung mit autoritärem Verhalten auszugleichen versuchte. Kinder und Ehefrau brauchten mich zwar als menschliche Autorität, doch ich war selbst noch zu bedürftig und stand im Konflikt zwischen den berechtigten Erwartungen an mich und meinen eigenen Wünschen. So habe ich manchmal »Macht« ausweichend eingesetzt und bin ein anderes Mal vor notwendiger Auseinandersetzung geflohen. Die Flucht trat ich meistens an, wenn die Inhalte von Spannungen und Streitigkeiten meine eigenen unbewältigten Traumatisierungen durch meine Eltern berührten. So blieb ich meinen Kindern als Vater einiges schuldig und konnte die Abhängigkeiten in der Ehe nicht mehr anders als durch Scheidung lösen. Auf jeden Fall war mir Machtgebaren als unglücklicher Lösungsweg erfahrbar, und mit diesem Hintergrund wurde es mir sehr schwer, als Klinikleiter die »klassische« Rollenzuteilung auszufüllen. So treffe ich Entscheidungen nach gemeinsamer Beratung, möglichst ohne Anweisungen, und wir tragen alle Konflikte in der Öffentlichkeit des Teams aus. Praktisch gibt es keine Vier-Augen-Gespräche in dienstlichen Belangen. Nicht nur, daß ich dabei eine Menge »Lehrgeld« zu zahlen hatte, sondern noch belastender war, daß mich mancher Mitarbeiter nicht aus der Chefrolle entlassen und mich unbedingt streng und strafend oder stark und hilfreich oder ungerecht haben wollte, um eigene infantile Erfahrungen oder Wünsche fortzuführen. So wurde mir die Täter-Opfer-Dialektik auch in den polaren Rollen der Macht als ein grundsätzliches Problem erfahrbar. Ich sehe mich auch dann in der zweifelhaften Rolle eines »Mächtigen«, wenn ich meinen Einfluß bedenke, den ich auf Menschen ausübe, ohne jeweils den ganzen Hintergrund meines zur Schau gestellten Verhaltens zu offenbaren, und wenn ich Ideen und Überzeugungen verheiße, die ich selbst nicht wirklich verkörpere.

Ich verstehe mich auch als Karrierist, der beruflichen Ehrgeiz und Erfolg stets gebraucht hat, um sehr frühe Kränkungen und Verletzungen auszugleichen. Schon die Schule war dafür die beste Gelegenheit, diese Fehlhaltung zur Meisterschaft zu führen. Anfangs angefüttert mit Lob und kleinen Geldprämien wurde mir Leistungshaltung später zur Selbstverständlichkeit. Wenn ich wegen meines Arbeitseifers gelobt oder wegen meiner äußeren Sicherheit, Streitbarkeit und Durchsetzungsfähigkeit bewundert werde, bin ich mitunter irritiert und fühle mich als Betrüger, da ich doch den wirklichen Antrieb meiner Anstrengung und auch die Symptome meiner Unsicherheit und Sehnsucht nur allzugut kenne. Wenn ich es als Parteiloser und auch ohne Frömmelei geschafft habe, im Beruf erfolgreich zu sein, so habe ich dies letztlich doch mit ungesunder Leistungsbereitschaft und zu großer Anpassung »bezahlt«. Ich habe häufiger höflich gelächelt und einfach nur geschwiegen und gehofft, daß es bald vorübergeht, wenn mir in Wirklichkeit zum Schreien, Fluchen und Weinen zumute war. Und manchmal habe ich dies alles erst aus meinen Symptomen entschlüsseln können.

Der Mitläufer war ich vor allem im Alltag. Als »junger Pionier« und »FDJler« hatte ich sogar »Leitungsfunktionen« übernommen. Schon damals hantierte ich mit der Entschuldigungsformel: »Um Schlimmeres zu verhindern, man muß halt das Beste daraus machen!« – worum ich mich auch redlich bemühte. Ich war Mitglied des Deutschen Turn- und Sportbundes, der Deutsch-Sowjetischen Freundschaft, des Freien Deutschen Gewerkschaftsbundes und des Kulturbundes. Die Jugendweihe blieb mir erspart, weil 1957 dies noch eher die Ausnahme als die Regel war. Aus dem FDGB schlich ich mich heraus, als die Diakonie mein Arbeitgeber wurde. Den Kulturbund verließ ich, als ich mit dem Kreisschulrat, der Tage zuvor meiner Tochter die erweiterte Oberschule verwehrt hatte, anläßlich irgendeiner Feier mit einem Schnaps »anstoßen« sollte. Da war meine Anpassungsgrenze erreicht. Ich bin weiterhin Mitglied der Evangelischen Kirche in der DDR, obwohl ich voller Zorn und Enttäuschung bin über die verlogene Haltung vieler »Christen« und die neurotisierende Praxis so mancher Erziehung, Verkündigung und Seelsorge im »Namen des Herrn«.

Ich bin Arzt und weise der Medizin einen großen Teil Schuld an der Organisation von Krankheiten und ihrer Chronifizierung zu. Ich arbeite bei der Diakonie und erkenne in der kirchlichen Praxis zum großen Teil eine Behinderung und Entfremdung der religiösen Bedürfnisse des Menschen. Vor allem aber bin ich Mitläufer in der Maske eines höflichen, freundlichen, ordentlichen und gewissenhaften Menschen und verberge darunter Haß, Neid, Rachegelüste, Traurigkeit und so manche erotisch-sexuelle Phantasie.

Selbst als Flüchtenden und Ausreisenden muß ich mich auf meiner »Psycho-Insel« in der Diakonie erkennen. Der Gedanke, das Land zu verlassen, war immer auch vorhanden, mit der Flucht in den »Freiraum« der Kirche nur unter Kontrolle gebracht. Obwohl ich viele Argumente gegen die Ausreise sammeln konnte, habe ich doch manchmal mit dem »Feuer« gespielt in der dumpfen Hoffnung, vielleicht eine Situation provozieren zu können, die mir dann die Entscheidung für den Westen abnehmen konnte und vielleicht noch als »heldenhaft« empfunden oder im Falle einer Ausbürgerung noch mit der nötigen Presse begleitet werden konnte. »Geflohen« war ich doch in Wirklichkeit vor der Auseinandersetzung mit den Eltern, und mein Durchhalten in der DDR entsprach auch meiner neurotischen Gehemmtheit, die mir die Eltern auferlegt hatten und die ich als faulen Kompromiß mit einer Emigration innerhalb der DDR zu lösen versuchte.

Aber ich verdanke der Diakonie und ganz besonders dem Rektor, Reinhard Turre, den Schutz und die Freiheit für eine Arbeit inmitten staatlicher Kontrolle und Repression und auch kirchlicher Enge, die schließlich meinem Bleiben einen tieferen Sinn gab.

Ich habe dieses Buch in etwa zwölf Wochen »wie im Fieber« nach Feierabend geschrieben. Ich verstehe es nicht als eine »wissenschaftliche Arbeit«, sondern als einen persönlichen Erfahrungsbericht. Alle Aussagen hatten sich längst in den letzten zehn Jahren als emotionales Erleben in meinem Bauch und Herzen und als Erkenntnisse in meinem Kopf angesammelt. Daß ich es jetzt in einem »Ritt« niedergeschrieben habe, ist ein Teil meiner »Trauerarbeit«, meines persönlichen Versuches der Vergangenheitsbewältigung. Ich habe Grund für Zorn und Empörung für ein aufgenötigtes, einengendes Leben. Dies wollte ich nicht verbergen. Vieles in diesem Buch ist bitter und pessimistisch, dies ist jedoch nicht mein Gemütszustand. Ich mache mir klar, daß ich in meinem Leben in diesem Land viel geschluckt habe, nicht nur als Opfer gesellschaftlicher Repression, sondern auch im Beruf dazu einlade, daß viele Menschen ihren emotionalen Unrat auskippen können. Dabei sammelt sich soviel Bitteres, Schmerzliches und Trauriges an. Die Erfahrung, daß jeder Mensch, dem ich begegnet bin, randvoll mit seelischem Elend ist, wenn er erst anfängt, seine Masken fallenzulassen, hat mein Leben entscheidend beeinflußt.

Weshalb habe ich diesen Weg gewählt? Meine wesentliche innere Verletzung besteht darin, daß ich mich als Grunderfahrung meines Lebens nicht so angenommen und verstanden weiß, wie ich es gebraucht hätte. Ich bekam vom Vater die Botschaft: »Sei tüchtig und suche dir einen Beruf, in dem du gut verdienen kannst, denn Geld regiert schließlich die Welt.« Für Mutter sollte ich ihr »Sonnenschein« sein, um sie in ihrer häufigen, gereizten Depressiertheit aufzuheitern. Meine Bedürfnisse kamen dabei zu kurz, doch konnte ich als Arzt Vaters Erwartungen von sicherer Existenz und als Psychotherapeut Mutters Auftrag, für andere Menschen freundlich da zu sein, bestens erfüllen.

Ich habe zwar Vaters Rat befolgt und bin Arzt geworden, doch begann damit zugleich mein Ablösungskampf. Ich wählte die Psychiatrie als Spezialdisziplin, weil ich darin das einzige medizinische Fach erkannte, das Seele und Geist nicht völlig aus der Erkenntnis verbannt hatte. Ich war darin weiterhin auf der Suche nach mir selbst, und dies war auch das einzige Fach, das Vater nicht verstehen und akzeptieren konnte. Ich kämpfte stellvertretend mit Autoritäten des Faches, entlarvte ihr autoritäres Gehabe und gewann durch die psychotherapeutische Ausbildung allmählich mehr Reife und Klarheit. Aber erst durch den körpertherapeutischen Zugang fand ich wirklich Kontakt zu meinen Gefühlen und habe den mütterlichen Auftrag neurotischen Helfens vermindern können. Das hat auch meine Arbeit verändert. Damit bin ich nicht fertig, der Weg nach innen ist unerschöpflich. Ich gehe auf einem schmalen Grat zwischen Agieren und Fühlen durch mein Leben. Öfter zwingen mich Symptome, die Bitterkeit schmerzlicher Gefühle wieder und wieder zu akzeptieren. Und obwohl meist eine befreiende Freude der Lohn ist, bleibt immer wieder die Angst vor diesem Weg.

Bis heute setze ich mein unablässiges Bemühen fort, um endlich verstanden zu werden und angenommen zu sein, und ich erkenne, daß ich mich dabei meist so verhalte, daß es anderen mitunter schwer wird, meine tiefste Sehnsucht zu erfüllen. Ich habe aber auch Angst davor und meine bittersten Tränen sind geflossen bei ganz tief erfahrener Nähe und Annahme. Da war die uralte Wunde wieder aufgerissen. Meine radikalen und pauschalisierenden Aussagen stoßen manche Menschen ab, und damit verschaffe ich mir die Distanz, die ich brauche, um nicht mit zu großer Annahme geängstigt zu werden. Der ambivalente Stachel, doch gegen eine Übermacht (die Eltern!) meine persönlichen Empfindungen und Erfahrungen zu bewahren, den repressiven Einfluß abzuwehren und die Gefährlichkeit der manipulativen Mechanismen zu entlarven und dabei nicht ganz »verstoßen« zu werden, hat mein So-Sein entscheidend geprägt. Mit diesem Buch bringe ich es zu einem vorläufigen Abschluß. Mein Gefühlsstau war der Antreiber für dieses Buch und der Inhalt ist mein Beitrag für eine »therapeutische Kultur«. Ansonsten sehe ich meine Lebensaufgabe vor allem darin, für die »psychische Revolution« für mich und andere einzustehen.

Am Puls der Zeit

(3961)

(4028)

(4076)

(4815)

Knaur®

Heiße Eisen

(3812)

(3960)

(4015)

(4057)

(4079)

(4807)

Heinrich Albertz

Foto: Wilfried Becker

(2362)

Heinrich Albertz
Miserere nobis
Eine politische Messe

(4031)

(4820)